Jan Oldenburg

Der Kampf des Jahrhunderts

Jan Oldenburg

DER KAMPF DES JAHR-HUNDERTS

Roman

PIPER MÜNCHEN ZÜRICH

Entdecke die Welt der Piper-Fantasy:

Piper-Fantasy.de

Von Jan Oldenburg liegen bei Piper vor:
Fantastik AG
Totentrickser
Der Kampf des Jahrhunderts

MIX
Papier aus verantwortungsvollen Quellen
FSC® C083411
FSC
www.fsc.org

ISBN 978-3-492-70339-0

Satz: Fotosatz Amann, Memmingen
Gesetzt aus der Meridien
Druck und Bindung: CPI books GmbH, Leck
Printed in Germany

Diese Erzählung spielt in den Fernen Ländern, und das bedeutet im Allgemeinen so einiges, im Besonderen jedoch nichts Bestimmtes, denn in jener Welt ist prinzipiell alles möglich und kaum etwas unmöglich.

Die Geschichte ist frei erfunden, hat sich aber haargenau so in den Fernen Ländern ereignet. Ähnlichkeiten mit real dort lebenden Personen sind unbeabsichtigt, aber unvermeidlich.

Erster Teil

Was hoch steigt …

1

Wenn Horfax der Dritte von Grymmenstein eines ohne jeden Zweifel nicht war, dann ein netter Kerl.

Und damit machte er seinem Namen alle Ehre, denn die Grymmensteins durften sich rühmen, auf eine lange Ahnenreihe von Bösewichten, Finsterlingen, Tyrannen und Größenwahnsinnigen zurückzublicken.

Während man in anderen Familien bemüht war, dem Nachwuchs wenigstens ein Mindestmaß an gutem Benehmen und Anstand zu vermitteln, lernte ein echter Grymmenstein bereits von klein auf, dass es nichts Erstrebenswerteres gab als die vollendete Flegelhaftigkeit.

Ein Spross aus dem Hause Grymmenstein, der dabei erwischt wurde, wie er heimlich eine gute Tat beging, musste damit rechnen, dass ihm die Schattenkobold-Ohren gehörig lang gezogen wurden.

Als König Horfax der Zweite, der Vater des Helden dieser Geschichte, auf seinem Sterbebett lag, ermahnte er seinen Sohn und rechtmäßigen Thronerben daher mit folgenden Worten:

»Mein Sohn, wir beide wissen, dass es mit mir zu Ende geht. Ich weiß es, weil ich spüre, wie der Tod jede Minute auf knöchernen Sohlen näher kommt, und du weißt es, weil du zweifellos die Wirkungsweise und Dosis des Giftes kennen wirst, das du in mein Abendessen gemischt hast.

Vielleicht habe ich es dir nicht oft genug gesagt, mein Sohn, daher möchte ich es wenigstens mit meinen letzten Atemzügen nachholen und dich wissen lassen, dass ich stolz auf dich bin. Heute hast du eine altehrwürdige Familientradition fortgeführt und dir damit den Platz als mein Nachfolger auf dem Thron der Schatten redlich verdient. Auch ich selbst habe meinen alten Herrn auf diese Weise aus dem Weg geräumt, als die Zeit dazu gekommen war, so wie er seinen Vater und dieser wiederum seinen Vater, deinen Ur-Urgroßvater, aus dem Weg räumte. Und wenn die Dämonenfürsten es so wollen – was ich dir von ganzem Herzen wünsche –, dann werden eines Tages auch deine Kinder dir das Licht ausknipsen. Wie dem auch sei …« Der alte Schattenkobold hustete schwach. »Ich fühle, dass die Teufel bereits an meinen Füßen zerren, um mit mir zur Hölle zu fahren, daher die Kurzversion. Denk immer daran, dass du ein Grymmenstein bist, mein Sohn. Tu Böses, wo du nur kannst. Wenn dir jemand die Hand entgegenstreckt und dir seine Freundschaft anbietet, dann lehne sie nicht ab. Wenn er dir den Rücken zuwendet, weil er glaubt, dir vertrauen zu können, ist es an der Zeit, den Dolch zu zücken. Lebe so, als wäre jeder deiner Tage der letzte vieler anderer Leute. Höre auf die heimtückische Stimme deines verdorbenen Grymmenstein-Herzens. Und wenn du deine Mutter mal wieder sehen solltest, diese falsche Schlange, dann sag ihr, dass ich in der Hölle auf sie warte. Lebe schlecht, mein Sohn!«

Damit verschied Horfax der Zweite von Grymmenstein mit einem allerletzten Seufzer.

Nachdem er einige bittere Tränen vergossen hatte – denn auch wenn er der Mörder seines Vaters war, bedeutete dies keineswegs, dass er ihn nicht liebte –, ließ Horfax der Dritte sich offiziell zum neuen König des unterirdischen Reiches Arkzul krönen und schmiss zur Feier des Abtretens seines Erzeugers eine drei Wochen lang tobende Orgie, die in Sachen Wein, Weib und Gesang wirklich nichts zu wünschen übrig ließ.

Als der Kater endlich abgeklungen war und Heerscharen von Sklaven den Boden des königlichen Palastes von den verschiedenen unappetitlichen Hinterlassenschaften der Feiernden gereinigt hatten, wurde es allmählich Zeit, an die Regierungsgeschäfte zu gehen.

Wie Horfax bald feststellte, besaß er ein wahres Naturtalent, was das Herrschen betraf.

Es war geradezu lächerlich einfach.

Ab und zu musste ein ungerechtes Gerichtsurteil unterzeichnet oder ein tyrannisches Gesetz verabschiedet werden, und gelegentlich galt es, den ein oder anderen Raubzug in ein Nachbarland zu planen.

Aber das war auch schon alles.

Mit der tatkräftigen Unterstützung seiner Berater waren diese amüsanten Pflichten schnellstens erledigt, sodass sich Horfax den Rest des Tages ganz seinen verschiedenen Leidenschaften widmen konnte.

Gerne verbrachte er zum Beispiel den Nachmittag in der Arena und sah zu, wie Sklaven im blutigen Kampf gegen ausgewählte Untiere antraten.

Meistens gewannen die Untiere.

Oder Horfax schäkerte mit seinen zahllosen Konkubinen, ließ sich von ihnen mit allerlei Köstlichkeiten füttern und sein feistes Doppelkinn kraulen.

Meistens kraulten sie dann auch noch andere Körperteile.

Ja, Horfax der Dritte von Grymmenstein war wirklich der geborene Herrscher.

II

Der naheliegende Gedanke, sich zum Gott ausrufen zu lassen, kam ihm, als er gerade in seiner goldenen Wanne ein Vollbad nahm und seine schwabbeligen Körpermassen von ein paar Mätressen schrubben ließ.

Grunzend vor Wohlbehagen ging Horfax dabei der theoretischen Frage nach, ob es überhaupt jemanden geben konnte, der großartiger, vollkommener und mächtiger war als er selbst.

Und während er grüblerisch mit seiner Lieblingsbadefigur spielte – ein aus einem Schwamm geschnitztes Unterweltscheusal namens Gnumpi –, traf ihn die Erkenntnis ganz plötzlich mit der ungeheuren Wucht einer göttlichen Selbstoffenbarung.

Nein, es gab eindeutig niemanden, der großartiger, vollkommener und mächtiger war als er selbst!

Er war das, worüber hinaus nichts Großartigeres gedacht werden konnte!

Und daraus folgte glasklar: Er war ein Gott!

»Ich bin ein Gott!«, teilte Horfax diese triumphale Einsicht sofort dem Rest der Welt mit und richtete sich so abrupt auf, dass sich ein Schwall überschwappenden Badewassers über die erschrocken quiekenden Konkubinen ergoss.

»Ich bin ein Gott!«, rief er, kletterte aus der Wanne, rutschte auf den glitschigen Fliesen aus, kam wieder auf die Beine und rannte unter weiteren Kundgebungen seiner Göttlichkeit aus der Halle.

Die Konkubinen tauschten überraschte Blicke.

Wenn es der Wille ihres Herrn und Meisters war, sich zum Gott zu erklären, dann waren sie die Letzten, ihm zu widersprechen.

Obwohl sie, trotz seiner im Ganzen genommen durchaus beträchtlichen Leibesfülle, aus näherer Anschauung wussten, dass die Behauptung »Das, worüber nichts Größeres gedacht werden konnte« hinsichtlich gewisser anatomischer Detailfragen nur zutraf, wenn man ein überaus begrenztes Vorstellungsvermögen zugrunde legte.

Aufgrund der grymmensteinschen Tradition des Vatermords und der dadurch beschleunigten Erbfolge war es für die Hofbeamten nicht ungewöhnlich, gleich unter mehreren Herrschergenerationen Dienste zu tun.

Der Großwesir Schorak hatte bereits zur Zeit von Gorfax dem Brutalen, dem Urgroßvater des jetzigen Herrschers, die Geschicke von Arkzul im Hintergrund gelenkt und galt als einer der erfahrensten Politiker des Reiches.

Es wäre durchaus gerechtfertigt gewesen, Schorak den Titel einer *Grauen Eminenz* zu verleihen, und dies nicht allein aufgrund seines tatsächlich in Ehren ergrauten Bartes.

Er war es, der heimlich die Fäden zog, das tägliche Schauspiel der Politik inszenierte und sich darum kümmerte, dass in der großen Staatsmaschine von Arkzul auch das kleinste Rädchen ordnungsgemäß seinen Dienst versah.

Dabei war er selbst keineswegs machthungrig oder herrschsüchtig, sondern übte sich in einer geradezu vollendeten Bescheidenheit.

Nach der festen Überzeugung des Großwesirs stellte die Vorsehung in ihrer Weisheit jeden genau an den Ort, der ihm seinem Wesen nach zugemessen war.

Und Schoraks eigener Platz war nicht auf dem Thron, sondern in den Schatten dahinter.

Von den Sklaven, die in der finsteren Tiefe der Minenschächte nach Edelsteinen gruben, über die fluchenden und peitschenschwingenden Aufseher bis hin zu den geschmückten, juwelenbehangenen Edelfräulein bei Hofe bildete die Gesellschaft ein großes Ganzes, ein vollendetes Gebäude, das nach den immerwährenden Gesetzen des Schicksals errichtet worden war.

Über allem thronte der König in seinem Glanz und seiner Herrlichkeit, die Verkörperung des Schicksals und der Ordnung selbst.

Wären Schorak gewisse fortschrittliche Theorien zu Ohren gekommen, denen zufolge der Herrscher nur der erste Diener des Staates sei, so hätte er sich über derart frevlerische Vorstellungen rechtschaffen empört.

Denn was war das Volk ohne seinen König anderes als ein Haufen welken Herbstlaubs, den ein schwacher Lufthauch auf einen Streich in sämtliche Winde verstreuen konnte?

Schuldeten die Untertanen ihrem König nicht alles, einschließlich ihres Lebens, ja sogar noch die Ehre, für ihn sterben zu dürfen?

An seiner Hand trug Schorak einen Siegelring, ein Familienerbstück, in den auf Schattenkoboldianisch das Motto eingraviert war:

Zrark n'klak, gnur zrasch blak.

Alle müssen dienen, damit einer frei sein kann.

Während nebenan im Palast Horfax seine Freiheit dazu benutzte, eine Orgie nach der anderen zu schmeißen, verbrachte der Großwesir seine Feierabende in Pantoffeln am Schreibtisch seines Arbeitszimmers, die Brille auf der Nase, und überprüfte noch einmal den Bericht der letzten Außenhandelsbilanz oder las die neuesten Depeschen der Botschafter aus aller Welt.

Denn Schorak war der vollendete Diener.

»Schori!«

Der Großwesir blickte von den Akten auf.

In der Tür seines Arbeitszimmers stand Horfax, triefend vor Nässe und splitternackt – seine Blöße wurde nur durch die Tatsache einigermaßen bedeckt, dass seine enorme Wampe vor den intimeren Regionen des herrschaftlichen Körpers eine Art Überhang schuf.

»Wie kann ich Euer Majestät zu Diensten sein?«, fragte Schorak und legte die Schreibfeder zur Seite.

Er war es gewohnt, dass der Herrscher zu jeder Tages- und Nachtzeit ohne zu klopfen in seinen Privatgemächern erschien, und dieser Auftritt war nicht einmal sonderlich bemerkenswert verglichen mit anderen, deren Zeuge zu sein er schon früher die Ehre gehabt hatte.

»Schori!«, wiederholte Horfax atemlos, einen Kosenamen verwendend, der noch aus seinen Kindertagen stammte, als er auf den Stufen des Throns mit seinen Monsterpuppen gespielt hatte, während sich sein Vater und Schorak mit Politik befassten. »Schori! Ich hatte eben gerade eine Idee! Ich werde mich zum Gott erklären!«

»Das ist eine ausgezeichnete Idee, Euer Majestät«, entgegnete Schorak, ohne nachzudenken.

Selbstverständlich war es eine ausgezeichnete Idee – jede Idee, die vom Herrscher persönlich kam, war ausgezeichnet, einschließlich solcher, die unter gewöhnlichen, nicht majestätischen Umständen genügten, ihrem Urheber einen unbefristeten Aufenthalt in der geschlossenen Abteilung einer Nervenklinik zu bescheren.

»Natürlich ist es eine ausgezeichnete Idee!«, rief Horfax. »Sie kommt ja auch von mir! Ich will, dass das Volk sofort davon erfährt!«

»Gewiss, Euer Majestät. Ich werde gleich morgen früh veranlassen, dass sämtliche Zeitungen des Reiches die entsprechende Nachricht auf den Titelseiten bringen.«

Horfax stampfte mit dem Fuß auf.

»Nicht erst morgen! Ich sagte: Sofort! Ich will, dass das Kolosseum in zwei Stunden bis zum billigsten Stehplatz voll ist! Ich will, dass das Volk seinem neuen Gott zujubelt!«

»Der Wille Eurer Majestät ist selbstverständlich Befehl. Darf ich dennoch zu bedenken geben, dass es bereits nach zwölf Uhr ist? Die meisten Eurer hart arbeitenden Untertanen dürften um diese Zeit schlafen. Mit etwas mehr Planungszeit könnten wir auch einen angemessenen zeremoniellen Rahmen für dieses würdige Ereignis schaffen. Ich dächte da etwa an eine große Parade durch die ganze Stadt bis zum Kolosseum.«

»Parade?« Horfax horchte auf. Er mochte Paraden. »Au ja!«, rief er und klatschte in die Hände. »Ich will zwanzig Kriegsmammuts in goldenen Rüstungen! Und ein Feuerwerk! Das beste Feuerwerk aller Zeiten!«

Schorak nahm einen unbeschriebenen Zettel und tunkte die Feder in das Tintenfass.

»Zwanzig Mammuts, bestes Feuerwerk aller Zeiten«, notierte er. »Ausgezeichnet.«

Horax ließ sich, nackt und nass wie er war, in einen Sessel plumpsen und tippte mit dem Zeigefinger nachdenklich gegen sein Doppelkinn.

»Sagen wir lieber dreißig Mammuts«, korrigierte er. »Mammuts kann man nie genug haben. Und Höhlenbären. Sagen wir hundert Höhlenbären. Oder lieber zweihundert.«

»Zweihundert Höhlenbären«, bestätigte Schorak.

»Und dann brauchen wir noch Artisten. Feuerspucker, Jongleure und lustige Clowns! Und die Clowns sollen in der Arena gegen die Höhlenbären kämpfen!«

»Majestät sind heute wieder außerordentlich kreativ.«

»Und … und … und dann sollen die Mammuts mit den Bären kämpfen. Vielleicht kann man die Mammuts irgendwie anzünden, als zusätzlichen Gag. Und dann … und dann …« Horfax schlug sich patschend aufs Knie, als wäre ihm plötzlich der beste Einfall von allen gekommen. »Und nach der Vorstellung soll das Kolosseum eingerissen werden, und dann sollen die Truppen die ganze Stadt dem Erdboden gleichmachen, zum Zeichen, dass eine neue Ära beginnt!«

Schoraks Hand, die eben noch fleißig mitgeschrieben hatte, hielt inne.

»Ja«, erwiderte der Wesir diplomatisch. »Das ist eine wahrhaft königliche Idee, die wir keinesfalls aus den Augen verlieren dürfen.« Wie bereits ewähnt, galt jede Idee, die vom Herrscher persönlich stammte, als unzweifelhaft brillant. Doch als Realpolitiker gehörte es auch zu Schoraks Aufgaben, hin und wieder zwischen der überirdischen Genialität des Königs und den beschränkten Möglichkeiten der banalen Wirklichkeit zu vermitteln. Erfahrungsgemäß war es in Fällen wie diesen oft das Beste, sich auf die recht bescheidenen Kapazitäten des grymmensteinschen Langzeitgedächtnisses zu verlassen. »Dann bleibt nur noch die Frage der Finanzierung.«

Horfax winkte ab.

»Das überlasse ich dir, Schori«, gähnte er. »Setz die Steuern rauf oder verkauf ein paar Untertanen in die Sklaverei. Hauptsache, ich krieg meine Mammuts.«

Selbstverständlich wurden die Feierlichkeiten anlässlich Horfax' Vergöttlichung ein Riesenerfolg, wofür allein schon die eigens aufmarschierten Armeetruppen sorgten, die schwer bewaffnet und mit grimmigen Gesichtern darauf achteten, dass sich auch wirklich alle gebührend amüsierten.

Horfax selbst war viel zu berauscht von seiner eigenen Großartigkeit und dem Jubel seiner Untertanen, um zu merken, dass die zehn Mammuts, die Schorak zu günstigen Bedingungen von einem Nachbarstaat ausgeliehen hatte, nur Messingrüstungen trugen, die mit Goldfarbe lackiert worden waren. Dass die Zahl der Höhlenbären nach einem ersten Kostenvoranschlag von zweihundert auf fünfundzwanzig reduziert worden war, tat dem Spektakel auch keinen wesentlichen Abbruch.

Außerordentlich gut kam derjenige Teil der Veranstaltung an, bei dem die Bären auf die Clowns losgelassen wurden, wenn auch nicht bei diesen selbst. Empört beriefen sie sich auf ihre Künstlerverträge, in denen diese zusätzliche Showeinlage mit keinem Wort erwähnt war.

Nachdem sie von den anwesenden Wachen freundlich darauf hingewiesen worden waren, dass höhlenbärenverursachtes Ableben im Vergleich mit anderen Todesarten eigentlich gar nicht so übel war, zogen sich die Clowns als echte Improvisationskünstler dennoch recht souverän aus der Affäre. Wobei hinzugefügt werden muss, dass die ausgehungerten Höhlenbären, die zuvor ausgiebig mit Spießen gepiesackt und solcherart zur Weißglut getrieben worden waren, sich ebenfalls wie Profis verhielten und unangefochten als die eigentlichen Stars des Abends gelten konnten. *Unangefochten* auch deswegen, weil der geplante Auftritt der Mammuts aufgrund der Tatsache ausfallen musste, dass der Mietvertrag Kämpfe auf Leben und Tod ausdrücklich untersagte, vom mutwilligen In-Brand-Setzen der Leihgabe ganz zu schweigen.

Doch wie gesagt, die Vorstellung war auch so ein voller Erfolg.

Unter dem Baldachin der Herrschertribüne saß Horfax auf einem Kissenberg, grinste zufrieden wie sein eigenes Götzenbild und ließ sich von kichernden Konkubinen mit allerlei frittierten Köstlichkeiten füttern.

Hin und wieder sorgte er mithilfe einer Pfauenfeder für neuen Platz in seinen göttlichen Eingeweiden, wobei er sich eines goldenen Eimers bediente, der neben ihm bereitstand und regelmäßig von einem ausschließlich für diese Aufgabe zuständigen Sklaven geleert wurde.*

III

Es war erstaunlich, wie leicht sich Horfax in seiner neuen Rolle als allmächtiger, allweiser und allgerechter Gott zurechtfand. Offensichtlich war er ein wirkliches Naturtalent, wenn es um göttliches Verhalten ging.

Jeder Satz, den er äußerte, war von göttlicher Weisheit erfüllt, jedes Urteil, das er fällte, von vollkommener Gerechtigkeit durchdrungen, und jede Handlung, die er ausführte, bezeugte seine überirdische Allmacht, wie sein Hofstaat nicht müde wurde, begeistert zu bekunden.

Er brauchte sich nur am Hintern zu kratzen und fügte damit der göttlichen Heilsgeschichte eine bedeutsame Episode hinzu, die verkünden zu dürfen die Propheten sich geradezu überschlugen.

Bald schon begann er naserümpfend auf die anderen Götter hinabzublicken, die aus ihrer Göttlichkeit eine so große Sache machten, als wäre Unfehlbarkeit überhaupt eine besondere Leistung, die der Rede wert sei.

Nun – für gewöhnliche Götter mochte das wahrscheinlich auch gelten. Er durfte eben nicht von seiner eigenen Großartigkeit auf andere schließen.

Gelangweilt fläzte Horfax auf seinem Thron herum, während ihm zwei Sklaven mit großen Fächern Luft zuwedelten – aufgrund der Nähe zum flüssigen Planeten-

* Die offizielle Bezeichnung dieses bei Hof sehr begehrten Amtes lautete »Erster Peristaltischer Zeremonienmeister und Oberster Wächter des Königlichen Magenkübels«, wurde jedoch umgangssprachlich oft zu dem weniger umständlichen, wenn auch unpoetischeren »Kotzmeister« verkürzt.

kern herrschten im Unterweltreich Arkzul stets ziemlich stickige Verhältnisse.

Es war die Stunde des Gerichts, also die beste Gelegenheit, göttliche Gerechtigkeit walten zu lassen.

»Bitte«, wimmerte der Angeklagte, ein schmächtiger Kobold, der bebend vor den Stufen des Throns auf dem Boden kauerte. »Habt Gnade! Ich wusste nicht, dass ich gegen ein heiliges Gebot verstoße! Ich flehe Euch an, was soll nur mit meiner Frau und unseren acht Kindern geschehen!«

Der Kobold wagte einen ängstlichen Blick auf den Herrscher, um zu sehen, ob seine Vorstellung irgendeinen tieferen Eindruck bewirkte.

Horfax schien jedoch ganz in seiner eigenen Gedankenwelt versunken.

Fasziniert begutachtete er den Inhalt seiner Nase, den er soeben nach intensiven Bohrarbeiten zutage gefördert hatte.

Der Popel eines Gottes, dachte er. Im gerechten Zorn von göttlicher Hand geschleudert, könnte er Tausende auf einen Streich vernichten …

»Ich bin nur ein einfacher Dungsammler«, jammerte der Angeklagte. »Was ich mit meiner Hände Arbeit verdiene, genügt kaum für das tägliche Brot! Was soll aus meiner armen Witwe, was aus meinen Waisen werden? Ich schwöre, ich wusste nicht, dass ich gegen ein heiliges Gebot verstoße! Es gibt so viele neue Gebote! Wie sollte ich …«

»Genug!«, rief Horfax, plötzlich aus seinen theologischen Spekulationen erwachend, und schmierte die popelige Reliquie unter die Lehne seines Throns. »Schori. Was wird diesem Jammerlappen vorgeworfen?«

»Hier steht, er habe einen schweren Verstoß gegen eines Eurer heiligen Gebote begangen und damit unverzeihliche Schuld auf sich geladen«, entgegnete der Wesir, während er eine Schriftrolle überflog, die ihm ein Hofbeamter gereicht hatte. »Gegen das 1383.«

»Das 1383.«, wiederholte Horfax. »Ist das das mit den verbotenen Wörtern?«

»Einen Moment«, sagte Schorak. »Ich schlage sofort nach.«

Er trat an ein Podest und blätterte in dem mächtigen Wälzer, der darauf lag. Das Buch enthielt sämtliche 5325 heiligen Gebote, die sich die besten Theologen des Reiches in Horfax' Auftrag ausgedacht hatten – ein Gott ohne einen Haufen möglichst rätselhafter und sinnloser Vorschriften war einfach unvorstellbar.

»Ah, ich hab's«, sagte Schorak. »Es ist das Gebot über das Tragen von Sandalen aus Ziegenleder.«

Das 1383. Gebot: Höre, was dein Herr und Gott, Horfax der Dritte von Grymmenstein, dir befiehlt: Sandalen aus dem Leder der Ziege magst du tragen an allen Tagen des Jahres, doch nicht am Dienstag der zweiten Woche jedes Monats, dessen Zahl gerade, sowie am Donnerstag der dritten Woche jedes Monats, dessen Zahl ungerade. An den genannten Tagen sollst du stattdessen Sandalen aus Kalbsleder tragen, doch nur, sofern das Kalb, aus dessen Leder das Schuhwerk gefertigt, nicht in einem Ziegenstall geboren noch anderweitig Umgang mit Ziegen gepflegt hat. Gepriesen sei die Weisheit Horfax' des Dritten, denn sie kennt keine Grenzen.

»Du hast es gehört«, wandte sich Schorak an den Angeklagten. »Was hast du zu deiner Verteidigung vorzubringen?«

»Es sind die einzigen Sandalen, die ich besitze!«, schluchzte der Kobold. »Ich bin nur ein armer Dungsammler! Und ich wusste nicht, dass es dieses Gebot überhaupt gibt! Auch Ihr musstet doch erst nachschlagen …«

Horfax' Finger krallten sich um die Lehnen des Throns.

»Willst du damit sagen, du zweifelst an meiner Allwissenheit?«, stieß er bedrohlich leise hervor.

Der Angeklagte versuchte es mit einer Änderung der Strategie und rang sich ein verkrampftes Lächeln ab. »Nein, ganz und gar nicht, allweiser Herrscher. Aber ... ich meine, das Gebot ergibt doch eigentlich überhaupt keinen Sinn, oder?«, steckte er ahnungslos seinen Kopf noch tiefer in die Schlinge. »Wenn man genauer darüber nachdenkt ...«

Horfax sprang auf.

»Das genügt!«, donnerte er. »Ich, Horfax der Dritte von Grymmenstein, Gott und absoluter Herrscher, spreche den Angeklagten hiermit der Gotteslästerung für schuldig und bestimme, dass er in die Schlangengrube geworfen werden soll.«

»Nein!«, kreischte der Verurteilte. »Bitte, ich flehe Euch an, göttlicher Herrscher, habt Gnade mit mir!«

»Du hast den Herrscher gehört. Das Urteil ist gefällt«, sagte der Wesir. »Wachen, führt ihn ab!«

»Bitte!«, schluchzte der Angeklagte, während ihn die Wachen aus der Halle schleppten. »Habt Gnade!«

»Halt!« Plötzlich hatte Horfax die Hand gehoben. »Vielleicht habe ich das Urteil wirklich vorschnell gesprochen.«

Ein Hoffnungsschimmer zeigte sich auf dem Gesicht des Angeklagten, er machte sich von den Wachen los und eilte zum Thron, wo er sich zu Boden warf.

»Danke, göttlicher Herrscher!«, rief er. »Eure Gnade kennt wirklich keine Grenzen!«

»Ja«, sagte Horfax und rieb sich nachdenklich das Kinn. »Werft ihn nicht in die Schlangengrube.«

»Danke, göttlicher Herrscher!«

»Die Biester haben sich in letzter Zeit sowieso ein wenig überfressen. Werft ihn stattdessen in die Riesenspinnengrube.«

»Was? Nein! Ich flehe Euch an!«, schrie der Verurteilte. »Nicht die Spinnengrube! Ich leide an Spinnenphobie!« Doch alles Protestieren half ihm nichts. Auf einen Wink des Herrschers zerrten ihn die Wachen mit sich fort aus der Halle.

Sein Jammern und Wehklagen war noch eine Weile zu hören, bis es ganz verklang.

»Bringt den Nächsten herein!«, befahl der Wesir.

»Das ist aber der Letzte für heute, Schori«, gähnte Horfax, der sich allmählich zu langweilen begann. Wenn er sich länger als eine Viertelstunde auf ein und dieselbe Sache konzentrieren musste, bekam er Kopfschmerzen und fing an, nervös mit den Knien zu zucken – die einzigen Ausnahmen waren ausufernde Fressgelage, blutige Gemetzel in der Arena und Schäkereien mit seinen Konkubinen, obwohl auch da der zeitliche Rahmen, wenngleich aus anderen Gründen, recht begrenzt war.

»Wie Ihr befiehlt, Majestät«, verneigte sich Schorak.

Zwei bullige Wachen schleppten einen Kobold in die Halle und brachten ihn vor die Stufen des Throns.

»Auf die Knie, du Wurm!«, grunzte einer der Wächter. »Du stehst vor deinem Herrscher und Gott!«

»Er ist kein Gott!«, entgegnete der Gefangene trotzig.

Ein erschrockenes Keuchen ging durch die Reihen der versammelten Hofschranzen. Ein derartiges Sakrileg hatte die geweihte Luft dieses Thronsaals noch nie zuvor verpestet.

Horfax', der die kurze Pause genutzt hatte, sich einen kleinen Imbiss in Form einer knusprig gebratenen Unterweltratte zu genehmigen und sich nun das Fett von den Fingern leckte, hielt inne.

»Was sagst du?«, zischte er bedrohlich und beugte sich vor, soweit es seine mächtige Plauze zuließ.

»Ich sagte: Du bist kein Gott!«, wiederholte der Gefangene und richtete sich stolz zwischen seinen Wächtern auf.

Für einen Kobold war er ungewöhnlich groß, ein Hüne geradezu, seine speckige Lederschürze und die muskulösen Arme gaben ihn als Schmied zu erkennen.

»Dein Vater war kein Gott und dessen Vater ebenfalls nicht«, knurrte er. »Ihr Grymmensteins seid bloß eine Bande von Emporkömmlingen, die es sich auf dem Thron bequem gemacht haben und nun das Volk knechten, während sie selbst in Saus und Braus leben.«

Absolute Stille erfüllte den Thronsaal.

Dann explodierte Horfax.

»Auf den Boden mit ihm!«, kreischte er. »Ich will sein Gesicht im Staub sehen!«

Erst als noch drei weitere Wachen hinzueilten, gelang es ihnen mit vereinten Kräften, den Schmied auf den Boden zu werfen.

»Wer ist diese nichtswürdige Made?«, fauchte Horfax seinen Wesir an.

»Er heißt Dorgol und arbeitet in der Waffenschmiede der Finsteren Legion«, antwortete Schorak. »Ihm wird vorgeworfen, Eure Autorität infrage gestellt zu haben, Euer Boshaftigkeit, aber wenn ich geahnt hätte, wie schwer sein Vergehen tatsächlich ist, hätte ich es niemals gewagt, Euch mit seiner frevelhaften Anwesenheit zu belästigen. Darf ich vorschlagen, ihn ohne Umschweife zu einem langen und grausamen Tod zu verurteilen? Und wenn Ihr mir in Eurem gerechten Zorn über mein unverzeihliches Versagen dasselbe Schicksal zudenkt, so versichere ich Euer Majestät, dass Ihr meine vollste Unterstützung habt.«

Horfax ließ sich auf seinen Thron zurücksinken, heftig schnaufend und bebend vor Wut.

Dann verzogen sich seine Lippen plötzlich zu einem boshaften Lächeln.

»Nein«, sagte er. »Nein, mit ihm habe ich etwas ganz Besonderes vor. Er behauptet, ich sei kein Gott? Dann gebe ich ihm die Gelegenheit, diese Behauptung zu beweisen. Vor den Augen des ganzen Volkes von Arkzul. Im Sand der Arena.«

»Ihr wollt ihn in der Arena sterben lassen?«, fragte der Wesir. »Im Kampf gegen die wilden Bestien?«

»Das wird mehr als ein Kampf!« Mithilfe seiner Dienerschaft erhob sich Horfax schwerfällig vom Thron und schritt die Stufen hinab. »Ein Gottesbeweis! Denn wenn er recht hat, und ich wirklich kein Gott bin, dann werde ich auch nicht die Macht haben, ihn zu vernichten. Wenn er aber unrecht hat …« Horfax blieb stehen, die Spitze seiner Sandale einen Zentimeter vom Kopf des Schmieds entfernt, der von den Wachen noch immer mit Gewalt auf den Boden gepresst wurde. »Wenn er unrecht hat … dann wird er durch meinen göttlichen Zorn die gerechte Strafe für seinen Frevel erleiden. Und sein Tod wird der Beweis meiner Göttlichkeit sein!«

»Eine brillante Idee, Euer Majestät«, applaudierte Schorak. »Eure göttliche Weisheit kennt wahrhaftig keine Grenzen.«

Der gesamte Hofstaat spendete Beifall, während sich Horfax zufrieden in der allgemeinen Bewunderung sonnte.

»Heute in zehn Tagen wird das Gottesurteil gefällt«, verkündete er siegessicher. »Dann wirst du für deine Sünden bezahlen, Dorgol.«

Den Rest des Tages nahm er sich frei.

Als göttliches Genie hatte er sich das redlich verdient.

IV

Am Nachmittag des nächsten Tages erschien ein Bote mit einem Eilbrief von Prilda von Düsterborg, Horfax' Verlobter.

Mein herzallerliebster Faxl,

rat mal, wer dich bald besuchen kommt!

Genau: Ich, deine geliebte Dada! Hast du mich vermisst? Sag nichts, natürlich hast du mich vermisst! Ich dich aber auch, das kannst du mir glauben! Wie sich mein armes Herz seit dem Winter nach dir verzehrt hat, Faxlchen, und nicht nur mein Herz! Ach ja, wie die Zeit vergeht!

Bist du aber auch schön brav gewesen? Bist du auch immer keusch und deiner Dada treu geblieben und hast nur an sie gedacht, wenn du mit deinem Faxl-Zapfen gespielt hast?

Weil – wenn nämlich nicht, muss sie dir aber den ungehorsamen Popo mit ihrer Reitgerte versohlen, und da hilft dann kein Bitten und Betteln, kein Flehen um Gnade, denn Strafe muss sein!

Würde dir das etwa gefallen? Sag nichts, natürlich wird es dir gefallen, ich kenn doch meinen Faxl!

Und du wirst staunen, ich habe jetzt ein paar feine neue Reitgerten und auch einige ganz besondere Spielzeuge, die ich erst letzte Woche unten in der Stadt bei einem Händler im Vergnügungsviertel gekauft hab, ganz allein! Kannst du dir das vorstellen, deine Dada, allein unter Huren, Säufern und perversen Lustmolchen? Ein richtiges Abenteuer, das kann ich dir sagen! Aber du brauchst dir keine Sorgen zu machen, es ist gar nichts passiert, und die Leibwächter haben auch gut auf mich aufgepasst, da brauchte nur einer frech kucken und gleich hatte er ein Schwert zwischen den Rippen! Doch ich schweife ab.

Der Bote, der dir diesen Brief überbringt, ist mir nur um einige Stunden voraus, du kannst dich also darauf gefasst machen, mich recht bald in die Arme schließen zu dürfen!

Es küsst und knutscht dich
Deine Dada

PS: Von einigen der Spielzeuge weiß ich gar nicht, wofür sie eigentlich gut sind, aber das können wir ja dann gemeinsam herausfinden! Außerdem habe ich auch neue Wäsche für »untendrunter«, die du noch gar nicht kennst, ganz edle Stoffe aus dem fernen Süden, da wirst du aber Augen machen, und nicht nur Augen!

PPS: Papa lässt dich recht schön grüßen, er wäre auch gern mitgekommen, aber nun muss er leider das Bett hüten, weil er einen Jagdunfall gehabt hat. Die Ärzte meinen, er kann von Glück sagen, dass er noch am Leben ist, aber er redet die ganze Zeit nur von diesem Horn-Lumak, der ihn fast zertrampelt hätte. »Ein kapitaler 27-Ender!«, sagt er immer, »bei den stinkenden Schwefelgruben, ein kapitaler 27-Ender, wenn ich je einen gesehen habe!« Und dabei leuchten seine Augen, und er kann es kaum erwarten, wieder auf die Jagd zu gehen. Na ja, du kennst ihn ja! Ich soll dir übrigens von ihm ausrichten, dass unser Ehevertrag fertig ist, und deine Rechtsgelehrten sollen ihn sich mal ansehen. Wegen unserer Hochzeit habe ich auch noch so einiges in Planung, doch alles Weitere mündlich! (Ich weiß, was du jetzt denkst, Faxl! Und ich denk dasselbe!)

Horfax, genannt Faxl, ließ den Brief sinken.

Dem überraschenden Besuch seiner Verlobten sah er mit durchaus gemischten Gefühlen entgegen.

Prilda entstammte einem uralten Adelsgeschlecht von Schattenkobolden, den Düsterborgs, die seit jeher die Koboldreiche nördlich von Arkzul regierten.

Zwischen den Grymmensteins und den Düsterborgs hatte viele Jahrhunderte lang Feindschaft geherrscht, seitdem Horfaxius der Rücksichtslose, Horfax' Urahn, bei einem gemeinsamen Saufgelage eine abfällige Bemerkung über die gähnende Leere in den düsterborgschen

Schatzkammern fallen gelassen hatte. Die Grymmensteins ihrerseits erzählten natürlich eine andere Version der Geschichte, nach der sie selbst die Beleidigten waren, was immer die intriganten Düsterborgs auch behaupten mochten.

Wie dem auch sei, die Gemüter waren jedenfalls einmal entflammt und die einzig mögliche Konsequenz lautete Krieg.

Zehntausende von Schattenkobolden, die persönlich eigentlich gar nicht involviert waren, rüsteten sich auf beiden Seiten, um mehr oder weniger begeistert den edlen Namen ihrer geliebten Herrscher zu verteidigen.

Und für Aasfresser jeglicher Art brach ein goldenes Zeitalter an.

Zweihundert Jahre später, die Zahl der Gefallenen hatte bereits schwindelerregende Höhen erreicht und die sogenannten Heldenfriedhöfe waren hoffnungslos überfüllt, wenn man sich überhaupt noch die Mühe machte, die Toten zu begraben, anstatt sie einfach direkt den bereits erwähnten Aasfressern zu überantworten – zweihundert Jahre später also ließen sich sowohl bei den Grymmensteins als auch bei den Düsterborgs Anzeichen einer leichten Kriegsmüdigkeit erkennen. Weder politisch noch militärisch konnten besondere Fortschritte vermeldet werden, und wirtschaftlich lief das Ganze sowieso schon längst auf eine komplette Katastrophe hinaus.

Folglich beschloss man, die Vergangenheit ruhen zu lassen und einen Waffenstilltand zu schließen.

Das geschah während der Regentschaft von Horfax' Großvater.

Und einige Jahrzehnte später waren der Frieden und die neu gewonnene Freundschaft zwischen den beiden Herrscherfamilien bereits so weit gefestigt, dass eine Heirat zwischen zweien ihrer Sprösslinge durchaus denkbar war.

Ihre Väter hatten die Verbindung zwischen Horfax und Prilda noch vor deren Geburt vereinbart, beide in der heimlichen Überzeugung, damit ein gutes Geschäft gemacht und erreicht zu haben, was militärisch über zwei Jahrhunderte nicht gelungen war, nämlich einen Fuß in die Haustür des anderen zu bekommen.

Im Prinzip hatte Horfax absolut nichts gegen seine Verheiratung mit Prilda einzuwenden, jedenfalls sofern sie ihn nicht daran hinderte, sein geliebtes Junggesellendasein auch danach noch uneingeschränkt weiterführen zu können.

Zweifelsohne würde die Verbindung mit Prilda seinen Einflussbereich beträchtlich erweitern, und manchmal sah er sich bereits als Kaiser der Vereinigten Reiche von Schattenkoboldanien, nur noch einen Schritt von der Weltherrschaft entfernt.

Hinzu kam, dass Prilda nach schattenkoboldianischen Maßstäben durchaus attraktiv war, mit ihrem süßen kleinen Mopsgesicht, ihrem niedlichen Schmollmund und nicht zuletzt ihrem respektablen Vorbau.

Außerdem war sie im Bett eine echte Granate und hatte einige Tricks drauf, angesichts derer selbst Horfax' Konkubinen wie fromme Betschwestern wirkten.

Das Problem mit der Heirat war auch nicht so sehr das Danach, sondern eher das Davor. Denn bis es so weit war, musste sich Horfax zumindest den Anschein der Treue geben, um die lukrative Verbindung nicht platzen zu lassen.

Zwar hatte er Prilda im Verdacht, selbst keinesfalls eine Heilige zu sein. Aber ihre Drohungen, was sie mit ihm anstellen würde, wenn sie ihn mit einer anderen erwischen sollte, gingen weit über ihre neckischen Reitgertenspielchen hinaus.

Er musste also vorsichtig sein, zumindest bis die Tinte auf dem Hochzeitsvertrag getrocknet war, denn das

Recht der Schattenkobolde verbot Ehescheidungen aus Prinzip.*

Nachdem er Prildas Brief erhalten hatte, schickte er seine enttäuschten Konkubinen aus dem Palast fort und wies einige Bedienstete an, alle verdächtigen Spuren weiblicher Präsenz aus seinen Gemächern zu entfernen.

Dabei fanden sie einen ganzen Berg verführerischer Unterwäsche, ein breites Sortiment teils rätselhafter Liebesutensilien und zudem eine unglückliche Mätresse, die vor zwei Tagen bei einem Rollenspiel gefesselt, in einem Schrank eingeschlossen und dann vergessen worden war, worüber sie sich verständlicherweise sehr erregte, wenn auch anders als ursprünglich intendiert.

V

Das arkzulsche Hofzeremoniell schrieb bei hohem Staatsbesuch die Einhaltung eines umfangreichen Protokolls vor, das durch Horfax' neuen Gottesstatus noch um einige Punkte erweitert worden war.

So wurden nicht nur die vereinten Anstrengungen der traditionellen neunundzwanzig Fanfarenbläser, des Obersten Ausrufers und seiner acht Unterausrufer, der vier Roter-Teppich-Ausroller sowie der hundertachtundvierzig Begeisterten Hofschranzen gefordert, sondern zusätzlich die Anwesenheit der sieben höchsten Vertreter des Klerus, die mit wichtigen Mienen den Thron umstanden und dafür zu sorgen hatten, dass auch aus theologischer Sicht alles mit rechten Dingen zuging.

Horfax selbst hatte sich ordentlich in Schale geworfen

* Selbst in Fällen schwerster körperlicher und seelischer Misshandlung: Altehrwürdige Tradition eben.

und trug seine goldbetresste Uniform des Generalfeldmarschalls, die ihn als Oberbefehlshaber der Armee von Arkzul auswies.

Seine Brust war mit Dutzenden von Orden und Ehrenabzeichen geschmückt, unter anderem mit der dreifachen Doppel-Platinaxt, der höchsten Auszeichnung des Reiches, die er für seine sagenhafte Tapferkeit in der Schlacht von Ruusch-Kber erhalten hatte.

Böse Zungen behaupteten zwar, Horfax hätte sich zum Zeitpunkt des Kampfes gar nicht auf dem Schlachtfeld, sondern tatsächlich zweihundert Kilometer entfernt in einem Bordell namens »Tante Roswithas Sündiges Lustschlösschen« befunden, und die »Verletzung«, die er sich beim Kavallerieangriff auf den Feind zugezogen hatte, rühre mitnichten daher, dass ihm das Reittier unter den Beinen weggeschossen worden war, sondern sei vielmehr die Folge einer allzu wilden Reitstunde bei Tante Roswitha persönlich gewesen.

Doch nachdem sichergestellt worden war, dass besagte Zungen und ihre Inhaber künftig getrennte Wege gingen, verstummten diese verleumderischen Gerüchte bald.

Ein atemloser Bote erschien im Thronsaal.

»Sie kommt!«, keuchte er.

Die neunundzwanzig Fanfarenbläser hoben ihre Horntröten an die Lippen, die Ausrufer sangen sich auf einen Grundton ein, die Teppichroller krempelten die Ärmel hoch, die Hofschranzen machten begeisterte Gesichter und die Kleriker bemühten sich redlich, würdevoll und weise zu wirken.

Horfax selbst zog den Bauch ein und schob Kinn und Brust raus.

Und dann, noch bevor die Ausrufer Gelegenheit bekamen, auch nur die ersten sieben offiziellen Titel des hohen Besuchs aufzuzählen, platzte Prilda mit einem »Juhu, Faxl, rat mal, wer hier ist!« in den Thronsaal, rannte unter dem Getröte der verspätet einsetzenden Fanfaren den schwitzenden Teppichrollern hinterher bis zum Thron und warf sich Horfax jauchzend an den Hals.

»Na, ein bisschen mehr könntest du dich schon freuen, deine Dada zu sehen!«, tadelte sie und trat einen Schritt zurück.

»Ich …«, begann Horfax.

»Uh, da hat aber jemand ganz schön zugenommen«, kicherte Prilda und befühlte seinen Bauch. »Da werd ich dich wohl auf Diät setzen müssen, mein kleiner Speckie-Faxl! Wir wollen doch nicht, dass du wie mein Cousin Egilrokeosch endest! Der kommt nur noch mit einem Kran aus dem Bett!«

»Ich …«, begann Horfax.

»Du, dein Thronsaal ist aber wirklich scheußlich eingerichtet! Na, zum Glück bin ich ja jetzt hier, ich hab da schon ein paar tolle Verbesserungsideen! Hab ich dir eigentlich schon erzählt …«

Während Prilda unbeirrt weiterplauderte, bedachte Horfax seinen Hofstaat mit einem grimmigen, unmissverständlichen Blick.

Der Erste, der sich berufen fühlt, einen witzigen Kommentar abzulassen, so besagte dieser Blick, gewinnt einen Gratisurlaub in der Spinnengrube.

Versprochen.

Kurz darauf entschied Prilda, den Rest der Zeremonie abzukürzen und gleich zum inoffiziellen Programmpunkt des Reitgertenrituals überzugehen, was Horfax wenigstens ein bisschen für die blamable Szene im Thronsaal entschädigte.

»Ich bin ein böser Junge gewesen«, gestand er, auf allen vieren durch das Schlafgemach kriechend.

»Strafe muss sein!«, bestimmte Prilda, die rittlings auf seinem Rücken saß, und ließ die Reitgerte pfeifen.

Etwas später lagen sie erschöpft und befriedigt auf Horfax' großem Himmelbett. Prilda hatte ihren Kopf auf seine breite Brust gelegt und ruhte wohlig seufzend auf seinen wogenden Körpermassen wie eine dekorative Kirsche auf einem Gebirge aus Wackelpudding.

»Ach, Faxlchen«, säuselte sie, »ich hab dich ja so vermisst!«

»Ich dich auch, kleine Dada«, grunzte Horfax und meinte es wirklich ernst.

Prilda konnte einem zwar manchmal ganz schön auf die Nerven gehen, dachte er, aber – bei den verzehrenden Feuern der Tiefe! – wenn es ums Liebemachen ging, war sie ein regelrechter Vulkan, absoluter Wahnsinn!

Alles in allem, als Gesamtpaket, musste er zugeben, war sie wirklich keine schlechte Partie.

Es kam nur drauf an, wie sie sich später mit seinen anderen Liebschaften vertrüge – aber Horfax' Mutter hatte sich mit den Mätressen seines Vaters schließlich auch leidlich abgefunden.

Nun, um ehrlich zu sein, hatte sie sich am Ende sogar gut genug mit ihnen verstanden, um gemeinsam ein handfestes Mordkomplott gegen ihren Gatten beziehungsweise Liebhaber zu schmieden.

Im letzten Moment war die Verschwörung gerade noch aufgedeckt worden, und die Affäre hatte mit der sofortigen Hinrichtung von zwölf Mätressen und der lebenslangen Verbannung von Horfax' Mutter geendet. Vatermord galt bei den Grymmensteins zwar als ehrenwerte Tradition, Gattenmord jedoch – da hörte der Spaß auf!

Doch so weit musste es ja nicht kommen.

»Ich hab dich auch vermisst, Dada«, wiederholte Horfax.

Mit spitzen Lippen gaben sie sich einen schmatzenden Kuss.

»Hab ich dir eigentlich schon erzählt, dass ich jetzt ein

Gott bin?«, fragte er stolz, in Erwartung staunender Bewunderung.

Stattdessen kicherte Prilda.

»Wieso lachst du?«

Horfax richtete sich halb auf, sodass seine Verlobte von ihrem Höhensitz aufs Bett hinabrutschte.

»Ich lach ja gar nicht«, prustete Prilda.

»Tust du doch!«, grunzte Horfax beleidigt.

»Es ist nur ... die Vorstellung, dass du ein Gott bist ... also, Faxl, das ist wirklich zu komisch!«

»Du zweifelst also an meiner Göttlichkeit?«, fragte Horfax wütend. »Weißt du, dass das ein schweres Verbrechen ist? Ich könnte dich dafür in den tiefsten Kerker werfen lassen!«

Prilda schmiegte sich an ihn.

»Das würdest du tun, Faxlchen?«, hauchte sie in sein Ohr. »Mich im tiefsten Kerker einsperren? Mich an die Wand fesseln, mit eisernen Ketten, die meine zarte, zarte Haut ritzen? Und die Wächter dürften ihren Spaß mit mir haben, einer nach dem anderen?«

Mit einem Finger strich sie zärtlich über das Zentralmassiv seines Bauches, langsam südwärts in Richtung des dort gelegenen Tals.

Horfax wandte sich unwillig ab, um zu verhindern, dass die tektonischen Entwicklungen, die sich in besagter Talregion anbahnten, seinen festen Vorsatz, beleidigt zu sein, untergraben konnten.

Die Matratze ächzte, als er aus dem Bett kletterte.

»Das ist ein ernstes Thema«, erklärte er würdevoll, während er auf einem Bein hüpfend versuchte, in seine Hose zu kommen. »Aber ich mache dir keine Vorwürfe. Frauen haben eben kein Verständnis für Theologie. Das gilt eigentlich für alle höheren Dinge. Das Weib ist seiner Natur nach ein ganz und gar sinnliches Geschöpf, beschränkt auf die Befriedigung nur der unmittelbaren körperlichen

Bedürfnisse. Darum auch fühlt es sich so zum Manne hingezogen, weil es in ihm instinktiv die Ahnung einer höheren Natur wittert und bewundert, die ihr selbst mangelt und die sie daher niemals begreifen wird.«

Dieser Spruch stammte von einem der Hoftheologen, einem griesgrämigen alten Kobold, den seine Kollegen nur die »Heilige Jungfrau« nannten. Horfax, obwohl er gewissermaßen aus der entgegengesetzten Richtung kam, war sein Frauenbild gleich sympathisch gewesen.

»Eben gerade hattest du aber gar nichts an meiner sinnlichen Weiblichkeit auszusetzen«, kicherte Prilda, die seinen Bemühungen, sich die Hose anzuziehen, amüsiert zusah.

»Auch ein Mann hat eben gewisse Bedürfnisse«, entgegnete Horfax. »Das darf ihn aber keineswegs von der Erfüllung höherer Pflichten abhalten.« Er rümpfte die Nase. »Wenn es dich interessiert: In wenigen Tagen werde ich meine Ehre gegen einen Ungläubigen verteidigen, und zwar im geweihten Sand der Arena. Du bist herzlich eingeladen, dich dabei von meiner Göttlichkeit zu überzeugen.«

Prilda setzte sich auf.

»In der Arena? Du willst doch nicht etwa selbst kämpfen?«, fragte sie plötzlich besorgt.

»Ah!« Horfax gab den Kampf mit seiner Hose vorübergehend auf. »Du machst dir also Sorgen um mein Leben?«, fragte er mit Genugtuung.

»Faxl, ich meine es ernst!«, rief Prilda. »Ich verbiete dir, in der Arena zu kämpfen!«

Stolz schob er sein Doppelkinn vor.

»Das verstehst du nicht. Ein Mann muss tun, was ein Mann tun muss. Umso mehr ein Gott! Es wäre ein Eingeständnis der Schwäche, würde ich meine Ehre nicht mit allen Mitteln verteidigen.«

»Aber wenn du verletzt wirst! Faxl, ich verbiete es dir!«

Horfax grinste – die Kleine schien ihn tatsächlich zu lieben, wer hätte das gedacht?

»Natürlich wird es ein grausames Gemetzel werden«, erklärte er beiläufig. »Gnade wird nicht gegeben. Sollte ich im Kampfe fallen, durchbohrt von den wütenden Angriffen des Feindes, blutend aus zahllosen Wunden, so versprich mir, mich nicht zu vergessen.«

»Faxl!«, schluchzte Prilda.

»Nanana.«

Er setzte sich neben sie aufs Bett – durch sein Gewicht entstand eine Mulde, sodass sie ganz von selbst auf seinen Schoß rutschte – und nahm sie tröstend in den Arm.

»Du vergisst, dass ich ein Gott bin«, sagte er begütigend und tätschelte ihre Hand. »Ich kann also unmöglich verlieren, das ist theologisch eindeutig erwiesen.«

»Aber wenn du doch verlierst!«, schniefte sie.

Horfax strich ihr durchs Haar.

»Du brauchst dir überhaupt keine Sorgen zu machen. Dein Faxl hat noch das ein oder andere Ass im Ärmel. Alles wird gut, das kannst du mir glauben.«

»Versprochen?«, flüsterte sie.

»Versprochen«, nickte er.

»Na gut«, versetzte Prilda ein wenig beruhigt. Dann wandte sie sich ihm plötzlich zu, und aus ihrem Blick sprach wieder die gestrenge Reitgertenschwingerin. »Aber wage es ja nicht, vor unserer Hochzeit zu sterben, Faxl, ich warne dich! Ich hab mir nicht so viel Mühe mit der ganzen Planung gegeben, damit du mich im letzten Augenblick versetzt und vor allen meinen Freundinnen blamierst! Wenn die Hochzeit ins Wasser fällt, nur weil du in dieser blöden Arena stirbst, kannst du was erleben!«

VI

Der Bestienkerker befand sich in den Kellern unterhalb des Kolosseums und war nicht unbedingt der bevorzugte Aufenthaltsort für Leute mit empfindlichen Nasen.

Ein Experte konnte in den stickigen, schlecht belüfteten Räumen den Gestank von mindestens neunundzwanzig verschiedenen Ausscheidungsprodukten monströser Verdauungssysteme unterscheiden, sofern er nicht vorher in Ohnmacht fiel.

Verfeinert wurde diese Geruchsmischung noch durch das Aroma faulender Fleischabfälle und die Ausdünstungen purer kreatürlicher Aggressivität in Gefangenschaft.

Ununterbrochen knurrte, bellte, fauchte, zischte und jaulte es hinter den massiven eisernen Zellentüren, schwere Schritte wanderten unruhig auf und ab, ab und auf, Ketten klirrten, und manchmal drohte ein wütender Hieb eine der Türen aus den Angeln zu werfen.

Das Arbeitsklima, das hier unten herrschte, zog einen ganz besonderen Personenkreis an: Der durchschnittliche Bestienaufseher war traditionell missgestaltet, pockennarbig, bucklig und hässlich wie die Nacht, hatte einen Klumpfuß, mächtig mentale Schlagseite und ein ständiges Grinsen auf den schiefen Lippen, obwohl weder die zuvor genannten Eigenschaften noch sein wenig beneidenswerter Job Aufschluss darüber gaben, mit welcher Berechtigung eigentlich.

»Hähähähä!«, krächzte der Bestienmeister, und fügte verschwörerisch hinzu: »Hä, hä!«

»Das sagtest du bereits!«, erwiderte Horfax ungeduldig. Er hielt sich ein Taschentuch vor die Nase und versuchte, so flach zu atmen wie möglich. »Ich möchte ihn sehen. Den Neuzugang! Und zwar jetzt gleich!«

Der Bestienmeister nickte.

»Hähähä!«, machte er und winkte dem Herrscher, ihm zu folgen.

»Endlich!«

Das mit Lavendelessenz getränkte Taschentuch an seine Nase pressend, watschelte Horfax dem voraushumpelnden Aufseher hinterher.

Erschrocken sprang der Herrscher zur Seite, als ein schwerer Schlag gegen eine der Zellentüren donnerte.

»Hä!«, lachte der Bestienmeister und bollerte mit seinem Spieß, den er für die Fütterung benutzte, gegen die Tür.

Auf der anderen Seite ertönte ein gereiztes Grollen, dann ein Scharren, das sich langsam entfernte, als zöge sich etwas Großes in eine Ecke des Gefängnisses zurück.

»Hähä, hä!«, erklärte der Bestienmeister grinsend.

Horfax wischte sich den Schweiß von der Stirn.

»Ja, ja«, hustete er mit trockener Kehle. »Weiter.«

Kopfschüttelnd und leise vor sich hinkichernd, humpelte der Bestienmeister weiter, bis er schließlich vor einem mächtigen Tor am Ende des Ganges stehen blieb. Es war mit meterlangen schweren Stahlriegeln gesichert.

»Hähä«, öffnete er einen Sehschlitz, der sich in dem Tor auf Augenhöhe befand, und bedeutete Horfax, näher heranzutreten.

Einen Moment lang rangen Furcht und Neugier in der Seele des Herrschers miteinander, doch dann gewann die Neugier die Oberhand, und er wagte einen Blick durch das schmale Sichtfenster.

Zunächst sah er überhaupt nichts, nur undurchdringliche Dunkelheit.

Dann, er wollte sich schon abwenden und den Aufseher, der offenbar meinte, ihn für dumm verkaufen zu können, nach hochherrschaftlicher Art zusammenfalten, bemerkte er das gleichmäßige Geräusch, das aus der Dunkelheit kam.

Es hörte sich an, als würde etwas Schweres über einen steinernen Boden hin und her geschleift.

Chhhhhhhh. Chhhhhhhhhh. Chhhhhhhhhhh.

Der Atem eines riesigen Tiers.

Plötzlich flammten zwei rote Lichter auf, wie glühende Kohlen in der Finsternis.

Im nächsten Augenblick rasten sie auch schon auf Horfax zu, so schnell, dass er gerade noch zurücktaumeln konnte, bevor ein wuchtiger Schlag das Tor mit solcher Gewalt traf, dass eine große Delle in dem massiven Stahl entstand.

Zorniges Fauchen ertönte aus dem Gefängnis, und dann krachten weitere Schläge auf das Tor ein, das bald von einem neuen Muster aus klauenförmigen Ausbuchtungen geziert wurde.

Auf ein Kommando des Bestienmeisters eilten zwei Gehilfen heran, beide ebenso bucklig und verwachsen wie ihr Boss, und schoben mit ihren Spießen große Fleischstücke durch eine Klappe neben dem Tor.

Horfax presste sich mit pochendem Herzen gegen die nächste Wand und sandte ein inbrünstiges Stoßgebet an alle Götter, die zufällig zuhörten (sich selbst eingeschlossen), dass die Riegel dem wütenden Ansturm standhalten möchten.

Schon rechnete er damit, dass das Tor jeden Augenblick aufspringen und sein Leben ein vorzeitiges und grausames Ende finden werde, als das Toben endlich nachließ.

Stattdessen waren nun gierige Schlinggeräusche zu hören, Knochen zerbarsten krachend und lautes Schmatzen und Schnaufen ertönte, gefolgt von befriedigtem Grunzen.

Tonnenschwere Schritte entfernten sich vom Tor.

»Hähähä!«, grinste der Bestienmeister, für den derartige Vorfälle anscheinend keine Besonderheit darstellten.

»Das kannst du wohl sagen«, ächzte Horfax und tupfte sich mit seinem Taschentuch den eiskalten Angstschweiß von der Stirn.

VII

Endlich kam der große Tag heran, der Tag, an dem Horfax seine Göttlichkeit höchstpersönlich im Sand der Arena unter Beweis stellen würde.

Die Karten für dieses Spektakel waren innerhalb kürzester Zeit ausverkauft gewesen, kein Arkzulianer wollte es sich entgehen lassen, seinen geliebten Herrscher kämpfen zu sehen und ihn dabei in patriotischer Pflichterfüllung aus voller Kehle anzufeuern.

Überall in der Hauptstadt hatte Horfax Plakate anschlagen lassen, die ihn zeigten, wie er den Fuß triumphierend auf den Nacken des besiegten Gottesleugners Dorgol setzte.

Bereue, Ketzer, denn die Stunde des Gerichts ist nah!

Diesen packenden Slogan hatte sich Horfax selbst ausgedacht, worauf er berechtigterweise überaus stolz war.

Bevor jedoch die Stunde des Gerichts und damit die Hauptattraktion heranrückte, mussten die Besucher des Kolosseums ein umfangreiches Vorprogramm über sich ergehen lassen, das perfekt darauf abgestimmt war, sie im exakt richtigen Verhältnis gleichermaßen zu unterhalten und zu langweilen.

Nach einem eher schwachen Intermezzo, bei dem einige ausgehungerte Sklaven mit Holzknüppeln gegen ein Rudel wilder Höllenhunde kämpften, was darauf hinauslief, das Letztere danach nicht mehr ganz so ausgehungert wirkten, hatte die Stimmung einen kritischen Punkt erreicht.

Das Publikum stampfte ungeduldig mit den Füßen, Gegenstände wurden in die Arena geworfen, »Horfax-Horfax!«-Sprechchöre forderten lautstark den Auftritt des Herrschers.

»Hörst du das?«, fragte Horfax zufrieden, während er seinen Helm aufsetzte. »Das Volk liebt mich!«

Er stand auf der Plattform eines prunkvollen Streitwagens, der von sechs gezähmten Riesenspinnen gezogen wurde, und trug seine beste Paraderüstung.

»Denk an das, was du mir versprochen hast!«, schluchzte Prilda, die schon wieder den Tränen nahe war.

»Mach dir keine Sorgen!« Horfax beugte sich zu ihr hinab und gab ihr einen Kuss. »Ich habe dir gesagt, ich werde siegen, und ich halte mein Wort.«

Er nickte dem Streitwagenführer zu, der mit der Zunge schnalzte und mit den Zügeln schnappte, worauf sich das Gespann in Bewegung setzte.

Durch ein breites Tor fuhren sie in das weite Rund der Arena ein, tosender Jubel brandete auf, als das Volk seinen Herrscher erkannte.

Drei Mal umkreiste der Streitwagen die ganze Arena, und jedes Mal, wenn sie an der Herrschertribüne vorbeikamen, warf Horfax seiner Verlobten, die dort Platz genommen hatte, eine Kusshand zu.

Dann brachte der Wagenlenker das Gefährt in der Mitte des Kampfplatzes zum Stehen.

Der Applaus verstummte.

Auf der gegenüberliegenden Seite der Arena öffnete sich ein Tor, und vier Soldaten brachten den Schmied Dorgol herein.

Der Gottesleugner trug eine leichte Lederrüstung und war an Armen und Beinen mit schweren Ketten gefesselt, die in der erwartungsvollen Stille bei jedem Schritt laut klirrten.

Einige Meter entfernt von Horfax' Streitwagen hielt der

Soldatentrupp an, sodass sich die beiden Kontrahenten von Angesicht zu Angesicht gegenüberstanden.

Ein Ausrufer trat vor und sprach in ein meterlanges Megafon aus Bronze, das auf den gebeugten Rücken von sechs Sklaven ruhte.

»Verehrtes Publikum! Bürger von Arkzul!«, schallte seine Stimme bis in jeden Winkel des Kolosseums. »Dies ist ein Tag, von dem noch unsere fernsten Nachkommen mit Ehrfurcht erzählen werden. Denn was heute im Sand dieser Arena ausgetragen wird, ist kein Kampf wie jeder andere, sondern ein Ereignis von unvergleichlicher historischer Bedeutung. Unser geliebter König und Herrscher, seine göttliche Majestät, Horfax der Dritte von Grymmenstein …«

Das Publikum brach in erneuten Jubel aus, womit es auf die Anweisungen der professionellen Anheizer reagierte, die mit ihren großen »Applaus!«-Schildern auch den Begriffsstutzigsten mitteilten, wann sie begeistert zu sein hatten.

Horfax winkte lächelnd, und der Ausrufer wartete den Beifall ab, bevor er fortfuhr:

»Unser geliebter König und Herrscher, Seine göttliche Majestät, Horfax der Dritte von Grymmenstein wird heute den endgültigen Beweis seiner Göttlichkeit erbringen und seine Ehre verteidigen gegen den infamen Frevler Dorgol, verflucht sei sein Name!«

Buhrufe und Pfiffe ertönten, ein Hagel von faulem Obst und Gemüse ging auf die Arena nieder.

Der Schmied ertrug den Hohn und Spott mit erhobenem Haupt und wandte den stolzen Blick seiner dunklen Augen nicht von seinem Gegner ab.

Der Ausrufer hob die Hand, und das Pfeifkonzert verstummte.

»Hast du noch etwas zu sagen, bevor dich deine gerechte Strafe ereilt?«, wandte er sich an Dorgol.

Der Schmied hob den Kopf.

Als er sprach, war seine volltönende Stimme auch ohne künstliche Verstärkung bis in die höchsten Ränge des Kolosseums zu hören.

»Nur dies: Was hoch steigt, wird auch tief fallen. Die Tage des Hauses Grymmenstein, dieser verkommenen Sippe von Größenwahnsinnigen und verfressenen Nichtstuern, sind gezählt. Daran wird auch mein Tod, der, wie ich annehme, bereits beschlossene Sache ist, nichts ändern. Denn ich glaube keine Sekunde lang daran, dass dieser jämmerliche Feigling, der mit seinem fetten Hintern den Thron unseres Reiches entweiht, genug Mumm in den Knochen hat, mir in einem ehrlichen Kampf gegenüberzutreten. Doch es wird eine Zeit kommen, in der sich die Tyrannen für ihre Taten verantworten müssen. Es wird eine Zeit kommen, in der das Volk seine Fesseln abschütteln wird, es wird eine Zeit ...«

Die Anheizer hoben ihre »Buh!-Majestätsbeleidigung! Nieder-mit-ihm!«-Schilder in die Höhe, und der Rest von Dorgols Rede ging in den empörten Unmutsbekundungen des Publikums unter.

»Genug!«, rief der Ausrufer, als sich der Tumult beruhigt hatte. »Aufs Neue hast du deine Unwürdigkeit bewiesen, Dorgol, und deine niedrige Gesinnung verraten, eine Gesinnung, die angesichts der Großherzigkeit, mit der unser geliebter Herrscher bereit ist, Vergebung selbst dort zu gewähren, wo sie gänzlich unverdient ist, nur um so schändlicher erscheint. Denn Seine Majestät, Horfax der Dritte von Grymmenstein, hat in seiner unermesslichen Weisheit und Güte beschlossen, Gnade walten zu lassen.«

Stille breitete sich aus.

Gnade?

Das kam unerwartet.

Der Ausrufer machte eine Pause und sah Horfax an, der bestätigend nickte.

»In Anbetracht des Umstands, dass es sich bei dem Frevler um einen gewöhnlichen Sterblichen handelt, hat unser geliebter König entschieden, dass es zutiefst ungerecht wäre, würde er selbst in seiner göttlichen Allmacht gegen ihn antreten. Darum wird er einen Stellvertreter für sich kämpfen lassen.«

Alles blieb still.

Die Applaus-Schilder zeigten keine Wirkung.

Zwar wagte es niemand, offen zu murren, aber der Stimmungsumschwung unter den Zuschauern war allgemein spürbar – ihnen war eindeutig etwas anderes versprochen worden.

»Dorgol, der Schmied«, hallte die Stimme des Ausrufers durch das Kolosseum. »Mach dich bereit, dein gerechtes Gottesurteil zu empfangen!«

Der Wagenlenker wendete den Streitwagen, und Horfax fuhr lächelnd und winkend aus der Arena, zu sehr von seiner eigenen Gottgleichheit eingenommen, um zu bemerken, dass die Begeisterung seiner Untertanen etwas zu wünschen übrig ließ.

Einer der Soldaten befreite Dorgol von den Ketten und ein anderer reichte ihm ein Kurzschwert und einen einfachen, mit Eisen beschlagenen Holzschild.

Dann verließ der kleine Trupp im Laufschritt die Arena, gefolgt von dem Ausrufer und den Sklaven.

Vier lang gezogene Fanfaren kündigten dramatisch den Beginn des Kampfes an.

Bewegt durch die Muskelkraft von einem ganzen Dutzend Kobolde, die an zwei großen Winden ächzten, schwangen die Flügel eines dritten Tors langsam auf.

In Erwartung seines Gegners wandte sich Dorgol um, wobei er das Kurzschwert prüfend in der Hand wog.

Nur die aufmerksamsten Zuschauer in den vorderen Reihen bemerkten das Funkeln in seinen Augen, als er die Waffe näher betrachtete.

Es war ein einfaches Kurzschwert, wie es von den Fußsoldaten der Finsteren Legion benutzt wurde.

In seine stählerne Klinge war ein kleines »D« geätzt worden.

»D« wie *»Dorgol«*.

Das Schicksal hatte dem Schmied ausgerechnet eine Waffe in die Hand gespielt, die er selbst gefertigt hatte.

»Tataa!«, erschien Horfax, den Helm unter dem Arm, auf der Herrschertribüne. »Da bin ich schon wieder. Unverletzt und in einem Stück. Zufrieden?«

Prilda, die auf einem Berg von Kissen zwischen ihren Sklavinnen Platz genommen hatte, drehte sich zu ihm um, und der Goldschmuck, den sie zu dem feierlichen Anlass angelegt hatte, klimperte leise.

»Aber ... ich dachte, du wolltest selbst kämpfen«, sagte sie. Ein Hauch von Enttäuschung schwang in ihrer Stimme mit.

Horfax ließ sich schnaufend neben ihr nieder.

»Ja, das dachtest du«, antwortete er. »Und deswegen hast du dir furchtbare Sorgen um mein Leben gemacht. Völlig unbegründet, wie du jetzt siehst.«

Er schnipste mit den Fingern, worauf zwei Sklaven mit großen goldenen Tabletts herbeieilten, auf denen verschiedene arkzulische Spezialitäten appetitlich angerichtet waren: gegrillte Fledermausmohren, Höhlenwurmzipfel im Teigmantel, saure Dunkelschneckenstielaugen in Aspik.

»Ja, ich hab mir Sorgen gemacht. Aber ...« Prilda unterbrach sich und fügte leise hinzu: »Ich war auch stolz auf dich.«

»Frauen!«, schmatzte Horfax. »Ihr wisst doch nie, was ihr wollt! Komm, mach es dir bequem und genieß die Vorstellung. Und nachher spielen wir noch eine Runde Dressurreiten, zur Feier meines Triumphes.«

Er stupste Prilda an, die ihm nicht zuhörte, sondern ihre Augen auf den Schmied in der Arena gerichtet hielt, der langsam auf das Tor zuschritt.

»Dada?«

»Hm?«

»Dada-Faxl-Reitgerte?«, fragte Horfax erwartungsvoll.

»Ach ja …«, entgegnete sie abwesend, ohne ihn anzublicken. »Vielleicht. Mal sehen.«

Die Torflügel hatten sich bereits zur Hälfte geöffnet, als ein schwerer Schlag sie plötzlich von innen aufstieß, sodass die an den Winden schuftenden Kobolde hilflos durch die Luft geschleudert wurden.

Einer von ihnen, augenscheinlich kein Günstling der Schicksalsgöttin, landete rücklings im Sand der Arena, genau vor dem offenen Tor.

Stöhnend richtete er sich auf, einen saftigen Fluch auf den Lippen – und erstarrte.

Seine Augen weiteten sich vor Entsetzen, hastig kam er wieder auf die Beine und stolperte einige Meter weit, bevor er von einem riesigen Maul gepackt und in die Höhe gerissen wurde.

Das Publikum schnappte nach Luft, ein Raunen ging durch das Kolosseum: ein Brachul, eine Schreckens-Echse – das war kein Kampf, sondern eine Hinrichtung.

Einst, so hieß es, hatten diese riesigen Fleischfresser und ihresgleichen die Welt beherrscht, bevor eine kosmische Katastrophe sie an den Rand der Vernichtung getrieben hatte.

Heute lebten nur noch einzelne Exemplare in entlegenen, unzivilisierten Weltgegenden, deren Bewohner sie als Gottheiten anbeteten und mit einer traditionellen Diät aus regelmäßigen Jungfrauenopfern versorgten.

Ein ausgewachsener erzürnter Brachul durfte ohne

Übertreibung als Naturgewalt von göttlichen Proportionen bezeichnet werden.

Aufrecht auf ihren muskulösen Hinterläufen stehend, konnten diese Riesenechsen von den Klauen bis zum Kopf gute neun Meter messen. Ihr Maul war groß genug, um einen preisgekrönten Mastbullen damit zu packen, und ihre dolchartigen Zähne waren so scharf, dass sie ihn ohne große Schwierigkeiten in zwei Hälften zerteilen konnten.

Bei der Verfolgung ihrer Beute vermochten sie Geschwindigkeiten zu erreichen, die selbst das schnellste Rennpferd wie eine lahmende Schindmähre auf dem Weg zum Abdecker aussehen ließen. Ein Hieb mit ihrem langen Schwanz genügte, um junge Bäume wie Streichhölzer zu knicken.

Mit einer raschen Bewegung des Kopfes warf der Brachul den zappelnd um sein Leben kreischenden Kobold in die Höhe und verschlang ihn in einem Stück.

Dann stieß er ein durchdringendes Heulen aus und wandte sich Dorgol zu.

Der gierige Ausdruck in seinen kalten Reptilienaugen ließ keinen Zweifel daran, dass sein Hunger auf Schattenkoboldfleisch heute noch nicht gestillt war.

Ohne den Blick von dem Brachul abzuwenden, warf der Schmied seinen Schild zur Seite – gegen diesen Gegner würde er ihm nichts nützen.

Mit gesenktem Kopf ging das riesige Reptil zum Angriff über.

Beinahe schien es, als habe Dorgol sich bereits mit seinem Schicksal abgefunden, so regungslos erwartete er den Ansturm der Bestie. Doch in der letzten Sekunde brachte er sich mit einem Hechtsprung in Sicherheit, sodass die gewaltigen Kiefer, die ihn sonst zweifellos in der Körpermitte durchtrennt hätten, in der leeren Luft zusammenschnappten.

Einen halben Atemzug später rettete er sich durch eine

Seitwärtsrolle vor der krallenbewehrten Klaue des Brachul, die mit der Gewalt eines zentnerschweren Hammers auf ihn niedersauste.

Vereinzelte Zuschauer nickten beifällig.

Dieser Kampf dauerte bereits mehr als fünf Sekunden – und damit ungefähr fünf Mal so lang wie allgemein erwartet.

Dennoch blieb Dorgols unausweichliche Niederlage nur eine Frage der Zeit.

Der Schmied kam wieder auf die Beine, zog gerade noch rechtzeitig den Kopf ein, um nicht von dem Schwanz des Brachul getroffen zu werden, und ging zum Gegenangriff über.

Er hob das Kurzschwert mit beiden Händen und führte einen Stoß gegen den linken Hinterlauf seines Gegners.

Die Riesenechse brüllte zornig auf, als sich der rasiermesserscharfe Stahl durch den Panzer aus Drachenschuppen tief in ihr Fleisch bohrte.

Dass eine Mahlzeit die Unverschämtheit besaß, gegen das Gefressenwerden aufzubegehren, war eine völlig neue Erfahrung für den Brachul.

Dorgol nutzte das Überraschungsmoment und stieß noch ein weiteres Mal zu, bevor er sich zwischen den Beinen der Echse in relative Sicherheit brachte.

Damit spielte er ein gefährliches Spiel, denn während er hier unten zwar der Reichweite des wütend nach ihm schnappenden Mauls entzogen war, drohten ihn andererseits die baumstarken Hinterläufe des Urzeitriesen jederzeit zu zerquetschen.

Es hatte beinahe komödiantische Qualitäten, wie sich der Brachul vergeblich um die eigene Achse drehte, gleich einem Hund, der den eigenen Schwanz jagt, und dabei versuchte, seinen wieselflinken Gegner zu fassen zu kriegen. Lachen wurde im Publikum laut, hier und da auch verhalten Applaus gespendet.

Alles in allem lieferte dieser Schmied gar keine so schlechte Vorstellung ab.

Horfax ballte die Fäuste.

»Was treibt er denn da!«, fluchte er und schlug so heftig auf den Tisch mit den kulinarischen Spezialitäten, dass das goldene Geschirr klapperte. »Ich will endlich, dass diese nichtswürdige Made zermalmt wird!«

»Nur Geduld, Majestät«, beschwichtigte der Wesir, der neben ihm auf der Herrschertribüne Platz genommen hatte. »Es ist bloß eine Frage der Zeit, bis den Frevler seine gerechte Strafe ereilen wird.«

Ewig konnte die Strategie des Schmieds in der Tat nicht gut gehen.

Erbost über die Dreistigkeit, mit der ihm seine Beute jedes Mal aufs Neue entwischte, und aufgestachelt durch den Schmerz in seinem Bein, steigerte sich der Brachul immer mehr in eine wahre Raserei hinein.

Dorgol seinerseits trug weiter zu der Wut der Schreckens-Echse bei, indem er bei jeder Gelegenheit, die sich bot, von seinem Kurzschwert Gebrauch machte.

Endlich geschah jedoch, was geschehen musste: Ein eher zufälliger Tritt erfasste den Schmied, gefolgt von einem gezielten Hieb des peitschenden Brachul-Schwanzes, der ihn zehn Meter weit durch die Arena schleuderte.

Ächzend landete Dorgol auf dem Rücken und blieb wie tot im Sand liegen.

Gespannte Stille breitete sich auf den Rängen aus.

Zufrieden rieb sich Horfax die Hände.

»Siehst du«, frohlockte er und stieß Prilda bedeutsam mit dem Ellenbogen in die Seite, »jetzt kommt das Gottesgericht!«

»Ach«, sagte sie wegwerfend und fuhr fort, nervös an ihren Fingernägeln zu kauen.

Mit großen Schritten, seiner Beute gewiss, näherte sich der Brachul dem Schmied.

Zäher Speichel triefte aus seinem offenen Maul, als er sich über seine gefallene Beute herabbeugte, um sich den verdienten Lohn seiner Mühen einzuverleiben.

Doch auch diesmal wurde seine Erwartung enttäuscht, und zwar weit bitterer als zuvor.

Plötzlich versank eine Hälfte der Welt in Dunkelheit, und ein Schmerz, wie er ihn nie gekannt hatte, erfüllte die rechte Seite seines Schädels.

Von den Totgesagten auferstanden, erhob sich Dorgol, der Schmied. Fest umklammerte seine Hand das Kurzschwert, von dessen Klinge Blut und weißliche Gallerte rannen.

Der Brachul brüllte vor Schmerz und Zorn.

Seine rechte Augenhöhle war ein blutiges, leeres Loch, sein urzeitliches Reptiliengehirn nur noch von einem einzigen Gedanken erfüllt: Töten. Töten, zerfetzen, zerreißen, vernichten. Töten.

Halb erblindet und rasend vor Wut schnappte der Brachul wie irrsinnig um sich, ohne jedoch dem Schmied ernsthaft gefährlich zu werden. Geschickt nutzte Dorgol die Behinderung seines Gegners aus, indem er sich stets in dessen totem Winkel hielt.

»Verflucht noch mal!«, feuerte Horfax das Tablett mit den Spezialitäten einem erschrockenen Sklaven gegen den Hinterkopf. »Er soll endlich sterben!«

Prilda dagegen vollzog jede Bewegung des Schmieds auf ihrem Kissenberg nach und kommentierte seine gelungenen Ausweichmanöver mit leisen Seufzern der Erleichterung.

Ihre Augen leuchteten – was für ein Mann!

Auch im übrigen Publikum lagen die Sympathien inzwischen eindeutig auf Dorgols Seite.

Mochte er ein Frevler und Majestätsbeleidiger sein: Zu kämpfen verstand er jedenfalls, und Mumm hatte er auch, so viel stand fest.

Anders als gewisse Leute, die sich erst großmächtig unter die Helden und Götter einreihten, um dann kleinmütig anderen den Vortritt zu lassen, sobald es ernst wurde.

Ein besonders loyaler Anheizer, der dem allgemeinen Stimmungswandel mit seinem »Buh!-Nieder-mit-dem-Frevler!«-Schild Einhalt zu gebieten versuchte, wurde seinerseits niedergezischt und mit einer ebenso gut gezielten wie vollreifen Wassermelone außer Gefecht gesetzt.

Verstohlene Blicke richteten sich auf die Herrschertribüne, wo Horfax seine Wut inzwischen an dem Sklaven ausließ, der so unaufmerksam gewesen war, dem königlichen Tablettwurf nicht rechtzeitig auszuweichen, und damit eindeutig die alleinige Schuld an der kulinarischen Sauerei trug, die daraus resultiert war.

»Ich will, dass der Ketzer stirbt!«, fluchte Horfax. »Lass die Bogenschützen antreten, Schori! Mal sehen, wie lange er es schafft, ihren Pfeilen auszuweichen.«

»Im Prinzip ist das eine hervorragende Idee, Euer Majestät«, gab der Wesir diplomatisch zu bedenken, »andererseits wäre es jedoch möglich, dass das Volk in seinem kindlichen Unverstand eine derartige Maßnahme fälschlicherweise zu Euren Ungunsten auslegen könnte. Einige ganz hoffnungslose Narren könnten sich gar dazu versteigen, von *mangelnder Fairness* zu sprechen …«

»Das Volk ist mir scheißegal!«, keifte Horfax. »Ich will meine Bogenschützen!«

Prilda wandte sich zornig zu ihm um.

»Wag es ja nicht, Faxl!«, drohte sie. »Wenn du das machst, sind wir geschiedene Leute. Dann pack ich gleich meine Sachen und verschwinde. Und die Reitgerten nehme ich auch mit, und zwar für immer!«

Horfax starrte sie mit offenem Mund an.

»Darf ich Eurer Majestät demütigst raten, noch ein wenig Geduld zu haben?«, empfahl Schorak. »Ohne jeden Zweifel wird am Ende die Gerechtigkeit siegen.«

Horfax wandte den Blick nicht von Prilda ab.

Der Verlust seiner Verlobten als Bettgespielin wäre zur Not noch zu verkraften gewesen, deutlich schmerzlicher wäre es jedoch, auf den Gewinn an Macht und Einfluss zu verzichten, den sie als Mitgift in die Ehe bringen würde.

Wenn sie endlich verheiratet wären, wollte er ihr schon zeigen, wer hier die Reitgerte in der Hand hatte …

»Na schön«, knurrte er schließlich. »Wie ich sehe, bin ich von Ungetreuen und Verschwörern umgeben. Also keine Bogenschützen. Aber euren heiß geliebten Frevler wird das trotzdem nicht retten.« Ein fieses Funkeln trat in seine Augen. »Schori, sag dem Obertechniker, er soll mal ein bisschen Schwung in die Sache bringen.«

Das Kolosseum verfügte über ein ganzes Arsenal an moderner Unterhaltungstechnologie, das von den unterirdischen Maschinenräumen aus mithilfe weniger Handgriffe aktiviert werden konnte, um dem gewalttätigen Spektakel in der Arena erst die entscheidende Würze zu verleihen.

Echte Publikumsfavoriten waren beispielsweise die schrecklichen *Zyklonschnitter,* meterlange, kreiselnde Stahlklingen, tödlich scharf und stufenlos höhenverstellbar. Manch unachtsamer Nachwuchsgladiator verdankte es diesen mechanischen Wunderwerken, dass er am Ende der Vorstellung ganz wörtlich nur noch zur Hälfte der Mann war, als der er den Kampfplatz zuvor betreten hatte.

Großer Beliebtheit erfreute sich auch das *Bellende Höllenfeuer,* vor allem bei den jüngeren Zuschauern, die ja stets für pyromanische Effekte zu begeistern sind. Durch ein verzweigtes Röhrensystem konnten mithilfe von ausgetüftelten pneumatischen Vorrichtungen hochentzündliche Flüssigkeiten geblasen werden, die in der Arena dann als Flammensäulen aus dem Boden schossen und jeden, der das Unglück hatte, in der Nähe zu stehen, augenblicklich in eine lebende Fackel verwandelten.

Zu den aufwendigeren Attraktionen gehörten ganze Kulissenstädte, die von den Bühnenbauern des Kolosseums errichtet wurden, wenn historische Schlachten in epischer Breite nachgespielt werden sollten – spannendes Infotainment und besonders lehrreich für anwesende Schulklassen, die Näheres über die glorreiche Geschichte des Reiches Arkzul erfahren wollten.*

Und dann gab es noch die altbekannte Fallgrube: Nicht übermäßig einfallsreich zwar, aber vielfach erprobt und bewährt. Im Kolosseum von Arkzul kam sie in allen erdenklichen Formen und Ausführungen vor.

Tief, weniger tief, mit oder ohne eiserne Spieße am Boden, gefüllt mit Säure, siedendem Pech oder giftigem Ungeziefer – für jeden Geschmack war etwas dabei.

Dorgols Mut und Kampfgeschick hatten das Publikum vollkommen für ihn eingenommen.

Jedes Ausweichmanöver und jede gelungene Attacke wurde mit begeistertem Applaus quittiert.

Seinen Helm aus gehärtetem Leder – nutzlos gegen einen solchen Gegner – hatte der Schmied längst fortgeworfen, dennoch rann ihm der Schweiß unablässig in die Augen, und seine Bewegungen wirkten nicht mehr ganz so leichtfüßig wie noch zu Beginn.

Zu sehr war seine Aufmerksamkeit durch den erbarmungslosen Kampf auf Leben und Tod in Anspruch ge-

* Die arkzulschen Truppen wurden dabei meist von kampferprobten, bis an die Zähne bewaffneten Gladiatoren-Champions verkörpert, während auf der anderen Seite tuberkulöse, ausgemergelte Sklaven in Lendenschurzen agierten, denen seit zwei Wochen die Essensrationen gestrichen worden waren.
Diese Detailverliebtheit schon bei der Auswahl des Personals war ein beeindruckender Beleg dafür, wie sehr die Regie des Kolosseums um historische Genauigkeit bemüht war.

nommen, um die Warnrufe zu bemerken, die plötzlich aus dem Publikum kamen.

Mit einem weiten Satz wich er vor dem angreifenden Brachul zurück – und verlor plötzlich den Boden unter den Füßen.

Dorgol stürzte einige Meter tief und landete schwer auf hartem Stein. Ein grausamer Schmerz in seinem linken Bein raubte ihm fast das Bewusstsein.

Kollektives Aufstöhnen war auf den Zuschauerrängen zu hören.

Horfax klatschte triumphierend in die Hände.

»Hat ihn schon!«

Prilda entfuhr ein leiser Aufschrei, und sie bedeckte ihre Augen mit der Hand.

Soweit man in einer solchen Situation noch davon sprechen konnte, hatte Dorgol gewissermaßen Glück im Unglück gehabt.

Am Boden der Grube erhob sich ein tödlicher Wald aus eisernen Stacheln, von denen sich jedoch nur einer in den Unterschenkel des Schmieds gebohrt hatte. Den Umständen entsprechend eine vergleichsweise unbedeutende Verletzung, dennoch gab Dorgols Lage wenig Anlass zu ungetrübter Freude.

Er biss die Zähne zusammen, packte sein Bein mit beiden Händen, holte tief Luft und riss es mit einem Ruck von dem eisernen Dorn.

Ein Schmerzensschrei entrang sich seiner Kehle.

Im nächsten Augenblick schnappte von oben auch schon das Maul des Brachul nach ihm.

Dorgol machte sich so klein er konnte und verkroch sich in einer Ecke der Grube, wobei er sich an den scharfen Stacheln die Arme zerschnitt.

Die Zuschauer erhoben sich von ihren Plätzen und verrenkten die Hälse, um mitverfolgen zu können, was in der Fallgrube geschah.

»Sieh doch hin!«, wandte sich Horfax siegessicher an Prilda, die sich noch immer die Augen zuhielt. »Du verpasst ja das Beste!«

Fauchend und geifernd beugte sich der Brachul über die Fallgrube, wieder und wieder stieß er mit seinem langen Hals in die Tiefe hinab, und plötzlich hielt er gespannt inne, wie ein Angler, der nach Stunden des Wartens endlich den ersehnten fetten Brocken am Haken hat.

Als er den Kopf aus der Grube zog, ging ein Seufzer der Enttäuschung durch das Publikum.

Nur einige Buchmacher, die vor dem Kampf risikofreudige Wetten zugunsten von Dorgols Sieg nach der alten Quote (1 zu 1 000 000) angenommen hatten, atmeten erleichtert auf.

Kopfunter hing der Schmied in dem Maul des Brachul und ruderte vergeblich mit den Armen.

Die Riesenechse hatte ihn an einem Bein gepackt und genoss ihren Triumph offensichtlich in vollen Zügen.

Noch nie zuvor hatte sie so hart für ihr Essen gearbeitet, eine Mahlzeit so teuer mit ihrem eigenen Blut erkauft wie bei diesem respektlosen Winzling.

Wie schon bei dem ersten Kobold schleuderte sie ihn mit einer raschen Bewegung des Kopfes in die Höhe und sperrte ihr Maul auf, um ihn sich in einem Stück einzuverleiben.

Auf der Herrschertribüne tat Horfax dasselbe mit einem hundertjährigen Spinnen-Ei, einer seltenen Köstlichkeit arkzulscher Esskultur, die er sich zur Feier der gelungenen Vorstellung genehmigte.

Und dies ist ein passender Augenblick, um die Zeit für einige Herzschläge einzufrieren.

Blenden wir den Hintergrundlärm des Publikums aus und fokussieren den Blick auf das Spinnen-Ei, das vollkommen ruhig und unbewegt auf dem Scheitelpunkt seiner Flugbahn in der Luft verharrt, sodann drehen wir die ganze Szene rasant um eine unsichtbare Achse, wobei ein Klangeffekt ertönt, der sich anhört, als fauche eine plötzliche Windböe durch ein halb geöffnetes Fenster, bis der Schmied in den Bildmittelpunkt gelangt.

Wenig scheint in diesem Moment für sein Überleben zu sprechen, denn sofern sich die Gesetze der Schwerkraft nicht innerhalb der nächsten anderthalb Sekunden, nachdem wir die Zeit wieder in Gang setzen, auf bemerkenswerte Weise ändern, wird Dorgol unweigerlich in dem aufgesperrten Rachen drei Meter unter ihm landen. Und das sind in der Tat düstere Zukunftsaussichten.

Heben wir nun den kompletten Stillstand auf und betrachten die folgenden Ereignisse stattdessen in fünffacher Zeitlupe.

Berücksichtigt man seine augenblickliche Gesamtsituation, ist es verständlich, dass Dorgol nicht gerade überglücklich wirkt. Doch sein Gesichtsausdruck scheint auch nicht der eines hoffnungslos Todgeweihten zu sein, sondern verrät stattdessen äußerste Konzentration.

Wie ein Turmspringer bei einem mehrfachen Salto zieht er Arme und Beine an den Körper, um sich so klein wie möglich zu machen.

Seine rechte Hand umklammert noch immer den Griff seines treuen Kurzschwertes, als er dem offenen Maul des Brachul entgegenfällt.

Und genau in dem Moment, da Horfax geschickt das hundertjährige Spinnen-Ei mit dem Mund auffängt, schließen sich die Kiefer der Riesenechse krachend um den Schmied, ohne dass auch nur einer der dolchartigen Zähne seine Haut ritzt.

Beschleunigen wir nun weiter auf halbe Geschwindigkeit.

Im Publikum werden Köpfe geschüttelt und betrübte Blicke gewechselt.

Horfax dagegen ist wieder genau dort, wo er seiner Ansicht nach naturgemäß hingehört, nämlich obenauf. Seine Genugtuung bringt er zum Ausdruck, indem er – noch immer in Zeitlupe – von seinem Kissenberg aufspringt, beide Arme in die Höhe reißt und einen Jubelschrei ausstößt, der aufgrund der verringerten Geschwindigkeit wie das Röhren eines paarungswilligen Urzeithöhlenbewohners klingt.

Lassen wir jetzt die Zeit wieder zu ihrem vollen Recht kommen, und sehen wir zu, wie die Hand des Schicksals den Becher vollends von dem Wurf hebt, dessen Ergebnis bereits von Beginn an so sicher festzustehen schien.

Beobachten wir überrascht, wie Horfax' Triumphgeheul plötzlich in ein unartikuliertes Gurgeln übergeht, das sich zu einem schweren Hustenanfall auswächst …

»Euer Majestät?«, fragte Schorak besorgt. »Ist alles in Ordnung?«

»Rrrrchhrrrr!«, röchelte der Herrscher von Arkzul, tastete nach seiner Kehle und lief dunkelgrün an.

Auch der Brachul schien plötzlich an Schluckbeschwerden zu leiden.

Er wirkte wie ein Partygast, der sich während einer angeregten Plauderei nebenbei ein Schnittchen vom Büfett genehmigt, dabei jedoch das tödlich spitze Holzstäbchen übersieht, das ein überambitionierter Gastgeber aus dekorativen Gründen darin platziert hat.

Er würgte und rollte auf eine Weise mit seinem übrig gebliebenen Auge, die anwesende Tierschützer in die höchste Alarmbereitschaft versetzt hätte, wenn abgesehen von obskuren Jungfrauen-Opferungskulten so etwas wie eine Pro-Brachul-Lobby denkbar gewesen wäre.

»Einen Arzt, schnell!«, rief der Wesir und half dem schnaufenden und grunzenden Herrscher dabei, sich auf die Kissen niederzulassen.

Prilda achtete nicht auf ihren in Atemnot geratenen Verlobten, sondern starrte gespannt auf den Brachul, der, wie es nun schien, sich in seiner Gier doch mehr zugemutet hatte, als er zu schlucken imstande war.

Einige der Zuschauer, die sich bereits enttäuscht auf den Weg zu den Ausgängen gemacht hatten, hielten inne und kehrten zu ihren Plätzen zurück.

Vielleicht war dieser Kampf doch noch nicht entschieden?

Blut tropfte aus dem Maul der Riesenechse auf den hellen Sand der Arena, als sie mit täppischen Schritten vor und zurück wankte und dabei würgende Laute ausstieß.

»Endlich!«, rief Schorak, womit er den königlichen Leibarzt meinte, der schnaufend auf der Tribüne erschien und aus zwei Gründen nicht allzu erfreut wirkte: Erstens, weil er sich gerade im Zuge einer intimen Anatomiestudie zu dem appetitlichen Inhalt des Mieders eines der adeligen Hoffräuleins vorgetastet hatte, und zweitens aufgrund der allgemein bekannten Tatsache, dass es zu den undankbarsten Jobs überhaupt gehört, sich um die Wehwehchen launischer und potenziell psychopathischer Tyrannen kümmern zu müssen, die an chronischer Hypochondrie leiden und sich beim kleinsten handwerklichen Fehler nicht damit begnügen, einen bei der Ärztekammer anzuschwärzen, sondern gleich die Leute mit den glühenden Zangen und den rostigen Kniescheibenbohrern auf einen loslassen.

Angesichts dieses angstschweißtreibenden Berufsklimas hatte der Leibarzt seine ganz eigene medizinische Methodik entwickelt, die im Wesentlichen darin bestand, möglichst gelehrt klingende Phantasie-Fachausdrücke vor sich hinzumurmeln und im Fall der zufälligen Besserung den Heilungserfolg ganz allein für sich zu beanspruchen, bei einer gegenteiligen Entwicklung jedoch unverzüglich die ständig gepackten Koffer zu schnappen und die nächste Eilkutsche nach Irgendwoweitweg zu nehmen.

»Ja«, murmelte der Leibarzt und rieb sich das Kinn, während er nachdenklich Horfax betrachtete, dessen Augen inzwischen so weit hervorgetreten waren, dass es aussah, als würden sie jeden Moment mit einem lauten »Plopp!« aus ihren Höhlen springen. »Typischer Fall von Tralingolese mit Symptomen beginnender Velrobalitis. Sehen Sie hier die deutlich angeschwollene Roktonal-Arterie?«

Woran auch immer Horfax leiden mochte – der Brachul schien mit ganz ähnlichen Beschwerden zu kämpfen.

Seine muskulösen Hinterläufe knickten unter seinem Gewicht ein, und er landete mit einem dumpfen Ächzen im Sand.

Seine lange Zunge hing ihm schlaff aus dem Maul.

Auf der Herrschertribüne raufte sich der Wesir die grauen Haare.

»Was bedeutet das, Doktor?«, rief er. »Was sollen wir tun?«

»Nun«, sagte der Leibarzt bedächtig. »Ratsam wäre eine Behandlung mit Bolnacula oratata, drei Mal täglich oral verabreicht. Andererseits scheint mir mündliche Einnahme mit Rücksicht auf den Zustand des Patienten nicht uneingeschränkt empfehlenswert«, fügte er mit einem Blick auf den Herrscher hinzu.

»Rrrrrrrchchchcchchhc!«, röchelte dieser.

»Lasst mich mal.«

Prilda, die inzwischen doch Notiz von Horfax' Anfall genommen hatte, schob den Leibarzt zur Seite und stellte sich hinter ihren Verlobten.

»Ich kenn mich mit so was aus. Cousin Egilrokeosch hab ich damit schon öfter das Leben gerettet, wenn er es mal wieder mit dem Essen übertrieben hatte.«

Sie ergriff Horfax mit beiden Armen unter den Achseln, verschränkte die Hände unter seinem Brustkorb und hob ihn ruckartig in die Höhe.

»Wrrks«, machte der Herrscher.

Ungefähr denselben Laut gab auch der Brachul von sich, als plötzlich eine Schwertklinge von innen seinen Hals durchstach.

»Noch einmal!«

Prilda wiederholte ihr Erste-Hilfe-Manöver.

Die Schwertklinge stieß an einer anderen Stelle hervor.

Ein wahrer Blutstrom ergoss sich aus dem Maul des Brachul, der ein agonales Schnaufen ausstieß und mit seinem unverletzten Auge rollte, bis nur noch das rot geäderte Weiße zu sehen war.

»Und aller guten Dinge sind drei!«

Diesmal wirkte Prildas Rettungsmaßnahme endlich.

Mit einem feuchten »Ptui« spie Horfax das Spinnen-Ei, das ihm in den falschen Hals geraten war, in hohem Bogen aus und rang keuchend nach Luft.

Totenstille breitete sich im Kolosseum aus, als im selben Augenblick die Schwertklinge ein koboldgroßes Loch in die Kehle des Brachul säbelte und eine über und über mit Blut besudelte Gestalt daraus hervorkroch.

Für einige Sekunden war nur noch das pfeifende Rasseln von Horfax' dringend sauerstoffbedürftiger Lunge zu hören.

Dann brach ein unbeschreiblicher Tumult los, und ein nie dagewesener Beifallssturm toste durch das Rund des Kolosseums.

Auch Prilda ließ ihren Verlobten fallen und stimmte in den allgemeinen Jubel ein.

»Dorgol, Dorgol, Dorgol!«, schrie das Publikum wie aus einer Kehle und stampfte dazu so mit den Füßen, dass es noch in zwei Kilometern Entfernung schien, als werde die Hauptstadt von einem Erdbeben heimgesucht.

Was in gewisser Weise auch tatsächlich der Fall war.

»Dorgol, Dorgol, Dorgol!«, schrien die Zuschauer. »Dorgol Drachentöter! Dorgol der Götterbezwinger!«

Blumen, Goldmünzen und mehr oder weniger delikate Exponate weiblicher Unterbekleidung regneten auf die Arena herab, wo sich nun der Schmied erhob und das Blut aus seinem grimmigen Gesicht wischte.

Aufrecht und gemessenen Schrittes ging er auf die Herrschertribüne zu und baute sich breitbeinig davor auf.

Dann hob er den Arm und richtete die Spitze seines Kurzschwerts auf Horfax.

Ob die folgende Amtshandlung des gottgleichen Königs von Arkzul als direkte Reaktion auf diese Geste zu werten war, blieb fraglich. Sowohl körperlich als auch seelisch schwer mitgenommen durch die gerade überstandene Spinnen-Ei-Krise, war er vermutlich noch nicht wieder ganz in der Lage, eine angemessene politische Stellungnahme abzugeben.

Doch wie auch immer: Horfax, jedenfalls, fiel in Ohnmacht.

VIII

»Euer Majestät?«

Leises, zurückhaltendes Klopfen.

»Majestät?«

Schorak presste sein Ohr gegen die vergoldete Tür des königlichen Schlafgemachs und lauschte mit angehaltenem Atem.

Gedämpftes Getuschel und Gemurmel waren zu hören, sonst blieb alles still.

Der Wesir wechselte einen Blick mit dem Kammerdiener, der neben ihm stand und ratlos mit den Schultern zuckte.

So ging es nun bereits seit drei Wochen.

Bald nach Dorgols Triumph im Kolosseum hatte sich

Horfax in seine Privatgemächer zurückgezogen und war seitdem von niemandem mehr gesehen worden.

Nicht einmal seine engsten Vertrauten wurden vorgelassen, weder Schorak noch die übrige Dienerschaft. Selbst seinem umfangreichen Harem aus Mätressen, Konkubinen und Kokotten blieb der Zutritt verwehrt.

Prilda war bereits vor zehn Tagen abgereist, nachdem sie sich noch eine Zeit lang vergeblich um ihren Verlobten bemüht hatte.

Es schien da irgendeinen Vorfall zwischen dem künftigen Brautpaar gegeben zu haben, über dessen Natur Schorak nur spekulieren konnte, war er doch selbst eher ein Verstandes- als ein Gefühlskobold, besonders, seit er sich nach dem viele Jahre zurückliegenden Tod seiner Gattin mit ganzer Seele dem Wohl des Reiches verschrieben hatte.

Drei Mal am Tag stellte ein Diener ein Tablett mit einer Mahlzeit vor Horfax' Tür ab und zog sich dann zurück, wonach das Tablett auf mysteriöse Weise verschwand, was möglicherweise in direktem Zusammenhang mit den gierigen Kau- und Schmatzgeräuschen stand, die kurz darauf aus dem Zimmer zu hören waren.

Dies und das merkwürdige Gewisper waren die einzigen Lebenszeichen, die darauf schließen ließen, dass sich der Herrscher von Arkzul noch immer in seinem Gemach aufhielt.

Schorak nickte dem königlichen Oberschlosser zu, der soeben erschienen war.

»Gut, dass Sie da sind. Machen Sie sich an die Arbeit.«

Der Oberschlosser, ein älterer Kobold mit einem grauen Schnauzbart, stellte seinen Werkzeugkoffer neben der Tür ab und ging davor auf die Knie.

»Sie übernehmen die volle Verantwortung?«, vergewisserte er sich noch einmal, während er sein Werkzeug auspackte.

Was so viel heißen sollte wie: Wenn wegen dieser Sache hier Köpfe rollen, wird meiner hoffentlich nicht darunter sein, oder?

»Ja, ja«, entgegnete der Wesir ungeduldig. »Jetzt machen Sie schon.«

Das besorgniserregende Verhalten des Herrschers war nicht das einzige Problem, das Schorak derzeit schlaflose Nächte bereitete.

Fast noch mehr beunruhigte ihn die höchst verdächtige Stimmung, die sich seit der Vorstellung im Kolosseum in der Bevölkerung ausbreitete.

Mit anderen Worten: In der Volksseele brodelte es gewaltig.

Sofort nach dem Kampf hatte der Wesir zwar ein Gesetz erlassen, das die bloße Erwähnung des ketzerischen Schmieds unter schwere Strafe stellte. Doch diese Maßnahme konnte nicht verhindern, dass Dorgols beispielloser Sieg in der Hauptstadt unangefochten das Gesprächsthema Nummer eins blieb.

Wenn man auch nur die Hälfte der Spitzelberichte und anonymen Denunziationen ernst nahm, die die Schreibtische in den Sonderkommissariaten unter ihrer Last ächzen ließen, hätten unverzüglich wenigstens zwei Drittel aller Bürger eingebuchtet werden müssen, Polizisten und Gefängniswächter inbegriffen.

Womöglich waren nicht einmal mehr die Spitzel vertrauenswürdig.

Und währenddessen saß Dorgol in seinem Kerker und lachte sich wahrscheinlich zufrieden ins Fäustchen.

Schorak hatte bereits die Möglichkeit in Betracht gezogen, den aufmüpfigen Schmied einem bedauerlichen Unfall zum Opfer fallen zu lassen, doch sein politisches Gespür sagte ihm, dass dies keine gute Idee war.

Die Leute erweckten keineswegs den Eindruck, die Affäre so schnell auf sich beruhen lassen zu wollen.

Zwei Tage nach dem Kampf waren einige Bürger vor dem Gefängnis aufmarschiert und hatten mit Schildern gewunken, auf denen Parolen geschrieben standen wie:

»Freiheit für Dorgol!«

»Nieder mit den Tyrannen!«

»Kampf dem Unrechtssystem!«

In der arkzulschen Sprache kamen Wörter wie »Demonstration« oder »friedliche Protestkundgebung« nicht vor.

Es gab entweder »spontane, freudetrunkene Versammlungen, bei denen das Volk in rührender Weise seiner grenzenlosen Liebe zu unserem ruhmvollen Herrscherhaus Ausdruck verlieh« oder »kriminelle Zusammenrottungen übelwollender Individuen mit verabscheuungswürdigen und regelrecht krankhaften politischen Ansichten«.

Schorak ließ die Aufrührer verhaften und ins Gefängnis werfen.

Doch am nächsten Tag hatten andere ihren Platz eingenommen.

Und diesmal waren es doppelt so viele.

Schorak ließ sie ebenfalls verhaften.

Und am dritten Tag hatte sich ihre Zahl wiederum verdoppelt.

Der Wesir kannte sich gut genug mit Exponentialrechnung aus, um einzusehen, dass dies ein guter Zeitpunkt war, die eigene Strategie noch einmal zu überdenken.

Besorgniserregend waren auch die Berichte der Geheimdienstspäher über eine neu gegründete Untergrundorganisation namens »Erste Revolutionäre Befreiungsfront von Arkzul«, die angeblich am Umsturz der bestehenden Verhältnisse arbeitete und sich dabei auf Dorgol berief, den sie den »Tyrannen-Bezwinger« nannte und in ihrem Wappen ehrte, das einen Schmiedehammer und einen Amboss zeigte.

In Arkzul waren auch Begriffe wie »Revolution« und »Volksaufstand« gänzlich unbekannt.

Doch wenn die Dinge sich weiterhin so entwickelten wie bisher, argwöhnte Schorak, sollte er sich wohl besser ein Fremdwörterbuch zulegen.

»So, das wär's«, sagte der Schlosser und drückte die Klinke herunter.

Als sich die Tür öffnete, kam ihnen ein Schwall abgestandener Luft entgegen, eine wenig einladende Mischung aus Raubtiergehege und Müllhalde.

Im Zimmer herrschte Dunkelheit, die schweren Samtvorhänge waren zugezogen, sodass lediglich ein schmaler Spalt Tageslicht zu sehen war.*

»Majestät?«

Schorak machte einen Schritt vorwärts in die Finsternis, etwas klapperte, und kalte Feuchtigkeit schwappte über sein Hosenbein.

Der Wesir erschauerte und tastete sich Schritt für Schritt auf den Lichtspalt vor, wobei er die Gegenstände, die den ganzen Zimmerboden zu bedecken schienen, mit den Füßen zur Seite schob.

Das Wispern war jetzt deutlicher zu vernehmen, sodass einzelne Wörter unterschieden werden konnten.

»... ja. Ja, ja, ja. Vernichten ... alle unsere Feinde. Alle ... zittern vor unserer Macht ... göttlicher Zorn ...«

Schorak erreichte die Vorhänge, griff mit beiden Händen danach und zog sie mit einem Ruck auseinander.

Helles Licht durchflutete den Raum.

Der Anblick, der sich dem Wesir nun bot, war nicht ge-

* Wer an dieser Stelle einwirft, wie es in dem unterirdischen Schattenkoboldreich Arkzul überhaupt Tageslicht geben kann, berührt damit einen möglicherweise wichtigen, nachdenkenswerten Punkt, sollte sich jedoch andererseits fragen, ob er nicht damit aufhören sollte, seine Zeit mit dem Lesen ärgerlich unlogischer Fantasy-Romane zu verschwenden, um sich stattdessen eine packende Wissenschaftsdokumentation über das faszinierende Sozialverhalten von Schleimpilzen oder die Erfindung der chemischen Trockenreinigung anzusehen.

rade danach, seine Besorgnisse über den Geisteszustand des Herrschers zu zerstreuen.

»... wir haben gesiegt, haben den Ketzer in den Staub getreten, o ja, das haben wir! (Manisches Kichern) Hat sich vor uns gewunden wie ein Wurm! Um Gnade gewinselt! (Noch mehr manisches Kichern, weinerlich) Aber ... aber ... aber die Leute ... (Drohend) Was? Was soll sein mit den Leuten? (Weinerlich) Sie sagen ... sie sagen ... (Drohend) Was sagen sie? (Weinerlich) Sie sagen ... der Ketzer hat gesiegt ... (Fauchend) Lügner! Elende Lügner! Wir werden sie vernichten, alle vernichten, ihnen ihre Schandmäuler stopfen! In ihrem eigenen Blut sollen sie ...«

Der gesamte Boden war dicht an dicht mit schmutzigem Geschirr bedeckt: Teller, Tabletts, Schüsseln, Amphoren, halb gefüllte Weinbecher, die Essensreste der letzten drei Wochen, zum Teil bereits von blühenden Schimmelpilzkolonien überzogen.

Das erklärte den Müllhaldengeruch.

Das Raubtieraroma schien dagegen eher von dem großen Himmelbett verströmt zu werden, dessen Vorhänge ebenfalls zugezogen waren.

Auch das Flüstern kam von dort.

»... zittern sollen sie vor uns, o ja, wir werden sie schon noch das Fürchten lehren! Aber wie nur, wenn ...? Sei still! Ich muss nachdenken! Aber ... still, habe ich gesagt!«

Schorak bahnte sich vorsichtig einen Weg zwischen den Essensresten hindurch und blieb schließlich vor dem Himmelbett stehen.

»Euer Majestät?«

Das Getuschel brach ab.

»Wer ist da?«, zischte eine misstrauische Stimme.

Der Wesir räusperte sich.

»Ich bin es, Majestät, Euer getreuer Diener Schorak.«

Leises Gewisper.

»Er sagt, er ist Schorak. Schorak? Was will er? Woher soll ich das wissen? Vielleicht sollten wir ihn fragen, was er will? Frag du ihn. Nein, frag du. Nein, du fragst. Nein, du.«

Geduldig wartete der Wesir das Ergebnis dieses konspirativen Monologs ab.

Er stand lange genug im Dienst der Grymmensteins, um zu wissen, dass eine latente Neigung zum gelegentlichen Überschnappen sozusagen in der Familie lag, wenngleich er natürlich niemals ein so respektloses Wort wie »Überschnappen« benutzt, sondern eher von »Genie und Wahnsinn« gesprochen hätte.

»Was willst du?«

»Nun«, sagte Schorak, »Euer Majestät, wir, das heißt der Hofstaat und selbstverständlich auch das gesamte Volk, sind ein wenig besorgt um den Gesundheitszustand Eurer Majestät.«

»Es geht mir bestens«, kam die Antwort aus dem Himmelbett.

»Das freut mich zu hören, Euer Majestät, sogar außerordentlich. Darf ich mir dann die Frage erlauben, ob Euer Majestät in Betracht ziehen, demnächst Ihre Gemächer zu verlassen und zu den Regierungsgeschäften zurückzukehren?«

»Nein. Sonst noch was?«

Der Wesir zögerte.

»Nur ... eine Kleinigkeit«, sagte er vorsichtig. »Es geht um den Schmied.«

Die Vorhänge des Himmelbetts wurden heftig aufgerissen, und Horfax beugte sich vor, dunkelgrün vor Zorn.

»Nenne seinen Namen nicht!«, keifte er.

Beim Anblick des Herrschers taumelte Schorak unwillkürlich einen Schritt zurück und trat in einen halb gegessenen Molch-Auflauf.

Horfax sah schrecklich verwildert aus.

Er trug ein fleckiges Nachthemd, das allem Anschein

nach in den letzten drei Wochen kein einziges Mal gewechselt worden war, sein borstig vom Kopf abstehendes Haar erinnerte an einen überfahrenen Igel, und zwei Drittel seines Gesichts verschwanden unter einem zerzausten Vollbart Modell »Irrer Eremit«.

Der äußere Eindruck täuschte nicht.

Das Ego des Herrschers hatte tatsächlich durch das Debakel im Kolosseum einen gehörigen Knacks erfahren, der nur noch vertieft worden war, als Prilda am selben Abend bei einem eigentlich tröstlich gemeinten Reitgertentechtelmechtel auf dem Höhepunkt ein orgiastisches »Oh, ja, besorg's mir, Dorgol! Ähm … *Faxl* …« ausgestoßen hatte.

Dieser Vorfall hatte zu einem sofortigen Interruptus geführt und aufseiten Horfax' eine andauernde Potenzschwäche sowie das tiefe Bedürfnis nach Einsamkeit und Kontemplation ausgelöst.

In den letzten drei Wochen war er diesem Bedürfnis auch hingebungsvoll nachgegangen, ohne allerdings zu konkreten Ergebnissen zu gelangen.

So sehr er dem ketzerischen Schmied auch einen möglichst grausamen Tod wünschen mochte, ahnte er doch tief in seiner selbstsüchtigen Tyrannenseele, dass er keine besonders gute Figur abgeben würde, wenn er seinen Erzfeind einfach wie einen gewöhnlichen Verbrecher hinrichten ließ.

Das Volk schien Dorgol seit seinem Triumph geradezu abgöttisch zu verehren.

Dabei sollten sie doch ihn, Horfax, lieben und verehren, diese treulosen Verräter!

Er schlug mit den Fäusten in die Kissen.

»Ich hasse ihn!«, stieß er wütend hervor. »Ich will, dass er stirbt!«

Schorak zog seinen Fuß aus dem Molch-Auflauf.

»Deswegen bin ich hier, Euer Majestät«, sagte er.

»Wenn Ihr ein wenig von Eurer kostbaren Zeit erübrigen könntet, würden wir gerne einen Plan mit Euch besprechen, den wir uns überlegt haben.«

Horfax kniff die Augen zusammen.

»Plan?«, fragte er. »Was für ein Plan?«

Der Hauptmann der Leibgarde, der sich bisher respektvoll im Hintergrund gehalten hatte, trat nun vor. Er war ein untersetzter Schattenkobold, kaum weniger korpulent als der Herrscher selbst.

»Ein Plan, den Frevler seiner gerechten Strafe zuzuführen«, erklärte er. »Und gleichzeitig die Ehre Eurer Majestät wiederherzustellen.«

Horfax warf ihm einen bösen Blick zu.

»Der Ketzer muss sterben«, knurrte er.

»Genau das haben wir auch gedacht«, nickte der Wesir. »Aber es muss auf eine Weise geschehen, die das Volk lehrt, Eure Größe anzuerkennen und zugleich seinen Verrat zu verachten.«

»Und wie soll das gelingen?«

»Ganz einfach«, sagte der Hauptmann der Leibgarde. »Ihr müsst noch einmal gegen ihn kämpfen. In der Arena, Mann gegen Mann.«

Horfax starrte sie mit großen Augen an.

Dann zog er mit einem Ruck die Vorhänge des Himmelbettes zu.

Schorak und der Hauptmann wechselten einen Blick.

»Euer Majestät haben recht«, sagte der Wesir, »das hört sich nach einem riskanten Plan an. Aber lasst mich versuchen, Eure berechtigten Zweifel zu zerstreuen, indem ich erkläre, wie wir es uns vorgestellt haben ...«

IX

Leser des *Grymmensteinschen Beobachters,* der einzigen staatlich genehmigten Wochenzeitung in Arkzul, stießen am nächsten Tag bei ihrer Lektüre auf folgende großformatige Ankündigung:

Die Karten waren innerhalb von fünfzehn Minuten ausverkauft.

Vor den Verkaufsstellen kam es zu Rangeleien, Schlägereien und Messerstechereien, der Inhaber eines Kiosks, den man verdächtigte, Karten zurückzuhalten, wurde beinahe gelyncht, ein anderer vom erzürnten Mob in einen Abwasserkanal geworfen, sein Geschäft geplündert und gebrandschatzt.

Schließlich musste das Militär eingreifen, um den öffentlichen Frieden wenigstens halbwegs wiederherzustellen.

Am Freitag verwandelte sich das Kolosseum in einen Hexenkessel schwelender Nervenspannung und explosiver Erwartungen.

Einige Waghalsige, die keine Karten mehr bekommen hatten, versuchten an den Außenwänden hinaufzuklettern und sich einen Platz auf den obersten Rängen zu sichern, was viele von ihnen mit dem Leben bezahlten.

Pünktlich zum angekündigten Beginn erschien der Ausrufer und hielt eine emphatische Laudatio auf den Herrscher, in der neunzehn Mal das Wort »weise«, dreiundzwanzig Mal »genial« und achtunddreißig Mal »göttlich« vorkam. Dann öffnete sich ein großes Tor, und Horfax persönlich fuhr mit seinem Streitwagen in die Arena ein.

Er trug eine prunkvolle Plattenrüstung aus Drachenstahl, deren Helm er sich unter den einen Arm geklemmt hatte, während er mit der anderen Hand seinen Untertanen zuwinkte.

Obwohl sich die Anheizer redlich Mühe gaben, für die richtige Stimmung zu sorgen, grenzte der unterkühlte Empfang, den die Zuschauer dem König bereiteten, geradezu an Hochverrat.

Es gab zwar keine Äußerungen offener Ablehnung, doch das Volk schien fürs Erste beschlossen zu haben, den Ausdruck seiner angeblich unbeschränkten Liebe zum

Haus Grymmenstein so lange zurückzuhalten, bis dieses sich ihrer würdig erwiesen hätte.

Horfax drehte zwei Runden und verschwand wieder in dem Tor, aus dem er gekommen war, um kurz darauf erneut, diesmal zu Fuß, daraus hervorzutreten.

Er hatte jetzt seinen Helm aufgesetzt, der wie das Furcht einflößende Haupt eines Drachen geformt war, und trug als Bewaffnung eine langstielige Streitaxt sowie ein großes Dreiecksschild mit dem Wappen der Grymmensteins.

Nun öffnete sich das Tor auf der gegenüberliegenden Seite, und ein Wachtrupp führte Dorgol in die Arena.

Stürmischer Applaus empfing den Schmied, Sprechchöre riefen seinen Namen, Fahnen, die sein Porträt zeigten, wurden geschwenkt.

Dorgol selbst schien kaum etwas von dem Trubel um seine Person wahrzunehmen.

Mit ernstem Blick schritt er zwischen den Wachen einher und wirkte dabei seltsam abwesend, so jedenfalls schien es denjenigen, die nahe genug an der Arena saßen, um sein Gesicht erkennen zu können.

Von der anderen Seite näherte sich Horfax.

Als sich die beiden Kontrahenten in der Mitte der Arena trafen, breitete sich ein vor Spannung knisterndes Schweigen aus.

Die Wachen lösten die Ketten des Schmieds, und der Ausrufer trat vor das Megafon.

»Bürger von Arkzul! Wie unendlich glücklich dürfen wir uns als gewöhnliche Sterbliche schätzen, diesen Tag zu erleben, an dem unser geliebter Herrscher mit seinen eigenen Händen der Gerechtigkeit zum Triumph verhelfen wird!«

Unruhe breitete sich im Publikum aus, Pfiffe und Buhrufe wurden laut.

»Taten statt Worte!«

»Nicht rumquatschen, anfangen!«

Der Ausrufer machte eine beschwichtigende Geste.

»Ich weiß, wir alle können den großen Augenblick kaum erwarten, darum mache ich es kurz. Haben die beiden Kämpfer noch etwas zu sagen, bevor es losgeht? Euer Majestät?«

Horfax schüttelte den behelmten Kopf.

»Dorgol, der Schmied?«

Die Zuschauer verstummten und beugten sich neugierig vor.

Die prophetische Rede, die der Schmied vor seinem Kampf gegen den Brachul gehalten hatte, hatte inzwischen legendären Status erlangt.

Dorgol bedachte den Ausrufer mit einem finsteren Blick.

»Ich möchte nur eines sagen ...«, begann er.

»Lauter!«, rief jemand aus dem Publikum.

Der Schmied zögerte.

Dann trat er vor das Megafon.

»Es ist nie meine Absicht gewesen, die öffentliche Ordnung und Moral zu untergraben«, sagte er. »Sollte ich in diesem Kampf fallen, an dessen fairem und gerechtem Ablauf keine Zweifel bestehen können, möchte ich meine Mitbürger bitten, von aufrührerischen Aktivitäten abzusehen und zur Vernunft und Einsicht zurückzukehren. Wir alle sollten der jetzigen Regierung dankbar sein für die Jahre der inneren Sicherheit und wirtschaftlichen Stabilität, die sie unserem geliebten Vaterland ermöglicht hat.«

Dorgol streifte den Herrscher mit einem Seitenblick, den dieser stumm mit seinem grimmig starrenden Drachenhelm erwiderte.

»Das ist alles. Danke sehr«, sagte der Schmied und trat von dem Megafon zurück.

Im Publikum wurden Stirnen gerunzelt und Augenbrauen gehoben.

Für jemanden, dem die öffentliche Meinung erst kürzlich den Titel »Tyrannen-Bezwinger« verliehen hatte, war das eine eher befremdliche Rede.

Lächelnd nahm der Ausrufer seinen Platz vor dem Megafon ein.

»Staunenswert einsichtige Worte«, rief er. »Nun, dann bleibt mir nur noch übrig, uns allen zu wünschen: Möge die Wahrheit siegen!«

Damit verschwand er zusammen mit den Sklaven und Wachen aus der Arena, während die beiden Kontrahenten allein zurückblieben.

Dumpfe Trommelrhythmen erhoben sich aus dem Orchestergraben und steigerten die Spannung ins Unermessliche.

Die Augen auf den Gegner gerichtet, umkreisten sich Horfax und der Schmied, jeder den ersten Schritt des anderen erwartend.

Endlich ergriff der Herrscher die Initiative und eröffnete den Kampf mit einem kraftvollen Axthieb, der Dorgol ohne Zweifel den Kopf von den Schultern getrennt haben würde, wenn er nicht blitzschnell darunter weggetaucht wäre.

Sofort kam der Schmied wieder hoch und versetzte Horfax einen wuchtigen Schlag mit dem Schwertknauf gegen dessen Helm.

Benommen schüttelte der König den Kopf und riss gerade noch rechtzeitig seinen Schild hoch, um einen Schwertstoß seines Gegners zu parieren, der auf die schmale ungedeckte Stelle zwischen Brustpanzer und Helm gerichtet gewesen war.

Mit einem Tritt schleuderte er den Schmied zurück und holte zum Gegenangriff aus.

Dorgol wich zwei auf ihn niedersausenden Hieben aus und blockte den nächsten mit seinem eisenbeschlagenen Rundschild.

Die Axtklinge drang tief in das Holz ein, und die Wucht des Angriffs zwang Dorgol in die Knie.

Horfax riss seine Waffe aus dem Schild und holte erneut aus, aber Dorgol war schon wieder auf den Beinen.

Flink sprang er zur Seite und konterte mit einem geraden Stoß, der jedoch klirrend von der Panzerrüstung seines Gegners abprallte.

Die Blöße ausnutzend, die sich der Schmied dadurch für einen Augenblick gab, wirbelte der Herrscher herum und versetzte Dorgol einen Stoß mit dem stahlbewehrten Ellenbogen.

Dorgol taumelte zurück, griff sich ans Kinn und spie rotes Blut in den schneeweißen Sand der Arena.

Horfax ließ ihm keine Zeit, Atem zu holen, sondern drang mit einem wahren Hagelschauer von Schlägen auf ihn ein, denen der überrumpelte Schmied nur mit Mühe und Not ausweichen konnte, bis ein letzter Hieb seinen Schild zertrümmerte und ihn zum zweiten Mal auf die Knie gehen ließ.

Die Zuschauer hielten den Atem an.

Ihr Herrscher, mussten sie gestehen, verkaufte sich tatsächlich bei Weitem besser, als sie erwartet hatten.

Wie es aussah, konnte der König von Arkzul nicht nur große Reden schwingen, sondern auch wirklich kämpfen.

Vereinzelt wurde geklatscht, sogar »Horfax-Horfax!«-Rufe erhoben sich hier und da.

Schorak, der auf der Herrschertribüne Platz genommen hatte und erwartungsvoll das Publikum im Auge behielt, rieb sich die Hände.

Bisher schien der Plan bestens aufzugehen.

Dorgol löste den ledernen Riemen von seinem Handgelenk und warf die Überreste des nutzlos gewordenen Schildes von sich.

Der Herrscher tat es ihm gleich, und das große Dreiecksschild mit dem Wappen der Grymmensteins landete im Sand.

Das Publikum goutierte diese sportliche Geste der Fairness mit weiterem Applaus.

Wieder begann das Geduldsspiel vom Anfang, bei dem sich die Kämpfer gegenseitig belauerten und jeder gespannt den Zug des anderen erwartete.

Langsam ließ Dorgol sein Kurzschwert kreisen, während er Horfax, der die Axt nun mit beiden Händen führte, keine Sekunde aus den Augen verlor.

Tief und dunkel dröhnten die Trommeln.

Plötzlich machte der Schmied einen überraschenden Ausfall.

Sein Schwert zuckte vor, doch der Herrscher wich erstaunlich behände zur Seite aus und rammte Dorgol die gepanzerte Faust gegen das Kinn.

Benommen geriet der Schmied ins Straucheln, und ehe er sich fangen konnte, hatte ihm Horfax einen weiteren Faustschlag versetzt und ihn mit einem Tritt von den Beinen gefegt.

Dorgol landete ächzend auf dem Rücken, sein Kurzschwert entfiel seiner Hand.

Gelassen, ohne den Eindruck zu erwecken, es eilig zu haben, näherte sich Horfax seinem Gegner und baute sich breitbeinig vor ihm auf.

Die Zuschauer verstummten.

Das war es also – der König hatte gesiegt, hatte Dorgol, den Frevler und Drachentöter, in den Staub getreten und damit seine Göttlichkeit und seinen gerechten Anspruch auf den Thron von Arkzul unter Beweis gestellt.

Wie hatten sie nur an ihrem Herrscher zweifeln können?

Horfax hob die Axt mit beiden Händen über seinen Kopf, um sie auf seinen gefallenen Gegner niedersausen zu lassen.

In diesem Augenblick wurde die gespannte Stille, die sich auf das Kolosseum gesenkt hatte, plötzlich von einem Schrei zerrissen.

»Dorgol!«

Alle Blicke richteten sich auf einen der vorderen Ränge, wo eine junge Frau stand, die einen Säugling auf dem Arm trug und ein kleines Kobold-Mädchen an der Hand hielt.

»Dorgol! Wir sind hier!«

Der Schmied drehte den Kopf in die Richtung, aus der die Rufe kamen.

Seine Augen weiteten sich.

Gehen wir in der Chronologie der Ereignisse zwei Tage zurück.

X

Seit mehr als drei Wochen saß Dorgol jetzt schon in diesem feucht-kalten, finsteren Kerkerloch fest, doch es hätten ebenso gut auch drei Monate oder Jahre sein können – man verlor hier unten, in ewiger Dunkelheit und zur Untätigkeit verdammt, jegliches Gefühl für das Verstreichen der Zeit.

Völlig von der Außenwelt abgeschlossen, ahnte der Schmied nicht, dass sein Name draußen noch immer in aller Munde war, dass sich nach seinem Vorbild ein stetig wachsender Widerstand formierte.

Hier drinnen jedoch, mit nichts als Ratten und Ungeziefer zur Gesellschaft, büßten der Triumph über den Brachul und die Demütigung des Tyrannen schnell ihren Glanz ein. Die Erinnerung daran wirkte bald nur noch wie ein blasser, fern zurückliegender Traum.

Einsam seinen eigenen, fruchtlos um sich selbst kreisenden Grübeleien überlassen, begann Dorgol schließlich, sich und seine Torheit zu verfluchen.

Wäre er ganz allein gewesen, hätte er sich seine unüberlegte kleine Rebellion vielleicht erlauben können, aber wer würde für seine Familie, für seine Frau und seine beiden Kinder sorgen, wenn er nicht mehr lebend hier herauskäme?

Und wie lange mochte es dauern, bis sich die Gedanken des rachsüchtigen Herrschers demselben Thema zuwandten?

Ein eisiger Dolch bohrte sich in das Herz des Schmieds, wenn er daran dachte.

Schritte näherten sich, und ein Schlüssel drehte sich rasselnd im Schloss der Zellentür.

Ein Kerkerwächter trat ein und steckte eine Fackel in die Halterung der Wand.

»Du hast Besuch, Schmied«, sagte er.

Ihm folgte ein schmächtiger, blasser Kobold, der einen tadellos gebügelten Anzug trug und augenscheinlich Stunden vor dem Spiegel verbracht hatte, um seinem Seitenscheitel die perfekte Form zu verleihen.

Ein ebenso vergnügtes wie unsympathisches Lächeln spielte auf seinen schmalen Lippen, als er sich dem Wärter zuwandte.

»Danke, du kannst uns jetzt allein lassen.«

Es war jene Art von Lächeln, das zugleich ein amüsiertes Staunen darüber zum Ausdruck bringt, dass ein großer Teil der Gesellschaft unter Humor befremdlicherweise etwas anderes zu verstehen scheint als *»schreckliche Dinge, die anderen Leuten zustoßen«*.

Der Wächter murmelte etwas Unverständliches und verließ die Zelle.

Dorgol, der bereits seit Stunden in einer Ecke kauerte und seinen eigenen düsteren Gedanken nachhing, warf einen flüchtigen Blick auf seinen Besucher.

Sein Instinkt sagte ihm, dass er es hier keineswegs mit einem Überbringer guter Nachrichten zu tun hatte.

Der schmächtige Kobold nickte dem Schmied freundlich zu und blickte sich, mit der Zunge schnalzend, in der Zelle um.

»Nett haben Sie es hier«, begann er schließlich im Plauderton. »Da kann wirklich niemand behaupten, die Regierung würde nicht alles tun, um den Sträflingen einen möglichst angenehmen Aufenthalt in den Korrekturanstalten zu ermöglichen.«

»Spar dir das Gequatsche«, knurrte Dorgol. »Was willst du?«

»Ah«, lächelte der Kobold, »Sie sind kein Freund davon, lange um den heißen Brei herumzureden. Sehr gut, das gefällt mir. Gestatten Sie mir, dass ich mich vorstelle: Mein Name ist Hans Freudenschneider. Ich arbeite für die Staatliche Geheimpolizei.«

Dorgol lachte bitter.

»Und ich dachte schon, Ratten und Asseln wären schlechte Gesellschaft.«

Hans grinste.

»Touché! Mir ist durchaus bewusst, dass wir uns in Teilen der Bevölkerung nicht unbedingt der größten Beliebtheit erfreuen. Aber irgendjemand muss schließlich für die Aufrechterhaltung der öffentlichen Ordnung sorgen, selbst wenn das kein sonderlich populärer Beruf ist.«

»Eine öffentliche Ordnung, die in Unterdrückung und Ausbeutung besteht«, grollte Dorgol.

Hans machte eine wegwerfende Handbewegung.

»Ach, Politik ist ein weites Feld. Ich bin nur ein einfacher Staatsbeamter und gebe nicht vor zu wissen, was richtig und was falsch ist – über solche Fragen sollen sich Philosophen und Wissenschaftler die Köpfe zerbrechen. Währenddessen mache ich ganz bescheiden meine Arbeit und kümmere mich darum, dass die Dinge zumindest nicht aus dem Ruder laufen. Ihre Vorstellung in der Arena, muss ich gestehen, hat uns diese Aufgabe in den letzten Wochen nicht eben leichter gemacht«, lächelte Hans.

»Freut mich zu hören«, knurrte Dorgol.

»Ja, Sie haben da so einiges ins Rollen gebracht. Ganz unter uns: Ich fand Sie großartig. Sensationell. Man hatte den Eindruck, man sehe einem dieser Helden aus den alten Legenden beim Kämpfen zu. Und das führt mich auch schon zum Grund meines Besuches. Man hat mich beauftragt, Sie zu fragen, ob Sie angesichts ihres gelungenen Debüts als Gladiator zu einer Wiederholung bereit wären.«

Dorgol schnaubte.

»Sicher genau mit diesen Worten.«

»Nun«, lächelte Hans, »ich gestehe, dass ich mir ein wenig dichterische Freiheit herausgenommen habe. Meine Vorgesetzten pflegen da einen etwas direkteren Stil. Aber bloß weil uns das Weltgeschick zufällig diese scheinbar gegensätzlichen Rollen zugewiesen hat, hindert uns schließlich nichts daran, höflich und zivilisiert miteinander umzugehen.«

»Und wenn ich höflich ablehne?«

»Das wäre dann Ihre Entscheidung, die ich persönlich auch respektieren würde. Aber meine Vorgesetzten …«

»Natürlich, deine Vorgesetzten. Wer soll denn diesmal mein Gegner sein? Die gesamte Legion der Finsternis? Zweihundert Feuerdämonen? So stellt man sich bei den Grymmensteins doch einen fairen Kampf vor, oder nicht?«

»Soweit ich informiert bin, beabsichtigt diesmal unser geliebter Herrscher, Seine Majestät der König, selbst in die Arena zu steigen.«

Dorgol lachte verächtlich.

»Das glaube ich nicht mal, wenn ich es sehe! Das Einzige, womit dieser fette Feigling jemals zu kämpfen hatte, sind Fressgier und familiär bedingter Schwachsinn, und selbst diesen Kampf hat er bereits vor Jahren verloren.«

»Sehr geistreich«, schmunzelte Hans. »Wenn auch streng genommen ein wenig majestätsbeleidigend oder vielleicht sogar blasphemisch nach Strafgesetzbuch § 214b bzw. § 781a, und damit qualifiziert für die Todesstrafe. Aber keine Sorge, ich teile Ihren liberalen Sinn für Humor und bin verschwiegen – wir von der Geheimpolizei können ein Geheimnis bewahren. Psst!« Er legte einen Finger an die Lippen und gluckste. »Geheimnis – Geheimpolizei! Verstehen Sie?«

»Ja, ich verstehe«, sagte Dorgol. »Du bist ein Idiot. Oder ziemlich gut darin, einen zu spielen.«

»Das Leben ist so schon ernst genug, da muss ein kleiner Scherz hin und wieder erlaubt sein«, kicherte Hans. »Aber zurück zum eigentlichen Thema. Darf ich meinen Vorgesetzten also berichten, dass Sie das Angebot annehmen?«

»Mit Freuden«, knurrte Dorgol.

»Wunderbar! Dann hätte ich nur noch eine winzige Bitte, als aufrichtiger Verehrer Ihrer Kampfkunst, sozusagen.«

Hans entnahm seinen Taschen eine Schreibfeder und ein Blatt Pergament und hielt beides dem Schmied hin.

Verlegen lächelnd räusperte er sich.

»Es ist mir fast ein bisschen peinlich, aber wären Sie vielleicht so nett … ein kleines Autogramm …«

Dorgol starrte ihn mit finsterem Blick an und schüttelte den Kopf.

»Sieh zu, dass du verschwindest«, knurrte er.

Freudenschneider wirkte einen Moment enttäuscht, dann kehrte das Lächeln auf sein Gesicht zurück.

»Ja, Sie haben vermutlich recht«, sagte er. »Ich sollte meine berufliche Stellung auch nicht für private Zwecke ausnutzen. Vorteilsnahme im Amt ist schließlich kein

Kavaliersdelikt! Ich drücke Ihnen für den Kampf jedenfalls ganz fest die Daumen und sage erst einmal auf Wiedersehen!«

»Ich würde nicht drauf wetten«, knurrte der Schmied.

Hans Freudenschneider war bereits bei der Tür, da schlug er sich mit der flachen Hand gegen die Stirn, als wäre ihm plötzlich etwas Wichtiges eingefallen.

»Ach, jetzt hätte ich es fast vergessen: Ich soll Sie herzlich von Ihrer Frau grüßen.«

Dorgol erstarrte, seine Kehle schnürte sich zu.

»Von ... meiner Frau?«, brachte er hervor.

»Ja«, lächelte der Geheimpolizist. »Sie lässt Ihnen sagen, ihr und den Kindern gehe es bestens, und Sie sollen sich keine Sorgen machen.«

Dorgol erhob sich vom Boden. Sein Herz pochte wie ein Schmiedehammer in seinem Brustkorb, und seine Beine fühlten sich an, als hätte er gerade einen Fünfzig-Kilometer-Lauf hinter sich gebracht.

»Wo sind sie?«, fragte er und ballte die Fäuste. »Was habt ihr mit ihnen gemacht?«

»Sie sind an einem sicheren Ort«, entgegnete Freudenschneider lächelnd. »Ein Dutzend bestens ausgebildeter Beamter sorgt rund um die Uhr für ihre Sicherheit. Sie brauchen sich also wirklich keine Sorgen zu ...«

Dorgols Angriff kam so schnell, dass Hans keine Zeit zum Reagieren blieb.

Der Schmied packte den schmächtigen Kobold mit einer Hand an der Kehle, stemmte ihn in die Höhe, sodass seine Füße einen halben Meter über dem Boden baumelten, und presste ihn gegen die Wand.

»Wenn ihnen auch nur das kleinste Leid zugefügt wird«, stieß Dorgol hervor, »werdet ihr euch alle nach einem kurzen, schmerzvollen Tod sehnen, das schwör ich dir!«

»Beeindruckend«, krächzte Hans. »Diese Kraft ... eine echte Naturgewalt ...«

»Ich könnte dir jetzt einfach die Kehle zerquetschen«, knurrte der Schmied und verstärkte seinen Griff. »Noch bevor die Wachen hier sind.«

»Daran zweifle ... ich nicht«, keuchte Freudenscheider. »Es wäre auch ... kein großer ... Verlust. Typen wie mich ... gibt es ... zu Tausenden.«

»Nenn mir einen Grund, warum ich dich am Leben lassen sollte.«

»Mir ... fällt keiner ein. Oder ... vielleicht doch. Es gibt da ein ... Angebot, dass ... Sie sich vorher anhören sollten.«

Dorgol ließ ihn los, und der Geheimpolizist plumpste wie ein nasser Sack zu Boden.

»Meine Güte«, ächzte er und rieb sich den Hals. »Sie haben eine Kraft im Leibe – zum Fürchten. Ich würde wirklich nur ungern zu Ihren Feinden zählen.«

»Hör auf mit den Spielchen und nenn mir das Angebot«, erwiderte Dorgol. Nach seinem Wutausbruch schien er jetzt plötzlich resigniert in sich zusammenzusinken. Er ließ die Schultern hängen und kauerte sich wieder in die Ecke der Zelle. »Ich kann es mir schon selbst denken«, murmelte er, düster vor sich hin starrend. »Ich verliere den Kampf und gebe dem Tyrannen Gelegenheit, sich als Held feiern zu lassen. Und als Gegenleistung verschont er meine Familie.«

»Mehr als das«, sagte Hans und knüpfte seine in Unordnung geratene Krawatte neu. »Der Staat Arkzul verpflichtet sich, Ihrer hinterbliebenen Gattin eine großzügige Witwenrente auf Lebenszeit zu zahlen. Und Ihre lieben Kinder werden Gelegenheit bekommen, die besten Schulen des Landes zu besuchen.«

»Warum sollte ich solchen leeren Versprechungen Glauben schenken?«

Hans grinste.

»Vielleicht kennen Sie das Sprichwort: Wer im Feuer

sitzt, sollte nicht wählerisch sein, selbst wenn der rettende Strohhalm, der sich ihm entgegenstreckt, in Flammen steht oder verdächtig nach einem Bratenspieß aussieht. Sie können sich aber gern noch ein oder zwei Tage Bedenkzeit gönnen, wenn Sie nicht sicher sind, ob Sie das Angebot annehmen sollen.«

»Nicht nötig«, sagte der Schmied dumpf. »Ich nehme an.«

»Ausgezeichnet! Das freut mich außerordentlich. Und ich hoffe, es bestehen da auf der persönlichen Ebene keine negativen Schwingungen zwischen uns. Mein Job ist auch für mich nicht immer leicht, das müssen Sie mir glauben.«

»Ich bemitleide dich aufrichtig«, grollte Dorgol.

XI

»Dorgol! Steh auf! Du musst kämpfen!«

Der Schmied traute seinen Augen nicht.

Dort auf dem vordersten Rang stand seine Frau Moria mit den beiden Kindern, Neline und dem gerade erst geborenen Korgasch.

War das ein neuer Trick?

»Steh auf!«, wiederholte seine Frau.

Gerade noch rechtzeitig wandte sich Dorgol seinem Gegner zu, der in diesem Augenblick zum Todesstoß ausholte.

Der Schmied rollte sich zur Seite und entging so dem mörderischen Axthieb, der sich, statt ihm den Schädel zu zertrümmern, tief in den Sand bohrte.

Dorgol kam wieder auf die Beine und suchte mit den Blicken nach seiner Familie.

Sie waren von bewaffneten Kobolden umgeben, die

jedoch weder zur Stadtwache noch zur Armee zu gehören schienen.

Ihre Lederrüstungen waren mit einem Wappen geschmückt, das Dorgol noch nie zuvor gesehen hatte. Es zeigte einen Hammer und einen Amboss.

»Kämpfe!«, rief Moria. »Wir sind in Sicherheit!«

Der Schmied hob sein Schwert vom Boden auf und trat dem Herrscher entgegen.

Plötzlich schien er um einen guten halben Meter gewachsen zu sein.

»Na schön«, knurrte er. »Die Spielregeln haben sich gerade entscheidend geändert.«

Staunend nahmen die Zuschauer den Rollentausch zur Kenntnis, der sich in der Arena vollzog.

Hatte zuvor Horfax den Kampf deutlich beherrscht, lagen von nun an alle Vorteile bei Dorgol.

Von allen Seiten attackierte der Schmied seinen Gegner, ließ ihm keine Sekunde, Atem zu schöpfen, und zwang ihn erbarmungslos in die Defensive.

Im Vergleich mit Dorgols blitzschnellen Angriffen wirkte Horfax in seiner schweren Rüstung auf einmal so ungelenkig und plump, dass es fast schon Mitleid erweckte. Wie eine Schildkröte sah er aus, die von einem ungleich geschickteren Räuber auf den Rücken gedreht worden ist, und nun nichts tun kann, als sich in ihren Panzer zu verkriechen und ängstlich zu hoffen, dass ihr Feind den Dosenöffner vergessen hat.

Atemlos, mit dunkelgrünem Kopf, erschien der Chef der Geheimpolizei auf der Herrschertribüne.

»Eine Katastrophe!«, keuchte er und wischte sich den Schweiß mit einem Taschentuch von der Stirn. »Sie sind entkommen!«

»Das sehe ich!«, erwiderte Schorak, der fassungslos verfolgte, wie Dorgol den König durch die Arena scheuchte. »Wie konnte das nur passieren?«

»Es waren diese verdammten Terroristen, die Revolutionäre Befreiungsfront«, schnaufte der Polizeichef. »Sie müssen irgendwie erfahren haben, wo wir die Familie des Frevlers gefangen halten. Wahrscheinlich war Verrat im Spiel. Ich werde sofort eine umfassende interne Säuberungsaktion durchführen!«

»Das sollten Sie lieber Ihrem Nachfolger überlassen«, zischte der Wesir.

Der Polizeichef schluckte.

»Ich darf doch hoffen, dass die Jahrzehnte, in denen ich der Monarchie als treuer Staatsdiener zur Verfügung gestanden habe, Berücksichtigung finden werden?«, fragte er kleinlaut.

»Sicher. Der Scharfrichter wird sich Ihnen zu Ehren besonders schick machen und ein rosa Schleifchen an sein Henkersbeil binden. Und jetzt sorgen Sie dafür, dass wir die Geiseln wieder in unsere Gewalt bekommen!«, schrie der Wesir. »Und zwar ein bisschen plötzlich!«

»Wir versuchen es ja«, entgegnete der Polizeichef und schrumpfte noch etwas mehr, »aber es ist leider nicht so leicht, zu ihnen durchzukommen …«

Wirklich taten die Kämpfer der Revolutionären Befreiungsfront ihr Bestes, um die Familie des Schmieds vor den Polizisten und Soldaten abzuschirmen.

Hinzu kam, dass sich die Nachricht von den Geiseln wie ein Lauffeuer im Kolosseum verbreitete, sodass immer mehr Zuschauer herandrängten und bald eine lebendige Mauer zwischen Dorgols Familie und ihren Verfolgern bildeten.

»Das ist offener Aufstand!«, stöhnte Schorak. »Rebellion! Anarchie!«

»Tja, also, wenn Sie mich dann nicht mehr brauchen …«, begann der Polizeichef vorsichtig.

»Gehen Sie mir aus den Augen, Sie fetter Nichtsnutz!«, schrie der Wesir.

»Zu Befehl!«

Erleichtert verließ der Chef der Geheimpolizei die Tribüne und machte sich im Laufschritt auf den Heimweg.

Er verspürte nicht im Geringsten das Bedürfnis zu erfahren, wer bei den neuesten politischen Entwicklungen die Oberhand behalten würde.

Ein Todesurteil blieb ein Todesurteil, ganz gleich, wessen Unterschrift es zierte.

Schorak kaute an seinen Fingernägeln.

Was sollte er tun?

Als er die Totenstille bemerkte, die plötzlich das Kolosseum erfüllte, erstarrte er.

Der Blick des Wesirs fiel auf die beiden Kontrahenten, die sich seltsam friedfertig gegenüberstanden und wirkten, als wären sie jetzt des Kämpfens müde und hätten daher einen Waffenstillstand vereinbart.

Der Herrscher hatte sogar seine Axt in den Sand geworfen, und auch Dorgol schien seine Waffe abgelegt zu haben, obwohl Schorak zunächst nicht festzustellen vermochte, wohin.

Der Wesir suchte mit den Augen nach dem Schwert.

Als er es entdeckte, keuchte er vor Entsetzen.

Bis zum Heft steckte es in der Kehle des Königs.

XII

Wie in Zeitlupe streckte Horfax die Hände nach dem Griff des Schwertes aus und langte daneben.

Erst beim dritten Versuch bekam er es zu fassen und zog es aus dem schmalen Spalt zwischen Helm und Brustpanzer.

Eine Fontäne roten Blutes besprenkelte den weißen Sand der Arena.

Der Herrscher hielt die blutbefleckte Klinge in seinen Händen und schien sie verwundert zu betrachten. Dann gaben plötzlich seine Beine unter ihm nach, er sank auf die Knie und kippte vornüber zu Boden.

Erschöpft durch den Kampf, doch aufrecht wie eh und je, stand der Schmied einige Meter entfernt und betrachtete schweigend seinen gefallenen Gegner, der in einer Blutlache lag, die schnell größer wurde.

Dorgols breite Schultern hoben und senkten sich, als er sich in dem weiten Rund des Kolosseums umblickte.

Noch immer herrschte atemloses Schweigen auf den Rängen.

Mit einigen Schritten war der Schmied bei dem Leichnam des Königs, ergriff dessen leblose Arme und drehte ihn auf den Rücken.

Dann löste er den Riemen des Helms und nahm die stählerne Kopfbedeckung ab.

Ein verächtliches Lächeln zeigte sich auf seinen Lippen, als sein Blick auf das Gesicht fiel, das darunter zum Vorschein kam.

Dorgol hob sein Kurzschwert auf – ein Hieb, und er hielt den Kopf seines Gegners am Haarschopf in der Hand.

»Wie es aussieht«, rief er und präsentierte den Zuschauern seine schaurige Trophäe, »hat der sogenannte König von Arkzul nicht einmal dann genug Nurkzusch in der Hose*, persönlich in einem Kampf anzutreten, wenn er durch Betrug dafür sorgt, dass er bereits von Beginn an als Sieger feststeht.«

Der Schmied holte aus und schleuderte das abgetrennte Haupt in eine der Aristokraten-Logen, wo es im Schoß eines Edelfräuleins landete, das entsetzt aufkreischte.

Die weit aufgerissenen toten Augen, die sie zwischen ihren Beinen hervor anstarrten, gehörten dem Haupt-

* Die Übersetzung aus dem arkzulschen Schattenkoboldianisch erübrigt sich wohl.

mann der königlichen Leibgarde, der nach der anfänglichen Streitwagenrunde des Herrschers den Platz mit diesem getauscht hatte.

»Ist dies wirklich die Art von Herrschaft, der sich das stolze und freie Volk von Arkzul beugen will?«, rief Dorgol.

Damit war der Bann gebrochen.

»Nein!«, schrie das Publikum.

»Ist es dann nicht an der Zeit, sich zu erheben und die verhassten Ketten von sich zu schütteln?«, donnerte der Schmied.

»Ja!«, schrie das Publikum.

»Dann sprecht mir nach: Es lebe die Freiheit!«

»Es lebe die Freiheit!«

»Tod den Tyrannen!«

»Tod den Tyrannen!«, schrien die Zuschauer.

»Du meine Güte«, sagte der Baron von Unterknoll, der das dauerhafte Privileg genoss, einen Sitzplatz auf der Herrschertribüne zu haben. »Das sieht aber gar nicht gut aus, nicht wahr, Wesir?«

Er drehte sich nach Schorak um.

»Wesir?«

Der Platz des Wesirs war leer.

XIII

»Ich flehe Euch an, Euer Majestät, wir müssen von hier verschwinden«, drängte Schorak. »Das Militär hat sich mit den Aufständischen verbündet, und sie werden mit den Angehörigen der Aristokratie kurzen Prozess machen. Die Baronin von Unterknoll musste mit ansehen, wie ihr Gemahl an seinem eigenen Perückenzopf an einer Straßenlaterne aufgeknüpft wurde!«

»Warum sind alle so gemein zu mir?«, kam Horfax' weinerliche Stimme aus dem Himmelbett. »Warum hassen mich alle? Ich hab ihnen doch gar nichts getan!«

Schorak richtete einen verzweifelten Blick an die Decke. Dies war ein durchaus angemessener, aber denkbar schlechter Zeitpunkt für einen königlichen Nervenzusammenbruch.

»Niemand hasst Euch, Majestät. Das Volk ist nur im Augenblick etwas … verwirrt und aufgehetzt durch missgünstige Elemente. Ganz bestimmt wird es bald wieder zur Vernunft kommen. Aber das kann noch ein wenig dauern, und daher ist es von größter Wichtigkeit, dass wir Arkzul schnellstmöglich verlassen!«

Es klopfte, und der Kammerdiener trat ein.

»Die Rebellen haben den inneren Bezirk erreicht!«, berichtete er atemlos. »Sie stehen jetzt vor dem Palasttor.«

»Danke«, sagte Schorak. »Du kannst dir den Rest des Tages freinehmen.«

Der Kammerdiener zögerte und machte ein verlegenes Gesicht.

»Ich habe mich gefragt …«, begann er und zog eine Papierrolle aus der Tasche. »Würdet Ihr vielleicht dieses Todesurteil wegen Hochverrats unterzeichnen?«

»Auf wen ist es ausgestellt?«, fragte der Wesir.

»Auf mich selbst. Ich hätte gern eine Lebensversicherung, wenn mich die Rebellen schnappen …«

»Ich verstehe.« Schorak nahm das Dokument und setzte sein Autogramm darunter. »Du hast Ihrer Majestät stets treue Dienste geleistet. Das ist das Mindeste, was wir für dich tun können.«

»Vielen Dank!«

Der Kammerdiener steckte sein Todesurteil ein und machte sich erleichtert aus dem Staub.

»Majestät«, flehte der Wesir in Richtung Himmelbett. »Wir sollten uns jetzt wirklich auf den Weg machen …«

»Nur, wenn ich vorn auf dem Kutschbock sitzen und die Zügel halten darf!«, forderte der Herrscher.

Dem Klang seiner Stimme nach zu urteilen hatte er den Daumen in den Mund gesteckt, eine Vermutung, die auch die Nuckelgeräusche bestätigten, die nun aus dem Himmelbett kamen und anzeigten, dass der König gerade einen seiner gelegentlich auftretenden Rückfälle in die Kindheit durchlebte.

Mit unangenehmen Situationen wie Zahnarztterminen oder wichtigen Regierungsempfängen konfrontiert, neigte Horfax' fragile Psyche dazu, sich aus der aktuellen Wirklichkeit zu verabschieden und in die unbeschwerten Tage der Kindheit zurückzukehren.

Zum Glück wusste der Wesir, wie er unter diesen Bedingungen mit dem König umgehen musste.

»Klar darfst du auf dem Kutschbock sitzen«, versprach er onkelhaft. »Und wenn du brav bist, bekommst du auch eine große Überraschung!«

»Eine Überraschung?«

Horfax riss die Vorhänge auf und sprang aus dem Bett.

»Ich liebe Überraschungen!«

Sein strahlender Gesichtsausdruck ließ keinen Zweifel daran, dass er geistig in ganz anderen Sphären weilte und die prekäre Gegenwart vollkommen hinter sich gelassen hatte.

Singend hüpfte er durch das Zimmer.

»Wir machen eine Reise, wir machen eine Reise! La, la, lalalala!«

»Ja, ja«, sagte Schorak hastig. »Jetzt aber los!«

Horfax blieb stehen.

»Erst muss ich noch meine Stofftiere suchen, die sollen auch alle mit! Bofo, der Brachul, und Susu, die Spinnenkönigin …«

Schorak raufte sich die Haare.

Nicht nur bei Horfax und dem Wesir, auch unter der gesamten feineren Hofschranzengesellschaft grassierte eine wahre Epidemie des Reisefiebers. Würdenträger, Edelfräuleins und Oligarchen rafften verzweifelt zusammen, was zusammenzuraffen war, bevor die Fluten des gewaltsamen Umsturzes über dem sinkenden Schiff der arkzulischen Monarchie zusammenschlugen.

In dem allgemeinen Chaos und kopflosen Durcheinander ergaben sich verlockende Gelegenheiten, denen selbst so mancher altgediente Lakai, der seiner Herrschaft jahrelang treu zur Seite gestanden hatte, nicht widerstehen konnte.

»Das wäre die letzte Kiste«, schnaufte der Herzog von Klagenmarck und wischte sich den Schweiß von der Stirn.

Da die Mehrheit des Hauspersonals geflohen oder – wahrscheinlicher – zum Feind übergelaufen war, hatte sich der Herzog gezwungen gesehen, selbst mit Hand anzulegen, um die große Gala-Kutsche mit sämtlichen Familienschätzen zu beladen, die auf die Schnelle verfügbar waren.

Jetzt ächzten die Speichen des Mehrspänners unter dem Gewicht von Gold und Juwelen im Wert von Millionen – und Seine Durchlaucht, die körperliche Betätigung Zeit seines Lebens für einen Ausdruck unvornehmer Gesinnung gehalten hatte, ächzte aufgrund eines mittelschweren Bandscheibenvorfalls.

Besser sollte der Tag jedoch nicht für ihn werden.

»Fahr die Kutsche zum Seiteneingang, Monty, ich hol den Rest der Familie. Und dann machen wir, dass wir so schnell wie möglich aus diesem Höllenloch herauskommen!«

Monty, der Kutscher, nahm einen Schluck aus seinem silbernen Flachmann.

»Vergiss das *Wir*«, sagte er und schraubte den Verschluss des Behälters wieder zu. »Ich kündige.«

»Was?«, rief der Herzog fassungslos. »Was soll das heißen, *du kündigst*? Und wie redest du überhaupt mit mir? Du hast mich gefälligst mit *Durchlaucht* anzusprechen!«

Monty fasste neben sich und hatte plötzlich eine Armbrust in der Hand, die er auf seinen Herrn richtete.

»Wenn es mir passt, kann ich dich auch mit *alter Blutsauger* ansprechen«, bemerkte er gelassen. »Und damit würde ich der Wahrheit bedeutend näher kommen.«

Der Herzog trat einen Schritt zurück und hob die Arme.

»Monty, ich versteh das nicht«, stammelte er. »Was ist denn in dich gefahren? Nach all den Jahren ...«

»Nach all den Jahren!«, echote der Kutscher. »Monty dies, Monty das! Ich hab's satt, rumkommandiert zu werden. Ich kündige!« Er wies mit dem Daumen nach hinten auf die Ladung. »Und das Gerümpel da nehm ich mit! Als Abfindung.«

»Aber ... aber das ist ja Diebstahl!«, rief der Herzog.

»Zeig mich doch an!«, grinste Monty und setzte die Kutsche mit einem Zungenschnalzen in Bewegung.

»Bleib hier, du Verräter!«, rannte ihm der Herzog hinterher. »Du Schuft, du gemeiner Dieb!«

Nach zweihundert Metern gab er die Verfolgung auf und rang keuchend nach Atem.

Dies war ohne Frage der schrecklichste Tag seines Lebens, schrecklicher noch als jene traumatische Matinee beim Grafen von Rottenich mit dem entsetzlichen Champagner und dem schauderhaft versalzenen Kaviar, an den er nur mit Grausen zurückdachte.

Als sein Blick auf die zwei Stadtwächter fiel, ahnte er nicht, dass ihm der eigentliche Tiefpunkt noch bevorstand.

»Wachtmeister!«, keuchte er. »Wachtmeister, Sie müssen mir helfen! Ich bin auf infame Weise bestohlen worden!«

Die Wächter, die nicht eben den Eindruck erweckten,

derzeit einen akuten Anfall von ungezügelter Arbeitswut zu erleiden, musterten ihn mit abschätzigen Blicken.

»Gemach, Opa«, sagte einer von ihnen. »Wir haben grad Mittagspause.«

»Mittagspause?«, ereiferte sich der Herzog. »Es ist halb sechs Uhr abends!«

»Oh, so spät schon?«, meinte der zweite Wächter und gähnte. »Feierabend!«

»Eine Unverschämtheit!«, kreischte der Herzog. »Es ist Ihre Pflicht, mich als einen ehrbaren, steuerzahlenden Bürger zu schützen! Aber das wird ein Nachspiel haben! Zufällig ist der Polizeipräsident ein guter Freund von mir!«

»Hübsche Ringe sind das«, sagte der erste Wächter und betrachtete interessiert die üppig beringten Hände, mit denen der Herzog vor ihren Gesichtern herumfuchtelte. »Was willst 'n dafür haben?«

»Ich biete fünfzehn Kopeken«, meinte der zweite Wächter und kramte in seiner Hosentasche.

»Eine Frechheit!«, schrie der Herzog. »Eine Dreistigkeit sondergleichen! An den Galgen werde ich euch bringen, Gesindel!«

»Ich hab gehört«, wandte sich der erste Wächter an den zweiten, »die Typen von der Befreiungsfront zahlen einen Batzen Geld für jedes Aristokraten-Ohr, das man bei ihnen abliefert. Meinst du, die nehmen auch Finger?«

»Einen Versuch ist es wert«, sagte der zweite und zog sein Schwert.

Szenen solcher Art spielten sich in diesen turbulenten Stunden und Tagen überall in der Hauptstadt ab.

Die Bewohner von Arkzul folgten damit dem scheinbar überall gültigen Gesetz, nach dem auch der Fall eines tyrannischen Ausbeuter-Regimes nicht unbedingt nur die edelsten und schönsten Triebe freisetzt.

»Noch einmal!«, rief Dorgol und hob den Arm.

Donnernd krachten die Rammböcke gegen das Haupttor des Königspalastes.

»Noch einmal!«

Bevor die Rebellen erneut zum Schlag ausholen konnten, wurde das Tor von innen geöffnet, und ein Trupp der Palastwache trat ihnen entgegen.

Die Aufrührer ließen die Rammen fallen und zogen ihre Waffen.

»Halt! Lasst die Waffen ruhen!«, rief der Anführer der Wachen. »Wir sind auf eurer Seite, Brüder! Es lebe die Volkssolidarität!«

Erst gestern noch hatte der Feldwebel ein pöbelhaftes Element, das irgendetwas von einem *Gnadengesuch an den Herrscher* geschluchzt hatte, die Palasttreppen hinabgeworfen und ihm nachdrücklich zu verstehen gegeben, dass die einzige Art von Gnade, die seinesgleichen hier zu gewärtigen hatte, ein kräftiger Tritt in den Unterleib war. Doch heute hatte sich der politische Wind unverkennbar gedreht, und er sah eigentlich keinen guten Grund, diese neue Solidaritätsgeschichte nicht zumindest einmal auszuprobieren.

Schlechte Gründe für das Gegenteil gab es auf der anderen Seite genug, unter anderem die aufgespießten Köpfe zahlreicher nicht ganz so wandlungsfähiger Kollegen, die die Rebellen als Trophäen vor sich hertrugen.

»Nieder mit dem Tyrannen!«, riefen die Palastwächter und machten dabei Gesichter, die irgendwo zwischen hysterisch zum Ausdruck gebrachter Begeisterung und *O Gott, meint ihr wirklich, dass wir damit durchkommen?* rangierten.

Es sah ganz danach aus, als wäre Letzteres der Fall.

»Hurra! Nieder mit dem Tyrannen!«, stimmten die Aufständischen ein. »Es lebe die Revolution!«

»Vorwärts!«, rief Dorgol. »Für die Freiheit! Schnappen

wir uns diesen jämmerlichen Feigling, der sich anmaßt, sich König zu nennen! Aber denkt daran: Ich will ihn lebend! Sein fetter Hintern gehört mir!«

»Für Dorgol, den Drachentöter!«, schrien die Rebellen und stürmten durch das Tor. »Für Arkzul! Für die Freiheit!«

XIV

»Bitte, Majestät!«

Der Wesir war der Verzweiflung nahe.

Dem Lärm nach zu urteilen befanden sich die Aufständischen bereits im Palast und kamen schnell näher. In ihre revolutionären Parolen mischten sich die Schmerzensschreie einiger Wachen, die wohl nicht eifrig genug mit ihren weißen Fahnen gewinkt hatten.

Den Herrscher, der geistig noch immer in glücklichen Kindheitstagen weilte, interessierte dies wenig.

Er steckte tief in einem Kleiderschrank und suchte nach den »Abenteuern des Riesen Törnörök«, einem entzückenden Bilderbuch für Kinder ab drei Jahren, ohne das er unmöglich verreisen, geschweige denn abends einschlafen konnte.

Gelegentlich flogen bei der Suche aussortierte Gegenstände aus dem Kleiderschrank.

»Wir müssen jetzt wirklich los, Majestät!«

Horfax kam aus dem Kleiderschrank, eine Angelrute in der Hand.

»Das Buch hab ich nicht gefunden«, sagte er. »Aber meine Angel! Wir gehen doch im Urlaub auch angeln, oder Onkel Schori?«

»Ja, sicher«, beeilte sich der Wesir zu versprechen. »Aber jetzt müssen wir erst mal ganz schnell von hier fort! Da draußen sind nämlich böse Leute und ...«

»Böse Leute?«

Die Angelrute fiel auf den Boden.

Mit großen erschrockenen Kinderaugen sah Horfax den Wesir an.

Und dann gingen die Emotionen mit seiner verletzlichen kleinen Tyrannenseele durch.

»Buäääääääh!«, brach frühkindliche Weltangst lautstark und tränenreich aus ihm hervor.

Schorak raufte sich die Haare.

»Oh, ihr Götter, habt Erbarmen …!«

»Folgt mir!«, rief der ehemalige Feldwebel der Palastwache und frischgebackene Befreiungskämpfer. »Ich weiß, wo sich der Tyrann verkrochen hat!«

Mit Triumphgebrüll folgte ihm die Rebellenhorde und stürmte durch die langen Fluchten des Palastes, vorbei an Ritter-Standbildern und großformatigen Gemälden, auf denen sich die Ahnherrn des edlen Geschlechts derer zu Grymmenstein in stolzen Heldenposen präsentierten, vorbei auch an Lakaien und Dienstboten, die die gute Gelegenheit nicht ungenutzt verstreichen ließen und sich mit Schubkarrenladungen goldener Teller, silberner Löffel und juwelenbesetzter Kerzenhalter in Richtung vorgezogener Ruhestand aus dem Staub machten.

»Hier ist es!«, rief der Feldwebel und blieb vor einer Tür stehen. »Das sind die Privatgemächer des verhassten Tyrannen!«

Dorgol drückte die Klinke herunter.

»Abgeschlossen«, sagte er und trat einen Schritt zurück.

Unter dem Johlen seiner Gefolgschaft warf er sein gesamtes Körpergewicht gegen das splitternde Holz. Beim dritten Anlauf gab der Rahmen endlich nach, und die Tür flog nach innen auf.

Im Zimmer herrschte ein heilloses Durcheinander, sämtliche Schränke standen offen, Kleidungsstücke, Koffer und Schachteln, Münzen, Waffen und Spielsachen lagen auf dem Boden herum, als wäre jemand hastig aufgebrochen und hätte nicht genügend Zeit zum Packen gehabt.

Gefolgt von den Rebellen betrat der Schmied das Zimmer und stieß einen lauten Fluch aus, als er auf einen der verstreuten Zinnkoboldsoldaten trat, die ein tückisches Minenfeld aus scharfen Kanten und Spitzen in dem langmähnigen Teppich bildeten.

»Das feige Schwein hat sich verdünnisiert«, knurrte einer der Rebellen.

Dorgol hob die Hand.

»Scht!«

Die anderen verstummten und lauschten aufmerksam.

Ein leises, unterdrücktes Quieken.

Es kam aus dem großen Himmelbett, dessen Vorhänge geschlossen waren.

Auf Zehenspitzen schlich Dorgol durch den Raum. Beim Bett angekommen, packte er die Vorhänge und riss sie mit einem Ruck auf.

»So sieht man sich wied…«, begann er siegessicher und verstummte.

In den seidenen Laken saß ein wohlgenährtes, rosiges Unterweltferkel und starrte ihn aus großen neugierigen Augen an.

Es handelte sich um Horfax' aktuelles Lieblingsschweinchen namens Stinker der Dreiundzwanzigste, und es hätte sicher weniger vergnügt gegrunzt, hätte es geahnt, welchem Schicksal seine zweiundzwanzig Vorgänger anheimgefallen waren, nachdem die Gefräßigkeit ihres Besitzers über seine Tierliebe triumphiert hatte.

Oder wenn es gewusst hätte, welche Rolle es bei dem kommenden Sieges-Festmahl der Rebellen spielen sollte.

Zweiter Teil

… wird auch tief fallen.

I

»Wir hätten Stinker mitnehmen sollen!«, beklagte sich Horfax, der dem Wesir mit einer Laterne in der Hand vorausging. »Wenn ihn die bösen Leute jetzt erwischen!«

»Sie werden ihm schon nichts tun«, sagte Schorak. »Und falls doch, ist er nun bestimmt im Schweinchenhimmel.«

»Es gibt überhaupt gar keinen Schweinchenhimmel!«, rief Horfax. »Du lügst! Und das ist eine blöde Reise! Es ist dunkel, meine Beine tun weh, und hier sind überall Spinnen!«

Der Wesir seufzte.

Er schleppte einen riesigen Sack voller Krimskrams auf dem Rücken, ohne den Horfax sich vehement geweigert hatte aufzubrechen. Jetzt wartete er nur noch darauf, dass der Herrscher endlich seine kindische Trotzphase überwand und er den größten Teil des überflüssigen Gerümpels in irgendeine Schlucht werfen konnte (obwohl er sich zugleich für diese Treulosigkeit gegenüber dem König schämte).

Andererseits war es für Horfax vielleicht eine glückliche Fügung, dass die katastrophale Wendung, die sein Schicksal genommen hatte, seine vorpubertären Verstandeskräfte derzeit noch überstieg.

Im buchstäblich letzten Moment waren sie durch einen

alten Geheimgang entkommen, der von den königlichen Privatgemächern aus dem Palast und unter der Hauptstadt hindurch vor die Mauern führte.

Schorak konnte nur hoffen, dass die Rebellen ihren Fluchtweg noch nicht entdeckt hatten.

Der Geheimgang war durch ein Bücherregal verborgen, und wer auch nur gerüchteweise um das Aufmerksamkeitsdefizit des Herrschers wusste, ahnte, dass Bücher im königlichen Schlafgemach nur zweierlei Funktionen erfüllen konnten: Nämlich einerseits die Beeindruckung weiblicher Übernachtungsgäste und andererseits die Tarnung etwaiger Geheimgänge.

Da der Herrscher von Arkzul nicht unbedingt dafür bekannt war, seine amourösen Eroberungen mithilfe der Zurschaustellung seiner umfassenden koboldistischen Bildung zu machen*, kam eigentlich nur noch die zweite Möglichkeit infrage.

Ihnen blieb also nicht viel Zeit.

Doch selbst wenn sie es schafften, lebend aus der Stadt herauszukommen, ohne den Rebellen in die Hände zu fallen, wusste der Wesir keineswegs, wie es danach weitergehen sollte.

Die bloße Vorstellung, dass sich das Volk gewaltsam gegen seinen König erheben könnte, war so ungeheuerlich, dass Schorak nun, da sich das Undenkbare tatsächlich ereignet hatte, vollkommen ratlos vor den Trümmern einer einst für unzerstörbar gehaltenen Weltordnung stand.

»Meine Beine tun weh!«, quengelte Horfax. »Ich will nach Hause und zusehen, wie die Sklaven ausgepeitscht werden!«

Ein salzig-bitteres Tränengemisch der Rührung und Empörung stieg dem greisen Wesir in die Augen, als er an

* Horfax bevorzugte da eher die direkte Methode: »Hey, Baby, wie geht's, ich bin der König! Willst du mal mein Zepter sehen?«

die glücklichen Tage der Kindheit seines Herrn und Königs zurückdachte.

Der kleine Thronprinz war ein so aufgeweckter, neugieriger Junge gewesen, dem selbst ein alltägliches Ereignis wie die regelmäßige Sklavenauspeitschung Anlass zu so grenzenlosem Vergnügen bereiten konnte, wie es eben nur ein unschuldiges Kinderherz zu empfinden vermag. Klar und deutlich, als wäre es gestern gewesen, sah Schorak den kleinen Prinzen auf seinem Schoß sitzen, wie er die Fäuste ballte und die Auspeitscher mit der Autorität eines geborenen Despoten dirigierte: »Fester! Nicht so lasch! Der da kann noch ein paar über den Hintern vertragen!«

Wie hatte das Volk nur einen solch heimtückischen Verrat an seinem wohlwollenden König und Hirten begehen können?

»Hast du nicht gehört?« Horfax trat ihm gegen das Schienbein. »Ich will nach Hause!«

Schorak richtete sich auf, wobei seine längst nicht mehr jugendlichen Knochen unter dem Gewicht des Gepäcks protestierend knirschten.

Und der Wesir von Arkzul tat einen stummen Schwur: Er würde nicht eher ruhen, bis die Usurpatoren vertrieben wären und der Thron des Reiches wieder dem rechtmäßigen Herrscher gehören, seine eigene Schmach und Schande getilgt sein würde.

Dann wäre er bereit, dankbar jede Strafe zu akzeptieren, die der Herrscher ihm gnädig für sein Versagen auferlegen mochte.

»Ich hab dich was gefragt, Schori!«, rief Horfax ungeduldig und zog an seinem Umhang. »Wann können wir endlich wieder nach Hause?«

Schorak wischte sich mit einer Hand die Tränen aus dem grauen Bart.

»Bald«, sagte er und versuchte zu lächeln. »Sehr bald.

Aber vorher müssen wir noch etwas Wichtiges erledigen.«

»Was denn?«, fragte der Herrscher. »Ich hab keine Lust mehr.«

»Auch nicht auf das beste Spiel aller Zeiten?«

»Ein Spiel?« Horfax klatschte in die Hände. »Was für ein Spiel?«

»Es heißt: *Die Rückeroberung von Arkzul*«, sagte der Wesir.

In diesem Moment bebte der Boden unter ihren Füßen, Staub rieselte von der Decke auf ihre Köpfe herab, und wie aus weiter Ferne war ein großer Chor von Stimmen zu hören.

Schorak warf sich den schweren Sack mit dem Gepäck über die andere Schulter.

»Doch jetzt sollten wir erst einmal von hier verschwinden.«

Horfax hüpfte dem Wesir vergnügt hinterher.

»Und wie funktioniert das Spiel?«

»Das erklär ich dir nach und nach.«

»Ist es ein langes Spiel?«

»Ein langes, ja. Aber nicht zu lang.«

»Aber ich gewinne doch zum Schluss, oder?«

»Ganz bestimmt.«

Und so verschwanden sie bald in dem engen, finsteren Gang, und das Licht von Horfax' Laterne wurde von der Dunkelheit verschluckt.

II

Als Dorgol in Begleitung seiner Familie und einiger Kämpfer der Befreiungsfront auf den Balkon des Palastes trat, fegte ein beispielloser Sturm des Jubels über den großen Regentenplatz.

Nicht einmal während der Festivitäten anlässlich des königlichen Geburtstags, wenn zur Ergänzung der alltäglichen Peitsche das feiertägliche Zuckerbrot in Form von Freibier und Rattengulasch* für alle ausgegeben wurde, hatten solche Volksmassen mobilisiert werden können.

Der Schmied blickte in ein Meer von Gesichtern, das sich vom einen bis zum anderen Ende des Platzes erstreckte. Selbst die Häuserdächer auf der gegenüberliegenden Seite waren dicht an dicht mit Zuschauern besetzt.

Volle zehn Minuten dauerte es, bis der Beifall so weit verebbte, dass Dorgol seine Rede beginnen konnte.

»Bürger von Arkzul!«, rief er. »Brüder und Schwestern! Die Ketten sind gesprengt! Der Tyrann ist vom Thron gestoßen!«

Diese Worte lösten einen neuen Jubelorkan aus, der fast so lang währte wie der erste.

Dorgol hob die Hand, und der Tumult verstummte allmählich.

»Mit dem heutigen Tag beginnt eine neue Zeitrechnung in Arkzul!«, rief der Schmied. »Nie wieder soll ein Kobold den anderen knechten und sich an den Früchten fremder Arbeit bereichern! Nie wieder soll ein Kobold durch Geburt über einen anderen gesetzt sein und sich *Herr* nennen aufgrund eines ererbten Namens und Titels! Von heute an soll jeder Bürger des Reiches das unverbrüchliche Recht besitzen, sein eigenes Glück nach bestem Wissen und Gewissen zu suchen, jeder nach seiner Art! Denn wir werden *ein* Volk sein, frei, gleich und brüderlich!«

»Hurra!«, riefen die Zuhörer. »Ein Volk! Frei, gleich und brüderlich!«

* Wer jemals ein gut gewürztes arkzulisches Rattengulasch der Sorte »Extrascharf« gekostet hat, wird über Rind, Schwein oder Pferd nur noch die Nase rümpfen. Vorausgesetzt, er ist ein Kobold und verfügt über ein Verdauungssystem, das auch mit glühender Lava spielend fertig wird.

»Und die stark sind, sollen die Schwachen stützen, und die Hungernden sollen gespeist werden, und die kein Haus haben, sollen ein Obdach erhalten.«

Dorgol wurde vom Strom seiner eigenen Rede mitgerissen. Er wusste selbst nicht, woher ihm die Worte zuflogen, war er doch nur ein einfacher Schmied, der sein Leben lang tagein, tagaus in der glühenden Hitze der Esse gestanden und den Hammer geschwungen hatte.

Doch jetzt war es fast, als spräche durch ihn eine höhere Macht, die ihn erwählt hatte, um ihrem Willen Ausdruck zu verleihen.

»Und die Richter sollen Rechenschaft ablegen vor den Gerichteten, und die Herrschenden sollen Diener sein der Beherrschten. Brüder und Schwestern! Heute legen wir mit unseren eigenen Händen den Grundstein zu einem neuen Reich, das den Jahrtausenden trotzen wird!«

»Hurra!«, jubelte das Volk.

»Lasst uns keine Zeit verlieren, und mit dem großen Werk beginnen! Mit dieser Stunde sollen alle Sklaven befreit und jegliche Schulden getilgt sein!«

»Hurra!«

»Alle Besitztümer sollen gerecht verteilt und die Ämter neu vergeben werden!«

»Hurra!«

»Und unser neuer Herrscher soll nur für eine begrenzte Zeit regieren und in freien Wahlen ernannt werden!«

Schweigen.

Niemand applaudierte.

»Wir brauchen keine freien Wahlen!«, erhob sich eine einzelne Stimme aus den Volksmassen.

»Genau!«, bestätigte eine zweite. »Du sollst unser neuer Herrscher sein!«

»Dorgol, der Tyrannenbezwinger, soll König sein!«

»Dorgol, der Drachentöter, soll herrschen!«

»Dorgol, Dorgol, Dorgol!«, rief ein tausendfacher Chor von Stimmen.

Der Schmied wechselte einen Blick mit seiner Frau und den Anführern der Befreiungsfront.

Sie nickten.

Und er selbst musste es zugeben: Wer sonst sollte herrschen, wenn nicht er?

Schließlich war er es gewesen, der die Bestie des Tyrannen in der Arena besiegt hatte, sein Vorbild hatte die Aufständischen inspiriert, zu den Waffen zu greifen und sich gegen die Unterdrücker zu erheben. Und auch jetzt hatte kein Zweifel bestanden, wer auf den Balkon treten und zum Volk sprechen würde.

Er besaß eine natürliche Autorität, die ihn zum geborenen Herrscher machte.

Dorgol hob beide Arme, und das Volk verstummte.

»Ich nehme eure Wahl an!«, rief der Schmied und neue König von Arkzul.

Ohrenbetäubend war der Beifall, der ihm antwortete.

III

Während Dorgol seine Krönung zum Herrscher beging und die Hauptstadt vom Jubel des ganzen Volkes widerhallte, war der entthronte König selbst für einen Schattenkobold, der im Allgemeinen unterirdische Lebensräume bevorzugt, ganz unten angekommen.

Horfax' vorübergehender Ausflug in die wonnigen Gefilde der Jugend war inzwischen beendet, und die Wirklichkeit hatte ihn mit ihrem eisernen Griff gepackt und gehörig durchgeschüttelt.

Bisweilen neigte seine flatterhafte Psyche dazu, übergangslos von einer Laune in die nächste zu wechseln, und nun hatte sie sich kopfüber von den Höhen jugendlicher Unbekümmertheit in den Abgrund der Verzweiflung gestürzt.

Die Arme um die Beine geschlungen, hockte Horfax auf der Erde. Seine Schultern bebten schwach, und zwischen seinen Knien, gegen die er den Kopf gepresst hatte, ertönte hin und wieder ein leises Schluchzen.

Verlegen stand Schorak vor diesem Bild des Jammers und suchte nach Worten, die ein wenig Trost spenden konnten.

»Wenn es Euer Majestät hilft, könnt Ihr Eurem gerechten Zorn auf Euren unwürdigen Diener freien Lauf lassen«, schlug er mit sanfter Stimme vor. »Wir haben zwar die Peitschen vergessen, aber wenn Majestät mit dieser Angelrute vorliebnehmen wollen, die wir zufällig im Gepäck ...«

»Es hat keinen Zweck«, schluchzte Horfax. »Alles ist hin. Ich wünschte, ich wäre tot.«

Es brach dem alten Wesir das Herz, seinen König so reden zu hören.

»So etwas dürfen Majestät nicht sagen«, flüsterte er, selbst mit den Tränen kämpfend. »Denkt an das edle Blut, das in Euren Adern fließt. Denkt an Euren Ahnherrn und Begründer der grymmensteinschen Dynastie, Horfaxius den Rücksichtslosen, der im großen Erbfolgestreit eigenhändig die vierunddreißig legitimen Thronerben erwürgte, um sich danach selbst an ihrer statt zu krönen.«

»Das ist lange her«, murmelte der Herrscher. »Die Dynastie der Grymmensteins existiert nicht mehr. Ich bin ihr letzter Spross, und ich habe Schande über meine Familie gebracht. Alles ist verloren.«

»Nein, Euer Majestät!«, protestierte Schorak. »Ich habe einen heiligen Eid geschworen, Euch nach meinen besten Kräften zu dienen, und, bei den Göttern, ich werde diesen Eid erfüllen! Wir werden den Thron der Schatten zurückerobern und die Aufrührer aus dem Palast vertreiben!«

Horfax lachte bitter.

»Und wie sollen wir das anstellen? Zu zweit?«

Der Wesir richtete sich auf.

Mit dieser Frage hatte er sich in den letzten Stunden fieberhaft beschäftigt.

»Ich habe nachgedacht, Majestät. Wir sind nicht ohne Verbündete. Jetzt ist die Stunde, die Herrscher der anderen Kobold-Reiche an ihre lange Freundschaft mit dem Haus Grymmenstein zu erinnern.«

Freundschaft, das war vielleicht ein wenig euphemistisch gesprochen, wenn man bedachte, dass die Sympathiebekundungen der internationalen Kobold-Aristokraten-Clique untereinander nicht selten in vergifteten Geburtstagstorten, von Auftragsmördern vorgetragenen Glückwunschtelegrammen oder durchsichtig provozierten »Grenzzwischenfällen« bestanden.

Doch das martialische Hauen und Stechen hinter den Kulissen verhinderte nicht, dass sich die Akteure vorn auf der Bühne der diplomatischen Beziehungen freundlich lächelnd die Hände reichten.

»Die übrigen Fürsten werden einen Emporkömmling wie den Schmied niemals als ihresgleichen anerkennen«, erklärte Schorak. »Außerdem könnten die Ereignisse in Arkzul ein gefährliches Vorbild für die Völker anderer Staaten liefern. Es ist also eine Angelegenheit des gemeinsamen internationalen Interesses, die Schreckensherrschaft der Rebellen so schnell wie möglich zu brechen und wieder für geordnete Verhältnisse zu sorgen. Und das kann nur bedeuten, Eurem rechtmäßigen Herrschaftsanspruch zur Geltung zu verhelfen. Wir müssen eine Allianz zur Befreiung von Arkzul bilden.«

Horfax hob den Kopf.

»Das klingt gar nicht mal schlecht, Schori«, sagte er,

schon nicht mehr ganz so bedrückt. »Meinst du wirklich, das könnte funktionieren?«

»Ohne jeden Zweifel!«, rief der Wesir. »Wie ich schon sagte: Es ist eine Angelegenheit des gemeinsamen internationalen Interesses.«

Der Herrscher rieb sich das Kinn.

»Ja, vielleicht hast du recht«, meinte er und stand auf. »Nein, du hast ganz bestimmt recht! Das ist ein ausgezeichneter Plan!«

»Finden Eure Majestät?«, fragte Schorak erfreut.

»Natürlich!«, rief Horfax, dessen Lebensgeister sich plötzlich wieder regten. »Er stammt ja auch von mir! Eine Angelegenheit des gemeinsamen internationalen Interesses! Sie *müssen* mich unterstützen!«

»Eure Majestät sind ein politisches Genie«, lächelte der Wesir, der es nicht gewohnt war und auch gar keinen Anspruch darauf erhob, dass seine Arbeit als sein persönliches Verdienst gewürdigt wurde.

»Kein Wunder! Schließlich strömt in meinen Adern das Blut Horfaxius' des Rücksichtslosen, der im großen Erbfolgestreit eigenhändig die vierunddreißig legitimen Thronerben erwürgte, um sich danach selbst an ihrer statt zu krönen!«

»Der Beginn einer ruhmvollen Dynastie«, pflichtete Schorak bei.

»In der Tat.«

Horfax blickte sich um.

»Wo sind wir hier überhaupt?«

Sie befanden sich in einem der für das unterirdische Arkzul typischen Pilzwälder, umgeben von hohen Stämmen, die bleich in der Dunkelheit leuchteten und von lamelligen, breitkrempigen Hüten gekrönt waren. Ein leise in der Nähe murmelnder Bach steuerte einen Hauch von Schwefel zu dem herrschenden Pilzaroma bei.

»Nicht weit von den Stadtmauern entfernt«, sagte

Schorak. »Nahe bei den Rubin-Minen von Gruul-zarkbasch.«

»Warum sind wir noch nicht weiter?«, fragte Horfax herrisch. »Schließlich müssen wir ein Königreich zurückerobern! In diesem Tempo sind wir ja nächstes Jahr noch nicht damit fertig!«

»Verzeiht, Majestät«, antwortete der Wesir, der die letzten vier Stunden treu Wache gehalten hatte, während der Herrscher, friedlich am Daumen nuckelnd, im Schlummerland geträumte Wolkenschäfchen gezählt hatte. »Es ist meine Schuld. Das Alter sitzt mir in den Knochen, und ich kann nicht mehr gut mit Euch Schritt halten. Wenn ich zu einer Last für Euch werde, dann lasst mich einfach zurück.«

»Hmpf«, machte Horfax ungeduldig und zeigte auf den großen Sack mit dem Gepäck. »Und was ist das?«

»Nur einige Dinge für die Reise, die auf die Schnelle verfügbar waren.«

Der König löste die Verschnürung und griff in den Sack.

»Mal sehen«, sagte er und kramte einen Gegenstand daraus hervor. »*Die Abenteuer des Riesen Törnörök.* Was soll der Quatsch? Wir machen doch keinen Kindergeburtstagsausflug!«

»Um Vergebung, Majestät«, entschuldigte sich Schorak. »Es war nicht viel Zeit, um sorgfältiger zu packen ...«

Horfax warf das Bilderbuch über die Schulter und griff erneut in den Sack.

Diesmal förderte er eine Brachul-Puppe zutage, die ein lang gezogenes und nicht übertrieben Furcht einflößendes *Ööööhhh* von sich gab, als er sie hin und her drehte.

»Also ehrlich, Schori«, sagte er kopfschüttelnd. »Manchmal frage ich mich, ob du nicht langsam senil wirst.«

»Euer ergebendster Diener bereut es zutiefst, das Vertrauen, das Majestät in ihn gesetzt haben, so bitter zu enttäuschen.«

»Ist in dem ganzen Gerümpel überhaupt irgendwas Brauchbares?«

Der König steckte den Kopf in den Sack und wühlte darin herum.

»Aha!«

Horfax kehrte mit einer reich verzierten Kiste aus der Tiefe zurück.

Als er sie öffnete, fiel ein goldener Glanz auf sein Gesicht.

»Gut, dass wenigstens einer von uns beiden mitdenkt«, sagte er und warf dem Wesir einen strengen Blick zu.

Die Kiste, die Schorak heimlich unter das Gepäck geschmuggelt hatte, enthielt die Kronjuwelen von Arkzul, unermesslich kostbare Geschmeide, gefertigt von den größten Meistern der Schmiedekunst, bezahlt mit dem Blut von Tausenden.

»Die Weisheit Eurer Majestät kennt keine Grenzen«, sagte Schorak. »Wenn ich mich nicht täusche, geruhten Majestät außerdem, einen Beutel mit Gold einzupacken, der sich irgendwo unter den anderen Sachen befinden muss.«

»Hab ihn schon gefunden!«, rief der König und klimperte mit den Münzen. »Jetzt sieht unsere Lage doch schon nicht mehr ganz so düster aus. Ich versteh gar nicht, warum du eben alles so schwarzsehen musstest, Schori. Meine Güte, du hast dich wie eine richtige Heulsuse benommen! Es war mir regelrecht peinlich.«

»Verzeiht, Majestät, das muss das Alter sein. Ich besitze auch nicht die göttliche Willenskraft Eurer Majestät.«

»Da hast du allerdings recht!«

Horfax rieb sich die Hände.

»Also los, es gibt ein Königreich, das darauf wartet, von uns zurückerobert zu werden! Ich übernehme die Führung, du das Gepäck, Schori.«

»Zu Befehl, Majestät«, sagte der Wesir und fügte hoffnungsvoll hinzu: »Sollen wir all das nutzlose Gerümpel, das ich in meiner Verwirrung mitgenommen habe, hier lassen?«

Horfax dachte nach.

»Ich sehe es mir lieber noch mal an«, entschied er. »Vielleicht hast du ja zufällig auch irgendwas Brauchbares eingepackt.«

Eine kurze Inventur ergab, dass unter anderem das Brettspiel »Hau den Grottenmolch«, die Ankleidepuppe »Gretelchen« sowie das bedauerlicherweise unvollständige Schlagballset (der Ball fehlte) bei der Eroberung von Arkzul verzichtbar waren, nicht jedoch der Spielzeugherd »Mein erster richtiger Ofen!«, die maßstabsgetreue Nachbildung von Rorgux' Schrecklichem Streitkolben für kleine große Helden von 6–10 und Trolbi, das fröhliche Stoff-Stachelschwein, dem zwar ein Glasauge fehlte, was seinem nostalgischen Wert jedoch keinen Abbruch tat.

»Man weiß nie, was uns auf der Reise erwartet«, begründete Horfax seine Entscheidung.

Er war sich übrigens nicht zu schade, einen Teil der Last selbst zu übernehmen.

Den Sack mit dem übrigen Gepäck auf dem Rücken, trottete der Wesir hinter ihm her und lauschte den einseitigen Dialogen, die der vorübergehend entthronte Herrscher von Arkzul mit Trolbi, dem fröhlichen Stoff-Stachelschwein führte.

Mit seiner unerschütterlich optimistischen Art schien Trolbi dem König jene emotionale Stabilität zu verleihen, die Horfax nach den turbulenten Erlebnissen der letzten Tage dringend nötig hatte.

»Und wenn ich meinen Thron erst wieder zurückhabe, Trolbi, dann ernenne ich dich zum Wesir. Ach nein, Wesir ist Schori ja schon. Dann mache ich dich eben zum … Chef der Geheimpolizei. Dann kannst du die Leute einfach nachts aus ihren Häusern holen und sie ohne jeden

Prozess in den Kerker stecken, um sie langsam vor sich hin rotten zu lassen. Das würde dir doch gefallen, oder? Ich glaub, du wärst ein guter Geheimpolizeichef, Trolbi.«

Dem konnte der Wesir nur beipflichten.

Was fachliche Kompetenz anging, musste sich Trolbi, das fröhliche Stoff-Stachelschwein, vor seinem Amtsvorgänger auf keinen Fall verstecken.

IV

Indessen war Dorgol, der neue König von Arkzul, ebenfalls nicht müßig.

Seine Krönung hatte er betont sachlich und ohne den dekadenten Pomp inszeniert, der bei solchen Anlässen bislang vom Protokoll vorgesehen gewesen war.

Seine größte Extravaganz hatte darin bestanden, dass sich der Schmied die Krone nicht wie sonst üblich vom Erzbischof von Arkzul, sondern von einem spontan ausgewählten Kind aus dem einfachen Volk, der Tochter eines Seilmachers, aufs Haupt setzen ließ.

Verständlicherweise hatte der Bischof, ein ehemaliger orthodoxer Horfaxianer und rekonvertierter Diener der Schattenkoboldgöttin Zalkamarna, diese Entscheidung eher ungnädig aufgenommen. Bei den übrigen Zuschauern hingegen war die Geste sehr gut angekommen.

Während seine Untertanen draußen noch die Krönungsfeierlichkeiten begingen – was in den meisten Fällen so viel bedeutete wie: *sich besaufen bis zum Umfallen* und *plündern, solange der Vorrat reicht* – krempelte im Palast der neue König die Ärmel hoch und machte sich an die unverzügliche Umsetzung seiner ehrgeizigen Reformen.

Innerhalb kürzester Zeit hatte er ein neues Kabinett ernannt, das sich hauptsächlich aus vertrauenswürdigen

Kämpfern der Befreiungsfront sowie ehrlichen Bauern und Handwerkern zusammensetzte, die er noch aus seiner Zeit als Waffenschmied kannte.

Bis spät in die Nacht saß Dorgol in seinem Arbeitszimmer und versuchte sich mithilfe der nicht immer leicht durchschaubaren Aktenlage einen Überblick über die Verhältnisse zu verschaffen, die ihm die vorherige Regierung hinterlassen hatte.

Dabei offenbarte sich, nicht unbedingt überraschend, Skandalöses.

Das Budget für die jährliche Geburtstagsparade des Herrschers etwa betrug das Achtfache des Witwen- und Waisenfonds, und die Ausgaben zur Instandhaltung und Renovierung des Kolosseums waren immerhin drei Mal so hoch wie die staatliche Unterstützung der Hungernden und Unbehausten.

Dorgol seufzte und rieb sich die übermüdeten Augen.

Er hatte das Gefühl, sich in einem Sumpf zu verirren und fragte sich, ob der Schlamm, durch den er dabei watete, so leicht wieder abzuwaschen sein würde.

Gähnend räkelte sich der König auf seinem gepolsterten Sessel.

Als er die Augen wieder aufschlug, blickte er in ein freundliches Gesicht auf der anderen Seite des Schreibtisches.

Dorgol sprang auf.

»Du? Was tust du hier? Wie bist du hier reingekommen?«

Hans Freudenschneider lächelte.

»Sagen wir: Von einem professionellen Standpunkt aus betrachtet sollte den Sicherheitsmaßnahmen in diesem Palast durchaus mehr Aufmerksamkeit gewidmet werden. Ihr werdet doch sicher nicht wollen, dass verdächtige Elemente um Euren Thron herumschleichen, Majestät.«

»Du hast wirklich Nerven, hier aufzukreuzen«, knurrte

Dorgol. »Nenn mir einen einzigen Grund, warum ich nicht die Wachen rufen und dich in den Kerker werfen sollte, wo du die nächsten drei Wochen damit verbringen kannst, auf deine Hinrichtung zu warten. Oder warum ich dich nicht auf der Stelle eigenhändig töten sollte.«

»Hm«, machte Hans Freudenschneider, legte den Zeigefinger an sein Kinn und blickte nachdenklich die Zimmerdecke an. »Ich muss gestehen, dass mir tatsächlich kein guter Grund einfällt, der dagegen sprechen würde, Majestät. Mein Tod wäre kein großer Verlust. Typen wie mich gibt es schließlich zu Tausenden.« Hans richtete den schelmischen Blick seiner frühlingshimmelblauen Augen auf Dorgol, der nicht anders konnte, als unwillkürlich zu erschauern. Dieser Geheimpolizist war ihm auf eine schwer in Worte zu fassende Weise unheimlich, als wäre der Schatten, den Freudenschneiders schmächtiger Körper im richtigen Licht werfen würde, viel größer, als er es eigentlich sein dürfte.

»Ich bin voll und ganz Eurer Gnade ausgeliefert, o König von Arkzul«, lächelte Hans. »Ich hoffe, Ihr seid nicht nachtragend, was unsere erste Begegnung betrifft. Es ist nicht immer leicht, private Sympathien und berufliche Pflichten miteinander zu vereinbaren, und manchmal leider unmöglich.«

»Und ich hoffe«, entgegnete der Schmied, das unheimliche Gefühl mit Gewalt abschüttelnd, »du wirst Trost daraus ziehen, wenn dein Henker genau dasselbe bekundet.«

»Ha!«, lachte Hans und schlug sich mit der flachen Hand aufs Knie. »Sehr gut gekontert, Majestät! Ihr seid wirklich ein rhetorisches Naturtalent, gesegnet mit einer goldenen Zunge, wie man so sagt. Eure Rede vom Balkon des Palastes herab war ein Meisterstück, eine Offenbarung. Mein Herz, das zwar nicht, wie mancher glauben mag, aus Stein besteht, aber doch ein wenig müde und der meisten Illusionen beraubt ist, stampfte hingerissen im Takt der allgemeinen patriotischen Begeisterung. Und die Menge hing an Euren Lippen. Ihr hättet ihnen befehlen können, sich für Euch in den Tod zu stürzen, und sie hätten es jubelnd getan. Das ist wahre Autorität.«

»Ich habe dein aufgeblasenes Geschwätz langsam satt«, grollte Dorgol und setzte sich wieder. »Was willst du eigentlich?«

Hans schlug ein Bein über das andere und lächelte sein vergnügtes Geheimpolizistenlächeln.

»Ich hatte einfach das Bedürfnis, Euch zu Eurem verdienten Sieg zu gratulieren, Majestät. Und zu der gelungenen Krönungszeremonie. Euch die Krone von diesem niedlichen kleinen Fratz aufsetzen zu lassen, war ein so brillanter Schachzug. Das Volk liebt dergleichen. Ihr versteht es wirklich virtuos, auf der Klaviatur der öffentlichen Meinung zu spielen, eine Fähigkeit, die Eurem Vorgänger leider gänzlich abging.«

»Ich spiele nicht«, erwiderte Dorgol verächtlich »auch wenn deinesgleichen das wohl nie verstehen wird. Das Volk ist lange genug belogen worden. Was ich tue, entspricht meinen innersten Überzeugungen.«

»Um so besser!«, lächelte Hans. »Die Wahrheit ist noch immer die wirkungsvollste Täuschung.«

»Wenn du nur gekommen bist, um meine Zeit mit irgendwelchen abgeschmackten Phrasen zu verschwenden, dann war das eine Entscheidung, die du hoffentlich bereit bist, mit deinem Leben zu bezahlen.«

Hans schmunzelte.

»Ihr habt mich durchschaut, Majestät. Ich habe Euch natürlich nicht aufgesucht, um bloß nett mit Euch zu plaudern, ein so angenehmer Zeitvertreib das auch sein mag. Ich möchte Euch vielmehr ein Angebot machen – ein nicht ganz uneigennütziges Angebot, wie ich ehrlicherweise hinzufüge.«

»Was könntest du mir schon anbieten, das ich annehmen wollte?«

»Meine Dienste«, lächelte Hans Freudenschneider.

Dorgol lachte höhnisch.

»Soll das ein Scherz sein? Ich dachte, du hättest meine Rede gehört? Deine Dienste werden hier nicht länger benötigt. Solange Willkür und Gewalt herrschten, warst du sicher ein brauchbares Werkzeug für den Tyrannen. Doch jetzt ist die Freiheit in Arkzul eingekehrt.«

»Um das höchste Gut zu verteidigen, darf man bei der Wahl der Mittel nicht immer wählerisch sein«, wandte Hans ein.

»Welches höchste Gut meinst du?«

»Dasselbe wie Ihr: die Freiheit.«

»Und ich dachte, du sprichst von Opportunismus«, sagte der Schmied.

»Ist das nicht auch eine Art von Freiheit?«, fragte Freudenschneider verschmitzt.

Dorgol lachte.

Trotz allem amüsierte ihn dieses Gespräch. Der Geheimpolizist, der sich gemütlich in seinem Sessel zurücklehnte, als wäre er hier zu Hause, wirkte inzwischen kaum mehr bedrohlich, sondern eher wie eine komische Figur.

»Wenn du dich um den Posten des Hofnarren bewirbst, hast du mich jedenfalls vollauf überzeugt«, spottete Dorgol.

»Ich freue mich, dass Euer Majestät meinen Sinn für Humor zu schätzen wissen«, antwortete Hans. »Aber ich verfüge noch über andere Eigenschaften, mit denen ich Euch um ein Vielfaches besser dienen könnte.«

»Und welche sollten das sein?«

»Nun«, sagte Hans und betrachtete seine Fingernägel. »Ich bin zum Beispiel gut darin, Leute aufzuspüren, die nicht gefunden werden wollen.«

»Tut mir leid. Ich brauche keine Schnüffler, Spitzel und

Denunzianten. Unter meiner Herrschaft wird sich niemand mehr verstecken müssen.«

»Ich denke, es gibt doch zumindest einen, den Ihr gerne zu fassen bekämet.«

»Von wem sprichst du?«, fragte Dorgol, obwohl er die Antwort bereits ahnte.

»Von einem gewissen Grymmenstein. Von Horfax dem Dritten, um genau zu sein«, lächelte Hans.

Der König schwieg und trommelte mit den Fingern auf der Schreibtischplatte.

Dass ihm der Tyrann entwischt war, hatte seinem Triumph tatsächlich einen zwar kleinen, aber nicht unbedeutenden Tropfen Bitterkeit hinzugefügt.

»Solange Horfax nicht für seine Verbrechen gegen das Volk von Arkzul gebüßt hat, wird der Sieg der Freiheit ein unvollständiger sein«, sagte Hans, und sprach damit Dorgols eigene Gedanken aus. »Zudem verfügt er innerhalb der internationalen Politik noch immer über Verbindungen. Wahrscheinlich geht er jetzt gerade bei seinen mächtigen Freunden hausieren und sucht nach Verbündeten für die Konterrevolution.«

»Ich habe bereits Männer losgeschickt, um nach ihm zu suchen«, entgegnete Dorgol.

»Gut. Ausgezeichnet!«, lobte Hans. »Ich bin sicher, sie werden ihr Bestes geben. Doch eine lange Berufserfahrung hat mich gelehrt, dass *Suchen* nur die eine Hälfte ist. Die andere, die wichtigere, ist das *Finden*. Und was selbiges angeht, Majestät, gibt es in ganz Arkzul keinen Besseren als mich.«

»Ich dachte, Typen wie dich gäbe es zu Tausenden?«

»Auch an Bescheidenheit bin ich unübertroffen«, lächelte Hans.

Der König lachte schallend.

»Als Hofnarr könntest du jedenfalls noch heute anfangen.«

»Das Angebot schmeichelt mir, Majestät. Aber ich denke, ich könnte auf anderem Gebiet mehr zum Wohl der Allgemeinheit beitragen.«

Dorgol schwieg.

»Hm«, sagte er nach einer Weile. »Ich muss zugeben, der Gedanke, den Tyrannen von seinen eigenen Bluthunden hetzen zu lassen, hat durchaus etwas für sich. Also gut. Ich erteile dir zwar nicht den Befehl, Horfax zu verfolgen, aber ich werde dich auch nicht daran hindern, es zu tun.«

»Danke, Majestät, Ihr werdet diese Entscheidung nicht bereuen. Da wäre noch eine Sache. Ich bin nicht so vermessen zu glauben, Forderungen stellen zu können, aber ich möchte Euch demütig bitten, einige meiner Kollegen, deren Expertise bei der Bewältigung meiner Aufgabe unverzichtbar wäre, zu begnadigen.«

»Ich kann mir schon vorstellen, um welche Art von Expertise es sich handelt«, schnaubte Dorgol. »Foltern und Schikanieren, und alles, was dazugehört.«

»Es sind ehrliche, hart arbeitende Männer, die stets in dem Glauben gehandelt haben, die gerechte Sache zu befördern. Sie werden Euch ebenso loyal dienen wie Eurem Vorgänger.«

»Vielleicht habe ich eine goldene Zunge«, versetzte der König, »aber deine ist ein allzu scharf geschliffener Dolch. Du solltest aufpassen, dass du dich nicht selbst an ihr schneidest.«

»Verzeiht, Majestät«, korrigierte sich Hans. »Das ist vermutlich etwas missverständlich über meine Lippen gekommen. Was ich eigentlich sagen wollte, war …«

»Ich verstehe sehr gut, was du sagen wolltest«, schnitt ihm Dorgol das Wort ab. »Und dieses Gespräch dauert bereits viel zu lange. Tu, was du tun musst. Und tritt mir nicht wieder unter die Augen, bis du es vollbracht hast.«

»Danke für Eure Zeit und Euer Vertrauen, Majestät. Ich werde Euch nicht enttäuschen«, sagte Hans, nahm seinen Krückstock, den er an den Sessel gelehnt hatte, und verließ das Zimmer. Zum ersten Mal fiel Dorgol auf, dass der Geheimpolizist beim Gehen sein rechtes Bein leicht nachzog.

»Freudenschneider!«, hielt er ihn in der Tür zurück.

Hans blieb stehen und wandte sich um.

»Wenn es dir tatsächlich gelingt, Horfax zu fassen und hierher zu bringen, werde ich vielleicht geneigt sein, über eine mildere Bestrafung für deine Verbrechen nachzudenken. *Vielleicht*, wohlgemerkt.«

Hans verbeugte sich leicht.

»Die Güte Eurer Majestät kennt keine Grenzen.«

Damit schloss er die Tür hinter sich.

Dorgol wandte sich wieder den Aktenbergen zu.

Nach einer Weile hielt er plötzlich inne und schüttelte den Kopf, als erwache er aus einem Traum.

Hatte dieses Gespräch eben tatsächlich stattgefunden?

Und konnte es sein, dass er diesen hinterhältigen Schurken, der ihn mit seinen spöttischen Schmeicheleien und seinem ironischen Lächeln eingelullt hatte, wirklich – wenn auch eher inoffiziell – in seine Dienste aufgenommen hatte?

Dorgol war im Begriff aufzuspringen und Freudenschneider nachzueilen, um ihn persönlich wie ein Kaninchen im Genick zu packen und in den Kerker zu werfen.

Er blieb jedoch sitzen.

Wer weiß, vielleicht würde sich diese Angelegenheit von selbst regeln – sollten das seine Feinde doch unter sich ausmachen.

Und wenn Hans zurückkehrte, konnte er ihn immer noch für seine Taten bestrafen.

Im Augenblick hatte er jedenfalls Wichtigeres zu tun.

Seufzend nahm er sich ein dickes Aktenpaket vor und

versenkte sich in die endlosen Zahlenkolonnen des Staatshaushaltes.

Und er wünschte sich ein großes, scharfes Schwert, um diesen ganzen verwickelten Knoten mit einem kräftigen Hieb zu zerteilen.

V

»Ihr Götter!«, stöhnte Horfax. »Was habe ich nur getan, dass ihr mich so straft! Habe ich nicht schon genug gelitten? Kein Kobold hat jemals solches Leid erdulden müssen wie ich!«

Es war ungefähr fünf Minuten her, dass er den heroischen Beschluss gefasst hatte, sein Königreich zurückzugewinnen, und die erste Begeisterung des Aufbruchs war inzwischen verflogen.

Selbst Trolbis stacheliges Schweigen wirkte inzwischen weniger beruhigend und trostspendend als vielmehr trübselig.

Der gefallene Herrscher saß auf dem Boden und begutachtete seine geschundenen Füße.

»Da!«, sagte er vorwurfsvoll und zeigte auf eine winzige Blase an seiner kleinen Zehe, das schmerzensreiche Stigma seines unvergleichlichen Martyriums. »Ich bin schwer verletzt! Das ist alles deine Schuld, Schori! Weißt du, was ich inzwischen glaube? Ich glaube, du steckst mit diesen Rebellen unter einer Decke!«

Horfax holte aus und schmiss seinen goldbestickten Samtpantoffel nach dem Wesir, der mit vollendeter Pflichterfüllung in die Flugbahn hechtete, um den ungeschickten Wurf nachträglich in einen Treffer zu verwandeln.

»Nein, Majestät!«, rief Schorak mit Tränen in den Augen. »Eher würde ich sterben, als Euch zu verraten!«

»Hmpf«, machte Horfax ungnädig. »Ein wahrhaft treuer Diener hätte daran gedacht, eine Sänfte mitzunehmen. Es ist eines Königs unwürdig, seine eigenen Füße zum Gehen benutzen zu müssen.«

»Verzeiht, Majestät, keine Strafe ist schwer genug, mein Versagen zu sühnen.«

»Und nicht einmal etwas zu essen hast du eingepackt!«, klagte der Herrscher und hielt sich seinen deprimierend leeren Wanst. »Ich verhungere, und du stehst tatenlos daneben und siehst dabei zu, du Sadist!«

Damit sprach er tatsächlich einen heiklen Punkt an.

In der Eile und Verwirrung hatten sie ganz vergessen, Proviant mitzunehmen.

Zwar würde sie der Hungertod wohl nicht so schnell ereilen, wie Horfax meinte – verfügte der Herrscher mit seinen Fettpolstern doch über beachtliche körpereigene Reserven – aber eher früher als später würden sie sich diesem Problem stellen müssen, zumal sie auch kein Wasser bei sich hatten.

Es gab zahlreiche Flüsse und Quellen in Arkzul, doch viele von ihnen waren so schwefelhaltig, dass ihr Wasser auch für die sonst nicht gerade zimperlichen Bewohner der Unterwelt untrinkbar war.

Schorak stand im Begriff, seine Zerknirschung über sein unverzeihliches Versagen durch intensives Haare-Ausraufen und eventuelles Kleidungs-Zerreißen zum Ausdruck zu bringen, als sein Blick auf einen Wegweiser fiel, der in der Nähe stand.

»Seht, Majestät!«, sagte er und zeigte auf das Schild. »Von hier ist es nicht mehr weit zu den Minen von Gruulzark-basch. Wir könnten versuchen, dort etwas Wegzehrung zu bekommen.«

»Oder du könntest versuchen, mich in einen Hinterhalt deiner Rebellenfreunde zu locken!«, knurrte Horfax. »Diese Tricks kenne ich!«

»Niemals!«, verwahrte sich der Wesir entsetzt. »Gebt Eurem Diener Gelegenheit, Euer Vertrauen zurückzugewinnen, Majestät! Ich werde allein vorgehen und die Lage sondieren, während Ihr hier bleibt. Wer weiß, vielleicht hat die Rebellion Gruul-zark-basch noch nicht erreicht.«

»Na, darüber müsstest du doch am allerbesten informiert sein«, gab der Herrscher naserümpfend zurück.

»Majestät!«, begann Schorak mit zitternder Stimme, doch Horfax wandte sich brüsk ab.

»Genug«, sagte der König und winkte nachlässig mit der Hand. »Du darfst dich jetzt entfernen. Trolbi und ich kommen auch gut allein zurecht. Nicht wahr, Trolbi?«

Als sich der Wesir schweren Herzens davonschlich, wurde er unfreiwilliger Zeuge der geheimen Audienz, die der Herrscher hinter seinem Rücken mit dem begünstigten Stoff-Stachelschwein abhielt.

Deutlich glaubte er die getuschelten Worte »Treulosigkeit«, »Hochverrat« und »wahre Freunde« identifizieren zu können.

Einen großen Teil seines Bruttoinlandsproduktes erwirtschaftete das Königreich Arkzul durch den Export kostbarer Bodenschätze, ein Geschäft, das besonders aufgrund der niedrigen Lohnkosten äußerst profitabel war.

Bei einer äußerst stabilen jährlichen Zuwachsrate von 0 Prozent in den letzten fünfzig Jahren hielten sich die Löhne der in den Minen beschäftigten Sklavenarbeiter auf dem sehr unternehmerfreundlichen Niveau von 0 Dublonen, 0 Schillingen und 0 Kopeken pro Monat.

Auch die Sozialabgaben fielen eher sparsam aus: Die gesetzliche Sklaven-Krankenversicherung deckte therapeutische Maßnahmen gegen Arbeitsunfähigkeit wie den motivierenden Tritt in die Magengrube oder 20 Hiebe auf die Fußsohlen ab, und das Problem der Altersvorsorge wurde gelöst, indem man die Alten und Schwachen, die nicht mehr in der Lage waren, das geforderte Tagespensum zu erbringen, in die nächste Schlucht warf oder ihnen Gelegenheit für einen mehr oder weniger ruhmvollen Abgang in der Arena des Kolosseums gab.*

Die Aufseher und Vorarbeiter waren überzeugte Sadisten, die ihr schönstes Hobby zum Beruf gemacht hatten und ihre Bezahlung größtenteils für abgegolten erachteten, wenn sie nur ordentlich Gelegenheit bekamen, die Peitsche zu schwingen.

Von allen Abbaugebieten war Gruul-zark-basch eines der ergiebigsten, und Rubine aus Arkzul erfreuten sich in den gesamten Fernen Ländern großer Beliebtheit.

Das berühmte Gerechtigkeitsjuwel in der Krone des Gnomenkönigs Wolbram des Guten stammte zum Beispiel von dort, und auch manches andere gekrönte Haupt wurde von den kostbaren Steinen aus Gruul-zark-basch geziert, deren tiefrote Farbe, so hieß es, durch das Blut der Sklaven, die sie unter Lebensgefahr aus der Tiefe der Erde gruben, erst die entscheidende Nuance erhielt.

Als sich Schorak den Minen näherte, stieg ihm der Geruch von Feuer und Rauch in die Nase, und er beschleunigte seine Schritte, bereits von unschönen Ahnungen beschlichen.

Dieses Vorgefühl verdichtete sich noch, als er das Eingangstor von den Wachtposten verlassen fand und den Lärm aus dem Innern hörte, der keineswegs darauf schließen ließ, dass an diesem Ort ordnungsgemäß und nach Vorschrift gearbeitet wurde.

Der Wesir trat durch das offen stehende Tor und fand seine Befürchtungen bestätigt: Auf dem freien Platz zwi-

* Zwei Fliegen mit einer Klappe: So sparte man auch die Fütterungskosten für die wilden Bestien.

schen den Baracken der Arbeiter hatte sich eine chaotische Menge um ein Feuer versammelt.

Nach ihrer Kleidung zu schließen, schien es sich zum größten Teil um Sklaven zu handeln, und an ihren torkelnden Bewegungen und dem allgemeinen Gegröle war unschwer zu erkennen, dass viele von ihnen bereits mehr als nur *einen* über den Durst getrunken hatten.

Schorak wollte sich gerade abwenden, um ungesehen von hier zu verschwinden, als sich plötzlich einer der Arbeiter nach ihm umdrehte und ihm fröhlich zuwinkte.

»He!«, lallte er. »Komm doch her! Feier mit uns! Wir ham genug zu trinken für alle!«

Der Wesir stieß einen unhörbaren Fluch aus.

Wenn er jetzt die Flucht ergriff, würde er sich nur verdächtig machen, also musste er sich auf das gefährliche Spiel einlassen.

Sein Vorteil bestand darin, dass er aufgrund seiner Bescheidenheit und zurückgezogenen Stellung beim einfachen Volk so gut wie unbekannt war.

Auch die einfache Kleidung, die er bevorzugte, gab ihn nicht als Angehörigen der Aristokratie zu erkennen. Trotzdem musste er teuflisch aufpassen, um sich vor den Rebellen nicht verdächtig zu machen.

Denn daran, dass es Rebellen waren, konnte kein Zweifel bestehen.

»Gern!«, antwortete Schorak, gab sich Mühe, ein unbeschwertes Lächeln aufzusetzen und trat ans Feuer.

»Trink!«, lachte der Rebell, der ihn zuerst bemerkt hatte, und reichte ihm einen großen Krug, der unter den Sklaven die Runde machte.

Obwohl der Wesir einen streng abstinenten Lebensstil pflegte, nahm er das Gefäß mit beiden Händen und trank einen großen Schluck.

»Danke!«, hustete er mit Tränen in den Augen und gab den Krug zurück.

»Gut, was?«, grinste der Rebell. »Ham wir aus der Stube des Oberaufsehers!«

»Ja«, keuchte Schorak, der das Gefühl hatte, flüssige Lava geschluckt zu haben. »Und … was wird denn hier gefeiert?«

»Wir feiern den Sturz des Tyrannen!«, rief der Rebell, die Faust in die Höhe reckend. »Nieder mit dem Tyrannen!«

»Ja … ähm … nieder!«, murmelte der Wesir und fühlte sich wie ein Hochverräter.

Dann sah er die brennende Puppe.

Es war eine primitive Nachbildung aus Stroh, doch kein Zweifel konnte daran bestehen, wen sie darstellen sollte.

»Brenn, brenn, brenn!«, riefen die Sklaven, und Schorak wurde es flau in den Knien.

»Wo sind denn die Aufseher?«, fragte er seinen Nachbarn.

»Och«, meinte der Rebell und machte eine vage Geste mit der Hand, »die hängen hier auch irgendwo rum.«

»Hängen?«, wiederholte der Wesir stirnrunzelnd.

Das hörte sich sträflich undiszipliniert an.

Als er schließlich erkannte, wie wörtlich die Bemerkung des Rebellen gemeint war, wurde ihm klar, dass man den Aufsehern aus ihrer mangelnden Disziplin keinen Strick mehr drehen konnte.

Das hatten die Rebellen schon erledigt, und zwar buchstäblich.

An jedem Dachfirst und jedem Laternenpfahl hing ein Vorarbeiter, gelyncht mit seiner eigenen Peitsche.

Schaudernd wandte Schorak den Blick von dieser unmissverständlichen Botschaft ab und verließ die krakeelenden Aufrührer, um das große Verwaltungsgebäude auf der anderen Seite des Platzes anzusteuern.

»He!«, rief ihm einer der Rebellen hinterher. »Wo willst 'n hin?«

»Ich ... äh ... will nur Nachschub holen«, antwortete Schorak und zeigte auf den Krug, der weiter die Runde machte.

»Bist 'ne echte Schnapsdrossel, wa?«, grinste der andere. »Sauf auf dem Weg aber nicht alles allein aus!«

Der Wesir ließ die feiernden Sklaven hinter sich und näherte sich mit eiligen Schritten dem Verwaltungsgebäude.

Die Eingangstür war aufgesprengt worden und hing schief in den Angeln, dahinter herrschte ein heilloses Chaos.

Der Boden war mit Glassplittern und verstreuten Akten übersät, dazwischen zeigten sich dunkle Spuren getrockneten Blutes. Schorak schüttelte den Kopf über diese sinnlose Zerstörung und stieg die Treppe in den ersten Stock hinauf.

Auch hier hatte sich der Zorn der Aufständischen ungehemmt ausgetobt.

Der Wesir stieg über die Spuren der Verwüstung hinweg und ging auf das Büro des Direktors zu, das sich am Ende des Ganges befand.

Durch die offene Tür war das Geräusch summender Fliegen zu hören.

Auf den Anblick, der sich ihm beim Betreten des Zimmers bot, war Schorak nicht vorbereitet gewesen.

Der Direktor saß hinter seinem breiten Schreibtisch aus poliertem Edelholz, seine Hände waren mit zwei Messern an die Tischfläche genagelt und sein Gesicht, über das fette schwarze Fliegen krochen, war eine blutig-breiige Masse, als wäre es minutenlang mit einem Fleischhammer bearbeitet worden.

Schorak presste sich die Hand vor den Mund und kämpfte mit dem aufsteigenden Ekelgefühl.

Er hatte den Direktor flüchtig gekannt, ein guter Mann und zuverlässiger Verwaltungsbeamter, der für seine Arbeit sogar mit dem Goldenen Verdienststern Zweiten Grades ausgezeichnet worden war, nachdem er die Produktivität der Minen gegenüber seinem Vorgänger um sagenhafte 75 Prozent hatte steigern können.*

Soweit Schorak sich erinnern konnte, war der Direktor auch verheiratet gewesen und hatte zwei Kinder.

Was mit der Familie geschehen war, die ebenfalls auf dem Minengelände lebte, wagte sich der Wesir nicht auszumalen.

»Was machst du hier?«

Schorak drehte sich um und begegnete dem strengen Blick eines breitschultrigen Kobolds, der die Uniform der Befreiungsfront trug.

Anders als die Aufrührer draußen schien er nüchtern zu sein und erweckte nicht den Eindruck, als gebe er sich mit halbherzigen Ausflüchten zufrieden.

Schoraks Verstand raste.

Dann schaltete er automatisch auf den Diplomatiemodus um, der dem listigen alten Staatsdiener bereits auf zahllosen Konferenzen unverzichtbare Dienste geleistet hatte.

»Es lebe die Revolution!«, rief er und hob die Faust zum Rebellengruß. »Nieder mit dem Tyrannen. Ich bin ausgesandt worden, um Vorräte für meinen Trupp zu requirieren. Wir liefern uns bereits seit Stunden Gefechte mit Monarchisten, die sich im Tempel von Axnurk verschanzt haben.«

»Verdammte Monarchisten«, knurrte der Rebell. »Wissen die denn nicht, dass ihre Sache längst verloren ist?«

Er schlug dem Wesir mit seiner Pranke auf die Schulter, sodass dieser leicht in die Knie ging.

»Aber brav, Väterchen, dass du auf deine alten Tage noch deinen Teil für den Sieg der glorreichen Revolution

* Um denselben Prozentsatz war während dieses Zeitraums zwar auch die Sklavensterblichkeit gestiegen, aber wo gehobelt wird, fallen eben Späne.

leistest«, lobte er anerkennend. »Komm mit, ich zeig dir, wo die Vorratskammern sind.«

Der Wesir atmete auf.

Keine Organisation, keine klare Befehlskette, dachte er abfällig, während er dem Rebellen folgte.

In jeder anständigen Armee hätte man ihn zumindest nach seinem Namen, Dienstgrad und dem Kennungszeichen seines Trupps gefragt.

Nein, diese Revolution würde an ihrer eigenen Disziplinlosigkeit zugrunde gehen.

Diese Gewissheit verstärkte sich nur, als sie die Vorratskammern betraten und Schorak sah, wie die Rebellen dort gehaust hatten.

Kisten waren gewaltsam aufgebrochen, Säcke aufgerissen worden, und inmitten der achtlos auf dem Boden verstreuten Vorräte mehrerer Wochen schliefen einige der Aufrührer ihren Rausch aus.

Einer von ihnen lag in einer großen Pfütze unter dem Zapfhahn eines Bierfasses, ein anderer schlummerte mit zwei geräucherten Schinken in den Armen und einem verzückten Lächeln auf den Lippen.

»Nimm dir einfach, was du brauchst«, sagte der Rebell von der Befreiungsfront und klopfte Schorak noch einmal auf die Schulter, bevor er ihn allein ließ.

Der Wesir blickte sich kopfschüttelnd in dem Chaos um.

Nach kurzer Suche hatte er seinen Beutel mit Brot, Dörrfleisch und etwas Trockenobst gefüllt, außerdem hängte er sich zwei lederne Trinkschläuche mit Wasser und einen mit Wein über die Schultern.

Es war alles andere als die feine Küche, und es schmerzte Schorak sehr, dass er seinem Herrscher eine so unkönigliche Diät zumuten musste. Doch auf der Reise würden sie keine Zeit haben, exquisite Mahlzeiten zuzubereiten, sodass es vor allem auf Haltbarkeit und Nährwert ankam.

Solcherart mit Vorräten beladen, verließ der Wesir wenig später das Verwaltungsgebäude.

Eilig marschierte er an den Aufrührern im Hof vorbei, die noch immer damit beschäftigt waren, lallend und torkelnd den Sturz des Königs zu feiern, und diesmal gelang es Schorak, unbemerkt zu bleiben.

Erleichtert trat er durch das Eingangstor und kehrte den Rubin-Minen von Gruul-zark-basch den Rücken.

VI

»Boss?«

Hans Freudenschneider stand in der Mitte des königlichen Schlafgemachs und rieb sich nachdenklich das Kinn.

»Boss?«

»Hm?«

»Lornel sagt, dass er diesmal die Ohren kriegt, aber das ist unfair, weil er schon letztes Mal und auch davor …«

»Stimmt überhaupt nicht! Beim letzten Mal hast du alles eingesackt! Dabei fehlen mir nur noch zwei Paare, dann hab ich wieder ein Sammelalbum voll!«

»Du weißt genau, dass wir abgemacht haben, dass du die Nasen behalten kannst und ich dafür die Ohren bekomm!«

»Ich will aber keine Nasen! Nasen sind langweilig!«

»Pech für dich! Dann hättest du eben nicht zustimmen sollen, dass ich die Ohren krieg!«

»Hab ich auch gar nicht! Lurnel lügt, Boss!«

»Lurnel! Lornel!« Hans nahm seine Brille ab und rieb sich den Nasenrücken mit Daumen und Zeigefinger. »Würdet ihr bitte mal für fünf Minuten die Klappe halten? Danke.«

»Tschuldigung, Boss«, murmelte Lurnel.

»Tschuldigung, Boss«, brummte auch Lornel vor der Tür.

Hans setzte seine Brille wieder auf und seine detektivischen Ermittlungen fort.

»Lügner!«, zischte Lornel.

»Selber Lügner!«, flüsterte Lurnel.

Freudenschneider seufzte.

Solange es bloß ums Berufliche ging, arbeitete er gern mit den Hack-Zwillingen zusammen, aber auf persönlicher Ebene hatte man bei ihnen mit einigen lockeren Schrauben zu kämpfen.

Es fing zum Beispiel damit an, dass sie fest darauf beharrten, Zwillingsbrüder zu sein, was schon rein vom Äußeren eher zweifelhaft war.

Lornel Hack war ein Koloss von einem Oger, zweieinhalb Meter groß und kaum weniger breit, was bedeutete, dass für ihn die meisten Koboldtüren ein unsichtbares Schild mit der Aufschrift: »Ich muss leider draußen bleiben« trugen.

Lurnel Hack dagegen war selbst für einen Kobold ziemlich klein geraten, ein Koboldzwerg geradezu.

Hans hatte sie in der Irrenanstalt von Arkzul entdeckt, wo sie einander beschuldigten, jeweils der böse Zwilling des anderen zu sein.

Wessen Seele nun tatsächlich die schrecklicheren Abgründe barg, war kaum festzustellen, dagegen konnte jedoch als gesichert gelten, dass ihre Dachschäden ziemlich genau das gleiche Ausmaß besaßen.

Doch Freudenschneider schätzte die Brüder Hack aufgrund ihrer ganz speziellen Fähigkeiten.

Wenn es um rohe Gewalt ging, gab es keinen Besseren als Lornel, und auf dem Gebiet der diffizileren Art von Brutalität, die gefragt ist, wenn man dem Gedächtnis eines Angeklagten, der sich nicht mehr an die Namen und

Adressen seiner Freunde erinnern kann, auf die Sprünge helfen will, konnte es niemand mit Lurnel aufnehmen.

»Immer willst du alles für dich haben! Du bist geizig und gemein!«

»Und du bist hässlich und fies!«

»Das sag ich Mama!«

»Mach doch!«

Hans hatte nie die Ehre gehabt, die Erzeugerin der Zwillinge kennenzulernen – und die Tatsache, dass Lurnel praktisch aufrecht stehend durch einen Kaninchenbau zu schlendern vermochte, während der Türrahmen, der Lornels Körpermassen gerecht wurde, erst noch erfunden werden musste, ließ es auch eher zweifelhaft erscheinen, dass sie beim Betreten dieser Welt ein und denselben Ausgang benutzt haben sollten. Doch wenn die beiden wirklich das Produkt derselben Erziehung waren, dann musste Mutter Hack wahrlich eine faszinierende Person sein.

In dem gleichen Sinne, in dem auch ein tollwütiger Bär oder ein blutdürstiger Mörderhai, von einem gewissen Blickwinkel aus betrachtet, faszinierende Geschöpfe sind.

Freudenschneider konnte sich durchaus vorstellen, dass man bei der Geheimpolizei beste Verwendung für jemanden wie Mutter Hack haben würde, vorzugsweise in den schallgedämpften Verhörsräumen im Keller, damit die Schreie nicht die Konzentration der Beamten in den höheren Stockwerken beeinträchtigten.

»Mach ich auch!«

»Dann sag *ich* Mama, was du in deinem Zimmer in der Kommode hast, in der dritten Schublade von oben!«

»Das … das wirst du nicht tun! Und woher weißt du überhaupt …«

»Lornel! Lurnel! Bitte!« Hans Freudenschneider faltete die Hände. »Ich versuche nachzudenken!«

Die Zwillinge verstummten.
»Tschuldigung, Boss.«
»Tschuldigung, Boss.«
Hans widmete seine Aufmerksamkeit wieder der Untersuchung der königlichen Gemächer.
Sein Instinkt sagte ihm, dass da irgendetwas nicht ganz stimmte, wie bei einem dieser Suchbilder: »Was passt hier nicht rein?«
War es der opulent vergoldete Riesenspiegel, der vermutlich mehr Orgien gesehen hatte als die Marquisa von Gonomorrha?*
Oder das große Gemälde von Horfax, das er kurz vor Dorgols Triumph allzu optimistisch hatte anfertigen lassen, und das den Herrscher, von Gottesstrahlen umglänzt, dabei zeigte, wie er dem gequält dreinblickenden Schmied das Schwert ins Herz stieß?
Das Bücherregal?
Oder die diamantbesetzte Eiserne Jungfrau, ein geschmackvolles Geburtstagsgeschenk des Königs von Gruum?
Das marmorne Badebecken mit den neckischen goldenen Dämonenbaby-Statuetten, die wahlweise Wasser, Wein oder vorgewärmte Spinnenmilch strullern konnten? (Von dieser Funktion hatten die Rebellen bei ihrer Siegesparty ausgiebig Gebrauch gemacht.)
Moment.
Bücherregal?
Für jemanden wie Horfax waren Leute, die sich mit Büchern abgaben, weltfremde Spinner und Versager, Brillenschlangen und verklemmte Eierköpfe, die mit der Realität auf Kriegsfuß standen und sich in ihre Phantasiegespinste flüchteten.

* Intime (und, sofern es sie gibt, auch weniger intime) Freunde der legendären Ausschweifungskünstlerin dürften über diese Anspielung herzlich schmunzeln.

Hans Freudenschneider trat an das Regal und las einige der Titel auf den Einbänden.

Der teuflische Terror von Totenburg, Roman von Grobel R. Stech.
Marquisa von Gonomorrha: Das Eckige muss nicht unbedingt ins Runde. 69 Anfängerfehler, die Sie bei Ihren Orgien vermeiden sollten.
Gerecht herrschen leicht gemacht, von Prinz Edelmuth.

Freudenschneider strahlte.

Offensichtlicher ging es nicht mehr.

Das altruistische Büchlein des Prinzen Edelmuth passte ungefähr so gut in die Bibliothek eines Tyrannen wie ein Moralapostel und Keuschheitsfanatiker in den Salon der Marquisa von Gonomorrha.

Hans streckte die Hand aus und kippte das Buch leicht nach hinten.

Irgendwo rasselten Ketten, dann drehte sich das Regal knirschend um 90 Grad und gab den dahinter liegenden Geheimgang frei.

»Hallo!«, lächelte Hans Freudenschneider zufrieden.

VII

Die schwache Hoffnung im Herzen tragend, dass der Herrscher mittlerweile etwas gnädiger gestimmt sein werde, machte sich Schorak auf den Rückweg. Immerhin war es ihm gelungen, etwas Proviant aufzutreiben um zu beweisen, dass er nicht vollkommen nutzlos und unwürdig war.

Er war nicht mehr weit von der Stelle entfernt, an der sie sich getrennt hatten, als er plötzlich Stimmengemurmel hörte.

Er blieb stehen und lauschte.

Einzelne Wörter waren nicht zu verstehen, doch es schien sich um zwei Stimmen zu handeln, die langsam näher kamen.

Und eine dieser Stimmen – der Wesir erkannte es an dem typischen Rückgrat-Einknick-Reflex, den ihr bloßer Klang bei ihm auslöste – gehörte Horfax.

Schorak erstarrte.

Er hatte schon wieder versagt, und diesmal schlimmer als je zuvor.

Durch seine alleinige Schuld war der Herrscher den Rebellen in die Hände gefallen.

Der alte Staatsdiener raufte sich die weißen Haare und verspürte den dringenden Wunsch, vor Scham in den nächsten Abgrund zu springen und seinem unwürdigen Leben ein Ende zu setzen, bevor sein nüchterner Politikerverstand das Wort ergriff und erst einmal Ruhe und Besonnenheit anmahnte.

Noch war nicht alles verloren, sagte er sich.

Abgesehen von Horfax' Stimme war nur eine einzige andere zu vernehmen, was bedeutete, dass der Feind entweder sehr schweigsam, oder – was Anlass zur Hoffnung gab – zahlenmäßig unterlegen war.

Die Chancen, Horfax zu befreien, standen unter Umständen also gar nicht einmal so schlecht, und selbst wenn es Schorak nicht gelingen sollte, konnte er wenigstens immer noch einen ehrenhaften Tod an der Seite seines Königs sterben.

Er verbarg sich hinter einem großen Stalagmiten und legte den Proviantbeutel und die Trinkschläuche ab, um sich für den Fall eines Kampfes ungehindert bewegen zu können.

Die Stimmen waren jetzt nah genug, dass Schorak verstehen konnte, was sie sagten.

»Halt das Maul, Tyrann! Du entgehst deiner Strafe

nicht!«, befahl eine jugendlich klingende Stimme, die der Wesir sofort aus tiefstem Herzen hasste.

»Da liegt ein Irrtum vor«, hörte er den Herrscher entgegnen. »Du hast den Falschen erwischt! Ich bin auf eurer Seite! Es lebe die Rebellion! Nieder mit dem Tyrannen!«

Was bei Schorak selbst funktioniert hatte, erwies sich bei Horfax als eine nicht besonders aussichtsreiche Taktik.

»Ha!«, lachte der Rebell höhnisch. »Mich täuschst du nicht, Despot! Jedes Kind in Arkzul kennt dein Gesicht von den Statuen und den monarchistischen Propaganda-Plakaten, die überall hängen! Deine Visage ist sogar auf allen Münzen zu sehen!«

»Aber ich sage doch«, entgegnete Horfax, dem sein öffentlich ausgelebter Narzissmus jetzt zum Verhängnis wurde, »es handelt sich um eine zufällige Ähnlichkeit, wie sie nur einmal in einer Million Fällen vorkommt! Ich werde oft mit dem Tyrannen verwechselt! Ich könnte dir wirklich haarsträubende Geschichten erzählen! Einmal zum Beispiel ...«

»Du sollst das Maul halten!«, schnitt ihm der Rebell das Wort ab.

Jetzt kamen die beiden in Schoraks Blickfeld.

Der Herrscher ging voraus, die gefesselten Hände auf dem Rücken, gefolgt von dem Rebellen, der ein gezücktes Schwert in der Hand hatte und die Uniform der Befreiungsfront von Arkzul trug.

»Gut«, versuchte es Horfax weiter. »Nehmen wir einmal – rein hypothetisch – an, dass ich wirklich der König bin. Dann könnte ich dich reich machen. Du musst es nur wollen, wenn du verstehst, was ich meine.«

»Ich will dein Gold nicht, Despot. Das Blut von Tausenden klebt daran.«

»Tausende?«, erwiderte Horfax, der noch nie ein guter

Zuhörer gewesen war. »Ich rede von Millionen! Du könntest dir jeden deiner Träume erfüllen!«

»Mein Traum ist ein befreites Arkzul, in dem Frieden und Gerechtigkeit herrschen, wo niemand hungern muss oder ausgebeutet wird.«

Auch das noch, dachte Schorak. Ein Fanatiker.

Was sollte er tun?

Der andere war bewaffnet, und seine eigenen Kampfkünste hatten reichlich Rost angesetzt, seitdem er vor gut einem halben Jahrhundert aus dem aktiven Armeedienst ausgeschieden war, um eine politische Laufbahn einzuschlagen.

Sein einziger Vorteil bestand im Überraschungsmoment, und diesen Trumpf durfte er nicht unbedacht ausspielen.

Er hob einen großen, aber handlichen Stein vom Boden auf und schlich den beiden hinterher, vorsichtig darauf bedacht, sich in den Schatten zu halten – an finsteren Ecken herrschte im Unterweltreich Arkzul zum Glück kein Mangel.

»Leg einen Zahn zu!«, befahl der Rebell und piekste den Herrscher mit der Schwertspitze in den Rücken. »Du hast eine Verabredung mit dem Fallbeil!«

»Gibt es denn überhaupt kein Mitleid mit einem armen, gebrochenen Mann?«, jammerte Horfax.

»Mitleid?«, wiederholte der Rebell verächtlich. »Wo war dein Mitleid mit den Witwen und Waisen?«

»Ich habe mich immer sehr um das Wohlergehen der Witwen und Waisen gekümmert!«, behauptete Horfax. »Niemand lag mir so sehr am Herzen wie die Witwen und Waisen! Aber ich war von schlechten Ratgebern umgeben! Ihr solltet lieber nach meinem Wesir Schorak suchen, wenn ihr den wahren Schuldigen ausfindig machen wollt! In Wirklichkeit hat er alle Fäden im Staat gezogen.«

Gerührt über die Bedeutung, die der gütige König seiner Arbeit nachträglich beimaß, schlich Schorak langsam näher.

»Ich bin praktisch seine Geisel gewesen, der ganze Hof hat unter seiner Terrorherrschaft gezittert! *Der Witwen- und Waisenschlächter,* das war sein Spitzname, auf den er auch noch stolz gewesen ist, dieser Teufel in Koboldgestalt! *Bitte,* habe ich ihn angefleht, *haben die Witwen und Waisen nicht schon genug gelitten?* Aber ein Herz aus Stein kann man nicht erweichen.«

Sehr gut, Majestät, dachte Schorak, der jetzt nur noch wenige Meter vom Rücken des ahnungslosen Rebellen entfernt war. Lenkt ihn nur weiter ab.

»Halt endlich das Maul, Tyrann!«, fluchte der Rebell. »Deine Lügen haben keine Wirkung auf mich.«

»Wir sind doch auf derselben Seite!«, schmeichelte Horfax. »Wenn du mich freilässt, kann ich dir einen Tipp geben, wo sich Schorak jetzt gerade aufhält! Du willst doch nicht den wahren Urheber all der abscheulichen Gräueltaten ungestraft davonkommen lassen!«

Der Wesir war nun direkt hinter dem Rebellen. Er hielt den Atem an und hob den Stein in die Höhe, um ihn im nächsten Augenblick auf den Schädel des jungen Kobolds niederzuschmettern.

Doch es kam anders.

Denn im selben Moment, sei es durch Zufall, sei es, dass er etwas gehört hatte, wandte Horfax den Kopf, und ein überraschtes Grinsen erschien auf seinem Gesicht.

»Da ist er ja!«, rief er. »Gut so, Schori! Schlag diesem respektlosen Wurm den Schädel ein!«

Der Rebell wirbelte herum und wich dem nun nicht mehr ganz so überraschenden Angriff des Wesirs aus.

Ein wütendes »Für die Freiheit!« auf den Lippen, drang er mit seinem Schwert auf Schorak ein, der den Stein fallen ließ und sich so gut es ging zur Wehr setzte.

Sein Gegner war offenbar alles andere als ein geübter Kämpfer, und so gelang es dem Wesir, dessen Armeezeit anscheinend doch nicht so fern zurücklag, die ungeschickten Attacken des Rebellen immer wieder ins Leere gehen zu lassen, bevor er endlich das Schwert am Griff zu fassen bekam und sich ein zäher Ringkampf um die Waffe entspann.

»Na, los, Schori! Mach ihn fertig!«, feuerte ihn Horfax an und sprang ungeduldig auf und ab. »Du willst doch nicht schon wieder versagen, oder?«

»Ich gebe mir Mühe, Majestät«, stieß der Wesir zwischen zusammengebissenen Zähnen hervor.

In ihrem leidenschaftlichen Ringen bemerkte keiner der beiden, dass sie sich der Kante eines steilen Abhangs näherten, der jenseits des Weges in die Dunkelheit abfiel.

Plötzlich verlor Schorak den Boden unter den Füßen. Er stieß einen überraschten Schrei aus und zog den Rebellen im Fall mit sich.

Fest ineinander verstrickt, umklammerten beide noch immer den Schwertgriff, während sie keuchend in die Finsternis hinabrollten. Erst als sie beinahe den Fuß des Hangs erreicht hatten, lösten sie sich wieder voneinander.

Hastig kam der Wesir wieder auf die Beine und taumelte in Richtung des Rebellen, der ein paar Meter weiter als er in die Tiefe gerollt und auf dem Rücken liegen geblieben war.

Schorak wollte sich gerade auf seinen Gegner stürzen, als er erkannte, dass der Kampf vorüber war.

In dem wilden Durcheinander hatte sich das Schwert bis zum Heft in die Brust des Rebellen gebohrt, auf dessen Antlitz bereits der Schatten des Todes lag.

Obwohl er in seiner Zeit bei der Armee so manche blutige Schlacht geschlagen hatte, erschauderte der Wesir leise bei diesem Anblick.

Erst jetzt fiel ihm auf, wie jung der Rebell tatsächlich war, beinahe noch ein Kind.

Die durchbohrte Brust des Kobolds hob und senkte sich, während das Blut aus der tiefen Wunde sprudelte und seine Uniform durchtränkte.

»Die gerechte Sache wird siegen«, flüsterte er mit letztem Atem und richtete den festen Blick auf Schorak, der mit gesenktem Kopf vor ihm stand.

»Es … es tut mir leid«, murmelte der Wesir, als müsste er, der doch nur seine höchste Pflicht erfüllt und das Leben des Königs verteidigt hatte, sich für irgendetwas entschuldigen.

»Freihei…«, begann der Rebell, doch das Wort erstarb ihm auf den Lippen und das Licht seiner Augen erlosch.

Schweigend musterte Schorak die jugendlich unschuldigen Gesichtszüge des Rebellen, die jetzt, in der Gegenwart des Todes, ein Geheimnis zu bergen schienen, das der alte Staatsdiener nicht zu ergründen vermochte.

Die Stimme des Herrschers, die von oben an sein Ohr drang, riss ihn aus seinen Gedanken.

»Was ist jetzt, Schori? Hast du den Verräter erledigt?«

»Ja, Majestät«, antwortete der Wesir. »Er ist in sein eigenes Schwert gestürzt.«

»Umso besser! Einer weniger! Und hast du was zu essen aufgetrieben? Ich hab Hunger!«

»Ja, Majestät. Ich komme hoch zu Euch.«

Schorak wandte sich von dem toten Rebellen ab und kletterte den Abhang hinauf.

So viel sinnloses Blutvergießen, dachte er kopfschüttelnd.

Die Stunden verstrichen.

Luminia, die Göttin der Helligkeit, schüttete ihre Amphore flüssigen Lichtes aus und Norx, ihr nimmersatter Sohn, verschlang es wieder bis auf den letzten Tropfen.*

Eine große Arkzul-Hyäne, die ihrer Nase gefolgt war, näherte sich dem Leichnam des Rebellen, der noch immer an derselben Stelle lag, an der Schorak ihn verlassen hatte.

Gierig sog das ausgehungerte Tier mit seinen Nüstern den metallisch-süßlichen Duft des Blutes ein, und das Wasser lief ihm im Maul zusammen.

Einen solchen Fund machte man nicht alle Tage – dies würde ein wahres Festessen werden.

Die Hyäne sperrte ihr Maul auf, um die spitzen Zähne in den zarten Hals des toten Kobolds zu schlagen, hielt jedoch plötzlich inne und spitzte die Ohren.

Stimmen näherten sich.

»Tick«, sagte die eine. »Du bist.«

»Tick«, sagte die andere. »*Du* bist.«

»Wiedertick gildet nicht.«

»Gildet es wohl!«

»Gildet es *nicht*! Das haben wir vorher ausgemacht.«

»Wen soll ich denn sonst ticken? Wir sind doch bloß zu zweit!«

»So sind nun mal die Regeln!«

»Dann sind die Regeln doof! Du bist!«

»Bin ich nicht!«

»Bist du *wohl*!«

»Lornel! Lurnel!«, rief eine dritte Stimme. »Haltet die Klappe.«

»Ja, Boss.«

»Ja, Boss.«

Die Hyäne stieß ein leises Grollen aus.

* Und da ist sie auch schon, die einwandfreie wissenschaftliche Erklärung für den unterweltlichen Tag-Nacht-Zyklus. Damit sollten wohl sämtliche Zweifel ausgeräumt und alle Fragen beantwortet sein.

Zweibeiner, dachte sie. Ausgerechnet.

Aber sie würde ihre Beute nicht kampflos aufgeben. Seit Tagen schon hatte sie nichts gefressen und war nicht in der Stimmung, sich ein solches Festmahl entgehen zu lassen.

Sie packte den Leichnam mit den Zähnen und schleifte ihn weiter in die Dunkelheit, fort von den Stimmen.

Eine von ihnen, die tiefe, sagte gerade:

»Ich rieche Blut.«

»Welche Sorte Blut?«

Ein Schnuppern, dann antwortete die tiefe Stimme:

»Kobold. Muss irgendwo da unten sein.«

»Du hast ein goldenes Näschen, Lornel. Führ uns hin.«

»Jawohl, Boss.«

Jetzt kamen Schritte den Abhang hinab.

Verbissen versuchte die Hyäne, den Toten fortzuschaffen. Doch ihre Bemühungen waren vergeblich, denn schon näherten sich drei Gestalten, eine mittlere, eine kleine und eine riesige.

»Oh, kuckt mal!«, rief der Riese. »Ein Wauwau!«

»Du bist wirklich zu bescheuert, Lornel«, entgegnete der Winzling. »Das ist kein Wauwau, sondern eine Hyäne.«

»Sieht aber aus wie ein Wauwau. Ob es wohl spielen will? Hallo, liebes Wauwau, willst du mit uns spielen?«

Die Hyäne knurrte und fletschte die Zähne.

O ja, sie wollte spielen. Und zwar das beliebte Gesellschaftsspiel *Ich zerfetze deine Kehle mit meinen Zähnen und saufe dein Blut, während du zappelnd dein Leben aushauchst.* *

* Alltägliche Erfahrung legt nahe, dass die Behauptung »Der tut nichts, der will nur spielen« diese unschuldige Variante animalischer Freizeitgestaltung offenbar mit einschließt.

Unter anderen Umständen hätte sie in einer solchen Situation längst die Flucht ergriffen, doch Hunger und Fressgier hatten ihre Urteilsfähigkeit entscheidend getrübt.

Ihre Kiefer gehörten zu den stärksten im Tierreich und konnten zentimeterdicke Knochen zerknacken, als wären es dürre Zweige.

Noch drei Zweibeiner, dachte die Hyäne in einem Anfall von Größenwahn. Und wenn schon. Mehr Fleisch für mich.

Und das war das Letzte, was sie dachte.

Mit einem heiseren Bellen sprang sie den riesigen Zweibeiner an und bohrte ihre Zähne in seinen muskulösen Arm.

»Au«, brummte Lornel, eher überrascht als vor Schmerz, packte die Hyäne mit seiner anderen Pranke am Hals und drückte fest zu, bis ihr Genick mit einem trockenen Knirschen brach.

»Böses Wauwau«, tadelte der Oger, löste ihr Gebiss aus seinem Fleisch und schleuderte den Kadaver von sich.

Hans Freudenschneider ging in die Hocke und begutachtete den Leichnam des Rebellen.

»Hm«, machte er nachdenklich. »Was haben wir denn hier? Entweder hat die Revolution angefangen, ihre Kinder zu fressen, oder …«

»Kinder schmecken gut«, bemerkte Lornel hinter ihm und rieb sich den Arm.

Hans ignorierte diesen kulinarischen Kommentar und schnalzte nachdenklich mit der Zunge.

Seine Intuition sagte ihm, dass sie auf der richtigen Spur waren.

Die Leiche lag nicht allzu weit von dem Geheimgang entfernt, und der Zeitpunkt ihres Todes, soweit mehr oder weniger eindeutig feststellbar, passte ebenfalls.

»Du bist so dämlich«, meinte Lurnel. »Der Boss hat das

mettaforisch gemeint. Außerdem weißt du, was der Doktor über das Essen von Kindern gesagt hat.«

Allerdings war es eher zweifelhaft, dass der weithin als Feigling bekannte Tyrann den Rebellen selbst getötet hatte, was bedeutete, dass er wahrscheinlich nicht allein gewesen war.

»Er hat gesagt, bloß daran zu denken ist in Ordnung, solang ich nicht die *Kon-Trolle* verlier.«

Hans Freudenschneider erhob sich und klopfte den Staub von seiner adrett gebügelten Anzughose.

»Gute Arbeit«, sagte er. »Grymmenstein hat höchstens vierundzwanzig Stunden Vorsprung. Und wenn ich mich nicht täusche, habe ich auch schon eine ziemlich genaue Vorstellung davon, wohin er sich als Nächstes wenden wird.«

»Fein in Butter gebraten oder knusprig im Ofen gebacken, mit einer leckeren Sauce aus Pilzen und Esskastanien …«, phantasierte Lornel verträumt und leckte sich die Lippen.

»Jetzt hab ich Hunger.«

Lurnel schüttelte den Kopf.

»Du bist wirklich total irre«, meinte er, zog ein langes Messer und beugte sich zu der Leiche hinab.

»Was tust du da?«, fragte Lornel.

»Was wohl? Ich nehm mir meinen Anteil. Die Ohren für mich, du kannst den Rest haben.«

»Aber ich hab ihn gefunden!«, protestierte der Oger. »Und ich will die Ohren!«

»Pech für dich. Wir haben das vorher so abgemacht und du hast Ja gesagt.«

»Wir haben gar nichts abgemacht! Du willst mich nur wieder über-vor-teilen. Aber das sag ich Mama!«

Freudenschneider seufzte.

»Der Junge hat doch zwei Ohren. Warum könnt ihr nicht teilen, und jeder von euch kriegt eins?«

Die Zwillinge starrten ihn mit offenen Mündern an.

»Das ...«, begann Lurnel überwältigt. »Also das ... das ist genial, Boss! Da wär ich nie im Leben drauf gekommen! Ein wahrhaft solomanisches* Urteil!«

»Wir haben den schlausten Boss der Welt!«, pflichtete Lornel staunend bei.

»Also gut. Ich nehm das rechte«, verkündete Lurnel.

»Nein, das rechte will ich!«

»Zu spät. Ich hab es als Erster gesagt!«

Hans Freudenschneider schlug sich mit der flachen Hand gegen die Stirn.

VIII

Dorgol gähnte und blickte von dem Bericht über die Außenhandelsbilanz des vergangenen Jahres auf.

Zahlenkolonnen tanzten vor seinen Augen.

Die große Wasseruhr flötete gerade die dritte Stunde nach Mitternacht, und der König beschloss, es für heute gut sein zu lassen, obwohl erst ein Bruchteil der Arbeit getan war, die er sich vorgenommen hatte.

Als er sich vom Stuhl erhob, hatte er das Gefühl, Wochen an diesem Schreibtisch verbracht zu haben.

Er schüttelte seine eingeschlafenen Beine wach und verließ das Arbeitszimmer.

Im Palast war alles still.

* König Soloman »Es war ja gut gemeint« der Erste: antiker Herrscher, bekannt für seine Weisheit und seinen untrüglichen Gerechtigkeitssinn, allerdings auch für gelegentliche Anwandlungen von Zerstreutheit. Sprichwörtlich geworden ist sein Urteil im Fall der zwei verfeindeten Bauern und ihrem Streit um das Rind. In der Absicht, den wahren Besitzer des Tieres zu ermitteln, ließ Soloman die beiden Landwirte vom Scharfrichter in der Mitte durchhauen, und gab später verlegen lächelnd zu Protokoll: »Ähm ... also das ist mir jetzt irgendwie ein bisschen peinlich, aber was ich *eigentlich* meinte, war ...«

Der neue König machte sich durch endlose Gänge auf den Weg zu seinem Schlafgemach, in dem seine Frau sicher bereits seit Stunden schlummerte.

Als er am Thronsaal vorbeikam, warf er einen Blick durch die halb offen stehende Tür.

Von dem unsteten Licht großer Feuerbecken beschienen, stand der Thron der Schatten auf dem erhöhten Podest aus schwarzem Unterweltmarmor an der Stirnseite des Raums.

Dorgol blickte sich um und betrat den Saal.

Dies war es also, das Zentrum der Macht, von dem aus Jahrhunderte lang das Volk geknechtet worden war.

Wispernde Stimmen schienen den Raum zu erfüllen, Schatten tanzten über die Wände.

Gedankenverloren schritt Dorgol die Stufen zum Thron hinauf.

Vor einigen Wochen war er schon einmal hier gewesen, und damals hatten sie ihn gezwungen, auf die Knie zu gehen.

Das würde nie wieder geschehen.

Nachsinnend strich er mit der Hand über die steinernen Häupter der Schlangen, die mit ihren ineinander verstrickten Leibern die Rückenlehne des Throns bildeten.

Die ältesten Überlieferungen berichteten, wie der erste Herrscher von Arkzul, Gnorgax mit der Eisernen Faust, der Machtgöttin Hyl seinen eigenen Sohn zum Opfer brachte und von ihr mit dem Thron der Schatten belohnt wurde.

Ganz aus schwarzem Obsidian bestehend, stieg die Gabe der Göttin aus der feurigen Grube herauf, in der einen Augenblick früher Gnorgax' Sohn mit einem gellenden Entsetzensschrei verschwunden war.

Man konnte über den Staatsgründer von Arkzul sagen, was man wollte – zum Beispiel, dass er ein machtbesessener, skrupelloser Psychopath ersten Ranges war – doch er hatte es zumindest verstanden zu regieren.

Mit dem finsteren Segen Hyls auf seiner Seite gelang es ihm, die zerstrittenen Stämme der Schattenkobolde unter seinem Banner zu vereinen und gegen die äußeren Feinde – die Zwerge, Nachtelfen und Unterwelttrolle – in die Schlacht zu führen.

Anders als seine zunehmend feigeren und dekadenteren Nachfolger versteckte sich Gnorgax während des Krieges nicht im Schlafzimmer unter den Röcken seiner Mätressen, sondern stürmte den Truppen voran in den Kampf, jauchzend vor Blutdurst und Mordlust, rechts und links die Köpfe der Feinde von ihren Schultern hauend.

Es war sein zweiter Sohn, Forgal der Verschlagene, der die später Tradition gewordene Sitte des Vatermords begründete, indem er dem Staatsgründer in einem günstigen Moment einen vergifteten Dolch zwischen die Rippen steckte.

Nach Jahren der Erbfolgestreitigkeiten und Bürgerkriege versiegte die Blutlinie Gnorgax' schließlich, und das Haus Grymmenstein kam durch Intrigen und politisches Taktieren an die Macht.

Verächtlich fegte Dorgol das weiche Samtkissen vom Thron, das Horfax zur Schonung seines empfindsamen Gesäßes benutzt hatte, und nahm selbst auf dem Herrschersitz Platz.

Die Zeit der eitlen Schwächlinge und Ausbeuter war ein für alle Mal vorbei.

Dorgols muskulöse Hände schlossen sich um die Thronlehnen.

In den Feuern der Tiefe würde er ein neues Reich schmieden, und Arkzuls Feinde sollten vor seiner Macht zittern.

Die wispernden Stimmen umkreisten ihn enger, die Schatten verdichteten sich.

Als der Schmied erwachte, war die Nacht vergangen, und das bleiche Licht des Unterwelttages fiel durch die Fenster des Thronsaals.

Er brauchte einige Sekunden, um festzustellen, wo er sich befand.

Noch immer umtanzten seinen Geist die rauschhaften Bilder, die ihn im Traum heimgesucht hatten.

Gewaltige Heere waren vor seinem inneren Auge vorbeimarschiert, blutige Schlachten hatte er gesehen, brennende Reiche und geborstene Königskronen.

Und immer hatte das neue Banner von Arkzul, Hammer und Amboss, siegreich über allen anderen im Wind geweht.

Dorgol schüttelte die Reste des Schlafes ab und erhob sich vom Thron.

Es gab viel zu tun.

Die morgendliche Beratung mit den neuen Ministern hielt er im Thronsaal ab und nicht wie am Tag zuvor in dem weniger formellen Rahmen seines Arbeitszimmers.

Auf seiner Stirn saß nun auch die Königskrone, die er gleich nach der Krönungszeremonie abgelegt und nicht mehr zu tragen beschlossen hatte.

Allerdings war es nicht die echte Krone des Reiches, denn die war zusammen mit Horfax in den Wirren der Revolution verschwunden. Doch diese hier genügte, um seine Autorität zu unterstreichen.

Ein Herrscher konnte volksnah sein und musste dennoch nicht auf die Insignien seiner Macht verzichten.

IX

»Ich will nicht mehr«, stöhnte Horfax. »Ich kann mich genauso gut hier hinlegen und sterben.«

»Haltet nur noch ein bisschen durch, Majestät«, sagte Schorak. »Ich weiß, Ihr könnt es. In den letzten Tagen habt Ihr schier unglaubliche Tapferkeit bewiesen. Die Sänger werden Euren heldenhaften Marsch zurück an die Macht in ihren Liedern besingen.«

In Anbetracht der Tatsache, dass sich nur schwer gute Reime auf »watscheln« finden lassen, blieb abzuwarten, wie weit sich die Sänger bei ihrer künstlerischen Ausgestaltung des grymmensteinschen Exodus der Wirklichkeit verpflichtet fühlen würden. Doch alles in allem war es tatsächlich eine eindrucksvolle Leistung, besonders, wenn man bedachte, dass Horfax in seinem früheren Leben selten größere Distanzen als zwanzig Meter zurückgelegt hatte, ohne gleich nach den Sänftenträgern zu rufen.

Inzwischen hatten sie die Unterwelt verlassen und waren auf dem Weg nach Düsterborg, wo König Brugnolzak der Siebte, Prildas Vater, regierte.

Auch wenn Horfax nach dem letzten eher peinlichen Beisammensein nicht unbedingt allzu erpicht darauf war, seine Verlobte wiederzusehen, hatte Schorak doch zweifellos recht, wenn er darauf hinwies, dass die Düsterborgs ihre nächsten und mächtigsten Verbündeten waren.

Sie mussten ihm einfach helfen, den Thron zurückzuerobern, schon aufgrund des gegebenen Eheversprechens.

Er würde sich mit Prilda versöhnen, ihr Vater würde ihm ein paar Legionen zur Verfügung stellen, und in spätestens zwei Wochen würde er wieder in seinem Palast in

Arkzul sitzen und aus Dorgols Schädel Champagner trinken.

Das war der Plan.

Im Augenblick allerdings wirkte all dies noch sehr utopisch.

Es war finstere Nacht und regnete in Strömen, sie hatten keinen Schimmer, wo sie sich eigentlich befanden, ihre Beine fühlten sich bleischwer an, ihre Mägen knurrten vor Hunger, und sie waren bis auf die Knochen durchnässt.

Nur ein kleiner Trost war es, dass sie wenigstens nicht von der Sonne belästigt wurden, die die Schattenkobolde das *Strahlenauge des unsichtbaren Flammenzyklopen* nennen und wenig wertschätzen.

Schweigend stapften sie durch den Schlamm der aufgeweichten Landstraße, zwischen den dunklen Mauern der Bäume hindurch, die zu beiden Seiten aufragten.

»Dort drüben«, sagte Schorak plötzlich und wies in die Finsternis voraus. »Ein Licht. Vielleicht gibt es dort ein Nachtlager für uns.«

»Mir ist alles egal«, ächzte Horfax. »Und wenn es die Todesfee mit ihrer leuchtenden Seelensichel ist.«

Als sie näher kamen, sahen sie, dass es sich um ein Gasthaus handelte, das irgendein unheilbarer Optimist in dieser götterverlassenen Gegend errichtet haben musste.

Ein Blitz, der die Nacht passenderweise im richtigen Moment erhellte, erlaubte ihnen, das Schild zu lesen, das über der Tür im Wind schwankte:

Gurnaf seine Tawerne

Von der äußeren Fassade zu schließen, schienen Grammatik und Rechtschreibung nicht die einzigen Defizite zu sein, die verhinderten, dass dieses Etablissement in der ersten Liga der internationalen Gastronomie mitspielte.

Es handelte sich um eine jener Spelunken, billigen Kaschemmen, Bettwanzenbrutstätten beziehungsweise Schluckspechtfuselabfüllstationen, die in keinem Reiseführer der Welt auftauchen, obwohl der berühmte Hotel- und Restaurantkritiker Rulban »die Guillotine« Spitzblatt tatsächlich einmal die Ehre gehabt hatte, eine Nacht in Gurnafs Taverne zu verbringen.

Ein Achsenbruch seiner Reisekutsche und keine Hilfe weit und breit hatten ihn gezwungen, mit diesem fünftklassigen Quartier vorliebzunehmen, ein Erlebnis, durch das er zu folgender Kritik inspiriert worden war:

»Gurnafs Taverne – beziehungsweise, in den Worten ihres Besitzers, *Gurnaf seine Tawerne* (sic!) – erhebt schon auf den ersten Blick nicht den Anspruch, mit solchen renommierten Häusern wie dem *Sieben Jahreszeiten* in Sternheim oder dem *Königshof* in Gnolmenbrück mithalten zu wollen. Auf den ersten Riecher erhebt es nicht einmal den Anspruch, der Kanalisation von Stinkburg in Sachen Wohnqualität den Rang streitig zu machen. Kaum hat man die anheimelnd mit Sägespänen ausgelegte Wirtsstube betreten, empfängt einen auch schon die charakteristische Geruchskomposition aus Erbrochenem, billigstem Fusel und ungenierten Flatulenzen. Gurnafs Stammgäste, augenfällig Angehörige jener Schicht, die man als *Hefe des Volkes* zu bezeichnen pflegt, scheinen sich in dieser Atmosphäre überaus wohlzufühlen, worin sie sich mit dem übrigen Ungeziefer, das die Wirtsstube bevölkert, namentlich Ratten, Asseln und Kakerlaken, in bester Gesellschaft befinden.

Familien mit Kindern werden sich freuen zu hören,

dass bereits am frühen Nachmittag Messerstechereien unter Besoffenen und künstlerisch anspruchsvolle Tanzdarbietungen abgetakelter Prostituierter das Unterhaltungsprogramm bereichern.

Der Wirt selbst, ein Zwerg von recht rustikalem Gemüt, steht in der ehrenvollen Tradition alkoholabhängiger Gastronomen, denen anzuraten wäre, bei ihrer Berufswahl weniger auf die Stimme ihrer stets durstigen Kehle und mehr auf die Hilfeschreie ihrer gequälten Leber zu hören.

Bei meinem Besuch fiel es mir zunächst schwer, mit ihm in Verhandlungen über Dauer und Kosten des Aufenthalts zu treten, da es Gurnaf zu diesem Zeitpunkt beliebte, halb bewusstlos unter dem Zapfhahn eines Bierfasses in den halb verdauten Resten seiner letzten Mahlzeit zu liegen.

Dankenswerterweise unterstützte mich ein hilfsbereiter Gast bei meinen Bemühungen, indem er zunächst die gute Gelegenheit nutzte, um die Kasse auszurauben, welche sich jedoch als leer erwies, worauf er missbilligend ausspuckte und dem Wirt einen freundschaftlichen Tritt in die Rippen verpasste, was selbigen sogleich zu sich brachte.

Nachdem sich Gurnaf gereckt und gestreckt sowie eine Tirade von Flüchen ausgestoßen hatte, die an poetischem Erfindungsreichtum den Dichtungen Raimwill Lanzenschüttlers in nichts nachstand, gelang es mir, ein Zimmer bei ihm zu mieten und eine Mahlzeit nach der Tageskarte zu bestellen.

Das Quartier übertraf zunächst meine bis dahin geweckten Erwartungen, bis man mich darauf hinwies, dass ich mich in der Tür geirrt und nicht mein Zimmer, sondern den benachbarten Schweinestall betreten hatte.

Als ich ihnen später die Empfehlung der Tageskarte servierte, die mir ungefähr dreieinhalb Stunden nach der

Bestellung aufs Zimmer gebracht worden war, rümpften die Bewohner des vergleichsweise luxuriösen Kobens bloß pikiert die Rüssel und bestätigten damit das kulinarische Urteil, das ich mir zuvor schon selbst gebildet hatte.

Abschließend möchte ich *Gurnaf seine Tawerne* allen Abenteuerlustigen wärmstens ans Herz legen, die über Kleinigkeiten wie handtellergroße Bettwanzen oder Rattenexkremente in der Vorsuppe großzügig hinwegsehen können und auch kein Problem damit haben, morgens mit leerer Geldbörse und einem Messer im Rücken aufzuwachen.«

Da letzteres Schicksal den scharfzüngigen Kritiker in Gestalt einer selbst erfüllenden Prophezeiung ereilte, blieb obiger Erfahrungsbericht unveröffentlicht.

Die Nachrufe beschränkten sich überwiegend auf unflätige Beschimpfungen seitens beleidigter Hoteliers und Restaurantbesitzer, die in der Vergangenheit Bekanntschaft mit Rulban Spitzblatts geschliffenem Stil gemacht hatten, und liefen auf den allgemeinen Konsens hinaus, dass »dieser zynische Bastard jetzt endlich bekommen hat, was er verdient!!!«, wie der Betreiber des Familienrestaurants *Zu den Drei Fröhlichen Lämmchen* exemplarisch formulierte.*

An diesem Abend ging es in Gurnafs Taverne verhältnismäßig zivilisiert und geruhsam zu.

An einem der Tische war es zwischen einer drallen Prostituierten und ihrem Kunden, einem Kobold-Kaufmann auf Geschäftsreise, zu einer hitzigen Meinungsverschiedenheit über die Bezahlung der geleisteten Dienste gekommen, und nun hing der knauserige Freier mit seinen

* Diese hochemotionale Reaktion wird vielleicht besser verständlich, wenn man sich vor Augen führt, dass es sich bei dem zitierten Text um eine vergleichsweise *positive* Rezension des gefürchteten Kritikers handelt.

Hosenträgern an den Hauern eines ausgestopften Eberkopfes und resümierte, dass es nicht eben ratsam war, mit Oger-Dirnen nachträgliche Preisverhandlungen zu führen, es sei denn, man war masochistisch veranlagt, in welchem Fall man auch für einen schmalen Taler noch ganz gut auf seine Kosten kommen konnte.

Vor dem Kamin schnarchte der Tanzbären-Veteran Grumm friedlich an seiner Kette.

Einer der Gäste, auch schon ziemlich *knülle*, hatte kurz zuvor gewettet, dass er sich traue, dem inoffiziellen Kneipenmaskottchen einen Tritt in den pelzigen Hintern zu verpassen, und war mit einer schweren Gehirnerschütterung und mehreren Fleischwunden den Umständen entsprechend recht glimpflich davongekommen.

Am großen Tisch in der Mitte der Wirtsstube war die Rostklingen-Bande, Dorp, Huxel »die Klaue«, Farfolg und der Schöne Elsbert, in eine Kartenpartie vertieft, bei der mehr Asse kursierten, als sich eigentlich Karten im Spiel befinden sollten.

Aus Frust über den mauen Betrieb genehmigte sich Gurnaf bereits den elften Becher seines selbst gebrannten Höllenfusels.

»Bestellt ihr auch noch mal was oder wollt ihr bloß meine Stühle mit euren fetten Ärschen abwetzen?«, krächzte er, an die Rostklingen-Bande gewandt.

»Da wir gerade von überbreiten Hintern reden«, erwiderte der Schöne Elsbert und kämmte seine elfische Lockenpracht. »Ich hab eine tolle Geschäftsidee für dich: Wie wär's, wenn du im Sommer deine Hose draußen als Bierzelt aufbaust?«

»Ich weiß nicht«, meinte Huxel »die Klaue« grinsend. »Bei der Hitze kann in so einem Zelt ganz schön schnell dicke Luft herrschen.«

»Genau«, nickte Farfolg, seine sieben Asse sortierend. »Besonders, wenn das Zelt Gurnafs Hose ist.«

»Viel schlimmer als hier drin kann es aber auch nicht werden«, brummte Dorp und ließ noch einen fahren.

»Ach, leckt mich doch«, knurrte der Wirt und stürzte seinen zwölften Becher hinunter.

In diesem Augenblick wurde die Tür geöffnet, und zwei Fremde stolperten aus der finsteren Regennacht in die Wirtsstube.

Sieben Augenpaare, einschließlich desjenigen des Tanzbären Grumm, der gerade aufgewacht war, taxierten die Neuankömmlinge.

Was sie sahen, schien ihnen nicht allzu vielversprechend: zwei zerlumpte Gestalten, wahrscheinlich Landstreicher, die sich vor dem Unwetter hierher geflüchtet hatten und nun hofften, ein billiges Nachtlager schnorren zu können.

Bei näherer Betrachtung zeigte sich allerdings, dass die Kleidung des Dickeren der beiden, mochte sie auch zerschlissen und schmutzverkrustet sein, die eines Edelmanns war.

Vielleicht handelte es sich um Wegelagerer, die einen vornehmen Reisenden überfallen und ausgeraubt hatten, was bedeutete, dass unter Umständen doch noch etwas bei ihnen zu holen war.

Horfax humpelte zu einem freien Tisch und ließ sich ächzend auf den Stuhl sinken.

»Bei den Göttern«, schnaufte er. »Wenn ich erst wieder König bin, werde ich keinen einzigen Schritt mehr zu Fuß gehen!«

»Denkt an das, was wir besprochen haben«, flüsterte Schorak, der dem Herrscher gegenüber Platz nahm und sich verstohlen umblickte. »Wir sollten versuchen, inkognito zu bleiben. Man weiß nie, wer alles mithört.«

»Sieh dir das an«, jammerte Horfax und wies seine geschundenen Füße vor, zu sehr mit seinem eigenen Martyrium beschäftigt, um viel auf gute Ratschläge zu geben. »Hat jemals ein Kobold so sehr gelitten wie ich? Ich hoffe, es ist nicht mehr allzu weit nach Düsterborg, sonst kann ich mich auch gleich hier auf den Boden legen und sterben.«

»Nach Düsterborg? Aber dort wollen wir doch überhaupt nicht hin«, entgegnete Schorak und zwinkerte überdeutlich mit den Augen. »Wir sind arme Pilger auf dem Weg nach Heiligenschrein, um für die Erlösung dieser sündigen Welt zu beten. Bettelarme, friedfertige Pilger«, fügte er hinzu, und hob dabei die Stimme, »die überhaupt keine Wertsachen bei sich haben.«

Horfax schüttelte befremdet den Kopf.

»Also du redest vielleicht manchmal ein besoffenes Zeug zusammen, Schori ... Aber wo bleibt eigentlich diese faule Made von einem Wirt?« Er hob den Arm und schnipste mit den Fingern. »Bedienung!«

Der Wirt Gurnaf, einen schmutzigen Lappen über der Schulter, kam an ihren Tisch.

»Penner und Schnorrer werden hier nicht bedient«, knurrte er gastfreundlich.

Das genügte, um Horfax seine Erschöpfung vollends vergessen zu lassen.

»Was erlaubt Er sich eigentlich!«, brauste er auf. »Weiß Er denn nicht, vor wem Er hier steht? Er spricht mit dem König von ...«

»Bitte«, unterbrach ihn der Wesir hastig. »Lasst mich das machen. Wir hätten gern zwei Zimmer und etwas zu essen, wenn es sich einrichten lässt«, wandte er sich an den Wirt.

»Es ist nur ein Zimmer frei«, antwortete Gurnaf. »Und bezahlt wird im Voraus. Falls ihr bezahlen könnt.«

Die finstere Miene des Zwergs legte nahe, dass er daran so seine Zweifel hatte.

»Oh, natürlich können wir bezahlen«, entgegnete Schorak und griff in seine Manteltasche.

Er hatte gehofft, diese Formalität etwas diskreter regeln zu können, doch wie es aussah, hatte er keine andere Wahl, wenn sie nicht die Nacht draußen im Regen verbringen wollten.

»Ich hoffe, das wird genügen?«, sagte er und legte eine Münze auf den Tisch. »Mehr haben wir leider nicht. Die, ähm, milde Gabe einer gütigen Seele, der wir auf dem Pilgerpfad begegnet sind.«

Sofort verstummten alle Gespräche in der Wirtsstube.

Ein großes Holzscheit knackte laut im Kamin.

Der Schöne Elsbert pfiff eine leise Melodie, während er, scheinbar nur aufs Spiel konzentriert, seine Karten ordnete.

Grumm hob die Schnauze und schnüffelte aufmerksam.

Der Wirt nahm die Münze vom Tisch, betrachtete sie misstrauisch, biss prüfend hinein und ließ sie wortlos in seine Hosentasche gleiten.

»Zu den Zimmern geht's da lang«, deutete er mit dem Finger. »Zu essen gibt's Hammeleintopf. Getränke kosten extra.«

Sie bestellten zwei Portionen Hammeleintopf und dazu auf Horfax' Wunsch eine Flasche von Gurnafs selbst gebrannter Hausmarke *Höllenfeuer.*

Was immer sich der Hammel zu Lebzeiten auch hatte zuschulden kommen lassen – das ebenso triste wie geschmacklose Ende in Gurnafs Kochtopf konnte er unmöglich verdient haben.

Der Schnaps dagegen erwies sich als ein echter Muntermacher.

Nach einigen Gläsern war Horfax bereits wieder obenauf.

»Ich h-h-hab schon alls genaugeplant, Schschschori«, lallte er. »W-w-wenn ich wieer König bin, wer ich die-diediese Rebellnschweine geneinaner inner Arena kämpfn lassn. Un wennsie dann alle to-tot sind, dann wer ich lachn und sagn: Haha! Jetz seidihralle tot un ich ha-hab gewonn, ihr Rebellnschweine!«

Er schlug sich vor Vergnügen auf die Knie und lachte schallend.

»Bitte sprecht doch leiser!«, flehte Schorak und versuchte, Horfax die Flasche wegzunehmen. »Außerdem habt Ihr jetzt wirklich genug getrunken! Es liegt noch ein weiter Weg vor uns.«

»Du ha-hast mir garnix zu sagn!«, krächzte der Herrscher und trank einen großen Schluck aus der Flasche. »Weilich nämmich der König bin, und w-w-wann ich gnug hab, bestimm im-m-mer nochich!«

»Dein Kumpan scheint ja eine echte Frohnatur zu sein«, grinste Huxel »die Klaue«.

»Ja«, antwortete Schorak gequält. »Wir sind schon seit heute Morgen auf den Beinen, und jetzt ist er einfach dankbar, dass wir diesen gastlichen Ort gefunden haben.«

»Da habt ihr wirklich Glück gehabt«, meinte Farfolg und entblößte sein kariöses Gebiss. »Ziemlich übles Wetter für eine Nachtwanderung.«

»Ihr kommt von unten, nicht wahr?«, fragte der Schöne Elsbert.

Unten nannten die Bewohner der angrenzenden Länder das Schattenkoboldreich Arkzul.

»Ja«, sagte der Wesir. »Unser Weg zur Erleuchtung führte uns auch durch die unterirdischen Gefilde.«

»Hab gehört, in Arkzul hat es eine Revolution gegeben«, bemerkte Huxel und pulte mit einem Messer den Schmutz unter seinen Fingernägeln hervor. »Die sollen da unten ziemlich schlimm gewütet haben, erzählt man sich. Haben den ganzen Adel einen Kopf kürzer gemacht.«

»Geschieht diesem arroganten Abschaum recht«, grunzte Dorp, kippte sein Trinkhorn in einem Zug runter, rülpste, kratzte sich am Hintern und spuckte verächtlich auf den Boden. »Hält sich für was Besseres, dieses Gesindel.«

»Das haben wir gar nicht miterlebt«, erklärte Schorak mit unbewegter Miene. »Als die Revolution ausbrach, hatten wir Arkzul bereits verlassen.«

»Ich könnte mir vorstellen«, begann der Schöne Elsbert mit einem lauernden Unterton in der Stimme, »dass da eine Menge Leute versucht haben müssen, noch rechtzeitig ihre Schäfchen ins Trockene zu bringen. Vermutlich ziehen jetzt nicht wenige Ex-Grafen und Ex-Prinzessinnen durchs Land und haben die Taschen mit all dem Gold gefüllt, das sie zusammenraffen konnten, bevor die Rebellen ans Palasttor klopften, um mal kurz hallo zu sagen. Angeblich soll auch der König selbst entkommen sein, Horfax hieß er, glaub ich.«

»Ja«, sagte Schorak unbestimmt, »das kann schon sein ...«

»Soll ja ein echter Schweinehund und Leuteschinder gewesen sein«, mischte sich der knauserige Freier, der noch immer an seinen Hosenträgern baumelte, in das Gespräch. »Kein Wunder, dass das Volk die Schnauze voll hatte und auf die Barrikaden gegangen ist.«

Horfax donnerte mit der Faust auf den Tisch.

»Dasis Majstätsbeleiiung!«, lallte er. »Ich bin vielleich ein Sch-schweinehund, aber ein Leuteschinder – niemals!« Er hielt inne und kratzte sich nachdenklich am Kopf. »Oder wars umgekehrt? Scheißegal. Esis jenfalls Majstätsbeleiiung, un darauf sch-sch-steht der Strick! Aufräum wer ich miteuch aufrührischem Gesindel, un zwar ei-einfür allemal!«

»Haha«, lachte Schorak nervös. »Wenn er getrunken hat, geht immer die Phantasie mit ihm durch ...«

»Ich finde ihn durchaus unterhaltsam«, erwiderte der Schöne Elsbert. »Bringt jedenfalls mal ein bisschen Stimmung in diesen traurigen Laden.«

»Unter-h-haltsam?«, wiederholte Horfax aufgebracht. »Unter-h-haltsam? Ich bin aber nich zu euer Unter-h-haltung hier! Ich bin ein Grymmnstein, in mein Adern f-f-fließt königliches Blut! Eineinziger Grymmnstein is mehr w-wert als tausend von euch Ka-kakerlaken! W-was gebich mich überhaupt ab mit euch jämmerlichn Gestaltn? Das is unter meiner Würde!« Der Herrscher versuchte aufzustehen und plumpste schwerfällig auf den Stuhl zurück. »Träger!«, grölte er und schnippte mit den Fingern. »Träger! Verd-dammt, wo bleibt das faule Pack!«

Der Wesir, der allmählich zu schwitzen anfing, sah sich gezwungen, zu einem drastischen Mittel zu greifen.

»Unter uns«, flüsterte er und neigte sich verschwörerisch zum Tisch der Rostklingenbande hinüber, »bei ihm ist da oben nicht alles ganz so, wie es sein sollte. Um ehrlich zu sein, ich habe eben etwas geflunkert, als ich sagte, wir wären fromme Pilger. In Wahrheit habe ich ihn da unten aus der Irrenanstalt abgeholt, wo er wegen seines Größenwahns in Behandlung war. Jetzt bringe ich ihn nach Hause zu seiner armen Mutter, aber wie es aussieht, ist er noch weit davon entfernt, geheilt zu sein.«

Es kostete Schorak ein gewaltiges Maß an Überwindung, seinen Herrscher und König durch diese schauderhaft lästerliche Rede zu verleugnen, selbst wenn es im Augenblick die einzige Möglichkeit war, ihre Köpfe noch einmal aus der Schlinge zu ziehen.

In Gedanken setzte er seinen Namen vorsorglich auf die Liste der Feinde des Reichs:

Schorak, ehemaliger Wesir. Hochverrat, Majestätsbeleidigung und Blasphemie. Verurteilt zum Tod durch das Schwert.

»Mein Schwager war auch so«, nickte Farfolg. »Bei dem hat's irgendwann *knacks* gemacht, und seitdem hat er sich für den Halbgott Perchikles gehalten. Ist überall rumgelaufen und hat erzählt, dass er die Siebzehn Großen Taten vollbringen muss, um die Welt zu retten. Die Vierte Große Tat war, dass er die Bestie der Dämonengötter bezwingt. In Wirklichkeit war es aber nur ein altes, lahmes und kurzsichtiges Pack-Mammut, das sich dann, man weiß nicht, ob mit Absicht, auf ihn draufgesetzt hat. Damit war die Sache vorbei. Er hat seine Witwe allein mit fünf Kindern zurückgelassen, meine Schwester hat dann aber bald wieder geheiratet, und zwar den Besitzer des Mammuts, den sie auf diesem Weg kennengelernt hatte.«

»Es ist tragisch«, pflichtete Schorak bei.

Horfax war fassungslos.

»Auch du, Schori?«, lallte er tief getroffen, und Tränen stiegen ihm plötzlich in die Augen. »Bin ich denn nur v-von Verrätern umgebn? I-i-ist denn nichts mehr heilig indieser grausamn W-welt?«

Der Wesir beschloss, dass es höchste Zeit war, diese Szene zu beenden.

»Nun ja, wie dem auch sei, es ist jedenfalls schon spät«, sagte er und rückte seinen Stuhl zurück. »Wir sollten jetzt wirklich versuchen, etwas Schlaf zu bekommen, bevor wir morgen früh aufbrechen.«

»Ihr wollt schon gehen?«, fragte der Schöne Elsbert. »Wie schade. Ich habe unsere kleine Plauderei sehr genossen. Man trifft so selten zivilisierte Leute in dieser Gegend.«

»Ja, wir müssen leider«, entgegnete Schorak und versuchte Horfax zum Aufstehen zu bewegen. »Wir haben noch einen weiten Weg vor uns. Aber vielleicht sieht man sich ja mal wieder.«

»Man sieht sich immer zweimal«, meinte Huxel, warf sein Messer in die Höhe und fing es auf, indem er es auf der Fingerspitze balancierte.

»Lass mich!«, rief Horfax und stieß den Wesir von sich.

»Ihr g-glaubt mir nich, dassich der wahre König bin, a-a-aber ich werd's euch zeign, ihr ihr Lumpnpack! Wennichnich der wahre König bin, wieso habbich dann dashier?«

Er öffnete den Sack mit dem Gepäck und wühlte darin herum.

»W-w-wartet nur, gleich habbich's! Ah, da isses ja!«

Mit einem triumphierenden Grinsen zog der Herrscher eine kleine, kostbar verzierte Truhe aus dem Sack.

»Jetztwerd ihr aber Augn machen!«

»Nein, nicht!«, rief Schorak entsetzt und versuchte ihm die Truhe zu entreißen.

»Du sollst mich in Ruhe lassn!«, schimpfte Horfax und zerrte seinerseits an der Truhe.

Eine Weile rangen sie keuchend miteinander, bis Horfax plötzlich überraschend losließ – wodurch Schorak das Gleichgewicht verlor und zurücktaumelte.

Die Truhe entglitt seinen Händen und flog im hohen Bogen durch die Luft. Noch im Fallen öffnete sich ihr Deckel, und die Kronjuwelen des Reiches Arkzul landeten in dem schmutzigen Sägemehl, das den Boden von Gurnafs Taverne bedeckte.

Totenstille breitete sich aus.

Langsam bückte sich der Schöne Elsbert, hob einen faustgroßen Rubin auf, der ihm vor die Füße gerollt war, und hielt ihn prüfend gegen das Licht.

Schorak erhob sich und klopfte das Sägemehl von seinen Händen.

»Das, ähm …«, stotterte er, verlegen lächelnd. »Das sind bloß … ähm … billige Kopien … wertloser Tand … gefärbtes Glas und Goldfarbe …«

»Tatsächlich?«, fragte Elsbert, während er das tiefrote Feuer betrachtete, das im Innern des großen Edelsteins glühte. »Dann habt ihr sicher auch nichts dagegen, wenn wir diesen wertlosen Tand behalten?«

»Nein, nein, natürlich nicht«, antwortete Schorak gequält. »Überhaupt nichts …«

»Nehmt eure sch-schmutzigen Prankn von mein Sachn!«, schrie Horfax wütend und versuchte seine alkoholisierten Körpermassen aus dem Stuhl zu wuchten. »Ich wer euch alln die Köpfe absch-schlagn lassn, Raubgesindl!«

»Schön ruhig bleiben, Dickerchen«, grunzte Dorp, der sich hinter ihm aufgebaut hatte. Der massige Ork drückte den Herrscher auf den Stuhl nieder und tätschelte ihm mit seiner Pranke unsanft die Wange. »Sonst verlierst du nachher noch selbst den Kopf.«

»Was machen wir jetzt mit ihnen?«, fragte Farfolg und zog einen langen Dolch aus seinem Gürtel. »Ich wär dafür, wir schneiden ihnen gleich hier die Kehlen durch und werfen sie in Gurnafs Scheißhaus-Grube.«

»Dann macht ihr die Grube aber verdammt noch mal vorher leer«, brummte Gurnaf. »Die beiden letzten Leichen habt ihr einfach oben draufgeschmissen. Ich hab gedacht, mich trifft der Schlag, als ich mich da aufs Loch setz, und plötzlich betatscht eine eiskalte Hand von unten meinen Arsch.«

»Was beschwerst du dich?«, grinste Huxel. »Hattest du wenigstens auch mal ein bisschen körperliche Zuwendung.«

»Genau«, prustete der aufgehängte Freier von oben. »Selbst Gozilda hat gesagt, sie würd es nicht mal mit ihm machen, wenn er der Zwergenkaiser persönlich wär!«

Gozilda war das gar nicht mal so leichte Oger-Mädchen, das ihm die luftige Höhen-Kur verordnet hatte.

»Ich hab eine bessere Idee«, sagte der Schöne Elsbert, warf den Rubin lässig in die Höhe und fing ihn wieder auf. »Vielleicht haben unsere beiden Ehrengäste wirklich bloß einen Dachschaden und sind genauso unecht, wie sie es von diesen Klunkern hier behaupten. Vielleicht aber auch nicht. Ich würde vorschlagen, wir machen uns gemeinsam mit ihnen auf den Weg nach Arkzul, um es herauszufinden.«

»Guter Plan!«, pflichtete Huxel bei. »Wenn dieser Fettsack wirklich der Ex-König ist, dann bezahlen sie da unten bestimmt eine hübsche Summe für seine Auslieferung.«

»Lasst mich los!«, zeterte Horfax. »Ich wer euch all tötn! In euerm eignen Blut wer ich euch ersäufn!«

»Maul halten, hab ich gesagt«, brummte Dorp und versetzte ihm einen Schlag in die Magengrube.

Der Herrscher krümmte sich vor Schmerz.

»Das is alles deine Schuld, Schori«, fauchte er. »Du hasdein König bitter enttäuscht!«

Schoraks Verstand raste.

Es stimmte: Er hatte durch sein wiederholtes Versagen tatsächlich Schande über Schande auf sein Haupt gehäuft, und wenn ihm jetzt nicht innerhalb der nächsten Sekunden eine Möglichkeit einfiel, wie sie sich aus dieser Zwickmühle befreien konnten, war endgültig alles verloren.

Der Wesir blickte sich fieberhaft um.

Und das Schicksal, das den Untergang des Hauses Grymmenstein offenbar noch nicht endgültig besiegelt hatte, spielte ihm einen letzten Trumpf in die Hand.

Es ergab sich, dass dieser allerletzte Trumpf in einer Flasche von Gurnafs selbst gebranntem Höllenfeuer bestand.

Bevor einer der Räuber reagieren konnte, hatte Schorak die Flasche ergriffen und in den Kamin geschleudert.

Die resultierende Explosion übertraf seine kühnsten Erwartungen etwa um den Faktor zehn.

Infernalische Flammenstöße fauchten durch den Raum und setzten die Vorhänge und Grumms Pelz in Brand. Die Druckwelle brachte die Fensterscheiben zum Bersten, warf Tische um und räumte die Spirituosenvorräte hinter der Theke vom Regal.

Dichter Rauch quoll aus dem Kamin und vernebelte die Sicht, und während die Rostklingen-Bande hustend umhertaumelte und wüste Verwünschungen ausstieß, in die sich das Brüllen des Tanzbären mischte, der sich auf dem Boden wälzte, um das Feuer in seinem Fell zu löschen, packte Schorak den Herrscher und rannte mit ihm zum Ausgang.

Mit einem Fußtritt stieß der Wesir die Tür auf und zog den verwirrten Horfax mit sich in die Nacht hinaus.

»Ihnen nach!«, hörten sie den Schönen Elsbert in der Wirtsstube rufen.

»Was … wo … aber …«, lallte Horfax.

»Spart Euren Atem, Majestät, und lauft!«, rief Schorak.

Ohne im Geringsten zu wissen, wohin, rannten sie geradeaus in die Finsternis hinein.

Bereits nach wenigen Schritten hatte Horfax seine Samtpantoffeln verloren und patschte barfuß durch Straßenschlamm und kalte Regenpfützen, dann liefen sie plötzlich über moosigen Waldboden, nasse Farnwedel klatschten ihnen um die Ohren und dürre Äste zerkratzten ihre Gesichter.

Hinter ihnen kamen die Stimmen der Verfolger näher und näher.

»Ich kann nicht mehr!«, keuchte Horfax.

»Doch, Ihr könnt, Majestät!«, rief der Wesir. »Ihr müsst!«

»… keinen Zweck«, schnaufte der Herrscher. »Alles verloren, alles verl…«

Er brach jäh ab, als der Boden unter seinen Füßen plötzlich verschwand.

Einen Augenblick lang segelte er mit unverminderter Geschwindigkeit durch die Luft, bevor ihn die Schwerkraft abwärts zog und er in eiskaltem Wasser untertauchte.

Sofort erfasste ihn eine starke Strömung und riss ihn mit sich fort, sodass er bereits zehn Meter weiter war, als er gurgelnd und prustend wieder zum Vorschein kam.

»Hilfe, Schori!«, hustete er. »Ich ertrinke!«

Der Wesir, der den Fluss rechtzeitig bemerkt hatte und am Ufer stehen geblieben war, zögerte keine Sekunde länger und sprang kopfüber in die kalten Fluten.

Mit kräftigen Schwimmzügen, die man dem ergrauten Politiker gar nicht zugetraut hätte, hatte er bald zu Horfax aufgeschlossen und hob den nach Luft Schnappenden an die Oberfläche.

»Ich kann nicht mehr!«, jammerte der König, den das eisige Bad endgültig ernüchtert hatte. »Ich kann einfach nicht mehr!«

»Haltet durch, Majestät!«, schnaufte Schorak, der Horfax mit einem Arm umklammert hatte, während er sich mit dem anderen rudernd über Wasser hielt. »Ich glaube, wir haben die Verfolger abgeschüttelt. Euer genialer Plan hat bestens funktioniert.«

»Mein genialer Plan?«, fragte Horfax, nervös mit den Beinen strampelnd.

»Immer das tun, was der Feind am wenigsten erwartet«, erklärte der Wesir. »Ihr habt gehandelt wie ein wahres militärisches Genie, Majestät.«

»Hab ich das?«, fragte der Herrscher, schon nicht mehr ganz so desolat. »Ach ja, natürlich. Mein genialer Plan. ›Was erwartet der Feind jetzt am wenigsten‹, hab ich mich gefragt. Und im nächsten Moment wusste ich auch schon die Antwort, einfach so, wie eine göttliche Eingebung.«

»Ihr solltet Euer Licht nicht unter den Scheffel stellen, Majestät. Das war eine reine Glanzleistung Eures königlichen Verstandes. Die Götter hatten nichts damit zu tun.«

»Ein guter Einwand, Schori.«

Tatsächlich schien es so, als hätten sie die Verfolger abgeschüttelt.

In weiter Ferne hörten sie undeutlich ihre Stimmen:

»… wo sind … wie vom Erdboden … in den Fluss gesprungen … lebensmüde …«

»Du kennst mich, Schori«, sagte Horfax, während sie sich weiter in der reißenden Strömung treiben ließen. »Ich halte nicht viel davon, mich selbst zu loben. Aber das war einfach brillant von mir.«

»Ja, Majestät. Damit bringt Ihr Eure Kritiker endgültig zum Schweigen.«

Am Flussufer erhob sich plötzlich eine laute Stimme.

»He, ihr beiden Spinner!«, rief sie. »Viel Spaß mit dem Wasserfall!«

Und jetzt fiel ihnen auch das Rauschen auf, das in der letzten Minute zu einem tosenden Donnern angeschwollen war.

»Wasserfall?«, kreischte Horfax. »Das ist alles deine Schuld, Schori! Nur wegen deinem irrsinnigen Plan werden wir jetzt sterben!«

Die Strömung war inzwischen so stark, dass sie nichts anderes tun konnten, als sich von ihr dem Schicksal entgegentragen zu lassen.

»Erlaubt mir, Majestät …«, begann der Wesir mit pathetisch zitternder Stimme. »Nun, da das Ende naht, möchte ich sagen, dass ich unendlich dankbar bin, in der Stunde des Todes bei Euch sein zu dürfen.«

»Da *scheiß* ich drauf!«, jammerte Horfax und planschte wild mit den Armen. »Ich will nicht sterb…!«

Dann wurden sie von den Wassermassen über die Kante getragen und stürzten schreiend in die schäumende, brodelnde Tiefe.

Alles wurde dunkel.

Als die Verfolger zu Gurnafs Taverne zurückkehrten, hatten die Flammen bereits den Dachstuhl erreicht und züngelten gierig aus allen Fenstern.

Eben öffnete sich die Tür, und der Schöne Elsbert trat heraus. Er war in der Wirtsstube zurückgeblieben, während seine Spießgesellen die beiden Fliehenden verfolgt hatten.

»Oh«, sagte er mit einem Anflug von Verlegenheit, als er seine Kumpanen bemerkte. »Ihr seid wieder da. Habt ihr die beiden erwischt?«

»Nein«, antwortete Farfolg. »Wir nicht. Aber der Wasserfall. Die sind wie die Ratten ersoffen.«

»Gut«, nickte Elsbert und räusperte sich nervös. »Sehr gut ... ich meine ... das waren bestimmt sowieso Betrüger. Erspart uns bloß Ärger ... Tja, wie dem auch sei, ich mach mich dann mal auf den Heimweg. Ist doch schon ziemlich spät ...«

»Moment«, sagte Huxel und trat ihm in den Weg. »Was hast du da unter dem Mantel?«

»Was ich unter dem Mantel ...?«, fragte Elsbert und blickte sich gehetzt um.

Dann stieß er Huxel plötzlich zur Seite und rannte los.

Er kam nicht weit, bevor ihn Dorp erwischte und zu Boden warf.

»Nicht so schnell«, grollte der Ork. »Das will ich jetzt auch wissen.«

»Lass mich los, du verblödeter Halbaffe!«, schrie Elsbert und umklammerte seinen Mantel mit beiden Händen. Doch gegen Dorps überlegene Körperkräfte war er machtlos.

»Seht mal, womit sich das Bürschchen aus dem Staub machen wollte!«, lachte der Ork und hielt die Truhe mit den Kronjuwelen in die Höhe, die er unter Elsberts Mantel hervorgeholt hatte. »Da hatte wohl jemand keine Lust, zu teil...«

Der Satz endete in einem Röcheln, als ihm der Schöne Elsbert plötzlich einen langen Dolch in den Bauch rammte.

Der Elf kroch unter seinem stöhnenden Gegner hervor und warf sich auf die Truhe, die in den Schlamm gefallen war.

Farfolg kam ihm zuvor.

»Zu langsam!«, rief er triumphierend und sprang von einem Bein aufs andere. »Jetzt mach ich mir ein schönes Leben, und ihr Pfeifen könnt …«

Farfolg kam nicht dazu auszusprechen, denn in diesem Augenblick zischte ein Armbrustbolzen heran und durchbohrte ihm die Kehle.

In der Tür des brennenden Wirtshauses war Gurnaf erschienen, seinem Gesichtsausdruck nach zu urteilen ausgesprochen übel gelaunt und zudem mit einer schweren Armbrust bewaffnet, die er gerade mit einem neuen Bolzen lud.

»Okay«, knurrte der Wirt und richtete die Waffe auf den Schönen Elsbert. »Du hebst jetzt mal brav die Truhe auf und bringst sie ganz langsam hierher. Und keine hektischen Bewegungen, sonst hast du gleich ein paar Zentimeter rostfreien Zwergenstahl in deinen Eingeweiden.«

Elsbert zögerte einen Moment, dann bückte er sich nach der Truhe, wobei er Huxel, der einige Meter entfernt von Gurnaf stand, einen verschwörerischen Blick zuwarf, der soviel besagte wie: *Was hältst du von Fifty-Fifty?*

»Entschuldigung, wenn ich störe«, kam die Stimme des knauserigen Kobold-Freiers aus der Taverne. »Aber ich häng hier drin irgendwie immer noch fest, und es wird langsam ziemlich heiß … Ich würde mich also wirklich freuen, wenn mir einer von euch kurz helfen könnte …«

Gurnaf ignorierte diesen Hilferuf und zielte weiter mit der Armbrust auf Elsbert.

»Tja, so kann's gehen«, sagte er und spuckte aus. »Hast gedacht, du kannst mir da drin eins über den Schädel ziehen und dich mit den Klunkern auf Nimmerwiedersehen verabschieden, während ich bei lebendigem Leib verbrenn. Aber ...«

Der Zwerg wirbelte herum, da er aus dem Augenwinkel eine Bewegung wahrgenommen hatte. Sein Finger krümmte sich um den Abzug der Armbrust, und der Bolzen schnellte von der Sehne.

Tödlich ins Herz getroffen, taumelte Huxel auf Gurnaf zu, doch noch im Fallen stieß er dem Wirt seinen langen Dolch in die Kehle und zog ihn mit sich zu Boden.

Der Schöne Elsbert blickte mit einem bösen Lächeln auf die beiden Toten hinab, die das Verteilungsproblem für ihn auf so günstige Weise gelöst hatten.

»Macht's gut, ihr Narren«, grinste er und wandte sich ab.

Zwischen dem zornigen Brummen und dem tödlichen Tatzenhieb, der ihm das Genick zerschmetterte, lag nur ein Sekundenbruchteil, sodass ihm keine Zeit zum Reagieren blieb.

Grumm, der Tanzbär, richtete sich auf den Hintertatzen zu seiner vollen Größe auf und entsandte ein wütendes Brüllen in die Morgendämmerung.

Nachdem die Flammen den Balken, an den er gekettet gewesen war, genügend geschwächt hatten, war es ihm endlich gelungen, sich zu befreien.

Verständlicherweise rechtschaffen empört darüber, dass man ihn gleichgültig dem Flammentod preisgegeben hatte, war er aus der Taverne gestürmt und hatte seine Wut an dem erstbesten Ziel ausgelassen, das sich ihm anbot.

Zufälligerweise hatte es sich dabei um den Schönen Elsbert gehandelt.

Grumm ließ sich auf alle viere nieder und beschnupperte den Leichnam mit mäßigem Interesse, dann trottete er verdrießlich vor sich hinbrummend in die Finsternis.

Der Regen ließ nach, und die Flammen prasselten

höher, entsandten einen Schwarm irrlichternder Funken in den dämmernden Himmel.

»Hallo?«, kam eine zaghafte Stimme aus der Taverne. »Seid ihr noch da? Falls ja, dann wäre es wirklich toll, wenn ...«

Etwas polterte.

»Ah, vergesst es, hat sich gerade von selbst erledigt.«

Mit rußverschmiertem Gesicht erschien der geizige Kobold-Freier auf der Türschwelle.

Er schnappte eine Weile nach Luft und klopfte die Funken aus seiner Kleidung.

Dann bemerkte er die fünf Leichen.

»Ähm ... o-kay«, sagte er bedächtig.

Sein Blick fiel auf die Truhe, unter deren halb geöffnetem Deckel ihn die Kronjuwelen von Arkzul anfunkelten.

Und er ahnte, dass er soeben den Jackpot gewonnen hatte.

Kurz darauf stürzte der Dachstuhl krachend ein, und *Gurnaf seine Tawerne* war Geschichte.

Nicht weit entfernt lag Horfax durchnässt und halb ertrunken an einem Seeufer und verkündete zum neunhundertdreiundsiebzigsten Mal in diesen Tagen, dass sich seine weiteren Zukunftspläne darauf beschränkten, einfach liegen zu bleiben und zu sterben.

Schorak, der sich neben ihm in den Sand fallen gelassen hatte, suchte nach aufmunternden Worten, doch ihm fielen keine mehr ein.

»Das ... klingt eigentlich nach einem guten Plan, Majestät«, murmelte er.

Und dann erhob sich am östlichen Himmel die Sonne, und ihre ersten Strahlen malten einen schimmernden Regenbogen in die Gischt des Wasserfalls.

X

»Also«, begann Lornel und blickte hochkonzentriert. »Ich packe meine Koffer, und ich nehme mit … eine Streckbank … eine Packung rostige Nägel … Ersatzblätter für die Säge … den hübschen Pullover, den mir Mama zum Geburtstag gehäkelt hat … ein großes Schlachterbeil … und … zwanzig rote Luftballons. Du bist dran!«

Lurnel holte Luft und rieb die sich Hände.

»Na schön, mal sehen … ich packe meine Koffer, und ich nehme mit … eine Streckbank, eine Packung rostige Nägel … Ersatzblätter für die Säge … den hübschen Pullover, den mir Mama zum Geburtstag gehäkelt hat, zwanzig rote Luftballons … und …«

»Ha!«, rief Lornel. »Du hast das Schlachterbeil vergessen! Ich hab gewonnen!«

»Stimmt gar nicht!«, protestierte Lurnel. »Ich wollte es gerade sagen!«

»Zu spät! Es war erst das Schlachterbeil, und dann kamen die roten Luftballons! Ich hab gewonnen, ich hab gewonnen!«

»Du lügst!«

»Nein, du lügst! Boss, Lurnel lügt!«

Hans blieb stehen und drehte sich zu ihnen um.

»Lurnel, Lornel«, säuselte er zuckersüß, »als kompetente und zuverlässige Mitarbeiter schätze ich euch sehr, dennoch wäre ich euch sehr verbunden, wenn ihr es irgendwie schaffen könntet, bis auf Weiteres davon abzusehen, meine Nerven übermäßig zu strapazieren. Wäre das möglich?«

Als die Zwillinge sein freundliches Lächeln sahen, verstummten sie und blickten zu Boden.

»Natürlich, Boss.«

»Sicher, Boss.«

»Vielen lieben Dank.«

Hans Freudenschneider hatte schlechte Laune.

Leute, die das zweifelhafte Privileg genossen hatten, den Geheimpolizisten näher kennenzulernen – ein kleiner, aber illustrer Personenkreis, dessen Mitglieder zur einen Hälfte tot und zur anderen dem Wahnsinn anheimgefallen waren –, erkannten dies an seiner expressiven Fröhlichkeit, die bei ihm in Phasen innerer Unzufriedenheit geradezu überschäumende Ausmaße annehmen konnte.

Schon seit Tagen waren sie auf keine weiteren Spuren des geflohenen Tyrannen gestoßen, was bedeutete, dass Horfax entweder gerissener war, als Hans ihn eingeschätzt hatte, oder dass sie sich ganz und gar auf der falschen Fährte befanden.

Freudenschneider pfiff eine demonstrativ vergnügte Melodie vor sich hin, bei der es selbst den Zwillingen eiskalt den Rücken runterlief.

Er hasste es, sich zu irren.

Dabei war er so sicher gewesen, dass Horfax sich als Erstes auf den Weg nach Düsterborg machen würde, um dort Verbündete für die Konterrevolution zu werben.

Wenn er stattdessen jedoch nach Süden gegangen war, wo die Koboldschamanen von Zark-no-Bul herrschten, hatte der Tyrann jetzt einen Vorsprung von mindestens einer ganzen Woche.

Hans hätte sich ohrfeigen können.

»Einen wunderschönen guten Morgen«, grüßte Freudenschneider den einsamen Wanderer, der ihnen gerade auf der vom Regen aufgeweichten Landstraße entgegenkam.

Es war ein Kobold, den man auf den ersten Blick für einen entflohenen Pyromanen hätte halten mögen.

Schon aus der Entfernung verströmte er den intensiven Geruch von Holzfeuer und Rauch, seine Kleidung war mit großen Brandlöchern übersät und sein breites Grinsen schien darauf hinzudeuten, dass er soeben erfolgreich ein ganzes Dorf abgefackelt hatte.

Unter dem Arm trug er einen großen Gegenstand, der in Lumpen gewickelt war.

»Einen wunderschönen guten Morgen auch euch!«, grüßte er zurück. »Ist es nicht herrlich, am Leben zu sein?«

»Ja, ja, in der Tat«, murmelte Hans und ging an ihm vorüber.

Dann blieb er plötzlich stehen.

Eigentlich war es nur ein Schuss ins Blaue, aber ein Versuch kostete schließlich nichts.

»Einen Augenblick, Freund«, rief er und wandte sich zu dem mutmaßlichen Brandstifter um. »Entschuldigen Sie, wenn ich Sie bei Ihren zweifellos wichtigen Geschäften aufhalte, aber …« Hans zog eine Papierrolle unter seinem Mantel hervor und breitete sie aus. Es war das Plakat, das den Kampf zwischen Horfax und Dorgol im Kolosseum ankündigte. »Haben Sie zufällig diesen Mann hier gesehen?«

Die Reaktion des Kobolds war erstaunlich.

Sein Grinsen erstarrte, und er wurde bleich.

Dann rannte er plötzlich Hals über Kopf davon, als wären alle Dämonen der Hölle hinter ihm her.

Was irgendwie auch tatsächlich der Fall war.

XI

Großmächtige, allweise, königliche Majestät,

ich freue mich sehr, Euch berichten zu dürfen, dass ich bei der mir von Euch gütigst aufgetragenen Mission entscheidende Fortschritte verzeichnen kann. Wie ich von Anfang an vermutete, befindet sich der Tyrann und Erste Staatsfeind Grymmensteins derzeit auf dem Weg nach Düsterborg, wo er aller Voraussicht nach den dortigen König um Unterstützung im Kampf gegen Euch bitten wird.

Die zweifelsfreie Bestätigung dieser Vermutung verdanke ich einem Zeugen, dem ich in der Nähe von Ober-Waldbruch begegnet bin. Besagter Zeuge hatte nicht nur, wie er mir glaubwürdig versicherte, den Tyrannen mit eigenen Augen gesehen und gehört, wie er über seine Pläne bezüglich Düsterborgs sprach, sondern trug zudem eine Truhe bei sich, die zu meiner nicht geringen Überraschung und Freude die gestohlenen Kronjuwelen des Reiches enthielt, welche ich Eurer Majestät anbei übersende. Wie genau der Zeuge in den Besitz dieses Schatzes gelangen konnte, war seinem teilweise zusammenhanglosen Bericht nicht eindeutig zu entnehmen, woran seine verständliche Verwirrung und Nervosität einen gewissen Anteil gehabt haben mochten.

Bei seiner Befragung waren meine Mitarbeiter übrigens eine große Hilfe, die ich hiermit noch einmal demütigst der Begnadigung durch Ihre Majestät anempfehlen möchte.

»Ich kann den Kniebohrer nicht finden«, sagte Lornel.

»Hast du in der grünen Tasche nachgesehen?«, fragte Lurnel.

»Ja. Aber da war er nicht.«

»Das kann nicht sein. Ich weiß genau, dass ich ihn zu Hause in die grüne Tasche gepackt hab.«

»Anscheinend nicht. Sonst hätt ich ihn ja gefunden.«

»Du bist bloß zu doof, um richtig zu suchen. Gib mal die Tasche her.«

»Bitte sehr. Aber ich hab dir schon gesagt, dass er da nicht drin ist.«

»Und ich hab gesagt, du bist bloß zu doof zum Suchen. Hier! Was bitteschön ist das da? Na?«

»Wenn du ihn extra ganz unten versteckst …«

»Ich versteck überhaupt nichts. Und anstatt zu nörgeln, solltest du nächstes Mal lieber beim Packen mithelfen, anstatt nachher immer die Schuld auf andere abzuwälzen.«

»Bitte, tut mir nichts!«, flehte der unglückliche Kobold-Freier. »Ich sag auch alles, was ich weiß!«

Die Zwillinge sahen ihn an und schüttelten missbilligend die Köpfe.

»So funktioniert das aber nicht«, sagte Lurnel. »Wir haben ja noch nicht mal angefangen. Hast du etwa noch nie bei einem Verhör mitgemacht?«

»Genau«, grollte Lornel. »Das geht ganz anders. Als Erstes sagst du: ›Ihr könnt mich mal, aus mir bekommt ihr nichts raus.‹ Und dann sagen wir: ›Das wollen wir doch mal sehn.‹ Und dann quälen wir dich ein bisschen, und dann sagst du: ›Ihr miesen Schweine, eure Mutter ist eine Hure, und ihr kriegt trotzdem nichts aus mir raus.‹ Und dann sagen wir: ›Na, das ist ja ein ganz schön harter Brocken, aber den kriegen wir schon klein.‹ Und dann quälen wir dich noch ein bisschen mehr, und dann sagst du …«

Hans Freudenschneider klopfte dem Kobold kameradschaftlich auf die Schulter.

»Du hast die freie Wahl«, sagte er. »Du kannst dich direkt mit mir unterhalten. Oder mit meinen beiden freundlichen Mitarbeitern.«

Wenn ich mir die Kühnheit herausnehmen darf, Eurer Majestät einen Ratschlag zu erteilen, den Ihr gewiss bereits selbst mit Eurem königlichen Scharfsinn erwogen haben werdet: Es wäre nicht die schlechteste Idee, einen berittenen Botschafter nach Norden zu entsenden, um noch vor dem Eintreffen des Tyrannen diplomatische Beziehungen mit den Düsterborgs aufzunehmen und damit den Plänen des

Feindes zuvorzukommen. Ich werde mich ebenfalls auf den Weg dorthin machen und alles Nötige zur Verhaftung Grymmensteins veranlassen.

In ewiger Bewunderung und Treue,
Euer Euch zutiefst ergebener Diener
Hans Freudenschneider

PS: Euer Majestät werden sicher mit Freuden vernehmen, dass die übersandte Truhe nicht nur die Juwelen, sondern außerdem die Krone des Reiches enthält, welche von dem Tyrannen hinterrücks entwendet worden war.

Wer vermag nun noch Euren rechtmäßigen Anspruch auf den Thron infrage zu stellen, da Ihr die Krone des wahren Königs von Arkzul auf dem Haupt tragt?

Dorgol legte die Depesche beiseite und gab dem Boten durch einen Wink zu verstehen, dass er sich zurückziehen konnte.

Dann öffnete er die Truhe und nahm die Krone heraus, die sich darin befand.

Sie bestand aus Dämoneneisen und stellte zwei Drachen dar, deren schuppige Schlangenleiber, ununterscheidbar einer in den anderen übergehend, einen kreisrunden Ring bildeten, während sich ihre Häupter in einem erbarmungslosen Kampf wütend ineinander verbissen.

Die Sage berichtete, dass sie von Gnorgax, dem ersten König des Reiches, in den Feuern der Hyl geschmiedet worden war. In seiner Nachfolge hatte sie seither jeder Herrscher von Arkzul auf der Stirn getragen.

Dorgol betrachtete die kunstfertig gearbeiteten Drachenköpfe, die ihn mit ihren feurigen Rubinaugen erstaunlich lebendig anzufunkeln schienen.

Dann nahm er die falsche Krone ab, die er bisher getragen hatte, und setzte sich die echte aufs Haupt.

Der Schmied schloss die Augen und lauschte den wispernden Stimmen, die den Thronsaal zu erfüllen schienen.

Flüsterten sie nicht seinen Namen?

Heil dir, Dorgol, dem rechtmäßigen Herrscher von Arkzul und Retter des Reiches …

Wer sollte nun, da er im Besitz der wahren Krone von Arkzul war, noch seinen Anspruch auf den Thron bestreiten?

»Du!«, wandte er sich herrisch an einen Rebellen in der Uniform der Befreiungsfront, der gerade an der offenen Tür des Thronsaals vorüberkam. »Richte meinem Bruder Ornok aus, dass ich ihn zu sprechen wünsche. Ich habe einen wichtigen Auftrag für ihn.«

Der Rebell, ein junger Kobold, der sich eigentlich nicht dem Freiheitskampf angeschlossen hatte, um sich Befehle geben zu lassen, öffnete den Mund zu einer frechen Entgegnung.

Doch zu seiner eigenen Verwunderung krümmte sich sein Rücken ganz von selbst zu einer tiefen Verbeugung, und statt einer ironischen Bemerkung kam nur ein schüchtern gemurmeltes »Zu Befehl, Euer Majestät« über seine Lippen.

XII

»Und diesen Smaragdtiger hab ich erlegt, als ich beim Maharadscha von Workubosch zu Besuch war. Ein echtes Prachtexemplar, was? Der Maharadscha sagte mir, diese edlen Tiere seien fast ausgestorben, und da musste ich natürlich gleich zuschlagen. Nur solange der Vorrat reicht! Hahaha!«

König Brugnolzak der Siebte lachte dröhnend und

klopfte seinem Gast dabei kameradschaftlich auf die Schulter.

»Und das hier ist noch so ein Schatz: ein echtes Zweihorn. Die Leute glauben, Einhörner wären selten, aber nur, weil sie noch nichts von Zweihörnern gehört haben. Jedes tausendste Einhorn wird nämlich mit zwei Hörnern geboren statt einem. Eine Laune der Natur? Ein Zeichen der Götter? Wer kann das schon so genau sagen. Mich hat es jedenfalls fast aus den Schuhen gehauen, als mir dieses hier vor die Armbrust getrabt ist. Und welche Art von Jagd bevorzugst du? Großwildjagd? Treibjagd? Hetzjagd? Mammutjagd? Bärenhatz? Wachtelpirsch?«

»Ich, äh, hatte bisher eigentlich eher selten Gelegenheit zu jagen …«, antwortete Ornok zurückhaltend.

»Ach?«, sagte Brugnolzak und hob erstaunt die buschigen Augenbrauen.

Ein Mann, der sich nicht für die Jagd interessierte, schien in der Gedankenwelt des Königs sogar das Zweihorn noch an Seltenheit zu übertreffen.

Ornok konnte nur hoffen, dass der Herrscher von Düsterborg an seiner Trophäenwand keinen Ehrenplatz für eine solch exquisite Beute freihielt.

»Mein Bruder und ich stammen aus dem einfachen Volk. Als wir Kinder waren, haben wir manchmal an den Seen vor der Stadt nach Höhlenkrebsen gesucht – falls das als Jagen zählt.«

»Ach?«, wiederholte Brugnolzak fasziniert. »Na, dann gibt es ja einiges nachzuholen! Ich weise noch heute Abend meinen Ersten Waidmeister an, alles für die Eberjagd vorzubereiten! Und du bist natürlich als Ehrengast dabei. Was meinst du? Ein *Nein* will ich nicht hören!«

»Ich fühle mich geehrt, Majestät«, entgegnete Ornok. »Aber …«

»Das ›Majestät‹ lassen wir mal weg«, sagte der König jovial. »Wir sind ja hier unter uns!«

»Wie Ihr … ich meine, wie du willst. Wenn du nichts dagegen hast, würde ich jetzt gern über die Botschaft sprechen, die dir mein Bruder ausrichten lässt.«

»Bah«, winkte Brugnolzak lässig ab. »Für langweilige Politik ist später noch genug Zeit. Jetzt zeig ich dir erstmal das Großwild.«

Die Führung durch die verschiedenen Trophäenzimmer des Königs nahm noch einige Stunden in Anspruch.

König Brugnolzak der Siebte von Düsterborg war ein Koboldherrscher von altem Schrot und Korn, der Politik eher als Nebensache betrachtete und den eigentlichen Sinn seines Daseins darin sah, möglichst viele seltene Tierarten auszurotten und mit dem weiblichen Hofgesinde eine ganze Armee illegitimer Thronfolger zu zeugen.

Da er zudem ein Freund starker Getränke war und bei den ausufernden Verwandtschaftsverhältnissen unmöglich den Überblick behalten konnte, bestand durchaus die Möglichkeit, dass er sich in einigen dieser Fälle sowohl Vater als auch Großvater nennen durfte.

Ihn jedoch für naiv oder gar dumm zu halten, wäre ein schwerer Fehler gewesen.

Hinter seinem jovialen und dröhnenden Auftreten verbarg sich jene Art von geradliniger Schläue, die jeder Gelehrsamkeit und belesenen Klügelei stets um Meilen voraus ist, sobald es nicht mehr um graue Theorie, sondern lebendige Praxis geht.

Ornok, der mehrfach den vergeblichen Versuch unternahm, das Gespräch auf die Politik zu lenken, hatte sogar den unbestimmten Eindruck, dass der König, während er seine Waidmannslegenden zum Besten gab, bereits irgendeinen geheimen Plan mit ihm verfolgte. Daher beschloss er, wachsam zu bleiben und sich nicht einwickeln zu lassen.

Nach der erschöpfenden Besichtigung der königlichen Trophäensammlung lud ihn Brugnolzak zum Abendmahl ein, bei dem auch die Königin und Prinzessin Prilda, die einzige legitime Tochter des Herrscherpaars, anwesend waren.

Zwischen dem König und seiner Gattin herrschte jenes nüchtern unterkühlte Klima, wie es in Ehen üblich ist, die nicht mehr durch das zärtliche Rosen-Band der Liebe, sondern von der eisernen Kette der Zweckdienlichkeit zusammengehalten werden.

»Nach allem, was man hört, muss Ihr Bruder ein überaus faszinierender Mann sein«, bemerkte Königin Nel von Düsterborg, während sie distinguiert mit ihrem goldenen Besteck hantierte. »Und das Volk scheint ihn ja geradezu abgöttisch zu lieben.«

»*Abgöttisch* ist vielleicht nicht ganz das richtige Wort«, entgegnete Ornok, »aber bei den einfachen Leuten ist er tatsächlich sehr beliebt. Das kommt daher, weil sie spüren, dass er einer von ihnen ist. Meinem Bruder ist nichts geschenkt worden. Er musste sich alles selbst erarbeiten, anders als diese faulen, unfähigen aristokratischen Ausbeuter, denen von Geburt an alles in die Wiege ...«

Verlegen unterbrach er sich, als ihm einfiel, von wessen goldenen Tellern er gerade aß.

Diplomatie war doch ein weniger geradliniges Gewerbe als das Schmiedehandwerk.

»Sprich ruhig weiter!«, lachte der König vergnügt. »Bei mir rennst du damit offene Türen ein! Ich sag ja auch immer: Der Adel geht noch an seiner eigenen Vornehmtuerei zugrunde. Man muss sich nur mal diese verwöhnten Muttersöhnchen von heute ansehen – immer nach der allerneusten Mode gekleidet und mit den süßlichsten Duftwässerchen rausgeputzt. Aber wenn bloß mal 'ne Ratte über den Plüschteppich in ihrem *Boudoir* huscht, kreischen sie wie hysterische Weibsbilder und kacken sich vor Angst in ihre Seidenunterhosen.«

»Brugnolzak, bitte!«, tadelte die Königin und warf ihrem Gatten einen missbilligenden Blick zu.

»Ich sag doch nur, wie es ist«, verteidigte sich der König. »Nehmt stattdessen unseren Gast: Das nenne ich mal einen echten Mann! Ich wette, mit diesen Fäusten könnte er einen wütenden Bären erlegen!«

»Mein Bruder und ich mussten unserem Vater von klein auf in der Schmiede helfen«, sagte Ornok. »Da kommen die Muskeln ganz von selbst.«

Obwohl er nie etwas anderes als Verachtung für Leute vom Schlag seiner Gastgeber empfunden hatte, fühlte er sich dennoch geschmeichelt, und – zu seiner eigenen Überraschung – seltsam heimisch an dieser fürstlich gedeckten Tafel, die sich so sehr von dem kargen Holztisch in der Küche seiner Eltern unterschied.

»Ich habe den Kampf Ihres Bruders in der Arena gesehen«, sagte Prinzessin Prilda. »Er ist ein wahrhaft stattlicher Mann. Ich finde, Sie sind einander sehr ähnlich.«

Sie warf ihm unter ihren langen Wimpern hervor einen Blick zu, den er nicht zu deuten verstand, der ihn jedoch in tiefe Verlegenheit brachte.

»Vorsicht!«, lachte Brugnolzak. »Es sieht ganz so aus, als hätte mein Töchterchen ein Auge auf dich geworfen! Und bislang hat sie noch immer gekriegt, was sie wollte!«

»Ich bin sicher, diesmal würde sie sich nur vergebliche Hoffnungen machen«, bemerkte die Königin sachlich. »Unser Gast ist zweifellos längst in festen Händen und befolgt wie jeder gute Ehemann das Gebot der Treue.«

»Ich, ähm, nein«, murmelte Ornok.

»Also nicht treu?«, feixte der König. »Recht so! Eheliche Treue wird ohnehin überbewertet!«

»Deine Meinung zu diesem Thema ist im ganzen Königreich hinlänglich bekannt«, kommentierte die Königin frostig.

»Nein, ich wollte sagen: Ich bin nicht verheiratet«, erklärte Ornok peinlich berührt.

»Na, umso besser! Prilda auch nicht!« Brugnolzak hieb gut gelaunt mit der Faust auf den Tisch. »Wann ist die Hochzeit?«

»Also bitte!«, seufzte die Königin. »Du musst auch immer gleich mit der Tür ins Haus fallen.«

»Wieso denn? Da wären doch alle fein raus: Wir bekämen auf die alten Tage einen stattlichen Schwiegersohn, Prilda einen liebenden Gatten und das Königreich hoffentlich ein ganzes Dutzend vergnügter kleiner Thronfolger.«

»Papa!«, rief Prilda und errötete.

»Ich mach doch bloß Witze!«, gluckste Brugnolzak und zwinkerte seinem Gast bedeutsam zu. »Weiber, was? Ohne sie macht das Leben keinen Spaß, aber selbst verstehen sie einen guten Spaß nicht mal dann, wenn man ihnen ein Bild davon malt!«

»Ich, ähm …« murmelte Ornok.

In der letzten Minute war ihm so heiß geworden, als stünde er daheim in der Schmiede vor der Glut der Esse.

Anscheinend war die internationale Diplomatie doch eine verwickeltere Angelegenheit, als er es sich zunächst vorgestellt hatte.

Auch in den nächsten Tagen gelang es Ornok nicht, mit dem König ein längeres Gespräch über Politik anzuknüpfen.

Zwar schien der Herrscher von Düsterborg einem Bündnis mit der neuen Regierung von Arkzul nicht abgeneigt zu sein, doch war es unmöglich, ihn zu einer eindeutigen Zusage zu bewegen. Die wenigen Bemerkungen, die er über dieses Thema fallen ließ, wirkten absichtlich unbestimmt und vage.

Dafür bot sich reichlich Gelegenheit für Ornok, das Waidmannshandwerk kennen und schätzen zu lernen.

Hatte er diesem vornehmen Zeitvertreib anfangs noch

skeptisch gegenübergestanden, so fand er bald zu seinem eigenen Erstaunen Gefallen daran, besonders nachdem er sich gleich bei seiner ersten Unternehmung dieser Art vor der gesamten Jagdgesellschaft auszeichnete, indem er mit einem einzigen Wurf seines Speers einen riesigen Keiler an einen Baum nagelte.

»Das ist ein Mann nach meinem Geschmack!«, hatte König Brugnolzak lachend ausgerufen und ihm anerkennend auf die Schulter geklopft. »Wenn's nach mir ginge, hätte ich meinen Schwiegersohn schon gefunden!«

Und ehe Ornok es sich versah, war bereits eine ganze Woche herum, obwohl er ursprünglich nicht vorgehabt hatte, länger als vierundzwanzig Stunden zu bleiben.

Wenn er ehrlich war, musste er gestehen, dass an dieser Verzögerung ein gewisses smaragdgrünes Augenpaar nicht ganz unschuldig war.

Lieber Bruder,

ich schreibe Dir, um Dir zu berichten, dass ich hier in Düsterborg gute Fortschritte mache.

König Brugnolzak ist ein kluger und vernünftiger Staatsmann und hat mir mündlich versichert, dass einem Bündnis mit Arkzul von seiner Seite prinzipiell nichts im Wege steht.

Um einen genauen Vertrag auszuarbeiten und noch einige Detailfragen zu klären, wird es allerdings nötig sein, dass ich etwas länger in Düsterborg bleibe als beabsichtigt.

Sei aber versichert, dass diese Zeit keineswegs verschwendet sein wird. Ich lerne hier jeden Tag etwas dazu und kann es kaum erwarten, diese neuen Fähigkeiten in den Dienst unserer großen Sache zu stellen.

In Liebe
Dein Bruder Ornok

Ornok las den Brief noch einmal durch, wobei er stumm die Lippen bewegte und die Stirn angestrengt in Falten legte.

Lesen und Schreiben hatten in seinem bisherigen Leben eine eher untergeordnete Rolle gespielt.

»Das ist … großartig«, sagte er bewundernd.

»Och, na ja«, meinte Prilda. »Mein griesgrämiger alter Lehrer hätte bestimmt wieder einiges zu nörgeln gehabt, aber insgesamt ist es schon ganz annehmbar.«

Sie war es gewesen, die ihm das Schreiben diktiert hatte, wobei sie tänzelnd im Zimmer auf und ab gegangen war und nebenbei mit ihrem kleinen Hündchen gespielt oder sich auf den Divan gelegt hatte, um nachdenklich an die Decke zu blicken.

Manchmal hatte sie sich auch von hinten über ihn gebeugt und sich mit ihrem perlenden Kichern über seine eigenwillige Rechtschreibung amüsiert. Und wenn er dann die Wärme ihres kleinen Körpers und ihren Atem an seiner Wange gespürt hatte, war ihm wieder ganz heiß geworden.

Wenn er nicht mit dem König auf Jagd gewesen war, hatte er in der zurückliegenden Woche viel Zeit mit Prinzessin Prilda verbracht.

Sie hatte ihn durch die Burg ihrer Ahnen geführt, und sie waren zusammen in das Umland ausgeritten, durch die Wälder und Auen von Düsterborg, das anders als Arkzul nur zum Teil unter der Erde lag.

Und wenn die Königstochter auf ihre unbeschwerte Art vor sich hinplauderte oder ihr helles Lachen erklingen ließ, fühlte Ornok, dass sie damit in der Tiefe seines Herzens Saiten zum Schwingen brachte, von deren Vorhandensein er bis dahin kaum etwas geahnt hatte.

Vieles allerdings, wovon sie sprach, blieb ihm eher dunkel, wozu auch ihre Anspielungen auf Reitgerten und damit zusammenhängende Tätigkeiten zählten.

Ornok faltete den Brief zusammen, schob ihn in den Umschlag und wandte sich zu ihr um.

»Das ist alles so neu für mich«, sagte er. »Auch du … bist so neu für mich. Du bist so anders als alle Frauen, die ich bisher gekannt habe.«

Prilda trat an ihn heran und legte ihre kleine Hand auf seinen muskulösen Oberarm.

»Du bist auch anders als alle Männer, die ich bisher gekannt habe«, flüsterte sie.

»Aha! Erwischt!«

König Brugnolzak war ohne anzuklopfen im Zimmer erschienen.

»Mit Fragen der internationalen Politik beschäftigt, wie ich sehe?«, grinste er und zwinkerte bedeutsam.

Verlegen lösten sich Prilda und Ornok voneinander.

»Ich habe unserem Gast dabei geholfen, einen Brief an seinen Bruder zu verfassen«, erklärte Prilda.

»Eine Hochzeitseinladung? Ich werde doch hoffentlich auch eine bekommen?«

»Papa!«

»Schon gut, schon gut! Aber sagt mir rechtzeitig Bescheid, wenn's so weit ist!«, lachte der König. »Ich will euch zwei Turteltäubchen auch nicht länger stören, sondern nur kurz fragen, was ihr davon haltet, wenn wir in drei Tagen einen kleinen Ball veranstalten.«

»Einen Ball?« Prilda klatschte freudig in die Hände. »Wie schön!«

»Deine Mutter hatte die Idee, und wir dachten uns, das wäre eine gute Gelegenheit, Ornok in die sogenannte feinere Gesellschaft einzuführen.«

»In diesem Aufzug kann er sich aber unmöglich auf einem Ball sehen lassen!«, bemerkte Prilda und strich über Ornoks schlichtes Leinenhemd. »Ich werde gleich mal nach dem Schneider schicken. Und nach dem Friseur«, fügte sie mit einem kritischen Blick auf seine Haare hinzu.

»Rette dich, solang du kannst, Ornok!«, riet der König verschmitzt. »Sonst verwandelt dich meine Tochter noch in eins von diesen geschniegelten, parfümierten Aristokratenbürschchen!«

Zur Flucht war es jedoch längst zu spät, denn Prilda zeigte sich in diesem Punkt unerbittlich und war nicht eher zufrieden, bis sie Ornok ein *gesellschaftsfähiges Äußeres* verpasst hatte, wie sie sich ausdrückte.

Als er sich prüfend im Spiegel betrachtete, erkannte er den fremden, elegant gekleideten Kobold kaum wieder, der seinen Blick aus dem goldenen Rahmen erwiderte.

Doch je länger er sich musterte, desto besser gefiel ihm sein neues Erscheinungsbild.

Der Schneider, ein beleibter, unablässig grinsender Kobold, war über sein wohlproportioniertes Modell ganz entzückt gewesen und hatte alles getan, um Ornoks athletischen Körper zur Geltung zu bringen.

»Ich … sehe gar nicht so schlecht aus, oder?«, fragte Ornok und drehte sich hin und her, um sein Spiegelbild von allen Seiten begutachten zu können.

»Du siehst phantastisch aus«, antwortete Prilda und zupfte einen Fussel von seiner samtenen Weste. »Du wirst der unangefochtene Herrscher des Balls sein.«

Darin irrte sie nicht.

Auf dem Ball, der in dem großen Festsaal der düsterborgschen Burg abgehalten wurde, stand der neue Botschafter aus Arkzul im Mittelpunkt des allgemeinen Interesses.

Den ganzen Abend schüttelte Ornok höflich die Hände der ihm vorgestellten Herren und hauchte galante Küsse auf die der Damen (Letzteres hatte er zuvor ausgiebig mit Prilda eingeübt), hörte sich Komplimente über seinen modischen Aufzug an und nahm Gratulationen zu der erfolgreichen Machtergreifung seines Bruders entgegen.

Seine Befürchtung, er könnte sich durch seine mangelnde Bildung blamieren, erwies sich als völlig unbegründet, denn die anderen Gäste verhielten sich zu seiner Erleichterung ganz ungezwungen und die Gespräche beschränkten sich lediglich auf oberflächliche Plaudereien.

Man lobte sogar mehrfach seine *erfrischend direkte Art zu denken.*

Dann hob der Dirigent den Taktstock, das Orchester begann zu spielen, und die Damen ließen sich, die Augen kokett hinter ihren Fächern verbergend, von den Herren auffordern.

Jetzt erwies sich der Schnellkurs im Tanzen, den Ornok bei Prilda absolviert hatte, als unbezahlbar.

Er tanzte mit nahezu allen Damen, und wann immer er inmitten der sich drehenden Paare an der Königstochter und ihrem jeweiligen Partner vorüberkam und sie ihn mit ihrem schelmischen Lächeln streifte, als wollte sie sagen: *wir beide, du und ich …,* da begann sein Herz schneller zu schlagen, und ein glückseliger Schwindel erfasste ihn.

Niemals in seinem Leben war er so glücklich gewesen wie an diesem Abend.

Als das Nachtmahl aufgetragen war und die Tänzer sich erschöpft und zufrieden an der langen Tafel niederließen, erhob sich König Brugnolzak und klopfte, um Ruhe bittend, mit dem Löffel gegen sein Glas.

»Verehrte Gäste, liebe Freunde«, begann er lächelnd. »Ich will euch nicht mit einer langen Rede langweilen, darum mach ich's ganz kurz. Ich möchte euch allen für euer Kommen danken, ganz besonders jedoch unserem heutigen Ehrengast, den ich in den letzten Tagen kennen und schätzen gelernt habe. Ornok«, der König hob sein Glas, »ich denke, dass ich mich nicht allzu weit aus dem Fenster lehne, wenn ich voraussage, dass Männern wie dir und deinem Bruder die Zukunft gehört. Darum habe ich von meinen Beratern einen Vertrag ausarbeiten lassen, in dem ich nicht nur die neue Regierung von Arkzul als rechtmäßig anerkenne, sondern außerdem als unseren militärischen Bündnispartner akzeptiere. Ich bin sicher, die anderen Kobold-Reiche werden diesem Beispiel gewiss schon recht bald folgen.«

Lebhafter Applaus erhob sich am Tisch.

»Und was die Schwiegersohn-Frage betrifft«, fuhr Brugnolzak verschmitzt fort. »Auch da gäbe es noch einen Vertrag zu unterzeichnen, aber das besprichst du besser unter vier Augen mit meiner Tochter.«

Bei diesen Worten spürte Ornok, wie Prilda unter dem Tisch seine Hand ergriff.

»Eine Rede!«, rief jemand.

»Ja, der Botschafter soll eine Rede halten!«

»Du hast sie gehört!«, lachte der König und setzte sich. »Zeig ihnen, dass die goldene Zunge bei euch in der Familie liegt!«

Das hatte Ornok befürchtet.

Nervös stand er auf und blickte in die gespannten Gesichter, die sich ihm jetzt sämtlich zuwandten.

Sein Kopf war wie leer gefegt.

»Ich, äh ...«, begann er unsicher.

Bevor er jedoch über diesen nicht allzu verheißungsvollen Beginn hinausgelangen konnte, geschah etwas Unerwartetes.

Streitende Stimmen waren von draußen zu vernehmen, dann wurden die Saaltüren plötzlich aufgestoßen und eine zerlumpte Gestalt stolperte herein, gefolgt von den Türwachen, die hektisch versuchten, sie zurückzuhalten.

Der Eindringling wehrte die nach ihm greifenden Hände ab, taumelte auf die erschrockene Tischgesellschaft zu, blieb schwankend stehen und stierte aus weit aufgerissenen Augen um sich, als wüsste er nicht recht, wo er sich eigentlich befand.

Eine Weile stand er wie angewurzelt da und strich nachdenklich mit der Hand durch sein struppiges, fettiges Haar, während es aus seiner regennassen Kleidung tröpfelte, sodass sich eine große Pfütze auf dem Boden bildete.

Dann schüttelte er plötzlich den Kopf, als käme er aus einem Tagtraum wieder zu sich.

»Oh«, rief er mit heiserer Stimme. »Ihr feiert eine Party. Hat jemand Geburtstag?«

Es war Horfax.

XIII

Wenn Horfax geahnt hätte, dass sein persönlicher Tiefpunkt nach Gurnafs Taverne und dem Wasserfall erst noch vor ihm lag, wäre er damals vielleicht wirklich einfach am Seeufer liegen geblieben und hätte darauf gewartet, dass die Todesfee ihn gnädigerweise von allen seinen Qualen erlöste.

Anders als Ornok, der bequem mit der Eilkutsche nach Düsterborg gereist war, hatten der Herrscher und sein treuer Wesir den weiten Weg mühsam zu Fuß bewältigen müssen.

Als er noch König gewesen war, hatte ihm einer seiner Leibärzte, ein junger, unerfahrener Mediziner, frisch von der Akademie, den Kopf voller fortschrittlicher Ideen, aus gesundheitlichen Gründen eine strenge Diät und viel Bewegung an der frischen Luft verordnet.

Horfax hatte den Unverfrorenen umgehend auf den Diätplan der wilden Bestien gesetzt und ihn in die Arena geschickt, wo er ein Fitnessprogramm der ganz besonderen Art absolvieren durfte.

Jetzt musste sich der gestürzte Herrscher wohl oder übel selbst bewegen und sich – ob er wollte oder nicht – einer radikalen Abmagerungskur unterziehen.

Nachdem er seine Samtpantoffeln verloren hatte, behalf er sich eher schlecht als recht, indem er seine wunden Füße mit Lumpen umwickelte, und so schleppten sie sich Tag für Tag vorwärts, durch Wind, Regen und Schnee, durch Wälder, Sümpfe und über Berggrate.

Schon bald waren die Nahrungsvorräte, die Schorak in Gruul-zark-basch besorgt hatte, erschöpft gewesen, und so mussten sie sich ihr Essen erbetteln, spärlich im Wald zusammensuchen oder aus den Abfallgruben der Dörfer zusammenklauben, die sie auf ihrem Weg passierten.

Sie übernachteten unter freiem Himmel, in Höhlen oder auch in Scheunen, was sich als nicht ganz ungefährlich erwies.

Einmal wurden sie dabei fast von einem aufgebrachten Bauern mit der Mistgabel erstochen, der keine allzu hohe Meinung von Landstreichern zu haben schien, selbst wenn sie behaupteten, heimatvertriebene Könige im Exil zu sein und ihm zukünftige Berge von Gold versprachen, wenn er ihnen nur für diese eine Nacht gestattete, wenigstens im Schweinestall zu übernachten.

Nach der ersten Woche hätte man sie bereits für berufsmäßige Landstreicher halten können, die ihr ganzes Leben auf der Straße verbracht hatten.

Nach der zweiten Woche dagegen sahen sie wie *todkranke* Landstreicher aus, die weitestgehend mit ihrem Leben abgeschlossen hatten.

Und am Ende der dritten Woche lief eine Magd, die sie dabei überrascht hatte, wie sie Hühnerfutter von einem Hof klauten, schreiend vor ihnen davon, weil sie sie für die Geister von *toten* Landstreichern hielt, die gekommen waren, um sie für ihre Hartherzigkeit gegenüber dem fahrenden Bettelvolk zu bestrafen.

In einer solchen Verfassung befand sich Horfax, als er an jenem Abend in den Festsaal der Düsterborgs platzte.

»Nett, dass ihr mit dem Essen auf mich gewartet habt«, hustete er und humpelte zu der reich gedeckten Tafel, gefolgt von Schorak, der sich taktvoll im Hintergrund hielt.

Die Gäste starrten ihn mit einer Mischung aus Erstaunen und Ekel an, verschiedentlich wurde hinter vorgehaltener Hand getuschelt:

»Ist das etwa Horfax von Grymmenstein?«

»Meine Güte, er sieht ja *furchtbar* aus!«

»Wie ein richtiger Tagedieb!«

»Dass man sich so gehen lassen kann!«

»Tschuldigung, ich darf doch mal«, sagte Horfax und zwängte sich zwischen der Gräfin von Eberfingen und dem Baron von Hinterwald an den Tisch.

»Hab den ganzen Tag noch nichts in den Bauch gekriegt«, erklärte er, nahm sich den Teller der erstarrten Gräfin und schaufelte ihn mit Essen voll.

Er schien ganz in seiner eigenen kleinen Nische der Realität zu existieren und sich dabei gar nicht durch die befremdeten Blicke irritieren zu lassen, die sich auf ihn richteten.

Gierig wie ein hungriger Wolf biss er in eine gebratene Truthahnkeule und kaute mit dem Ausdruck höchsten Entzückens.

»Ah!«, seufzte er, während ihm Bratenfett in den struppigen Bart lief und Freudentränen seine schmutzigen Wangen hinabrannen. »Ah, ist das gut!«

Er schnappte sich das gefüllte Weinglas der Gräfin und trank es in einem Zug leer.

»Ah! Freunde, ich kann euch gar nicht sagen, wie gut das tut!«, rief er und wischte sich mit dem Handrücken seinen Bart.

Dann bemerkte er Prilda, die bei seinem Eintreten aufgesprungen war und ihn nun erschrocken aus großen Augen anblickte, als wäre er ein Gespenst.

»Prildaschatz!«, rief Horfax freudig und eilte um den Tisch, wobei er einige der Gäste unsanft anrempelte. »Ich hab dich so vermisst!«

Als er sie an seine nicht gerade einladend duftende Brust zog, stieß die Prinzessin einen leisen Schrei aus und ließ seine Umarmung regungslos und mit herabhängenden Armen über sich ergehen.

»Du weißt ja gar nicht, wie sehr ich dich vermisst habe!«, sagte Horfax, und ein Schluchzen ließ seine Stimme erzittern. »Wie oft hab ich in den letzten Wochen frierend und hungrig in irgendeinem schmutzigen Loch oder stinkenden Schweinestall gelegen und mir gewünscht, dass du bei mir wärst! Nur die Erinnerung an dich hat mich überhaupt lebendig gehalten! Mir ist jetzt endlich klar geworden, wie sehr ich dich liebe, Dada, und ich möchte dich niemals wieder loslassen! Wir sollten unsere Hochzeit nicht länger aufschieben und gleich morgen heiraten!«

Prilda wagte nicht, sich zu rühren.

»Äh …«, begann sie hilfos.

Inzwischen hatte der König von Düsterborg seine Sprache wiedergefunden.

»Also, ich muss schon sagen, Grymmenstein«, brummte er streng. »Du störst hier eine private Feierlichkeit unter Freunden.«

»Ah, du bist auch hier, Zacki«, sagte Horfax und gab Prilda endlich frei, worauf sich die erleichterte Königstochter an Ornoks Seite flüchtete. »Tschuldigung, dass ich einfach so bei euch reinplatze, aber ich hab wirklich eine ganz *grauenhafte* Zeit hinter mir. Bei mir zu Hause hat es eine Revolution gegeben, furchtbare Geschichte, stellt bloß keine Fragen. Ich bin grad noch mit dem Leben davongekommen und hab die letzten drei Wochen zusammen mit Schori praktisch wie ein Bettler auf der Straße gelebt.«

»Das sieht man«, entgegnete Brugnolzak kühl. »Und wir wissen durchaus über die politische Entwicklung in Arkzul Bescheid.«

»Ach so?«

Horfax ließ sich auf einen freien Stuhl sinken und begann, die schmutzigen Lappen an seinen Füßen aufzuwickeln.

»Dann habt ihr euch sicher auch schon Gedanken gemacht, wie wir die Rebellen stürzen und meinen Thron zurückerobern können. Ich würde vorschlagen, wir berufen noch morgen das Heer ein und marschieren nach Arkzul. Oder vielleicht ruhe ich mich doch lieber erst mal ein oder zwei Wochen aus, es eilt ja schließlich nicht.«

»Als ich das letzte Mal in der Verfassung von Düsterborg nachgesehen hab«, entgegnete Brugnolzak, »war noch immer ich, der König, der alleinige Oberbefehlshaber der Armee. Ich erinnere nur daran, weil du zu glauben scheinst, nach Belieben über meine Truppen verfügen zu können.«

»Geht schon, klar, Zacki«, winkte Horfax ab. »Niemand will dir deinen Rang streitig machen. Ich würd mich mit dem Titel des Generalfeldmarschalls voll und ganz zufriedengeben.«

»Und ich möchte dich höflich auffordern, diese unangemessenen Vertraulichkeiten zu unterlassen.«

»Meine Güte.« Horfax warf einen dreckigen, mit Blut- und Eiterflecken gesprenkelten Lumpen auf den Teller vor sich. »Hier herrscht ja eine Stimmung wie auf einer Beerdigung. Was feiert ihr denn eigentlich?«

»Wir geben einen kleinen Ball zu Ehren unseres guten Freundes, des Botschafters von Arkzul«, erklärte der König und nickte in Ornoks Richtung.

»Botschafter?« Horfax runzelte die Stirn. »Komisch,

ich hab überhaupt keinen Botschafter nach Düsterborg geschickt.«

»Du nicht. Aber der neue König von Arkzul.«

Horfax starrte einen Augenblick mit offenem Mund, dann begriff er und sprang auf, als hätte ihn eine Wespe gestochen.

»Ich verlange, dass dieser Hochverräter auf der Stelle verhaftet wird!«, schrie er, einen zitternden Finger auf Ornok richtend. »Noch heute will ich ihn baumeln sehen!«

»Immer mit der Ruhe, Grymmenstein«, bemerkte Brugnolzak. »Du scheinst noch immer nicht begriffen zu haben, dass du hier keineswegs in der Lage bist, Forderungen zu stellen.«

»Aber ich bitte darum«, ergriff nun Ornok das Wort, »dass der Tyrann an den Staat Arkzul ausgeliefert wird, damit er für seine Verbrechen am Volk gerichtet werden kann.«

»Du hältst besser dein Maul, Rebellenabschaum!«, keifte Horfax. »Sonst sorge ich dafür, dass du deine eigene Zunge roh zu fressen bekommst, bevor du einen langen und schmerzvollen Tod stirbst!«

»Das möchte ich sehen!«, erwiderte Ornok und trat einen Schritt auf ihn zu. »Wenn ich nicht wüsste, dass du viel zu feige dazu bist, würde ich vorschlagen, dass wir das gleich hier unter uns ausmachen!«

»Feige? Ich?«, brauste Horfax auf. »Du hast deine Todesqualen gerade um einige Tage verlängert, dreckiger Verräter!«

»Ach ja?«, entgegnete der Botschafter und griff nach dem Degen an seiner Seite. »Wenn du kämpfen willst: Ich bin hier. Worauf wartest du? Zeig uns, dass du mehr kannst als große Reden schwingen!«

Prilda legte ihre Hand auf seinen Arm und versuchte ihn zurückzuhalten.

»Nicht, Ornok, lass doch«, flüsterte sie.

Horfax ließ seinen Blick zwischen seiner Verlobten und dem Botschafter hin und her wandern.

»Ah!«, rief er. »Aha! Jetzt verstehe ich, was hier gespielt wird! So hältst du mir also die Treue!«, wandte er sich an Prilda. »Kaum stecke ich beruflich mal ein bisschen in der Krise, da wirfst du dich auch schon dem erstbesten Bauernlümmel an die Brust wie irgendein billiges Fünfzig-Kopeken-Flittchen!«

»Pass auf, was du sagst!«, drohte Ornok. »Ich lasse nicht zu, dass du in einem solchen Ton mit der Prinzessin sprichst!«

»Halt dich da raus! Mit meiner Verlobten spreche ich, wie es mir passt!«

»Vielleicht ist sie ja gar nicht mehr deine Verlobte«, erwiderte der Botschafter, boshaft lächelnd. »Vielleicht hat sie längst aufgehört, auch nur das Geringste für dich zu empfinden. Hast du darüber schon mal nachgedacht?«

Horfax trat getroffen einen Schritt zurück.

»Das ... das ...«, begann er. »Sag mir, dass das nicht wahr ist, Prilda!«

Die Königstochter wich seinem Blick aus und sah schweigend zu Boden.

»Es ist aber wahr!«, antwortete Ornok an ihrer Stelle. »Sie hat es mir selbst gesagt! Dass sie sich nach einem echten Mann sehnt, bei dem sie sich ganz als Frau fühlen kann. Nach einem echten Mann, und nicht nach einem aufgedunsenen, zu kurz geratenen Grottenfrosch mit Potenzstörungen, der wie ein Ferkel quiekende Laute von sich gibt, wenn sie ihm mit der Reitgerte seinen feisten Hintern versohlt.«

Horfax ballte die Fäuste.

Ein neuer Ausdruck war in seine Augen getreten, ein bedrohliches Glühen, das an einen tollwütigen, in die Enge getriebenen Höllenhund gemahnte.

Mit einem animalischen Schrei stürzte er sich plötzlich auf Ornok.

Obwohl der Botschafter bedeutend größer und kräftiger war als er selbst, warf er ihn durch die Wucht des Ansturms zu Boden und packte seinen Hals mit beiden Händen.

»Ich mach dich fertig!«, kreischte Horfax. »Du bist tot, du elendes Schwein! Du bist so was von tot!«

Ornok strampelte wild mit den Beinen und versuchte sich aus dem Würgegriff seines Gegners zu befreien, dem die Wut jedoch ungeahnte Kräfte zu verleihen schien.

Es hätte wohl tatsächlich schlecht für den Botschafter ausgesehen, wenn Horfax nicht in diesem Moment von zwei muskulösen Armen gepackt und von seinem Feind gelöst worden wäre.

Schorak, der die Szene zunehmend verzweifelt mit angesehen hatte und nun seinem Herrscher zur Hilfe eilen wollte, spürte plötzlich einen spitzen Gegenstand an seinem Rücken.

Eine Stimme zischte:

»Wenn du Wert auf deine Nieren legst, würde ich an deiner Stelle jetzt schön still halten, Alterchen.«

Ein adrett gekleideter Kobold, der die ganze Zeit über schweigend mit am Tisch gesessen hatte, erhob sich nun und wandte sich freundlich lächelnd an die Gäste.

»Sie können ganz unbesorgt sein, hochverehrte Damen und Herren«, sagte er, »meine beiden Mitarbeiter haben die Situation vollständig unter Kontrolle. Mein Name ist Hans Freudenschneider von der Geheimpolizei Arkzul. Ich bin von König Dorgol persönlich beauftragt worden, den flüchtigen Tyrannen zu ergreifen und zurück in seine Heimat zu bringen. Wenn Ihre Majestät, König Brugnolzak, und seine Exzellenz, der Botschafter, es gestatten, werden wir die beiden Delinquenten sofort abführen und fürs Erste im hiesigen Kerker verwahren.«

Brugnolzak nickte und winkte einer Wache, Freudenschneider und seine Männer zu begleiten.

Bevor er mit den Zwillingen und den beiden Gefangenen den Saal verließ, verbeugte sich Hans noch einmal vor der erleichtert aufatmenden Gesellschaft.

»Vielen Dank für Ihr Verständnis«, lächelte er. »Ich hoffe, der kleine Vorfall hat Ihre Stimmung nicht allzu sehr getrübt, und wünsche Ihnen noch einen heiteren und erquicklichen Abend!«

XIV

Lieber Bruder,

es gibt große und erfreuliche Neuigkeiten zu berichten!

König Brugnolzak hat Wort gehalten und einen Vertrag vorgelegt, in dem er uns nicht nur als vollwertigen Staat anerkennt, sondern zudem als gleichberechtigten Bündnispartner akzeptiert. Es fehlt nur noch deine Unterschrift, um den Vertrag abzuschließen, den ich Dir anbei zusende. Ich habe ihn mehrfach durchgelesen und glaube, dass auch Du nichts daran auszusetzen finden wirst und ihn daher bedenkenlos unterschreiben kannst.

Des Weiteren wirst du mit Genugtuung erfahren, dass der verhasste Tyrann Horfax von Grymmenstein gefasst wurde und schnellstmöglich nach Arkzul überstellt werden wird.

Endlich hat die Gerechtigkeit den Sieg davongetragen!

Und dann habe ich Dir, lieber Bruder, noch eine persönliche Mitteilung zu machen: Ich bin sehr glücklich, meine Verlobung mit Prinzessin Prilda von Düsterborg bekannt geben zu können und Dich und Deine Lieben zu unserer Hochzeit einzuladen, die, wenn alles nach Plan geht, heute in zwei Monaten auf Burg Düsterborg stattfinden soll.

Was sagst Du dazu? Es sieht ganz so aus, als sollte Dein älterer Bruder endlich doch noch unter die Haube kommen!

In Liebe und mit Grüßen an den Rest der Familie
Dein Bruder Ornok

König Dorgol schüttelte belustigt den Kopf.

Wenn eines feststand, dann, dass sein Bruder diesen Brief nicht allein verfasst hatte.

Und was war das von wegen Verlobung und Hochzeit?

Wie es aussah, hatte sich Ornok in Düsterborg ganz schön einwickeln lassen.

Weniger amüsierte es Dorgol, dass man zu glauben schien, das gleiche Spiel mit ihm spielen zu können.

Ich habe den Vertrag mehrfach durchgelesen und glaube, dass auch Du nichts daran auszusetzen finden wirst und ihn daher bedenkenlos unterschreiben kannst.

Nun, es mochte sich vielleicht noch von Vorteil erweisen, dass man ihn derart unterschätzte.

Und auch die Tatsache, dass er durch die Hochzeit seines Bruders einen Fuß in das Tor zu den nördlichen Koboldreichen bekam, war nicht zu verachten.

Ein Palastbote erschien im Thronsaal und verbeugte sich tief.

»Die Botschafter aus Workul und Zaraschban sind eingetroffen und wünschen Euch zu sprechen, Majestät.«

»Sie werden sich noch ein wenig gedulden müssen«, entgegnete Dorgol. »Sag ihnen, dass das Treffen mit allen ausländischen Regierungsvertretern heute Abend um acht Uhr im Thronsaal stattfindet. Und erinnere die Generäle daran, dass ihre Anwesenheit dort ebenfalls erwünscht ist.«

»Zu Befehl, Majestät.«

Nachdem sich der Bote noch einmal verbeugt hatte und davongeeilt war, blickte Dorgol eine Weile nachsinnend vor sich hin.

Dann nahm er den Vertrag, der mit Ornoks Brief gekommen war, und begann zu lesen.

§ 1

Das Königreich von Düsterborg, vertreten durch seine Majestät König Brugnolzak den Siebten, erkennt hiermit die Souveränität des Staates Arkzul sowie den Machtanspruch des neuen Königs, Dorgol I., vollständig an und akzeptiert Arkzul als militärischen Bündnispartner.

Dorgol lachte leise.

Überaus gütig.

Es würde sich schon noch zeigen, wer hier wen anerkannte und akzeptierte.

XV

Derweil befanden sich Horfax und Schorak stimmungsmäßig ganz tief unten, nämlich im modrigen Kellerverlies der düsterborgschen Familienburg.

Nach seinem explosiven Wutausbruch war Horfax in eine schicksalsergebene Apathie verfallen, von der ihn auch die zunehmend ratloseren Aufmunterungsversuche des Wesirs nicht zu kurieren vermochten.

»Gebt die Hoffnung nicht auf, Majestät!«, bemühte sich Schorak, der bei seiner Suche nach dem Silberstreif am Horizont inzwischen von faden Allgemeinplätzen zu obskuren Spruchweisheiten übergegangen war. »Es besteht immer noch Aussicht auf Rettung! Ihr kennt doch das alte Sprichwort: Wenn der Richter einen zum Tod verurteilt hat, und sie am Morgen der Hinrichtung kommen und einen abholen und zum Richtplatz bringen und man seinen Kopf auf den Block legt und der Henker das Beil hebt und … und …« Er unterbrach sich und starrte nachdenklich in die Dunkelheit. »Hm. Wie ging es noch gleich weiter?«

Horfax lachte düster.

»*Zack?*«, vermutete er. »Gib dir keine Mühe, Schori. Es ist aus und vorbei. Nichts und niemand kann uns jetzt noch helfen. Und vielleicht ist das auch gut so. Vielleicht verdiene ich es gar nicht anders.«

»So etwas dürft Ihr nicht sagen, Majestät!«, rief Schorak entsetzt.

Horfax richtete sich müde auf seinem Lager aus fauligem Stroh auf.

»In den letzten Tagen hab ich etwas getan, was ich wahrscheinlich schon viel früher hätte tun sollen«, sagte er. »Ich hab angefangen nachzudenken.«

»Ihr seid schon immer ein großer Denker gewesen, Majestät«, wandte Schorak ein.

»O ja! Künftige Philosophen werden meiner bestimmt mit Ehrfurcht gedenken! Horfax der Dritte von Grymmenstein, Erfinder und Überwinder des Grymmenstein-Trilemmas. Was tun, wenn man hin und her gerissen ist zwischen dem Appetit auf eine Sahnetorte, der Lust auf eine Runde Mätressen-Schnackseln und dem Wunsch, einen zünftigen Ringkampf zu sehen? Ich präsentiere: die Nackte-Kokotten-Tortenschlacht! Drei Probleme, *eine* Lösung! Wenn man statt Sahne- Eierlikör-Torte nimmt, sind's sogar vier.«

Horfax erhob sich schwerfällig und begann, in der Zelle umherzugehen.

»Mein Leben ist eine einzige belanglose Orgie gewesen, das weiß ich jetzt. Anstatt mich mit den wirklich wichtigen Dingen zu beschäftigen, habe ich meine Zeit mit der Suche nach immer ausgewählterem Sinnenkitzel, nach stets ausgefalleneren Genüssen verschwendet, während mein Volk vor meinen Augen bittere Not gelitten hat.«

»Die Götter haben jeden an seinen Platz gestellt«, bemerkte Schorak. »Den König wie den Bettler. Und jeder ist seines eigenen Glückes Schmied.«

»Das sind so die Sprüche, mit denen die Mächtigen ihr Gewissen einschläfern, sofern sie überhaupt eines haben. Ich hatte jedenfalls keins. Ich war eitel, selbstverliebt und hochmütig, und dafür bezahle ich jetzt den Preis. Berauscht von meiner vermeintlichen Großartigkeit, habe ich meine Macht verantwortungslos missbraucht und mich nie auch nur einen Deut um die Gefühle anderer gekümmert. Jetzt, wo ich erfahren habe, wie es ist, einsam und heimatlos zu sein und nicht zu wissen, wo man die nächste Mahlzeit herbekommen soll, wird mir erst klar, was für ein Leben ich so lange geführt habe. Ich habe auf dem ganz hohen Ross gesessen, auf einem stählernen Maschinenpferd, zusammen mit meinem Diplomaten, auf dessen Schulter eine … eine von diesen … Nobelkatzen aus Workubosch saß …«

»Ich füchte, ich kann Euch nicht ganz folgen, Majestät …«, sagte Schorak.

Horfax kratzte sich am Kopf.

»Ich weiß auch nicht … ich glaub, das war aus irgendeinem Lied.* Aber das ist auch nicht der Punkt. Der Punkt ist … Der Punkt ist: Wenn ich die Chance hätte, noch einmal von vorn anzufangen, eine Million Meilen von hier entfernt, dann würde ich einen Weg finden, es besser zu machen.«

* Und zwar aus dem Versepos »Der rollende Felsbrocken« des weltberühmten Kobold-Dichters Yldan Obb, falls es jemanden interessiert.

»Das kommt mir irgendwie auch bekannt vor«, zweifelte der Wesir.

»Kann schon sein. Jedenfalls ist das alles müßiges Gerede, denn wir sitzen nun mal hier fest. Ich kann noch so große Reden schwingen und phantastische Versprechungen machen, das ändert alles nichts daran, dass sich zwischen uns und der Freiheit diese massive, fest verriegelte Stahltür befindet.«

In einer dramatischen Geste presste Horfax seine beiden Fäuste gegen die Zellentür.

Die Tür schwang auf, und der überraschte Herrscher kippte vornüber in den Gang.

Schorak sprang auf.

»Die Tür war die ganze Zeit offen?«, keuchte er. »Das ist ein Wunder! Die Götter haben Euch erhört und gewähren Euch die zweite Chance, um die Ihr gebeten habt, Majestät!«

»Die Götter können mich mal!«, schnaubte Horfax, plötzlich wieder ganz der alte, und rappelte sich vom Boden auf. »Jetzt hol ich mir mein Königreich zurück und ertränke meine Feinde in einem Meer aus Blut! Und wenn ich damit fertig bin, feier ich den Sieg mit der größten Nackte-Kokotten-Tortenschlacht, die diese Welt je gesehen hat!«

»Ihr habt wie immer recht, Majestät«, pflichtete ihm Schorak bei. »Wir sollten unsere Zeit nicht mit frommen Sprüchen vertändeln, sondern diesen ungastlichen Ort so schnell wie möglich verlassen. Aber wir sollten dabei leise sein, damit wir nicht die Aufmerksamkeit der Wachen auf uns ziehen.«

Die Bedenken des Wesirs erwiesen sich jedoch als unnötig.

Einer der Wächter, der zärtliche Beziehungen zu einer Köchin pflegte, hatte für sich und seine Kollegen aus der Küche einige Reste des fürstlichen Festessens besorgt, und nun schnarchten sie satt und zufrieden in der Wachstube ihren Rausch aus.*

So schlichen der Tyrann und sein Wesir unbemerkt durch die in mitternächtlichem Schweigen versunkene Burg und hatten die Zugbrücke bereits zur Hälfte überquert, als ein schrilles Trompetensignal sie plötzlich zusammenzucken ließ.

»Alarm! Die Gefangenen fliehen!«

Es war ein engagierter Streber-Wächter, der zu später Stunde Posten auf den Burgzinnen bezogen hatte und sich in den nächsten Wochen einiges von seinen Kameraden würde anhören müssen, weil er sie wie die Bande von inkompetenten Idioten aussehen ließ, die sie auch tatsächlich waren.

Abwechselnd blies er in seine Trompete und schrie seinen Weckruf in die Nacht.

»Alarm! Die Gefangenen fliehen!«

Nur allzu rasch kam Leben in die schlafende Burg.

Hundegebell ertönte, in den Fenstern gingen Lichter an und Stimmen riefen durcheinander.

* Diese Art von Berufsauffassung ist typisch für das Wachpersonal aller bekannten und möglichen Welten.
Wenn eine Horde maskierter Terroristen mit vollautomatischen Waffen und Bombenkoffern das Gebäude durch den Haupteingang betritt, kann man davon ausgehen, dass der Wachmann, der einen Tag vor der Pension steht und in den ganzen zweiundvierzig Jahren, die er in seinem Job arbeitet, keinen einzigen Kriminellen zu Gesicht bekommen, geschweige denn ein Verbrechen verhindert hat, gerade nicht auf die zwanzig Überwachungsmonitore vor sich blickt, sondern herzlich über irgendeinen Witz in der neunzehnten Wiederholung seiner Lieblingsserie lacht, die er auf einem kleinen portablen Fernseher verfolgt, während im Hintergrund sein Kollege auf einem Gasbrenner Popcorn zubereitet und damit verhindert, dass sie die Schüsse hören, wobei es sich aus terroristischer Sicht als günstig erweist, dass das Gelächter aus dem Fernseher auch die Entsetzensschreie der Geiseln übertönt.
Später zu ihrer wenig glücklichen Rolle in der ganzen Tragödie befragt, werden die wackeren Wachleute mit den Schultern zucken und erklären: »Na ja, wir können schließlich nicht ständig auf *alles* aufpassen … Ein einziges Mal in zweiundvierzig Jahren hat man seine Augen kurz woanders, und schon bricht der verdammte Weltuntergang herein.«
Vermutlich bestärkt sie diese Episode in dem Gefühl ihrer eigenen Wichtigkeit und Bedeutung.

»Lauft, Majestät!«, rief Schorak.

Doch dieser wohlgemeinte Ratschlag war unnötig, denn Horfax, sonst kein Freund von sportlicher Betätigung, war bereits Hals über Kopf davongestürzt.

Der Wesir schloss zu ihm auf, und sie nahmen Kurs auf einen nahen Wald, dessen finstere Mauer aus Bäumen sie im Mondlicht vor sich aufragen sahen.

Schon bald hörten sie Schreie und wütendes Kläffen hinter sich, und als Schorak über die Schulter zurückblickte, sah er, dass ihre Verfolger auf großen Kampfhunden* ritten und schnell näher kamen.

Sie tauchten in das Waldesdunkel ein und rannten durch den milchig-weißen, hüfthohen Nebel, stolperten über Baumwurzeln und morsche Äste.

Zwischen den Baumstämmen sahen sie die Schemen der Hundereiter vorüberhuschen, die begannen, sie von allen Seiten einzukreisen.

Haken schlagend liefen sie immer tiefer in den Wald hinein, bis sich plötzlich ein großer Schatten von der Seite auf Horfax stürzte und ihn zu Boden warf.

Der Herrscher landete ächzend auf dem Rücken, spürte ein zentnerschweres Gewicht auf seiner Brust, dann sah er gebleckte Reißzähne und zwei rot glühende Augen, die ihn drohend anstarrten.

»Du bleibst besser schön still liegen«, warnte der Wächter, der von dem Hund abgestiegen war und sein Schwert gezogen hatte. »Er hat heute noch nichts gefressen, und es regt seinen Appetit immer ganz besonders an, wenn seine Beute anfängt zu zappeln.«

»Majestät!«, rief Schorak und versuchte, Horfax zu Hilfe zu eilen, aber er kam nicht weit, bevor drei weitere

* Kobolde bevorzugen Hunde, Hyänen oder auch Riesenspinnen als Reittiere und können aufgrund des unergonomischen Größenverhältnisses nicht viel mit Pferden anfangen. Das heißt, abgesehen von Salami, Gulasch oder Pferdekopfsülze, versteht sich.

Hundereiter aus dem Dunkel auftauchten und ihn umringten.

»Tja«, sagte der erste Wächter. »Sieht ganz so aus, als wäre euer kleiner Ausflug zu Ende. Ich hoffe, ihr hattet wenigstens euern Spaß. Wär doch ein Jammer, wenn ihr uns extra mitten in der Nacht aus dem Schlaf holt und dann nicht mal auf eure Kosten kommt.«

Er zog den Hund am Zaumzeug von Horfax herunter und stellte sich über den am Boden Liegenden.

»Na, was ist? Hattet ihr Spaß? Seid ihr zufrieden? Ich jedenfalls bin es nicht. Ich weiß ja nicht, wie es euch geht, aber wenn ich so spät nachts noch aufstehen muss, um irgendwelchen Arschgesichtern hinterherzuhetzen …« – damit verpasste er Horfax einen kräftigen Tritt in die Magengrube – »… dann verdirbt mir das ganz schön die Laune.«

»Mir auch!«, pflichtete ein anderer Soldat bei. »Ich hab mich an diesem Wildschweinbraten vorhin völlig überfressen, und jetzt ist mir dermaßen übel vom Reiten und dieser ganzen Hektik, dass ich …« Er wurde bleich und schlug sich die Hand vor den Mund. »O nein, ich glaub ich muss …«

»Da!«, sagte der erste Wächter vorwurfsvoll und zeigte auf seinen Kameraden, der zum nächsten Baum geeilt war und würgende Laute von sich gab. »Seht ihr, was ihr getan habt? Jetzt habt ihr Forgasch zum Kotzen gebracht! Ein Mal, höchstens ein einziges Mal im Jahr hat man in diesem miesen Job einen freien Abend und kann es sich ein bisschen gut gehen lassen. Man trifft sich in geselliger Runde, isst eine Kleinigkeit, trinkt vielleicht ein oder auch zwei Becher Wein, und dann kommen solche Typen wie ihr daher und versauen einem alles.«

Horfax krümmte sich ächzend, als ihn ein weiterer Tritt in den Magen traf.

»Alles in Ordnung?«, fragte der Wächter und klopfte seinem Kollegen auf die Schulter. »Geht's wieder?«

»Ja, ja, geht schon«, schnaufte der andere und wischte sich den Mund mit dem Ärmel ab.

»Und was machen wir jetzt mit denen?«, fragte ein dritter Wächter mit einem Kopfnicken in Richtung der beiden Gefangenen.

»Tja«, sagte der erste. »Wir könnten sie natürlich sofort zurück zur Burg bringen. Aber das wär ein bisschen langweilig, oder? Was, wenn wir stattdessen eine kleine Hetzjagd veranstalten? Anscheinend mögen sie es ja, nachts durch den Wald zu rennen. Wir geben ihnen ein bisschen Vorsprung, und dann lassen wir die Hunde los.«

»Gute Idee! So kriegen die Tiere auch mal wieder ordentlich Auslauf. Aber was ist, wenn die Gefangenen dabei verletzt werden?«

»Ach, ein paar Bisswunden haben noch niemanden umgebracht. Zumindest nicht auf der Stelle. Solange wir sie nur halbwegs in einem Stück zurückbringen …«

»Ich bin dagegen!«, protestierte einer der Wächter. Es war der junge Streber, dessen Alarmrufe die anderen um ihre Nachtruhe gebracht hatten. »Wir sollten jetzt sofort mit den Gefangenen zur Burg zurückkehren und keine weiteren Risiken eingehen. Das ist jedenfalls meine Meinung.«

»Ach?«, erwiderte der erste Wächter. »Das ist also deine Meinung? Hier interessiert sich aber niemand für deine Meinung. Und noch was: Wenn du auch nur *ein* Wort über unsre kleine Feier im Keller verlieren solltest, landest du im Hundefutter. Haben wir uns da verstanden, Freundchen?«

»Genau«, grinste einer seiner Kameraden. »Niemand mag Streber! Streber sind …«

Er unterbrach sich und schien nachdenklich vor sich hin zu blicken. Dann kippte er plötzlich vornüber und blieb reglos im Moos liegen.

Im fahlen Licht sahen sie erst jetzt, dass ein Armbrustbolzen aus seiner Stirn ragte.

»Verflucht noch mal!«, schrien die Wächter, zogen ihre Schwerter und blickten sich nach dem unsichtbaren Feind um.

Ein Hagel von Geschossen ging in diesem Augenblick auf sie nieder, und noch drei Wächter stürzten getroffen zu Boden und rührten sich nicht mehr.

Einer der Hunde bekam einen Pfeil ins Auge und war auf der Stelle tot, ein anderer wurde von drei Bolzen gleichzeitig durchbohrt und schleppte sich winselnd in die Dunkelheit.

Von oben fielen plötzlich große Netze auf sie nieder und Seile wurden aus den Bäumen herabgelassen.

Schattenhafte Gestalten kletterten flink daran nach unten. Eine von ihnen beugte sich über Horfax, und eine spöttisch klingende Stimme sagte:

»Sieh an, sieh an. Was ist der Spinne denn da ins Netz gegangen?«

Dann bekam er einen Schlag über den Kopf und verlor das Bewusstsein.

XVI

»Er kommt zu sich. Die Prophezeiung beginnt sich zu erfüllen!«

Das Erste, was Horfax erblickte, als er die Augen aufschlug, war eine grotesk anmutende Gestalt, die ihn aufmerksam durch die Gitterstäbe eines hölzernen Käfigs betrachtete.

Sie trug einen eng anliegenden schwarzen Ganzkörper-Lederanzug, der vorne auf der Brust mit einem weißen Spinnennetz gezeichnet war, ihr Gesicht war hinter einer Ledermaske verborgen, deren vier Augenpaare denen einer Spinne nachempfunden waren. Auf ihrer Schulter saß – als wäre die ganze Aufmachung noch nicht arachnoid genug – eine fette, etwa handgroße Spinne.

»Das ist wirklich erstaunlich!«, sagte die Gestalt mit einer dünnen, zittrigen Stimme. »Die Prophezeiung beginnt sich zu erfüllen!«

Horfax rieb sich den schmerzenden Kopf.

»Was ist passiert?«, stöhnte er. »Wo bin ich hier?«

Der Tyrann blickte sich um und sah, dass sie sich in einer weitläufigen Höhle befanden, die von zahlreichen Fackeln erhellt wurde. Ihn selbst hatte man in einen großen Holzkäfig gesperrt, in mehreren anderen Gefängnissen derselben Art erblickte er Schorak und einige der Wächter, die den Kampf im Wald überlebt hatten. In einiger Entfernung standen und saßen ein paar weitere spinnenhaft anmutende Figuren um ein Feuer herum. Sie waren ähnlich gekleidet wie die Gestalt vor Horfax' Käfig.

»Du bist am Ziel deiner Bestimmung angekommen!«, erklärte der Spinnenmann. »Deine Reise ist vorüber, das Ende ist nah!«

Horfax fasste ihn genauer ins Auge.

»A-ha«, sagte er langsam. »Und wer bist du noch gleich …?«

Die Gestalt stieß ein glucksendes Kichern aus, das nicht unbedingt große Hoffnung betreffs seiner geistigen Zurechnungsfähigkeit weckte.

»Ich hatte mir schon gedacht, dass du mich nicht wiedererkennen würdest. Aber ich erinnere mich nur zu gut an dich, Horfax von Grymmenstein!«

»Das überrascht mich nicht«, erwiderte der Herrscher. »Eine Menge Leute erinnern sich an mich, und die meisten von ihnen wären anscheinend liebend gern in der ersten Reihe mit dabei, wenn ich öffentlich gesteinigt, anschließend gevierteilt und zu guter Letzt auf dem Scheiterhaufen verbrannt werden würde.«

»Du hast dir viele Feinde gemacht, Horfax von Grymmenstein.« Der Spinnenmann ging neben dem Käfig in die Hocke. »Aber ich bin keiner von ihnen. Ich würde mich zwar auch nicht als Freund bezeichnen, aber unser beider Schicksal ist dennoch eng miteinander verwoben, großmächtiger König.«

»Entschuldige«, sagte Horfax. »Hatten wir irgendwann mal persönlich miteinander zu tun? Ich war nie besonders gut darin, mir Gesichter oder Namen zu merken.«

»Selbst wenn du dich an meinen alten Namen erinnern könntest, wäre er bedeutungslos, denn ich habe ihn längst abgelegt. Seit meiner Erleuchtung nenne ich mich nun Arachniel, Erster Prophet der Schicksalsweberin.«

»Arachniel, Erster Prophet der Schicksalsweberin?«, wiederholte der Tyrann bedächtig.

Falls noch Zweifel daran bestanden hatten, dass es sich bei seinem Gegenüber um einen amtlich beglaubigten Irren allerersten Ranges handelte, so waren sie jetzt endgültig ausgeräumt.

»Nein, tut mir leid, aber da klingelt bei mir überhaupt nichts.«

»Vielleicht kann ich dein Gedächtnis etwas auffrischen. Es ist gar nicht allzu lange her, dass ich vor deinen Thron geführt wurde, großer König. Ich hatte gegen eines deiner heiligen Gebote verstoßen, und du verfügtest in deiner bewunderungswürdigen Weisheit, dass ich in die Spinnengrube geworfen werden solle.«

»Ach ja, die Spinnengrube«, bemerkte Horfax. »Tja, ich fürchte, da warst du nicht der Einzige. Für eine Entschuldigung ist es jetzt wohl ein wenig zu spät, oder?«

»Du missverstehst mich, großer König«, antwortete Arachniel. »Ich bin keineswegs wütend auf dich, ganz im Gegenteil. Denn allein durch dein weises und gerechtes Urteil habe ich meine wahre Bestimmung gefunden.«

»Wie schön für dich. Dann spricht doch eigentlich nichts dagegen, dass ihr mich und meinen Wesir jetzt gehen lasst.«

»Oh, keine Sorge, ihr werdet schon bald die vollkommene Freiheit erlangen. Doch lass mich zuerst meine Geschichte erzählen.

Nachdem das Urteil gefällt war, zerrten sie mich zu der finsteren Grube. Mochte ich auch schreien und um Gnade winseln, so viel ich wollte, sie zeigten kein Erbarmen und warfen mich in die Tiefe hinab. Ich kam hart auf dem Boden auf und spürte einen entsetzlichen Schmerz, der von meinem Bein ausging und wie ein Blitzschlag durch meinen ganzen Körper lief. Jammernd und stöhnend versuchte ich aufzustehen und stürzte, nachdem ich meinen rechten Fuß aufgesetzt hatte, sofort wieder mit einem gequälten Schrei zu Boden – bei dem Aufprall war mein Unterschenkel gebrochen. Halb ohnmächtig vor Angst und Schmerz, kroch ich über den Boden und schleppte mich in eine dunkle Ecke, wo ich mich zitternd zusammenkauerte und darauf wartete, dass die Spinnen über mich herfielen. Doch sie ließen sich nicht blicken, nur das *Klack-Klack-Klack* ihrer langen Beine war zu hören, als sie in der Dunkelheit umherstelzten. Dann verlor ich für eine Weile das Bewusstsein.

Als ich zitternd und bebend aus meinen grausigen

Träumen hochfuhr, musste ich feststellen, dass die Wirklichkeit, in die ich zurückgekehrt war, kaum weniger grausig war.

Noch immer lag ich in meiner Ecke und stellte erschrocken fest, dass ich mein rechtes Bein nicht mehr fühlte. Ich streckte die Hand aus, um es abzutasten, und berührte eine klebrige Substanz, von der ich nur mit größter Mühe wieder loskam. Jetzt verfiel ich erst recht in Panik. Die Spinnen, dachte ich. Sie hatten angefangen, mich mit ihrem Faden einzuspinnen und würden jetzt bestimmt jeden Moment aus den Schatten auftauchen, um sich auf mich zu stürzen und mich bis auf den letzten Blutstropfen auszusaugen.

Atemlos lauschte ich auf das gleichförmige *Klack-Klack-Klack* in der Finsternis.

Als der erwartete Angriff ausblieb, wurde ich allmählich etwas ruhiger und begann nachzudenken.

Seltsamerweise war nur mein verletztes Bein eingesponnen worden, und zwar so, dass es fast wie ein Gipsverband wirkte, den die Ärzte gewöhnlich benutzen, um gebrochene Gliedmaßen zu schienen.

Ein verrückter Gedanke, zweifellos, aber es sah tatsächlich ganz danach aus.

Auch nicht erklären konnte ich mir, dass das Bein unter dem Verband vollständig gefühllos war, nachdem doch eben erst noch ein wütender Schmerz darin getobt hatte. Erst später, als sich dergleichen wiederholte, erfuhr ich, dass die Spinnen das Bein betäubt hatten, indem sie eine kleine Menge ihres Giftes injizierten.

Unausgesetzt mit meinen Grübeleien beschäftigt, bemerkte ich die Spinne erst, als sie ganz nah gekommen war.

Ich schrie auf und presste mich mit dem Rücken gegen die Wand. Seit meiner Kindheit, als meine Mutter mir mit der Spinnenhölle gedroht hatte, wenn ich unartig gewesen war,* hatte ich eine panische Angst vor allem, was auf acht Beinen herumkriecht. Und das Exemplar, dem ich mich nun gegenübersah, war wirklich zum Fürchten.

Sie betrachtete mich prüfend mit ihren acht Augen, machte zu meiner Verwunderung jedoch keine Anstalten, mich anzugreifen.

Schließlich legte sie die große Ratte, die sie in ihren Beißzangen hielt, vor mir auf den Boden und zog sich zurück.

Jetzt war ich wirklich völlig verwirrt.

Was hatten die Spinnen mit mir vor?

Wollten sie mich erst mästen, bevor sie sich über mich hermachten?

Jedenfalls rührte ich die Ratte, die noch schwach lebendig zu sein schien, nicht an, und verharrte reglos in meinem Winkel.

Endlich jedoch überwältigten mich Hunger und Durst, an denen ich nach der langen Kerkerhaft litt, und ich packte das Nagetier und schlürfte gierig sein warmes Blut in mich hinein.

Dann rollte ich mich auf dem Boden zusammen und sank in einen tiefen Schlaf.

Als ich erwachte, gestärkt und erholt durch eine lange Nachtruhe, wie ich sie seit Wochen nicht mehr genossen hatte, fand ich, dass bereits für mein Frühstück gesorgt war.

Die Spinnen hatten eine junge Hyäne betäubt und in

* Sicher wird man mit Erstaunen zur Kenntnis nehmen, dass die Spinnenhölle wirklich existiert. Tatsächlich handelt es sich bei diesem wenig einladenden Ort jedoch keineswegs um ein postmortales Disziplinierungscamp für unartige Buben und Mädchen, sondern vielmehr um die Endstation jener Eltern, Lehrer, Priester und ganz allgemein Psychopathen, die Angst und Schrecken für unverzichtbare Zutaten einer gelungenen Erziehung erachten.
Denn die finsteren Spinnengötter, ganz gegen ihren Ruf, besitzen einen ziemlich guten Sinn für Gerechtigkeit.

der Nähe meines Schlafplatzes abgelegt, wie tags zuvor die Ratte.

Ich hob den Kopf und begegnete den Blicken meiner seltsamen Gastgeber, deren Augen blass in der Dunkelheit glühten und mich aufmerksam zu beobachten schienen.

Nachdem ich mein Frühstück verspeist hatte, zogen sie sich, scheinbar mit mir zufrieden, zurück, und die Augen verloschen.

Später erfuhr ich von ihnen, dass sie es anfangs vermieden hatten, sich mir ganz zu zeigen, da sie spürten, dass ihr Aussehen auf mich eine Furcht einflößende Wirkung hatte. Sie wollten mich erst langsam an ihren Anblick gewöhnen.

So ging es einige Tage lang.

Nach dem Aufwachen fand ich jedes Mal irgendetwas Essbares vor, das mir die Spinnen gebracht hatten, eine Ratte, eine große Fledermaus, einmal auch einen ausgewachsenen Unterwelt-Alligator.

Bei dieser Kost, an die ich mich erstaunlich schnell gewöhnte, kam ich bald wieder zu Kräften und fühlte, wie mein Bein rasch heilte.

Nach und nach schwand auch das Misstrauen gegenüber meinen mysteriösen Wohltätern, und endlich begann ich, das Unbegreifliche zu begreifen:

Die Spinnen hatten mich als ihresgleichen unter sich aufgenommen.*

Als sich mein Bein so weit gebessert hatte, dass ich es belasten konnte, ohne dabei Schmerzen zu leiden, erhob

* Die Zoologie der Fernen Länder kennt tatsächlich äußerst seltene Fälle, in denen Riesenspinnen dieses erstaunliche Verhalten zeigen und artfremde Individuen in ihre Gemeinschaft aufnehmen. Kontaktsuchenden wird jedoch geraten, nach weniger komplizierten Bekanntschaften Ausschau zu halten, denn die Wahrscheinlichkeit, selbst auf der Speisekarte zu stehen, wenn man von seinen vermeintlichen Spinnenkumpels zum Abendessen eingeladen wird, liegt etwa bei 2 000 000:1.

ich mich und schritt in die Dunkelheit hinaus, um nach meinen achtbeinigen Rettern zu suchen.

Zunächst wichen sie vor mir zurück, doch als sie bemerkten, dass ich keine Angst vor ihnen zeigte, blieben sie stehen und ließen mich näher kommen.

Wirklich empfand ich nicht die leiseste Furcht, obwohl mich seit meiner Kindheit schreckliche Visionen der Spinnenhölle in meinen Albträumen heimsuchten.

Im Gegenteil erkannte ich plötzlich die außergewöhnliche Schönheit und Vollkommenheit dieser so übel beleumdeten Geschöpfe.«

Arachniel machte eine Pause in seiner Erzählung, nahm die Spinne von seiner Schulter und streichelte liebevoll ihren feisten, borstigen Leib.

»So lebte ich unter den Riesenspinnen. Und je länger ich mich bei ihnen aufhielt, desto besser begann ich sie zu verstehen. Bald bewegte ich mich wie sie, fühlte wie sie, dachte wie sie. Sie lehrten mich ihre Sprache und weihten mich in ihre geheimen Mysterien ein, in die Legende der großen Schicksalsweberin, die ihr Netz in den Kosmos breitet, um darin am Ende der Zeit die Geschichte zu fangen, die Geschichte, die ahnungslos und blind wie eine verirrte Fliege durch die Nacht schwirrt … Bssss! … Bsssss!«

Der Prophet imitierte die verirrt durch die Nacht schwirrende Geschichtsfliege, indem er mit seiner Hand hin und her fuchtelte.

»Immer und immer wieder verfängt sie sich im Netz der großen Weberin und reißt sich gerade noch von den klebrigen Fäden los, bevor es ihr an den Kragen geht. Dann verspottet die Geschichte die Schicksalsweberin, weil sie ihr wieder einmal entgangen ist, und sie prahlt damit, wie fortschrittlich sie doch sei und dass sie aus ihren eigenen Fehlern lerne.

Doch eines Tages wird sie sich endgültig im Netz verfangen, und die Weberin wird sich auf sie stürzen und ihr Innerstes aus ihr heraussaugen, und die Zeit wird stillstehen und die Sünder, die sich weigerten, ihr Leben der großen Weberin zu weihen, werden für ihre Frevel bezahlen.«

Ein höhnisches Lachen unterbrach die Erzählung des Propheten.

»Du bist ja völlig irre, Mann!«, rief einer der gefangenen Wächter. »Du hast ja Spinnenscheiße im Hirn! Ich sag dir mal was, Arschiel, oder wie du dich nennst: Während du hier deine versponnenen kleinen Geschichten zum Besten gibst, durchkämmt bereits eine ganze Legion von König Brugnolzaks Männern den Wald. Und wenn sie uns gefunden haben, werden sie kurzen Prozess mit euch Spinnern machen!«

Arachniel schwieg und fuhr langsam mit einer Hand über seine lederne Spinnenmasken-Glatze.

»Entschuldige mich einen Augenblick«, wandte er sich an Horfax.

Er stand auf und zog ein Blasrohr aus seinem Gürtel, das er mit einem winzigen Pfeil lud.

»Zu Hülfe!«, spottete der Wächter. »Tu mir bitte nicht weh mit deinem schrecklichen Pusteröhrchen!«

Arachniel trat vor den Käfig, setzte das Blasrohr an seine Lippen, zielte und schoss.

Der Wächter zuckte zusammen und griff sich an den Hals.

»O nein, ich bin getroffen«, rief er, den winzigen, nadelspitzen Pfeil zwischen Daumen und Zeigefinger haltend. »Welch grausames Schicksal, ich werde zu Tode gepiekst! Ernsthaft, ist das etwa alles?«

Arachniel ging vor dem Käfig in die Hocke, sodass er sich mit dem Wächter auf Augenhöhe befand.

»Nein«, sagte er. »Das ist nicht alles. Das Beste kommt erst noch. Der Pfeil, den du da in der Hand hast, ist mit dem Gift der Frenetischen Tarantel präpariert. Du wirst seine Wirkungsweise in wenigen Sekunden am eigenen Leib erfahren.«

»Schwachsinn!«, knurrte der Wächter. »Wenn ich hier rauskomme, bist du so was von …«

Er verstummte und wurde plötzlich totenbleich. Schweiß trat auf seine Stirn, und er begann am ganzen Körper zu zittern.

»Versuch gar nicht erst, dagegen anzukämpfen«, riet der Spinnenprophet wispernd. »Das hat ohnehin keinen Zweck. Lass das Gift einfach seine Arbeit machen und gib dich ganz der heiligen Ekstase hin. Es ist eine große Ehre, die dir zuteil wird, musst du wissen.«

»Du … elender … Bastarrrrrrrr …«, gurgelte der Wächter.

Schaum trat ihm vor den Mund, er wand sich in furchtbaren Krämpfen, und seine Glieder verrenkten sich in unmöglichen Winkeln.

»Spürst du es?«, flüsterte Arachniel und näherte sein Gesicht den Gitterstäben. »Das Gift hat jetzt die vollständige Kontrolle über jeden Muskel deines Körpers. An unsichtbaren Fäden lenkt dich die Große Weberin und lässt dich ihr zu Ehren den heiligen Opfertanz tanzen. Ich beneide dich. Ja, ich beneide dich wirklich um diese Epiphanie!«

Ein letzter Krampf verdrehte den Leib des Gepeinigten, und Horfax glaubte das Geräusch brechender Knochen zu hören. Dann klappte der Wächter röchelnd zusammen und rührte sich nicht mehr.

Versonnen betrachtete Arachniel den Toten durch die Gitterstäbe.

»Gute Reise«, murmelte er. »Bald werde auch ich diesen Weg gehen. Die Zeit ist nah, sehr, sehr nah …«

Der Prophet erhob sich und kehrte zu Horfax zurück.

»Entschuldige«, sagte er. »Ich schätze es nicht, wenn man mich unterbricht.«

»Das … sieht man«, bemerkte der Herrscher bedächtig.

»Ich wusste, dass du mich verstehen würdest, großmächtiger König. Niemand besser als du. Wir sind einander sehr ähnlich.«

»Äh …« Horfax hielt es für ratsam, nicht zu widersprechen.

»Wir beide wissen, dass Erlösung nicht durch Mitleid und Barmherzigkeit erlangt wird, sondern durch Härte und Unerbittlichkeit. Die meisten anderen Leute hingegen sind wie Kinder. Sie spüren nur die harte Hand und schluchzen getroffen auf, unfähig, über die vergängliche Gegenwart hinauszublicken und ihren Schmerz als die Verkündigung künftigen Heils zu lesen. Nehmen wir das Urteil, das du über mich fälltest, großmächtiger und weiser König. Manch einer würde es unnötig hart nennen. War es nicht nur ein ganz unbedeutendes Gebot, das ich übertreten hatte, eine Lappalie geradezu, kaum der Mühe wert, sich damit zu beschäftigen? O nein! Denn wir beide wissen, dass auch die kleinste Sünde die schwerste Strafe verdient – nicht um dem Strafenden Genugtuung zu verschaffen, sondern um den Bestraften auf den rechten Weg zu führen. Und indem du, weiser, großmächtiger König, unerbittlich bliebst und deine Ohren und dein Herz vor meinem Flehen und Betteln versiegeltest, offenbartest du mir meine wahre Bestimmung. Auch die Geschichte wird flehen und betteln, wenn sie sich am Ende aller Tage im Netz der Großen Weberin verstrickt: ›Verschone mich noch dieses eine Mal!‹, wird sie winseln. ›Ich werde aus meinen Fehlern lernen! Ich verspreche es!‹

Und die Weberin, wissend, dass sich die Geschichte nur selbst betrügt und immer betrügen wird, immer und immer wieder, wird sie nicht verschonen.

Denn die Vernichtung ist für den Sehenden keine Strafe, sondern Erlösung.«

»Ja …«, begann Horfax vorsichtig. »Diese ganze Vernichtungs- und Unerbittlichkeits-Chose hat schon was für sich … Aber in der letzten Zeit bin ich irgendwie auch darauf gekommen, dass es vielleicht gar nicht so schlecht wär, wenn die Leute einfach mal zur Abwechslung nett und freundlich miteinander umgingen …«

Arachniel lachte sein hohes, zittriges Spinnenlachen.

»Jetzt machst du dich über mich lustig, großmächtiger König. Aber lass mich mit meiner Geschichte fortfahren. Ich bin fast an ihrem Ende angelangt, so wie auch unser aller Ende nahe ist.

»Das hört sich ja sehr aufmunternd an«, murmelte Schorak in seinem Käfig.

»Nachdem ich wieder vollständig zu Kräften gekommen war, teilten mir die Spinnen mit, dass es für mich nun an der Zeit sei, sie zu verlassen und in die Welt hinauszuziehen, um das Wort der Großen Weberin zu verkünden. Sie versorgten mich mit reichlich eingesponnenen Vorräten für die Reise und fertigten ein langes Seil, an dem ich aus der Grube klettern konnte. So nahm ich Abschied von meinen Wohltätern und wandte auch meiner Heimat Arkzul den Rücken zu. Lange wanderte ich einsam umher und legte vor den Heiden Zeugnis ab über die Geheimnisse, in die ich eingeweiht worden war, und über die Visionen, die ich geschaut hatte. Doch stieß ich zumeist auf taube Ohren und verstockte Herzen. Man spottete über mich und bewarf mich mit faulem Obst, manchmal verprügelten sie mich auch und vertrieben mich hohnlachend aus ihren Dörfern.«

Arachniel verstummte und blickte schweigend vor sich hin, als würden ihn unschöne Erinnerungen peinigen, dann schüttelte er den Kopf und fuhr fort.

»Aber nicht all meine Mühen blieben vergeblich, und

bald hatte ich eine Schar treuer Jünger um mich versammelt, mit denen ich mich in diesem Winkel der Welt niederließ.*

Und nun, da du hier bist, großmächtiger König, und sich der Kreis endlich schließt, ist für uns alle der Augenblick gekommen, unserer Bestimmung gerecht zu werden. Noch vor dem Ende des morgigen Tages werden wir uns auf dem Altar der Großen Weberin zum Opfer bringen, auf dass die Prophezeiung sich erfülle und der Welt Erlösung zuteil werde.«

»Oh«, bemerkte Horfax, »ihr seid eine von diesen Selbstmordsekten. Entschuldige, dass ich noch ein wenig mit dem Beitritt zögere, aber ich hab viel Negatives darüber gehört ...«

Arachniel kicherte.

»Du bist nicht nur ein weiser Herrscher, sondern auch ein wahrer Scherzbold!«

Er stand auf und gab seinen Jüngern ein Zeichen.

»Passt gut auf unsere Gäste auf und sorgt dafür, dass es ihnen an nichts fehlt«, befahl er. »Und bereitet eure Herzen für den Sprung ins Schicksalsnetz vor. Die Erlösung ist nah, meine Brüder!«

»Die Erlösung ist nah!«, wiederholten die Spinnenjünger im Chor.

Horfax und Schorak wechselten einen Blick.

* Falls jemand darauf hinweisen möchte, dass Arachniels Geschichte chronologisch nicht ganz einwandfrei in den zeitlichen Rahmen der übrigen Handlung passt: Auch dafür gibt es eine einfache, logische und wissenschaftliche Erklärung. Nämlich ... ähm ... nämlich – Zeitanomalien. In den Fernen Ländern verhält sich die Zeit ziemlich unberechenbar, mal huscht sie in Windeseile vorbei, dann wieder zieht sie sich zäh wie Kaugummi, und zu allem Überfluss verstreicht sie auch noch je nach Region beziehungsweise Zeitzone unterschiedlich schnell oder langsam. Was bedeutet, dass viele Begebnisse, die in den Fernen Ländern spielen, für den Unwissenden aussehen können, als wären sie von einem völlig talentfreien Amateur erdacht worden, der keine Ahnung hat, wie man eine anständige Geschichte konstruiert, sich aber wahrscheinlich etwas darauf zugute hält, schon mal was von Einsteins Relativitätstheorie gehört zu haben (von der er jedoch in Wahrheit – falls überhaupt möglich – sogar noch weniger versteht als vom Schreiben).

Von allen Schlamasseln, in die sie während der letzten Wochen geraten waren, war dieser hier zweifellos der bizarrste.

XVII

Obwohl die Umstände alles andere als gemütlich waren, fielen Horfax und Schorak bald vor Erschöpfung die Augen zu. Sie sanken in einen unruhigen Schlummer, aus dem sie immer wieder kurz aufschreckten, wenn die Stimme Arachniels prophetisch durch die Höhle echote und seine Jünger mit ihren düsteren Psalmen antworteten.

Es musste bereits gegen Morgen sein, als Horfax zum zehnten oder zwanzigsten Mal aus seinen unschönen Träumen erwachte.

Ein schwacher Strahl bleichen Dämmerlichtes fiel durch einen Deckenspalt in die Höhle, und von draußen war das Zwitschern der Vögel zu hören, die den neuen Tag begrüßten.

Sonst war alles still.

Horfax seufzte und setzte sich müde auf.

Das war er wohl, der letzte Tag in diesem Leben.

In wenigen Stunden würde er gemeinsam mit einer Bande von überdrehten Spinnern den Opfertotentanz zur Verherrlichung der Schicksalsweberin tanzen und damit den absoluten Schlussstrich setzen, vielleicht nicht in Bezug auf die gesamte Geschichte, wie Arachniel und seine Jünger glaubten, aber wenigstens unter seine ganz persönliche Bilanz.

Die Gegenwart des nahen Todes schien bei dem gefallenen Herrscher ein philosophisches Potenzial freizusetzen, das zuvor tief unter den monumentalen Gebirgen seines Größenwahns begraben gelegen hatte.

Wie würde er den Nachfahren in Erinnerung bleiben?

Als der göttlich weise, geniale und allmächtige Ausnahmepotentat, der er in seiner Einbildung stets gewesen war? Oder doch eher als der machtbesessene, egomanische und skrupellose Tyrann, für den ihn der Rest der Welt zu halten schien?

War das nicht eigentlich herzlich egal?

Und hatte Arachniel nicht im Prinzip recht mit seiner Fabel von der Weltgeschichts-Fliege, die glaubt, aus der Vergangenheit lernen zu können, und sich doch immer und immer wieder im selben Netz verstrickt?

Bestand nicht doch der einzige Weg zur Erlösung darin, das Schicksal – und damit die eigene Auslöschung – zu akzeptieren, anstatt das Elend unnötig zu verlängern? Wer war schon Horfax von Grymmenstein?

Nach ihm würden andere Tyrannen kommen, die von künftigen Revolutionen gestürzt würden, denen neue Tyrannen folgten und immer so weiter …

Es war ein absurdes Sich-im-Kreis-Drehen, ein alberner Ringelreihen, bei dem alle Beteiligten furchtbar wichtige Gesichter schnitten, die im genauen Gegensatz zu ihrer tatsächlichen Bedeutung standen.

Warum also nicht gleich mit einem vergnügten, kleinen Tänzchen abtreten?

War es so nicht am besten?

Es hätte die Angelegenheit bestimmt leichter für Horfax gemacht, aber er konnte diese Frage trotz allem nicht mit *Ja* beantworten.

Irgendetwas, vielleicht sein altes unbeugsames Tyrannen-Ich, vielleicht auch eine tiefere Einsicht, sträubte sich in ihm dagegen, sich diese düstere Philosophie ganz zu eigen zu machen.

»Majestät!«, hörte er plötzlich die Stimme des Wesirs im Nebenkäfig flüstern. »Seht Ihr das etwa auch?«

Horfax hob den Kopf und richtete den Blick auf die Stelle, auf die Schorak mit dem Zeigefinger deutete.

Im schwachen Dämmerlicht waren zwei Schatten auszumachen, die gebeugt durch die Höhle schlichen.

Eine der beiden Gestalten war hünenhaft groß, die andere zwergenhaft klein.

»Ja«, wisperte Horfax. »Wer oder was ist das?«

»Ich weiß es nicht«, entgegnete der Wesir. »Aber sie kommen hierher.«

In der Tat näherten sich die Schatten langsam den beiden Spinnenjüngern, die während ihrer Wachschicht bei den Käfigen eingedöst waren und mit hängenden Köpfen im Sitzen vor sich hinschnarchten.

Geräuschlos bauten sich die Schatten hinter ihnen auf, Horfax sah Stahl schimmern und hörte ein unterdrücktes Gurgeln, dann sackten die beiden Wachen in sich zusammen und hatten endgültig mit dem Schnarchen aufgehört.

Der kleinere der Schatten erhob sich von seinem Opfer und kam auf die Käfige zu.

Als er bemerkte, dass der andere ihm nicht folgte, drehte er sich um.

»Was machst du denn da?«, flüsterte er ungeduldig. »Der Boss hat gesagt, es muss so schnell wie möglich gehen! Und du trödelst hier rum!«

»Ich weiß selbst, dass wir schnell sein müssen!«, antwortete der riesige Schatten. »Deswegen nehm ich mir jetzt schon mal die Ohren, falls nachher keine Zeit mehr ist.«

»Du bist wirklich so behämmert, dass es wehtut! Jetzt lass die Ohren und komm her! Ich brauch die Säge.«

»Ich komm ja schon! Aber du sollst aufhören, immer solche bösen Wörter zu mir zu sagen! Sonst sag ich es Mama!«

»Mach doch! Wenn du glaubst, dass *behämmert* ein

böses Wort ist, dann bist du's wirklich. Und jetzt gib mir endlich die verdammte Säge.«

»Immer bist du so gemein«, grummelte der große Schatten und griff in seine Umhängetasche. »Hier hast du deine blöde Säge!«

Der kleine Schatten schnaubte unwillig.

»Siehst du, genau das meine ich!«, wisperte er und fuchtelte mit der Säge. »Was hab ich zu dir gesagt?«

»Du hast gesagt, dass ich behämmert bin«, grollte der riesige Schatten beleidigt.

»Ich hab gesagt, du sollst die Säge einpacken. Die für Holz. Und welche ist das hier?«

»Keine Ahnung.«

»Die Knochensäge! Ich hab gesagt, du sollst eine Säge für Holz und eine Eisenfeile mitnehmen. Und du packst die Knochensäge ein!«

»Säge ist Säge.«

»Ja, toll. Mach es dir ruhig so einfach! Und wenn wir das nächste Mal die Knochensäge brauchen, ist sie ganz stumpf! Erklärst du dann dem Opfer: Tschuldigung, dass es heute etwas länger dauert, aber die Säge ist leider ganz stumpf, weil wir sie für allen möglichen anderen Kram benutzt haben, nur nicht zum Knochenzersägen, wofür sie ja eigentlich gedacht ist?«

»Reg dich doch nicht so auf«, brummte der große Schatten. »Jeder macht mal Fehler.«

»Aber nicht andauernd!«

Der kleine Schatten schüttelte den Kopf und wandte sich Horfax' Käfig zu.

Er setzte die Säge an und begann, einen der Gitterstäbe durchzusägen.

»Hm«, sagte der Riese hinter ihm nach einer Weile und musterte nachdenklich die toten Wächter. »Ich glaub, ich hab gerade eine Idee. Kann ich die Säge mal haben, wenn du damit fertig bist?«

»Wieso?«, fragte der andere, ohne seine Arbeit zu unterbrechen.

»Ich hab nur grad gedacht, dass es vielleicht ganz lustig wär, wenn ich ab jetzt auch Hände sammel. Wenn ich genug zusammenhab, könnt ich mir eine Halskette machen, und das würd bestimmt fesch aussehen.«

»Ganz bestimmt«, knurrte der kleine Schatten sarkastisch.

Horfax und Schorak hatten diese Szene mit offenen Mündern verfolgt.

»Entschuldigung«, räusperte sich jetzt der Herrscher. »Aber wer seid ihr eigentlich?«

»Wir sind eure Mitfahrgelegenheit in die Freiheit«, erklärte der Winzling, öffnete die Käfigtür und nahm sich Schoraks Gefängnis vor. »Und ihr haltet besser die Klappe und tut, was wir sagen.«

Unbemerkt entkamen sie aus der Höhle und folgten ihren geheimnisvollen Rettern durch den Wald.

Die Gespräche, die das ungleiche Duo dabei führte, machten allerdings nicht gerade Hoffnung, dass sie nach Arachniel und seinen Spinnereien in ein geistig gesünderes Klima gewechselt waren.

Eher im Gegenteil.

»Ich glaub, ich sammel ab jetzt wirklich Hände«, sagte der Große. »Mit Händen kann man tolle Sachen machen. Zum Beispiel könnte ich damit einen Stiftehalter basteln, für meinen Maltisch, oder ein Mobile für über meinem Bett, damit ich besser einschlafen kann.«

Plötzlich stieß Schorak den Herrscher mit dem Ellenbogen an.

»Jetzt weiß ich wieder, wo ich die beiden schon mal gesehen habe!«, flüsterte er. »Das sind die Handlanger von diesem Freudenschneider!«

Der Kleine wandte sich um.

»Was gibt es da zu tuscheln?«, fragte er scharf.

»Nichts«, entgegnete Schorak unschuldig. »Ich sagte nur gerade … Lauft, Majestät!«

Und sie rannten, rannten als wären sie in der letzten Zeit noch nicht genug gerannt, hasteten blindlings in den Wald, kämpften sich durch Dickicht und Dornengestrüpp, sprangen über Gräben und schlidderten durch Morast und taufeuchtes Moos.

»Wir hätten damals beim Wasserfall wirklich einfach liegen bleiben und sterben sollen!«, keuchte Horfax. »Damit hätten wir uns einiges erspart!«

»Da habt Ihr vermutlich recht, Majestät!«, pflichtete Schorak schnaufend bei.

Hinter sich hörten sie die Stimmen der Verfolger.

»Warum hast du sie auch nicht gefesselt! Ich hab dir gesagt, du sollst sie fesseln!«

»Immer krieg ich die Schuld für alles! Das ist so was von gemein!«

Sie eilten weiter geradeaus, obwohl ihre Beine sich schwer wie Granit anfühlten und ihre Herzen so wild pochten, als könnten sie ihnen jeden Moment durch den Hals heraushüpfen.

Aufgebrachtes Quieken ertönte, als sie in eine Wildschweinsuhle taumelten, in der eine Bache mit ihren Frischlingen ihr morgendliches Schlammbad hielt. Doch noch bevor die empörte Schweinemutter ihrem Unmut Ausdruck verleihen konnte, waren Horfax und Schorak bereits im Gebüsch verschwunden.

Sie setzten über einen breiten Graben, kletterten keuchend die Uferböschung hoch und strauchelten durch Gestrüpp und Brombeerranken.

Dann brachen sie plötzlich aus dem Unterholz hervor und befanden sich auf einer weiten, grasbewachsenen Lichtung.

Eine Million Tautropfen funkelte diamanten im Licht der

aufgehenden Sonne, und auf der gegenüberliegenden Seite der Lichtung erschien ein Reiter in strahlender Rüstung, dessen Pferd sich wiehernd auf den Hinterhufen bäumte.

Ein edler Retter auf weißem Zelter?

Wir werden sehen.

XVIII

Natürlich nein.

Äußerlich betrachtet entsprach Goldarion Goldglanz genau jenem Bild eines Hochelfs, das sich die meisten Leute von diesem Volk gebildet haben, ohne jemals einem von ihnen begegnet zu sein.

Er war schlank und hochgewachsen, seine edlen Gesichtszüge ließen auf eine ebensolche Gesinnung schließen, und wenn er sein schulterlanges, rabenschwarzes Haar im Wind wehen ließ, schmolzen Frauenherzen dahin wie eine Portion Erdbeereis an einem heißen Sommertag.

Doch wer länger als ein paar Minuten mit Goldarion Goldglanz zu tun hatte, erkannte bald, dass sein blendendes Äußeres einen durch und durch verkommenen Kern barg.

Abgesehen von seiner eigenen Rasse, die er für die Krone der Schöpfung hielt, hatte Goldglanz für alle übrigen Bewohner der Fernen Länder nichts als Verachtung übrig.

Zwerge waren seiner Meinung nach wachstumsgestörtes, lichtscheues Gesindel und zweifellos das Produkt eines verunglückten göttlichen Schöpfungs-Experiments. Ihre Goldgier betrachtete er als Zeichen ihrer niedrigen materialistischen Gesinnung, während er ebendiese Eigenschaft an sich selbst als Ausdruck seiner fortschrittlichen Geschäftstüchtigkeit rühmte.

Oger waren nach Goldarions unvoreingenommener Auffassung nichts als geistig minderbemittelte, auf einem primitiven Entwicklungsstadium stehen gebliebene Fleischberge, die sich allenfalls durch Masse und Gewicht von Trollen unterschieden, ansonsten jedoch eine ebenso große Bedrohung für die Gemeinschaft anständiger (das heißt hochelfischer) Bürger darstellten wie jene.

Orks standen ganz oben auf Goldglanzens Hassliste, dieses genetisch minderwertige Ungeziefer, das nichts anderes zuwege brachte, als an jeder Straßenecke seine stinkenden Orkische-Spezialitäten-Buden aufzubauen und sich im Verborgenen wie die Karnickel zu vermehren, um heimlich an der Unterwanderung und Vernichtung der Elfengesellschaft zu arbeiten. (Das musste man doch wohl noch sagen dürfen!)

Gegen Wichtel und Gnome hatte Goldarion persönlich eigentlich nichts einzuwenden – er hätte es nur begrüßt, wenn dergleichen rassische Verirrungen möglichst bald vom Angesicht dieser Welt getilgt würden.

Und Kobolde – nun, Kobolde waren sozusagen Goldarions Spezialgebiet.

Nicht nur, weil er sie ganz besonders verabscheute – er hätte bei dem Versuch, seine Abscheu angemessen zu artikulieren, wohl auf animalische Urlaute zurückzugreifen müssen –, sondern auch, weil er des Öfteren geschäftlich mit ihnen zu tun hatte.

Denn Goldarion Goldglanz war Sklavenjäger von Beruf. Und Kobolde waren seine bevorzugte Beute.

In den letzten Wochen hatte er in den nördlichen Wäldern Düsterborgs einen guten Fang gemacht und nun beinahe genug frisches Koboldmaterial zusammen, um auf dem Sklavenmarkt seiner Heimatstadt einen schönen Gewinn einzustreichen.

Als er die beiden Exemplare bemerkte, die Hals über

Kopf auf ihn zugestürzt kamen, als hätten sie es gar nicht eilig genug, seine Kollektion zu vervollständigen, spuckte er verächtlich aus und murmelte eine rassistische Verwünschung, die Anstand und Feingefühl verbieten, sie an dieser Stelle wiederzugeben.

»Also gut«, befahl er seinen Männern, die ihm aus dem Wald folgten. »Schnappt euch den Abschaum. Aber passt auf, dass ihr die Ware nicht beschädigt. Ich hab keine Lust, wieder einwandfreies Material auf der Stelle erschießen zu müssen, bloß weil einer von euch Idioten seinen Schwertarm nicht unter Kontrolle hat.«

»Wenn Frauen dabei sind«, rief einer der elfischen Sklavenjäger, »will ich nachher als Erster ran!«

Goldarion verzog das Gesicht und spuckte zum zweiten Mal aus. In seinem Beruf bekam man es traditionell nicht gerade mit den edelsten Naturen zu tun, aber manchmal schämte er sich fast, seiner eigenen Rasse anzugehören.

Dieses Gefühl verging jedoch rasch, wenn er sich vergegenwärtigte, wie erbärmlich alle anderen Rassen waren.

»Und wenn es Kerle sind, bin diesmal ich der Erste!«, rief ein anderer Elf.

»Was sind das für Typen, die da auf uns zukommen?«, ächzte Horfax.

»Keine Ahnung«, erwiderte Schorak. »Aber schlimmer als die hinter uns können sie kaum sein!«

Aus der Sicht eines zufällig vorüberfliegenden Vogels wäre es sicher durchaus reizvoll gewesen, aus der Höhe zu beobachten, wie die drei Parteien in einer geometrisch interessanten Figur aufeinander zustrebten und sich genau in der Mitte der runden Lichtung begegneten.

Von ganz unten, aus der Froschperspektive erlebt, war es dagegen alles andere als eine angenehme Erfahrung.

Gleich zu Beginn, als Schwerter gezogen wurden und Kampfrufe erklangen, hatten sich Horfax und Schorak zu Boden geworfen und sich furchtsam ins Gras gekauert, betend, dass sie nicht von den stampfenden Hufen der Elfenpferde zertrampelt oder von einem verirrten Pfeil getroffen würden.

Und so sahen sie nicht, wie Lornel ein Pferd mit der bloßen Faust k. o. schlug, den gestürzten Sklavenjäger packte und wie eine Keule schwang, um mit ihm noch zwei seiner Kameraden zu erledigen, bis der riesige Oger, durchbohrt von einem Dutzend Pfeilen, blutüberströmt zusammenbrach.

Sie sahen auch nicht, wie Lurnel flink wie ein kleines Äffchen an den Steigbügeln auf ein Pferd kletterte und den Reiter von hinten mit einem Draht erwürgte, im vollen Galopp auf einen unberittenen Sklavenjäger absprang und ihm ein Ohr abbiss, bevor ein gezielter Schwerthieb ihm selbst den Kopf von den Schultern trennte.

Und das war das Ende der berüchtigten Hack-Zwillinge.

Aber es war noch lange nicht das Ende für Horfax den Dritten und seinen Wesir.

Goldarion preschte heran und sprang von seinem Pferd.

»Was für eine Sauerei!«, fluchte er. »Vier Tote und zwei Verletzte für zwei von diesen jämmerlichen Krötenfressen! Man sollte sie wirklich alle ausrotten! Was steht ihr noch rum und glotzt!«, rief er seinen Männern zu. »Durchsucht die Toten nach Wertsachen und legt diesem Abschaum da Ketten an! Und dann verschwinden wir aus dieser Drecksgegend!«

An mehreren Stellen wurde bereits angemerkt, dass Horfax den Tiefpunkt seines Martyriums noch nicht erreicht hatte, so verzweifelt seine Lage gelegentlich auch erschienen war.

Aber jetzt ist es so weit.

Dies ist er, der absolute Tiefpunkt.

Von hier aus kann es nur noch aufwärtsgehen.

Selbst der Sturz in eine Jauchegrube am Grund einer bodenlosen Schlucht, die von fleischfressenden Mutantenmaden bewohnt wurde und vom miasmatischen Pesthauch der Hölle durchzogen war, würde einen relativen Zugewinn an Lebensqualität bedeuten.

Darum soll von den dunkelsten beiden Wochen im Leben des unglücklichen Tyrannen und seines Wesirs nur in Andeutungen gesprochen und über die allzu deprimierenden Einzelheiten der Mantel des Schweigens gebreitet werden.

Nachdem das Gemetzel auf der Lichtung vorüber war, wurden Horfax und Schorak mit der restlichen Kolonne von verängstigten Jammergestalten zusammengekettet, die das Pech gehabt hatten, den Sklavenjägern in die Hände zu fallen.

Dann setzte sich der Trupp in Bewegung, und ein erbarmungsloser Todesmarsch begann.

Die Sklaven erhielten gerade genug Wasser und Brot, um nicht zu verdursten und zu verhungern, oft jedoch nicht einmal das.

Wer aus der Reihe tanzte oder vor Entkräftung zusammenbrach, bekam die Peitsche zu spüren, bis er sich entweder aufraffte und zurück ins Glied taumelte oder endgültig liegen blieb.

In diesem Fall lösten die Sklaventreiber fluchend seine Ketten, verpassten der Leiche noch ein paar Tritte in die Rippen und überließen sie dann den Aasfressern.

Als sie nach zwei qualvollen Wochen in die glanzvolle Elfenstadt Hylcarnorea einzogen, waren Horfax und der Wesir viel zu erschöpft, um etwas von ihrer Umgebung wahrzunehmen.

Mit dem leeren Blick lebender Toter, die Augen starr

auf den Rücken des Vordermanns gerichtet, torkelten sie wie im Delirium über die weiten Alleen und Prachtstraßen, bis sie endlich am vorläufigen Ziel der Reise angelangt waren: dem Sklavenmarkt von Hylcarnorea.

Es war Markttag, und ein dichtes Gedränge herrschte auf dem weiten Platz, Händler boten lauthals ihre lebenden Waren feil, Einkäufer aus allen Weltgegenden begutachteten kritisch das Angebot, befühlten Muskeln und nahmen Gebissinspektionen vor. Es wurde gefeilscht und geschachert, geflucht, gestritten und gelacht.

Wenn ein Geschäft per Handschlag abgeschlossen war, wurden der Ware die Ketten abgenommen, und sie folgte ihrem neuen Eigentümer mit gesenktem Kopf in ein ungewisses, aber höchstwahrscheinlich nicht allzu erfreuliches Schicksal.

Goldarion strebte mit seiner Beute auf einen der größeren Stände zu und führte mit dessen Besitzern ein längeres Verhandlungsgespräch auf Hochelfisch.

Der Händler, ein vornehm gekleideter Elf, war mit der präsentierten Ware offenbar nicht uneingeschränkt zufrieden, und so entstand ein längeres Streitgespräch, das sich zum Teil um Horfax und Schorak zu drehen schien, die in ihrem bejammerungswürdigen Zustand tatsächlich nicht gerade wie die heißesten Angebote des Tages wirkten.

Mehrmals zeigte der Händler kopfschüttelnd auf die beiden, wobei er vermutlich Wörter wie »Ramsch«, »Ausschuss« oder »Mängelexemplare« benutzte.

Eine Zeit lang sah es ganz danach aus, als sollte das Geschäft nicht zustande kommen, am Ende schlug der Händler aber doch noch ein, zweifellos, nachdem ein saftiger Preisnachlass vereinbart worden war.

Ein Beutel mit Gold wechselte den Besitzer, und die erschöpften Koboldsklaven wurden von ein paar Wachen entgegengenommen und auf ein Podium geführt, wo sie gemeinsam mit der übrigen Ware darauf warteten, an den Meistbietenden verschachert zu werden.

Die Stunden verstrichen, und das Geschäft schien bestens zu laufen.

Die Nachfrage nach frischem Sklavenmaterial war offenbar groß, und nach und nach leerte sich das Podium, während die Geldbörse des Händlers immer praller wurde.

Nur für die beiden abgemagerten Elendsfiguren ganz hinten auf der Bühne schien sich niemand zu interessieren.

Der Tag neigte sich bereits dem Ende zu, und die Kaufleute begannen ihre Stände abzubauen, als sich der Händler zu Horfax und Schorak umwandte, die als Letzte übrig geblieben waren, und in gebrochenem Koboldianisch sagte:

»Wenn in nächster halber Stunde niemand kaufen, ihr ...«

Er machte die eindeutige Geste des Gurgel-Aufschlitzens.

Der Herrscher und sein Wesir senkten müde die Köpfe.

Auch der letzte Funken Lebenswillen war in ihren Herzen erloschen, sodass der Tod kaum noch einen Schrecken für sie darstellte.

Eher käme er einer Erlösung gleich.

»Entschuldigt«, sagte plötzlich eine sanfte Stimme in der Gemeinsprache, die von fast allen Bewohnern der Fernen Länder verstanden wird. »Was verlangt Ihr für die beiden dort?«

Horfax und der Wesir blickten auf.

Vor dem Podium stand ein freundlich lächelnder Blumenelf und zeigte auf die beiden Ladenhüter.

»Für die?«, fragte der Händler, von seinen Abrechnungen aufblickend. »Einzeln je fünfzehn Silberschillinge. Zusammen fünfundzwanzig.«

»Dann nehm ich sie doch beide«, lächelte der Kunde,

griff in die Tasche seines blumengeschmückten Gewandes und holte eine Geldbörse hervor. »Wieder was gespart!«

Der Händler kassierte das Geld und wies einen der Wächter an, die Sklaven vom Podium zu geleiten.

»Viel Spaß mit den beiden«, knurrte er, zufrieden, sie doch noch losgeworden zu sein.

»Danke, danke!«, antwortete der Blumenelf. »Den werden wir sicher haben!«

Zu erschöpft, um auch nur an einen Fluchtversuch zu denken, folgten Horfax und Schorak ihrem neuen Besitzer durch die abendlichen Straßen von Hylcarnorea, bis sie vor das Stadttor gelangten, wo bereits eine Kutsche mit einem Gespann aus vier Riesenmaikäfern auf sie wartete.

Der Blumenelf bedeutete ihnen lächelnd, es sich im Innern des Wagens bequem zu machen, während er selbst auf dem Kutschbock Platz nahm.

Dann schnalzte er mit der Zunge, die vier riesigen Maikäfer entfalteten ihre Flügel und die Kutsche erhob sich sanft in die Lüfte.

Eine solche Apathie hatte von dem Herrscher und seinem Wesir Besitz ergriffen, dass sie gar nicht zur Kenntnis nahmen, wie angenehm weich das Sitzpolster der Kutsche war, oder dass sie bereits seit mehr als einer Viertelstunde niemand mehr angeschrien, getreten oder anderweitig misshandelt hatte.

Als die Kutsche etwa eine Stunde später auf einer Wiese landete, erwachte ihr Misstrauen jedoch erneut, und sie machten sich auf neues Ungemach gefasst.

»So, das ist wohl weit genug!«, sagte der Elf und öffnete von außen den Verschlag. »Bitte auszusteigen!«

Träge kamen sie der Aufforderung nach und kletterten aus der Kutsche.

»Wir sind ungefähr dreißig Kilometer von der Stadt entfernt«, erklärte der Blumenelf und überreichte ihnen zwei Rucksäcke, die sie mechanisch entgegennahmen. Er deutete mit dem Finger. »Und in diese Richtung sind es ungefähr zwei Tagesmärsche bis zur Grenze von Irgendwind und noch etwas mehr zur nächsten Poststation, von wo aus täglich Kutschen in fast alle größeren Städte abfahren. Ich würde euch gerne selbst dorthin bringen, aber aufgrund der Wetterverhältnisse ist Irgendwind für den Flugverkehr leider gesperrt.«

Horfax und Schorak hörten diesen Vortrag mit ratlosen Gesichtern an und gaben sich in erster Linie Mühe, nicht vor Müdigkeit umzukippen.

»In den Rucksäcken befinden sich Schlafsäcke, Proviant für eine Woche und außerdem etwas Geld für die weitere Reise.«

Der Blumenelf verstummte und lächelte, als erwarte er eine Antwort.

Schorak räusperte sich.

»Ähm …«, sagte er. »Ich glaube, ich verstehe nicht ganz … Ihr habt uns als Sklaven gekauft, und jetzt befehlt Ihr, dass wir für Euch nach Irgendwind reisen … um … was genau zu tun?«

»O nein, nein«, lächelte der Blumenelf. »Ich habe euch nicht als Sklaven *für mich* gekauft. Ich habe euch *freigekauft.*«

Sie starrten ihn mit offenen Mündern an.

»Ihr habt …«, begann Schorak heiser.

»Einmal im Monat komme ich nach Hylcarnorea, um auf dem Sklavenmarkt wenigstens ein paar der Unglücklichen aus ihrer traurigen Lage zu erlösen. Am liebsten würde ich ja alle freikaufen, wenn ich nur das Geld dazu hätte. Sklaverei ist eine so barbarische, unwürdige Einrichtung! Es ist mir unerträglich, dass fühlende und denkende Geschöpfe fähig sind, einander so etwas anzutun. Manchmal möchte ich … Oh, geht es ihm gut?«

Besorgt betrachtete er Horfax, der plötzlich von einer Woge aufgestauter Emotionen überwältigt worden war.

Aufschluchzend ließ sich der großmächtige Herrscher auf die Erde sinken und rollte sich, geschüttelt von ungehemmten Weinkrämpfen, zusammen wie ein Säugling im Mutterleib. Eine salzige Springflut heißer Tränen benetzte das grüne Gras.

»Wir haben eine schwere Zeit hinter uns«, erklärte der Wesir. »Aber er kommt schon wieder auf die Beine. Glaube ich. Ähm …«

Er hob den Blick, und ein vager Hoffnungsschimmer lag in seinen Augen.

»Ihr hättet nicht zufällig Arbeit für uns, oder?«

Dritter Teil
Noch einmal, weil's so schön war: Was hoch steigt …

I

Hätte es in den Fernen Ländern einen Wettbewerb um den Titel »Netteste Person der Welt gegeben«, Florestan Fliederbusch hätte unangefochten zwanzig Mal in Folge den ersten Platz errungen und wäre beim einundzwanzigsten Mal aufgrund starken Dopingverdachts disqualifiziert worden.

Doch Florestan hätte es gar nicht nötig gehabt, mit fragwürdigen Mitteln nachzuhelfen, denn Freundlichkeit und Sanftmut gehörten zu den ganz natürlichen Eigenschaften seines blumenelfischen Charakters, wodurch er sich radikal von etwa 99 Prozent der restlichen Bevölkerung des Multiversums unterschied.

Das symbolische Gewicht seines aufrichtigen Wohlwollens war groß genug, um ein regenbogenfarbenes Wurmloch in das Gefüge des alltäglichen Missgunst- und Gemeinheits-Kontinuums zu reißen und ein Tor in die Dimension der reinen Herzensgüte zu öffnen.

Es gab kaum etwas oder jemanden, dem Florestan Fliederbusch nicht mit grenzenloser Sympathie begegnete. Selbst Sklavenjäger, für die er vergleichsweise wenig übrig hatte, hielt er für »arme fehlgeleitete Seelen, die ihren Irrtum eines Tages erkennen und sich ganz von selbst bessern würden, indem sie nur der wahren Stimme ihres Gewissens folgten«.

Er glaubte fest an diese »wahre Stimme des Gewissens« und daran, dass jeder in sich einen guten Kern trug, der bei manchem nur durch widrige Umstände verschüttet worden war.

Wenn er jemals den Hack-Zwillingen in die Hände gefallen und von ihnen einer peinlichen Befragung unterzogen worden wäre, hätte er sie vermutlich mehr als sich selbst dafür bedauert, dass die Erinnerung an ihre schwere Kindheit sie dazu zwang, anderen so schreckliche Dinge anzutun, um ihren eigenen Schmerz zu betäuben.

(Vielleicht hätte er damit sogar Erfolg gehabt und ihnen ein tränenreiches Bekenntnis entlockt, aber die Hack-Zwillinge waren auch in mehrfacher Hinsicht ein Sonderfall.)

Florestans Verständnis und Einfühlungsvermögen beschränkte sich jedoch nicht auf Seinesgleichen und nicht einmal auf Lebewesen im Allgemeinen, sondern schloss auch die Welt der unbelebten Materie mit ein, beziehungsweise umarmte sie herzlich.

Stundenlang konnte er in seinem Garten auf der Bank sitzen und stumme Zwiesprache mit einem Stein oder einem Stück Baumrinde halten.

Die vollständige Liste der Dinge, die Florestan Fliederbusch liebte, wäre zu lang, um sie hier oder irgendwo sonst aufzuzählen, darum muss ein Ausschnitt genügen.

Florestan liebte die Wiesen und die Wälder seiner Heimat, die Flüsse und Seen, die grünen Hügel und die fernen Grate der Berge, er liebte den Morgen und den Abend, den Tag und die Nacht, Regen, Schnee und Sonnenschein. Er liebte den Frühling, den Sommer, den Herbst und den Winter, den Mond und die Sterne, den Gesang der Vögel, das Rauschen des Windes und das Zirpen der Zikaden. Ebenso liebte er die Bäume und die Farne, die Schmetterlinge und die Bienen, die munteren Eichhörnchen, die Häschen und die Rehlein, die Lämmchen und die kleinen

Zicklein und … das reicht wohl, um einen oberflächlichen Eindruck zu vermitteln.

Am meisten jedoch liebte Florestan – wie bei einem Blumenelf nicht anders zu erwarten – die Blumen.

Der Garten des Landhauses, das er allein mit einigen Bediensteten bewohnte, war der duftende, farbenprächtige Blütentraum eines jeden Floristen.

Ohne Weiteres wäre es Fliederbusch möglich gewesen, nicht nur jeden Nettigkeits-Wettbewerb zu gewinnen, sondern auch sämtliche Gartenbau-Trophäen Jahr für Jahr abzuräumen. Doch dafür waren seine Ambitionen viel zu bescheiden.

Es genügte ihm vollkommen, sich selbst an seinen Blumenkreationen zu erfreuen und hin und wieder einige von ihnen auf den nächsten Märkten zu verkaufen, falls er gerade etwas Geld für neue Gartenbauprojekte oder die Gehälter seiner Hausangestellten brauchte, die allerdings aus reiner Zuneigung auch umsonst für ihn gearbeitet hätten, sofern er nicht darauf bestanden hätte, sie zu bezahlen.

Regelmäßig bekam er hoch dotierte Angebote von adligen Schlossparkbesitzern, als Gartenbaumeister in ihre Dienste zu treten, doch Florestan lehnte jedes Mal freundlich lächelnd mit der Begründung ab, er fühle sich geschmeichelt, sei jedoch nur ein gärtnernder Amateur und dilettierender Blumen-Liebhaber, der keineswegs würdigeren Anwärtern im Weg zu stehen wünsche.

Als ein Herzog und leidenschaftlicher Orchideen-Sammler ihm einmal sein fünffaches Gewicht in Gold für eine seiner Züchtungen bot, schenkte Florestan sie dem erstaunten Aristokraten mit den Worten:

»Wenn sie Euer Durchlaucht so sehr am Herzen liegt, kann ich unmöglich Geld dafür verlangen.«

Auf einen Punkt gebracht, war die vielleicht treffendste Beschreibung Florestan Fliederbuschs folgende: Er tat fast immer das genaue Gegenteil von dem, was die meisten Leute auf der Grundlage ihrer eigenen Selbstkenntnis von anderen erwarteten (obwohl sie sich ihnen natürlich dennoch moralisch überlegen fühlten).

Und das konnte ziemlich überraschend sein.

Nach einer düsteren Epoche des Leids und der Entbehrungen war es für Horfax und Schorak geradezu ein Schock, der paradiesischen Idylle von Florestans Landhaus ausgesetzt zu werden.

Bei ihrer Ankunft ließ ihr Befreier sogleich zwei Gästezimmer für sie herrichten, und nach einem ausgiebigen Bad und einem einfachen, aber guten Essen sanken sie seufzend in die weißen, nach Blüten duftenden Betten und schliefen bis weit in den nächsten Tag hinein, und zwar so tief und fest wie seit Ewigkeiten nicht mehr.

Es dauerte zwei Wochen, bis sie sich von den erlittenen Strapazen so weit erholt hatten, dass ihnen leichte Tätigkeiten aufgetragen werden konnten – denn Fliederbusch hatte ihnen ihre Bitte natürlich nicht abschlagen können, sie in seine Dienste aufzunehmen.

Für Schorak ein passendes Betätigungsfeld zu finden war nicht allzu schwer.

Der Wesir übernahm die vakante Stelle des Hausverwalters und hatte innerhalb kürzester Zeit die bis dahin eher nachlässig geführten Bücher vollständig auf Vordermann gebracht sowie eine Reihe von höchst effektiven Einsparungen und Maßnahmen zur Steigerung der monatlichen Einkünfte durchgesetzt, bis Florestan sich schließlich gezwungen sah, seinen Arbeitseifer ein wenig zu zügeln.

Freundlich lächelnd, aber bestimmt erklärte der Blumenelf, geschäftlicher Erfolg und materieller Reichtum seien zwar wunderbare Dinge, selbiges treffe jedoch ebenso, wenn nicht noch mehr, auf Ruhe und Gelassenheit zu.

Horfax' berufliche Neuorientierung nach seiner gescheiterten Tyrannenkarriere verlief nicht ganz so geradlinig.

Bei einem kurzen Praktikum in der Küche stellte sich heraus, dass er weniger talentiert für das Zubereiten von Speisen war als dafür, sie in Rekordschnelle verschwinden zu lassen (die empörte Köchin, die ihn einige Tage als Küchenjunge erdulden durfte, drückte es allerdings weniger zurückhaltend aus).

Als er darauf dem Zimmermann als Lehrling zur Seite gestellt und mit leichten Ausbesserungsarbeiten an Haus und Hof betraut wurde, zeigte sich bald, dass er nicht nur zwei linke Hände besaß, sondern zudem die seltene Gabe, selbige geschickt an ein und dasselbe Brett zu nageln.

Die vage Vermutung, er könnte vielleicht gut mit Tieren umgehen, entlarvte der gestürzte Despot als Trugschluss, indem er eines Morgens der Milchmagd im Stall neugierig beim Melken zusah und die Frage äußerte, ob er es nicht auch einmal versuchen dürfe.

Noch ehe seine Hand das Euter berührte, muhte die Kuh entsetzt auf, preschte mit dem Kopf voran durch die Stallwand und wurde erst zwei Tage später zitternd und verängstigt in einem nahen Wäldchen aufgefunden.

Schließlich sah sich der Hausherr gezwungen, selbst für die Ausbildung seines Schützlings zu sorgen und ihn in die Kunst der Gärtnerei einzuweihen – eine Entscheidung, die er in den nächsten Monaten noch oft genug bereuen sollte, wenn wieder ein unschuldiges Blümelein einen schmählichen Tod unter den gar nicht mal so grünen Daumen des Ex-Tyrannen starb.

Doch Florestan, gesegnet mit einer wahren Engelselfengeduld, ließ sich nicht entmutigen, und als Horfax nach drei Monaten schließlich sein erstes Stiefmütterchen verpflanzte, ohne dass es innerhalb der nächsten Viertelstunde einging, war des Jubelns und Frohlockens kein Ende.

Aus dem blütenreichen Sommer wurde ein goldener

Herbst, und dann legte sich der Winter weiß und kalt auf das Land, bis ihn erneut der Frühling ablöste und das frische Grün wieder zu sprießen begann.

Und ehe sie es sich versahen, war ein ganzes Jahr herum, dem ein zweites und ein drittes folgten, bis schließlich ganze sieben Jahre verstrichen waren.

Allmählich verblassten die Erinnerungen an die durchlebte Not und Mühsal, und bald rückte diese Epoche ihrer Vergangenheit in immer weitere Ferne und erschien ihnen fast wie eine fremde Geschichte, die sie irgendwo gehört hatten und gelegentlich wieder erzählten, um sich die Zeit zu vertreiben.

»Weißt du noch, Schori«, pflegte Horfax lachend zu sagen, wenn sie nach vollbrachtem Tagewerk auf Florestans Veranda saßen und die Abendsonne den Garten in ihr goldenes Licht tauchte, »weißt du noch, wie wir damals vor den Gaunern aus dieser Taverne geflüchtet sind? Und wie ich dann in den Fluss gefallen bin, und du mir weismachen wolltest, das wär ein militärisch geniales Manöver gewesen? Und ich hab's auch wirklich sofort geglaubt, bis wir dann plötzlich den Wasserfall gehört haben …«

»O ja, Majestät!«, antwortete der Wesir bei solchen Gelegenheiten schmunzelnd (trotz allem hatte er sich das »Majestät« nicht abgewöhnen können). »Das war in der Tat ein aufregender Tag! Ich erinnere mich auch noch gut daran, wie Ihr kurz nach unserer Flucht dem jungen Rebellen weismachen wolltet, dass ich der eigentliche Drahtzieher aller arkzulischen Staatsverbrechen sei. Wenn ich mich recht entsinne, lautete der wenig schmeichelhafte Titel, den Ihr die Güte hattet, mir zu verleihen: *der Witwen- und Waisenschlächter.*«

»Stimmt!«, grinste Horfax. »Ich bin ein richtig heimtückischer Mistkerl gewesen!«

»O ja, Majestät, das wart Ihr. Bei allem gebotenen Respekt.«

Und dann lehnten sie sich in ihren Schaukelstühlen zurück und stimmten beide ein vergnügtes Gelächter an.

Nachdem er einmal selbst für eine Weile den Prügelknaben des Schicksals gespielt hatte, war aus dem Herrscher ein anderer geworden.

Nicht zuletzt unter dem Einfluss ihres sanftmütigen Gastgebers hatte er nach und nach seine früheren unerfreulichen Charaktereigenschaften abgelegt, und es schien ganz so, als lägen seine despotischen Rüpel- und Flegeljahre ein für alle Mal hinter ihm.

Auch äußerlich hatte er sich gewandelt.

Zwar konnte er nicht gerade als gertenschlank bezeichnet werden – dafür verstand Florestans Köchin ihr Handwerk viel zu gut. Doch hatten ihm Arbeit und Bewegung an der frischen Luft sichtbar auch körperlich wohlgetan.

Wenn er sprach, war seine Stimme leiser als früher und besaß nicht mehr den alten herrischen Unterton, der seine Untergebenen regelmäßig die Köpfe hatte einziehen lassen, aus Furcht, ihrer verlustig zu gehen.

Und seine Gesichtszüge waren weniger hart und verbissen und ließen vielleicht sogar die ersten Anzeichen beginnender Weisheit erkennen.

So lebten sie ein ruhiges, selbstgenügsames Leben in der friedlichen Oase von Florestans Landhaus, während die Jahreszeiten eine nach der anderen vorübergingen und die Welt dort draußen mit ihren Kämpfen und Verstrickungen immer ferner rückte.

Nur manchmal, wenn Horfax spät nachts durch den mondlichtbeschienenen Garten wanderte, erwachte plötzlich Heimweh in seinem Herzen, und dann sehnte er sich nach den unterirdischen Gefilden Arkzuls, dem Reich seiner Ahnen.

Und er fragte sich, ob sich seine Heimat verändert haben mochte, und was wohl gerade dort vor sich ging.

Er sollte es bald erfahren.

II

Es war im siebten Jahr, seitdem Horfax und Schorak in Florestans Dienste getreten waren.

Sie hatten den Tag damit verbracht, auf dem Markt von Hylcarnorea Blumen und Saatgut zu verkaufen und dabei einen guten Gewinn erzielt. Nun befanden sie sich bei gutem Flugwetter auf dem Heimweg.

Mit der Maikäferkutsche war die Elfenstadt nur etwa anderthalb Stunden von Florestans Landgut entfernt, und so dauerte es nicht lange, bis sie die vertraute, sanft geschwungene Hügellandschaft vor sich auftauchen sahen.

Doch noch etwas anderes zeichnete sich bereits aus der Ferne am Horizont ab: eine schwarze Rauchwolke, die in den blauen Sommerhimmel aufstieg.

»Sieht aus, als wäre irgendwo ein Feuer ausgebrochen«, sagte Schorak, die Augen mit der Hand beschattend. »Hoffentlich nicht bei uns.«

Horfax, der die Zügel hielt, schnalzte mit der Zunge, und das Maikäfergespann erhöhte flügelschwirrend das Tempo.

Bald konnte kein Zweifel mehr bestehen: Der schwarze Rauch kam von Florestans Gütern.

Als sie sich näherten, sahen sie aus der Höhe, dass einige der Gebäude in Brand standen, dazwischen liefen zahlreiche Gestalten umher, die sie bereits bemerkt zu haben schienen, denn einige von ihnen deuteten gen Himmel in ihre Richtung.

»Was sind das für Leute?«, fragte Horfax und kniff die Augen zusammen. »Helfen sie, das Feuer zu löschen, oder haben sie es gelegt?«

»So oder so brauchen Florestan und die anderen unsere Hilfe«, entgegnete Schorak.

Horfax ging in den Senkflug und steuerte eine Wiese an, nicht weit vom Haus entfernt.

Kaum waren sie gelandet, machte sich auch schon eine Gruppe der Fremden im Laufschritt auf den Weg zu ihnen, und sie gingen ihnen mit bangen Vorahnungen entgegen.

Zu ihrem Erstaunen erkannten sie, dass es sich bei den anderen um Kobolde handelte, die ihrerseits kaum weniger überrascht schienen, in dieser Gegend ihresgleichen zu begegnen.

»Wer seid ihr?«, fragte ihr Anführer. »Was tut ihr hier?«

Er trug eine schwarze Uniform mit einem Emblem auf der Schulter, das einen Hammer und einen Amboss zeigte.

»Ich bin Hor…, ich meine Harfox«, antwortete der Herrscher, »und mein Kamerad hier heißt Scharok. Wir arbeiten auf diesen Gütern.« Er zeigte auf das Landhaus. »Was ist denn da passiert? Wie ist es zu dem Feuer gekommen? Es ist doch niemand verletzt worden?«

Der Uniformierte schwieg und schien nachzudenken.

»Mitkommen«, kommandierte er dann und winkte ihnen. »Ich bringe euch zum Oberst.«

Sie folgten den Kobolden, und je näher sie dem Haus kamen, desto mehr verstärkte sich bei Horfax und Schorak das Gefühl drohenden Unheils.

»Habt Ihr die Uniformen bemerkt?«, flüsterte der Wesir. »Wenn mich nicht alles täuscht, kommen sie aus Arkzul!«

Der Oberst, ein stiernackiger, untersetzter Kobold in Offiziersuniform, stand im Garten, die Hände hinter dem Rücken verschränkt und betrachtete versonnen, wie das Hauptgebäude von den Flammen verzehrt wurde.

»Ah, Feldwebel!«, rief er, als sie sich ihm näherten. »Der Geruch brennender Häuser am Nachmittag! Macht einen ganz sentimental, was?«

»Melde gehorsamst, ja, Herr Oberst. Was immer Herr

Oberst sagen«, entgegnete der Feldwebel beflissen. »Melde außerdem gehorsamst, dass wir diese verdächtigen Individuen in der Nähe aufgegriffen haben. Sie behaupten, sie hätten hier gearbeitet.«

Der Oberst wandte sich Horfax und Schorak zu.

»Sieh an!«, bemerkte er. »Volksgenossen! Sklaven, zweifellos. Aber keine Sorge, eure Fron unter der Herrschaft der elfischen Teufel ist vorbei! Der König lässt sein Volk nicht im Stich.«

»Das ist ein Missverständnis«, erklärte Schorak. »Wir sind keine Sklaven. Wir sind freiwillig hier!«

»Oho!«, rief der Oberst. »Freiwillig, was? Das sieht mir nach einem klaren Fall von ... von ...« Er schnipste mit den Fingern und schien nach einem fehlenden Begriff zu suchen. »Wie heißt es noch gleich? Helfen Sie mir doch mal, Feldwebel, ich komm grad nicht drauf!«

»Melde gehorsamst, ich bin mir nicht sicher, worauf Herr Oberst hinauswollen ...«

»Holmstock-Syndrom!«, rief der Oberst. »Genau das war's! Das Gefühl totalen Ausgeliefertseins kann bei Entführungen und ähnlichen Fällen zu einer starken, positiv empfundenen emotionalen Bindung der Opfer an die Täter führen, die bis zur erotischen Idealisierung reichen kann. Bei den Göttern! Diese langhaarigen Blumenfanatiker haben euch doch nicht etwa gezwungen, Unzucht mit ihnen zu treiben, oder?«

Horfax und Schorak wechselten einen befremdeten Blick.

»Nein, ganz im Ernst«, sagte der Herrscher. »Wir arbeiten freiwillig hier und sind immer gut behandelt worden! Und wir wüssten gern ...«

»Sag ich doch! Eindeutiger Fall von Holmstock-Syndrom.« Der Oberst klopfte Schorak jovial auf die Schulter. »Aber jetzt habt ihr's ja überstanden! Das Reich hat euch heimgeholt! Feldwebel, kümmer dich darum, dass die beiden was Anständiges zu essen bekommen. Sie sollen sehen, dass der König für sein Volk sorgt!«

»Zu Befehl, Herr Oberst!«

Sie waren bereits einige Schritte gegangen, als der Offizier sie plötzlich zurückhielt.

»Moment!«, rief er, kam auf Horfax zu und betrachtete ihn aufmerksam. »Kenn ich dich nicht?«

»Ich wüsste nicht woher«, entgegnete der Herrscher langsam und schloss den Griff fester um die Gartenschere, die er hinter seinem Rücken hielt.

»Doch, ich bin mir ziemlich sicher, dass ich dich schon mal irgendwo gesehen hab!«, beharrte der Oberst. »Ich glaub, du warst damals dicker und dein Gesicht war auch irgendwie anders!«

»Tut mir leid, aber das hier war schon immer mein Gesicht«, sagte Horfax, darauf gefasst, sein Leben so teuer wie möglich zu verkaufen. »Ein anderes hatte ich nie.«

»Doch, jetzt weiß ich's wieder! Im Kolosseum, zu Hause in Arkzul!«

»Sie verwechseln mich mit jemandem. Ich bin niemals in Arkzul gewesen.«

»Aber ganz bestimmt! Du warst dieser kleine dicke Wüterich, der immer alle anderen herumgescheucht hat! Ich komm grad nicht auf den Namen …«

»Wie bedauerlich, dass Sie nicht lange genug gelebt haben, um sich daran zu erinnern«, knurrte Horfax und machte sich bereit, mit der Schere zuzustoßen.

»Doch!«, rief der Oberst. »In dieser Possenreißer-Revue im Kolosseum! Ich seh es genau vor mir!«

»Possenreißer-Revue?«

Horfax entspannte sich.

»Ja! Du hast diesen größenwahnsinnigen Choleriker gespielt, der die anderen Clowns angebrüllt hat: *Ein bisschen zackig, oder muss ich euch Beine machen?* Jetzt helfen Sie mir doch mal, Feldwebel, Sie haben es doch bestimmt auch gesehen!«

»Melde gehorsamst, dass ich nicht weiß, wovon Herr Oberst sprechen«, bemerkte der Feldwebel mit stoischem Gesichtsausdruck.

»Aber sicher doch! *Seht mich an,* hat er geschrien, *ich bin der Herrscher der Welt! Kniet nieder vor mir, Lumpenpack!* Und sein Name war … sein Name war …«

»Harfox, der Clown?«, schlug Schorak aufs Geratewohl vor.

Der Oberst verstummte und starrte ihn an.

Dann klatschte er in die Hände.

»Ja! Genau das war's: Harfox der Clown«, rief er. »Meine Frau und ich haben Tränen gelacht! Großartige Vorstellung, absolut fabelhaft!«

»Danke«, bemerkte der Herrscher sachlich. »Alles, was ich will, ist das Publikum zum Lachen zu bringen.«

»Nur nicht so bescheiden!«, erwiderte der Oberst. »Was Sie machen, ist ganz große Kunst! Sehen Sie ihn sich an, Feldwebel: Wir haben es hier mit einem wahren Künstler zu tun!«

»Zu Befehl, Herr Oberst! Ein wahrer Künstler!«

»Da kommt mir plötzlich ein Gedanke! Wären Sie und Ihr Kollege vielleicht bereit, eine kleine Sondervorstellung für die Truppe …? Würde sicher ungemein zur Hebung der Moral beitragen! Und Freude ist die Kraft, die uns dem Sieg Tag für Tag einen großen Schritt näher bringt!«

»Gerne«, sagte Horfax mit unbewegter Miene. »Aber vorher wüsste ich gern, was mit den Elfen geschehen ist, die hier leben.«

»Oh, keine Sorge!«, lächelte der Oberst. »Sie werden nie wieder einem Bürger von Arkzul ein Leid antun! Feldwebel, zeigen Sie den beiden Volksgenossen hier, wie wir bei der Schatten-Schwadron mit den Feinden des Reiches verfahren.«

In einer langen Reihe lagen die Leichen der Blumenelfen nebeneinander auf dem Boden des großen Gewächshauses.

Einige waren von Schwerthieben niedergestreckt worden, andere von Armbrustbolzen durchbohrt, manchen hatte man die Ohren abgeschnitten – wie es aussah, waren die Hack-Zwillinge nicht die Einzigen, die eine barbarische Sammelleidenschaft pflegten.

Eine tiefe blutige Narbe lief quer über das Gesicht Florestans und vermochte seine gutherzigen Züge dennoch nicht zu entstellen.

Auch im Tod lächelte der Elf noch immer sein warmes, freundliches Lächeln.

Auf seiner rechten Handfläche lag eine große Asternblüte – sei es, dass er sie in der Hand gehalten hatte, als er von seinen Mördern überrascht worden war, sei es, dass man sie nachträglich dort platziert hatte, um ihn zu verspotten.

Horfax wandte sich ab.

In seinen Augen schimmerten Tränen, und in den Tränen spiegelten sich die Flammen des brennenden Wohnhauses wider.

»Wir kehren zurück«, sagte er mit rauer Stimme.

»Zurück, Majestät?«, fragte Schorak leise. »Wohin zurück?«

»Nach Arkzul«, entgegnete der Herrscher. »Es sieht so aus, als gäbe es zu Hause einiges, das in Ordnung gebracht werden muss.«

III

Auch an König Dorgol war die Zeit nicht spurlos vorübergegangen.

Noch immer war seinem muskulösen Körper anzusehen, dass er sein Leben damit verbracht hatte, den Schmiedehammer zu führen, doch um seinen Mund lag nun ein harter Zug, der erkennen ließ, dass er es gewohnt war, Befehle zu geben und keine Widerrede zu dulden.

Obwohl der hünenhafte Herrscher die meisten seiner Untertanen um wenigstens eine Kopfeslänge überragte, hatte sich sein Rücken seit dem Machtantritt wie unter einer schweren Bürde mehr und mehr gebeugt, sodass es schien, als wäre Dorgol über seine Jahre hinaus gealtert.

Vielleicht war es auch die Last der Krone von Arkzul, die den König zwang, sein Haupt in scheinbarer Demut zu neigen.

Unter den Palastdienern, Generälen und Ministern ging das Gerücht, dass der Herrscher das eiserne Band, geschmiedet vom Reichsgründer Gnorgax in den Feuern der Hyl, niemals ablegte, nicht einmal im Schlaf.

Andererseits hieß es auch, dass sich der König das Schlafen überhaupt ganz abgewöhnt hatte, und ein Blick in seine fiebrig glühenden Augen genügte, um sich davon zu überzeugen, dass diese Behauptung wohl nicht weit von der Wahrheit entfernt war.

Es war die Stunde der täglichen Audienz im Thronsaal.

»Der Feldzug im Osten ist ein voller Erfolg«, berichtete der Feldmarschall und bemühte sich, ungetrübte Zuversicht zu versprühen. »Unsere Truppen konnten entscheidende Schlachten bei Gnollenberg, Elfingen und Schrutenmünde für sich entscheiden. Wenn die Kampagne weiterläuft wie geplant – woran zu diesem Zeitpunkt kein Zweifel bestehen kann –, werden wir noch vor Ende der nächsten Woche vor der Hauptstadt des Feindes stehen.«

Er verstummte und erwartete nervös die Antwort des Königs.

Dorgol, der müde auf dem Thron der Schatten saß und den Bericht mit gesenktem Kopf angehört hatte, hob den Blick.

»Wenn«, sagte er leise. »Wenn! Wenn ich eines gelernt habe, dann, dass es keine *vollen Erfolge* gibt. Wann immer die Leute einen uneingeschränkten Triumph ausrufen, versuchen sie nur, all die unschönen Details zu verbergen, die einen Schatten auf den vermeintlichen Sieg werfen könnten. Also: Welche Details werden mir gerade vorenthalten?«

Der Feldmarschall räusperte sich.

»Nun ...«, begann er schwitzend. »Es hat ... da tatsächlich einen kleinen, sicher nicht kriegsentscheidenden Zwischenfall gegeben ... Die dritte Division ist bei Schädelfeld in einen Hinterhalt geraten und eingekesselt worden. Sie ... nach langen Kämpfen und schweren Verlusten ... sie haben ... sie ...«

»Sie haben was?«, knurrte der König. »Hör auf herumzustottern und rück endlich raus mit der Sprache.«

»Sie haben ... sich vollständig dem Feind ergeben«, sagte der Feldmarschall hastig. »Mit allen Vorräten und Waffen.«

»Diese elenden Verräter!«, donnerte Ornok, der neben dem Thron seines Bruders stand. »Sie haben Schande über sich und das Reich gebracht! Wissen diese Feiglinge denn nicht, dass kein Preis zu hoch ist für die Freiheit, nicht einmal der Tod? Es wäre ihre Pflicht gewesen, ihre heilige Pflicht, die Stellung bis zum letzten Blutstropfen zu halten!«

»Die Stellung war aber nicht zu halten«, wandte der

Feldmarschall ein. »Es wäre ein sinnloses Opfer gewesen.«

»Im Kampf für die Freiheit gibt es keine sinnlosen Opfer!«, ereiferte sich Ornok. »Und wie kannst du es wagen, mir zu widersprechen! Ich werde dir schon noch beibringen, wie ...«

»Danke, Bruder«, unterbrach ihn der König. »Wir haben deine Meinung gehört. Um die Verluste auszugleichen, werden wir eine weitere Welle von Rekruten einberufen. Sind die neuen Plakate zur Hebung der Moral fertig?«

Der Propagandaminister trat vor, eine Papierrolle unter dem Arm.

»Ja, Majestät«, sagte er und entrollte das Plakat.

Es zeigte einen Kobold, der nur mit einem Kurzschwert bewaffnet gegen ein schwarzes Drachenungetüm mit rot glühenden Augen kämpfte.

Ergänzt wurde dieses Bild durch den Spruch:

Heldentum kennt keine Grenzen.

»Sehr gelungen!«, lobte Ornok. »Damit ist der heldenhafte Freiheitskampf des Volkes von Arkzul beispielhaft zum Ausdruck gebracht.«

»Danke«, sagte der Minister, wobei er Dorgol abwartend anblickte.

»Stilsicher hat der Künstler jenen Augenblick gewählt, in dem die Not am größten scheint«, fuhr Ornok fort. »Denn dies ist die Stunde, in der der wahre Held sich erhebt und zu seiner historischen Größe ...«

»Es ist gut«, schnitt ihm der König das Wort ab. »Ihr könnt mit dem Plakatieren beginnen.«

Zornig biss sich Ornok auf die Lippen.

»Wie Ihr befiehlt, Majestät«, sagte der Propagandaminister. »Darf ich Euch außerdem diesen neuen Briefentwurf zeigen? Er ist für die Angehörigen unserer gefallenen Soldaten bestimmt.«

Dorgol nahm den Brief entgegen und überflog ihn, während sich sein Bruder über den Thron beugte, um mitlesen zu können.

Sehr geehrte(r) Frau/Herr,

es erfüllt uns sowohl mit Trauer als auch mit Stolz, Ihnen mitteilen zu müssen, dass Ihr Sohn/Verlobter/Gatte/Neffe/Enkel in Erfüllung seiner heiligen Pflicht auf dem Feld der Ehre heldenhaft gefallen ist.

Seien Sie versichert, dass sein Opfer nicht vergeblich war. Die Erinnerung an ihn wird in den Herzen aller freiheitsliebenden Bürger des Reiches ebenso fortleben wie in dem Ihrigen.

Im Auftrag des Königs

»In Ordnung. Lasst davon zehntausend Stück auf Vorrat drucken«, sagte Dorgol und gab dem Minister den Brief zurück. »Polizeichef? Wie ist die innenpolitische Lage?«

Der Polizeichef räusperte sich.

»Im Allgemeinen stabil …«, sagte er.

»Geht es auch etwas ausführlicher?«, erwiderte der König.

»Natürlich, Majestät. Das Volk verhält sich ruhig und ist mit der Regierungstätigkeit Eurer Majestät vorbehaltlos einverstanden. Besondere Vorkommnisse sind nicht zu vermelden. Außer vielleicht …«

»Außer was?«, fragte Dorgol.

»Nun, eigentlich ist es nur eine Kleinigkeit, wahrscheinlich ein Dummejungenstreich, nicht der Rede wert. In der letzten Zeit sind verschiedentlich Schmierereien an Häuserwänden aufgetaucht.«

»Schmierereien?«

»Ja, Majestät. Es ist immer derselbe Spruch: *Er wird zurückkehren.*«

»*Er wird zurückkehren?* Was soll das heißen? Wer wird zurückkehren?«

»Das wissen wir auch nicht. Aber wir halten die ganze Sache nicht für bedeutend genug, um ihr besondere Aufmerksamkeit zu widmen.«

»Blödsinn!«, rief Ornok, der sich in der letzten Minute zurückgehalten hatte, nachdem er zuvor mehrmals von seinem Bruder unterbrochen worden war. »Genau diese lasche Auffassung hat dazu beigetragen, dass in der Bevölkerung die verderbliche Saat des Ungehorsams ihre Wurzeln schlagen konnte! Inzwischen hege ich beinahe den Verdacht, dass unsere Polizei die bereits überall sichtbaren Zeichen der öffentlichen Aufwiegelung nicht nur aufgrund von Unvermögen und Arbeitsscheu ignoriert, sondern aus heimlichem Einverständnis!«

»Also, das ist doch wohl …!«, begann der Polizeichef aufgebracht.

»Halt den Mund!«, fuhr ihn Ornok an. »Ich bin es satt, tatenlos zuzusehen, wie das Werk, das mein Bruder und ich mit unseren eigenen Händen aufgebaut haben, durch Korruption und Unfähigkeit zerstört wird! Dorgol«, wandte er sich an den König, »erteile mir die Ermächtigung, mit den Schatten-Schwadronen im Reich für Ordnung zu sorgen, und ich verspreche dir, in nur vier Wochen …«

»Schweig!«

Der König hatte so laut geschrien, dass alle Anwesenden zusammengezuckt waren.

Zornig funkelte Dorgol seinen Bruder an, der seinerseits blass vor Wut geworden war.

Es dauerte jedoch nur einen Augenblick, bis der König seine Beherrschung wiederfand.

»Ich wünsche, dass der Sache mit den Schmierereien

auf den Grund gegangen wird«, sagte er gefasst. »Und ich möchte außerdem, dass ihr – du und deine Männer – die Polizei künftig bei der Aufrechterhaltung der öffentlichen Ordnung unterstützt, Ornok. *Unterstützt,* wohlgemerkt.«

»Ich danke dir für dein Vertrauen, Bruder«, sagte Ornok mit versteinerter Miene.

»Das wäre alles«, erklärte Dorgol. »Die Audienz ist beendet.«

Erleichtert entfernten sich die Minister und Generäle aus dem Thronsaal.

Als Letzter verließ Ornok den Raum, noch immer bleich und auf seinen Lippen kauend.

In seine eigenen Gedanken versunken, blieb der König allein zurück.

Nach einer Weile löste sich eine Gestalt aus den Schatten und näherte sich dem Thron, wobei sie sich mit der linken Hand auf einen Gehstock stützte.

»Ich wusste, dass du hier bist«, sagte Dorgol, ohne den Kopf zu heben.

»Ihr habt einen scharfen Blick, Majestät«, antwortete Hans Freudenschneider.

»Den entwickelt man ganz von selbst, wenn man von Unfähigen und Verrätern umgeben ist.«

»Ich persönlich habe es immer vorgezogen, von *unfähigen Verrätern* umgeben zu sein. Aber ich hoffe, Majestät ordnen mich keiner der beiden Kategorien zu.«

»Ich bin mir nicht sicher.« Dorgol lehnte sich auf dem Thron zurück. »Wenn ich mich richtig erinnere, hattest du versprochen, den Tyrannen Grymmenstein zu fassen und hierher zu bringen. Wie lange ist das noch mal her?«

»Etwas mehr als sieben Jahre, Majestät.«

»Sieben Jahre. Manchmal frage ich mich, warum ich dich in all der Zeit am Leben gelassen habe, anstatt dich für deine Verbrechen zu bestrafen, wie du es verdient hättest.«

»Eine gute Frage, Majestät«, lächelte Freudenschneider.

»Vielleicht aus reiner Güte. Oder auch aufgrund der guten Dienste, die ich Euch in diesen sieben Jahren geleistet habe.«

Der König schwieg.

»Es ist wahr«, sagte er schließlich. »Auch wenn ich es nicht gern zugebe, deine Fähigkeiten sind für mich mit der Zeit unentbehrlich geworden.«

»Danke, Majestät. Es ist mir eine Ehre, der gerechten Sache zu dienen.«

»Warum nur hört sich das aus deinem Mund wie blanker Hohn an?«

»Ich meine es aufrichtig, Majestät. Es liegt mir fern zu spotten.«

»Es ist auch ganz einerlei. Ich habe eine weitere Aufgabe für dich. Ich möchte, dass du meinen Bruder beobachtest.«

»Ihr misstraut ihm?«, fragte Hans. »Und ich dachte immer, Blut sei dicker als Wasser.«

»Das mag sein. Aber auch undurchsichtiger.«

Der Geheimpolizist lachte leise.

»Dann sprechen wir nicht von Eurem Bruder. Wenn Ihr mir die Bemerkung erlaubt, Majestät: Seine Absichten scheinen mir alles andere als undurchschaubar.«

»Ich weiß. Deshalb beauftrage ich dich ja, ihn im Auge zu behalten. Ich denke, es war ein Fehler, ihm die Führung der Schatten-Schwadronen zu übertragen. Manchmal scheint es mir, als glaubte er bereits, an meiner statt auf dem Thron zu sitzen.«

»Ich werde mein Bestes tun und Euch über jeden seiner Schritte auf dem Laufenden halten, Majestät. Und was den anderen Auftrag angeht: aufgeschoben ist nicht aufgehoben.«

»Grymmenstein?«, erwiderte der König, leise lachend. »Vergiss ihn. Wahrscheinlich ist er nicht einmal mehr am Leben.«

»Oh, ich denke doch, Majestät.« Hans Freudenschneider wandte sich ab und ging auf die Tür zu. »Und wenn mich nicht alles täuscht, ist er gar nicht allzu weit von hier entfernt.«

Sein Krückstock pochte auf die marmornen Fliesen, und das Geräusch hallte laut durch den Thronsaal.

Dorgol blickte ihm schweigend hinterher.

»Er ist bereits auf dem Weg«, murmelte der Geheimpolizist lächelnd. »*Er wird zurückkehren …*«

IV

Auf ihrer Reise erkannten Horfax und Schorak bald, dass die Welt eine andere geworden war, während sie auf dem Landgut Florestans wie in einer eigenen Zeit gelebt hatten, abgeschieden vom übrigen Lauf der Geschichte.

Wo sie auch hinkamen, war von Krieg die Rede.

Mächtige Armeen waren auf dem Vormarsch und hinterließen auf ihrem Weg Not und Verwüstung.

Einmal überflogen der Herrscher und der Wesir mit der Maikäferkutsche ein großes Heerlager, an dessen Zelten das jetzige Banner von Arkzul im Wind wehte, Hammer und Amboss.

Sie umkreisten das Lager einige Male und drehten dann hastig ab, als die Bogen- und Armbrustschützen das Feuer auf sie eröffneten.

Es dauerte auch nicht lange, bis sie die Erfahrung machten, dass die Angehörigen der anderen Völker in letzter Zeit nicht besonders gut auf Kobolde zu sprechen zu sein schienen.

In Gasthäusern begegnete man ihnen voller Misstrauen und Abneigung und legte großen Nachdruck darauf, ihnen klarzumachen, dass *ihresgleichen in dieser Gegend nicht gern gesehen* war, wie sich ein riesiger, narbengesichtiger Troll ausdrückte, der sich zu ihnen setzte, sein Messer in die Tischplatte rammte und Schorak einen vollen Bierkrug über den Kopf schüttete.

Sie hatten es gerade noch rechtzeitig zur Kutsche geschafft, verfolgt von einer wütenden Meute, die keinen Zweifel daran ließ, dass sie Lynchjustiz für eine durchaus legitime Form der Rechtsprechung hielt.

Nach dieser Erfahrung zogen es Horfax und Schorak vor, die sogenannte Zivilisation zu meiden, und rasteten lieber unter freiem Himmel.

Am fünften Tag ihrer Reise sahen sie bereits die vertrauten Schattenberge aufragen, unter denen sich das Reich Arkzul erstreckte – zu Fuß hätten sie für die gleiche Strecke wenigstens das Fünffache der Zeit gebraucht.

Sie landeten in einem Kiefernwäldchen am Hang des Gebirges, und nachdem sie die Riesenmaikäfer abgeschirrt und freigelassen hatten, machten sie sich auf den Weg zum nächsten Tor in die Unterwelt.

Um nicht erkannt zu werden, zogen sie sich die Kapuzen ihrer Mäntel weit über das Gesicht. Doch ihre Befürchtungen, man könnte sie entlarven, erwiesen sich als unbegründet, denn am Tor herrschte ein solches Gedränge, dass niemand von zwei unbedeutenden Wanderern Notiz nahm.

Genau in dem Moment, in dem sie das Tor passierten, trafen sich dort zwei Regimenter der Armee von Arkzul, eines, das aus dem Feld heimkehrte, und ein anderes, das gerade dorthin aufbrach.

Neuigkeiten wurden ausgetauscht, Kriegsgeschichten erzählt und Nachrichten an Bekannte weitergegeben. In diesem Durcheinander gelang es Horfax und dem Wesir, unbemerkt über die Grenze zu gelangen.

Auf ihrem Weg zur Hauptstadt begegneten sie weiteren Truppen, denen ihrerseits Armeen von Marketendern,

Schenkwirten und leichten Koboldmädchen folgten, die darauf spekulierten, den hungrigen, durstigen und gelangweilten Kriegern zwischen den Schlachten einen schönen Teil ihres Solds abzuknöpfen.

»Meine Güte«, bemerkte der Wesir. »Es sieht ja fast so aus, als würden wir mit der gesamten Welt Krieg führen!«

»Und die Leute haben mich einen größenwahnsinnigen Irren genannt!«, knurrte Horfax.

Um ganz sicherzugehen, nicht entdeckt zu werden, vermieden sie nach Möglichkeit die Hauptstraßen und wählten stattdessen weniger begangene Pfade durch die Unterwelt.

Zwei Tage nachdem sie das Tor an der Grenze durchschritten hatten, näherten sie sich bereits der Hauptstadt des Reiches.

»Na, hier hat sich ja einiges getan«, sagte Horfax.

Auch Arkzul hatte sich verändert, seit sie vor mehr als sieben Jahren Hals über Kopf daraus geflohen waren.

Auf einem Felsvorsprung stehend, blickten sie in den riesigen unterirdischen Hohlraum hinab, an dessen Grund die Königsstadt lag.

In der Tiefe unter ihnen herrschte rege Betriebsamkeit, Ströme von Händlern, Lieferanten und Soldaten quollen in beiden Richtungen durch die Stadttore, dunkler Rauch stieg aus Tausenden Schloten, Baulärm und das Geräusch unablässig niederfallender Schmiedehämmer waren in der Entfernung noch zu hören.

Überall in der Stadt wuchsen neue Gebäude empor, umwimmelt von Hunderten von Arbeitern, die sich aus der Distanz und im Vergleich zu der Größe der von ihnen errichteten Bauwerke so winzig wie Ameisen ausnahmen.

Dabei war es nicht zu übersehen, dass die neuen Machthaber von Arkzul eine Vorliebe für kolossale Baukunst besaßen, mehr noch als ihre sämtlichen Vorgänger.

Ganze Viertel schienen eingeebnet worden zu sein, um Platz für die ambitionierten Großbauprojekte zu schaffen, die das Gesicht der Hauptstadt deutlich gewandelt hatten.

Mehrstöckige Häuser und Türme, höher als jedes Bauwerk früherer Epochen, entstanden überall in der Stadt, Straßen waren verbreitert und begradigt worden, und jenseits der östlichen Mauer errichtete eine Armee von Arbeitern eine gewaltige Halle, deren ehrgeizige Größe sogar das alte Kolosseum in den Schatten stellte.

»Ihr habt sicher bereits einen Plan für unser weiteres Vorgehen erdacht, Majestät«, sagte Schorak, der neben dem Herrscher stand und mit ihm ins Tal hinabblickte.

»Klar«, antwortete Horfax. »Wir gehen da runter, erobern die Stadt und bringen die Dinge wieder ins Lot.«

»Ausgezeichnet«, bemerkte der Wesir ohne jeden Anflug von Ironie.

Horfax lachte.

»Es würde dir niemals in den Sinn kommen, an mir zu zweifeln, oder?«

»Natürlich nicht, Majestät!«, entgegnete Schorak. »Ihr seid als König geboren. Unfehlbarkeit ist Euer vornehmstes Attribut!«

»Aber inzwischen habe ich meine Ansichten vollkommen geändert. Wie soll sich das mit meiner angeblichen Unfehlbarkeit vertragen?«

»Über diese Frage habe ich in letzter Zeit viel nachgedacht, Majestät.«

»Mit welchem Ergebnis?«

»Mit dem Ergebnis, dass mein gewöhnlicher Sterblichen-Verstand offensichtlich zu begrenzt ist, um derart schwierige metaphysische Probleme erfassen zu können, Majestät.«

Horfax schmunzelte amüsiert.

»Hatte ich dir nicht schon mehrfach das *Du* angeboten

und gesagt, dass du aufhören kannst, mich *Majestät* zu nennen?«

»In der Tat, Majestät, das habt Ihr. Ziemlich häufig sogar.«

»Und?«

»Darüber muss ich noch etwas nachdenken, Majestät.«

»Weil es sich dabei um ein schwieriges metaphysisches Problem handelt?«

»Ganz genau, Majestät.«

Sie machten sich wieder auf den Weg und durchschritten wenig später unerkannt das Stadttor von Arkzul.

Das Erste, was ihnen auffiel, als sie die belebten Straßen durchquerten, waren die vielen Wachmannschaften, die mit finsteren Mienen überall in der Stadt patrouillierten.

Grimmig erkannten Horfax und Schorak, dass sie die gleichen schwarzen Uniformen trugen wie die Kobolde, die Florestans Landgut überfallen hatten.

Wann immer ihnen eine dieser Patrouillen entgegenkam, wechselten sie die Straßenseite, verbargen ihre Gesichter in den Kapuzen und atmeten erst auf, wenn der stampfende Gleichschritt langsam hinter ihnen verklang.

Noch etwas anderes war nicht zu übersehen: An Mauern und Häuserwänden begegnete ihr Blick immer wieder demselben, hastig mit roter Farbe hingepinselten Spruch:

Er wird zurückkehren.

»Was hat das wohl zu bedeuten?«, fragte Horfax. »Wer wird zurückkehren?«

»Da bin ich überfragt, Majestät«, antwortete Schorak. »Aber wer auch immer es sein mag, seine Rückkehr scheint sehnsüchtig erwartet zu werden.«

»Er wird zurückkehren!«, flüsterte in diesem Moment eine vermummte Gestalt und drückte Horfax im Vorbeigehen ein Flugblatt in die Hand.

Verwundert las der Herrscher:

Nieder mit dem Tyrannen!

Bürger von Arkzul, seid bereit!

Er wird zurückkehren!

»Einen Moment!«, rief Horfax und winkte mit dem Flugblatt. »Ich hab eine Frage!«

Sie eilten der vermummten Gestalt hinterher, die jedoch ebenfalls ihre Schritte beschleunigte und in eine Querstraße einbog.

»Jetzt warte doch mal!«, schnaufte Horfax, als sie zu ihr aufgeschlossen hatten. »Wir würden dich gern was fragen!«

»Verzieht euch!«, zischte die Gestalt und hastete weiter. »Wir haben nichts miteinander zu schaffen!«

»Nur eine kurze Frage wegen diesem Flugblatt, das du uns gegeben hast!«, beharrte Horfax.

Der Vermummte blieb abrupt stehen.

»Ja, toll«, flüsterte er. »Schrei doch noch lauter! Ist ja nicht so, dass du uns damit die gesamte Schatten-Schwadron auf den Hals hetzen würdest!«

»Entschuldigung.« Horfax senkte die Stimme. »Wir wüssten nur gern, was gemeint ist mit: *Er wird zurückkehren.*«

Der Flugblattverteiler starrte sie an.

»Sagt mal, habt ihr die letzte Zeit auf dem Mond gelebt?«, fragte er.

»In gewisser Weise schon«, antwortete der Wesir. »Wir sind leider nicht ganz auf dem Laufenden, was die jüngsten Entwicklungen in Arkzul angeht.«

»Da habt ihr aber einiges verpasst.« Die Gestalt trat näher und flüsterte verschwörerisch: »*Er wird zurückkehren,* das bedeutet, dass *er* zurückkehren wird.«

»Tatsächlich?«, meinte Horfax. »Das hätte ich nicht gedacht.«

»Welcher *er* denn genau?«, fragte Schorak.

»Der Retter des Volkes«, flüsterte der Vermummte.

»Ach so«, sagte Horfax. »Der Retter des Volkes. Ja dann …«

»Der Befreier der Unterdrückten. Der Rächer der Entrechteten. Der Wohltäter der Witwen und Waisen.«

»Scheint ein großartiger Kerl zu sein«, bemerkte Horfax. »Hat er auch einen Namen?«

»Natürlich«, entgegnete der Flugblattverteiler. »Horfax von Grymmenstein.«

»Horfax von Grymmenstein?«, wiederholte der Herrscher ungläubig. »Du meinst doch nicht etwa Horfax *den Dritten* von Grymmenstein, oder?«

»Wen denn sonst?«, versetzte der Kobold. »Der wahre König von Arkzul wird zurückkehren und uns aus dem Joch des verhassten Usurpators erlösen. Und mit ihm werden Frieden und Frohsinn erneut Einzug halten, und ein goldenes Jahrhundert wird anbrechen.«

Horfax war sprachlos.

»Aber ich …«, begann er und korrigierte sich. »Ich meine … Horfax war ein skrupelloser, machtgieriger Despot, ein selbstsüchtiger Psychopath erster Güte!«

Der Flugblattverteiler spuckte aus.

»Hab ich's doch gewusst!«, rief er. »Elende Dorgolianer! Die Pest soll euch holen!«

Er wandte sich ab, doch Horfax hielt ihn am Ärmel zurück.

»Warte!«

»Lass mich los, verfluchter Spitzel!«, knurrte der Kobold und stieß den Herrscher gegen die Häuserwand.

Dabei verrutschte die Kapuze von Horfax' Mantel und gab sein Gesicht frei.

Wie vom Donner gerührt starrte ihn der Flugblattverteiler einen Augenblick lang an und warf sich dann plötzlich zu Boden.

»Er ist es!«, rief er außer sich. »Bei den Göttern, er ist

es wirklich! Der wahre König ist zurückgekehrt! Erlöse uns, o König, erlöse uns von unserem Joch!«

Horfax und der Wesir wechselten einen Blick.

»In Ordnung«, flüsterte der Herrscher, »schon gut. Ich erlöse euch ja gern von eurem Joch. Aber könntest du bitte etwas leiser sein?«

Doch für Heimlichkeiten war es bereits zu spät.

Von den inbrünstigen Treueschwüren des glühenden Horfaxisten angelockt, bildete sich in kurzer Zeit ein Massenauflauf um den Herrscher und seinen Wesir.

»Er ist zurückgekehrt!«, erschallte von überall her der Ruf und verbreitete sich wie ein Lauffeuer in den Straßen.

»Der wahre König ist zurückgekehrt, um uns aus unserer Not zu erretten!«

»Rette uns, König!«

»Führe uns in das goldene Zeitalter!«

Alte und Gebrechliche drängten nach vorn, um sich von Horfax segnen zu lassen.

Ein verhutzeltes Koboldgreisenweiblein hatte seine Hand ergriffen und überschüttete sie mit Tränen und feuchten Handküssen, während sich ihr gegenüber ein Lahmer, ein Blinder und ein Taubstummer um das Privileg stritten, als Erster von der wunderheilenden Wirkung der anderen königlichen Hand profitieren zu dürfen.

Säuglinge, die man auf seinen Namen getauft hatte, wurden Horfax entgegengestreckt, junge Frauen schmiegten sich an ihn und erklärten, dass sie zwar noch kinderlos seien, sich jedoch nichts sehnlicher wünschten, als diesen bedauerlichen Zustand mit seiner Hilfe zu überwinden.

Plötzlich erscholl von irgendwoher der Ruf:

»Die Schatten-Schwadron!«

Der Lärm verstummte.

Die Neugeborenen wurden hastig wieder eingepackt, die

zeugungswilligen Jungfrauen lösten sich überstürzt von Horfax, die Gebrechlichen, geheilt oder nicht, schnappten sich ihre Krücken und humpelten eiligst davon.

Es dauerte nur wenige Augenblicke, bis sich die Menge vollständig verlaufen hatte.

Zurück blieben Horfax und Schorak, die nach dem Tumult, der so unversehens über sie hereingebrochen war, eine Weile brauchten, bis sie die Orientierung wiederfanden.

Der Wesir bemerkte als Erster den Trupp schwarz uniformierter Kobolde, die im Laufschritt die Straße heraufkamen.

»Lauft, Majestät!«, rief er, in ihre Richtung zeigend.

»Oh, gut. Wir rennen wieder davon«, sagte Horfax und befreite sich von einem BH der Kategorie XXL, der ihm von einer begeisterten Horfaxistin über den Kopf gestülpt worden war. »Ich dachte schon, ich komme noch ganz aus der Übung.«

Und sie rannten.

»Stehen bleiben, im Namen des Königs!«, bellte es hinter ihnen im scharfen Befehlston, und eine Trillerpfeife schrillte, doch Horfax und der Wesir hegten keineswegs die Absicht, sich so einfach schnappen zu lassen.

Der Stadtteil, in dem sie sich befanden, stammte noch aus einer Epoche von Arkzul, in der man nicht viel von Bauvorschriften gehalten hatte. Mit seinen verwinkelten Gassen und verschlungenen Wegen war er für eine Verfolgungsjagd wie geschaffen.

Manche Straßen waren so schmal, dass sich die Wände der Häuser zu beiden Seiten beinahe berührten, und in solchen Fällen erwies es sich als vorteilhaft, dass Horfax seit der Revolution viel von seiner früheren Leibesfülle eingebüßt hatte.

Sie zwängten sich zwischen engen Mauern hindurch, hasteten ausgetretene Stufen hinauf und hinab, eilten über Hinterhöfe, in denen die Anwohner ihre Wäsche an langen Leinen zum Trocknen aufgehängt hatten.

Ein paar Mal gerieten sie auch in Sackgassen und fanden gerade noch rechtzeitig einen Ausweg, indem sie über eine Mauer kletterten oder durch ein Wohnhaus entkamen, bevor ihre Verfolger sie einholen konnten.

Atemlos stürmten sie durch einen niedrigen Torweg und befanden sich unversehens mitten im bunten Treiben eines Marktes, der gerade im Viertel abgehalten wurde.

Händler fluchten und Geflügel gackerte aufgeregt, als Horfax und Schorak zwischen den Ständen hindurchstolperten und Käfige und Obstkörbe umstießen.

Als kurz darauf die schwarz Uniformierten erschienen, verstummten die wütenden Rufe und eine betretene Stille breitete sich aus.

»Die Schatten-Schwadron!«, lief ein erschrockenes Wispern über den Markt.

Die Warnpfiffe schienen immer mehr der bedrohlichen Verfolger herbeigerufen zu haben, die nun von verschiedenen Seiten heraneilten und die beiden Fliehenden einzukreisen begannen.

»Wohin jetzt?«, rief Schorak außer Atem.

»Keine Ahnung!«, erwiderte Horfax schnaufend. Er zeigte auf eine Häuseröffnung, die nicht weit vor ihnen lag. »Wie wäre es da lang?«

Die Schatten-Schwadronen dicht auf ihren Fersen, rannten sie auf die Gasse am Rand des Marktes zu.

»Ich hoffe, du hast recht, was meine Unfehlbarkeit angeht!«, rief Horfax. »Sonst dürften wir nämlich demnächst …«

Sie durchquerten die schmale Häuseröffnung und blieben mitten auf der Straße stehen.

»… in ziemlich große Schwierigkeiten geraten«, vollendete der Herrscher seinen Satz.

Sie waren in eine Sackgasse gelaufen.

Und diesmal sah es wirklich danach aus, als wäre ihre Flucht nun endgültig vorbei.

Hohe, unüberwindliche Mauern umgaben sie von drei Seiten, und aus der Richtung des Marktes hörten sie bereits die rasch näher kommenden Schritte ihrer Verfolger.

»Tja, Schori«, sagte Horfax, nach Luft ringend. »Ich glaube, damit hab ich gerade ein schwieriges metaphysisches Problem gelöst und uns dafür in einen handfesten Schlamassel manövriert.«

»He! Psst!«, rief plötzlich eine Stimme, die aus dem Boden zu kommen schien. »Hier unten!«

Als wenige Sekunden später die Schatten-Schwadron in die Gasse stürmte, waren der Herrscher und sein Wesir verschwunden, als hätten sie sich in Luft aufgelöst.

Von allen Blicken unbemerkt, wurde ein eiserner Kanaldeckel wieder leise an seinen Platz gerückt.

V

Es war weit nach Mitternacht.

Schläfrig stützten sich die Nachtwächter vor den Palasttoren auf ihre Hellebarden und gaben sich Mühe, die Augen offen zu halten.

Im Innern des Palastes herrschten Stille und Dunkelheit.

Nur im Thronsaal brannten noch die großen Feuerbecken und verbreiteten ihr unstetes Licht, in dem sich König Dorgol über eine Karte der Fernen Länder beugte, die dicht an dicht mit bunten Figuren bedeckt war.

Jede von ihnen repräsentierte eine Einheit der verschiedenen Armeen in dem großen Krieg, der nun schon seit bald drei Jahren herrschte.

Nach anfänglich raschen Fortschritten und schnellen Eroberungen war der Feldzug der vereinten Koboldreiche, angeführt von Arkzul und seinem König, ins Stocken geraten.

Gefechte gingen verloren, Gebiete wurden vom Feind zurückerobert, Nachschublinien unterbrochen.

Die Verluste nahmen zu, und mit ihnen auch die Unzufriedenheit der Bevölkerung, die nach den ersten Erfolgen ihrem siegreichen König noch in heller Kriegsbegeisterung zugejubelt hatte.

Wie ein Schachspieler, der seinen nächsten Zug überdenkt, betrachtete Dorgol mit finsterer Miene die militärische Karte.

»Dorgol.«

Der König blickte auf.

Moria, die Königin, hatte den Thronsaal betreten.

»Es ist spät«, sagte sie leise. »Willst du nicht schlafen kommen?«

»Ich habe keine Zeit zu schlafen«, antwortete er mit dumpfer Stimme. »Wie könnte ich schlafen, wenn das Königreich in Flammen steht?«

»Mit dem Krieg geht es nicht gut?«, fragte sie und warf einen besorgten Blick auf die Karte.

»Wie sollte es gut mit ihm gehen?«, knurrte Dorgol. »Meine Generäle sind aufgeblasene Wichtigtuer, die keine Ahnung von Kriegsführung haben, die Offiziere gleichen einer Bande von Feiglingen, die sich lieber hinter den Truppen verschanzen, anstatt ihnen mit gutem Beispiel voran in die Schlacht zu ziehen. Und auch die einfachen Soldaten ergreifen beim ersten Anzeichen von Widerstand die Flucht.«

»Vielleicht verlangst du zu viel von ihnen«, sagte die Königin. »Nicht jeder ist so stark wie du selbst.«

»Ich verlange zu viel? Haben sie mich nicht zu ihrem König gewählt? Haben sie mich nicht gebeten, sie zu führen? Jetzt führe ich sie, und sie murren hinter meinem Rücken.«

»Sie wussten nicht, dass es so hart werden würde«, sagte Moria. »Die Verluste sind so hoch …«

»Sie wussten es nicht!«, lachte der König bitter. »Haben sie denn nicht gewusst, wer ich bin? Ich bin Dorgol, der Schmied. Mein Leben lang habe ich an der Glut der Esse gestanden und Schwerter geschmiedet. Und nun schicke ich die Schwerter in die Schlacht. Genau das ist es, was sie gewählt und bekommen haben: ein stählernes Zeitalter!«

»Aber das Volk sehnt sich nach Frieden«, wandte die Königin ein und wagte es nicht, ihren Mann anzusehen.

»Es wird keinen Frieden geben!« Dorgol schlug so hart mit der Faust auf den Tisch, dass Moria zusammenzuckte. »Nicht, ehe die Feinde unseres Volkes restlos besiegt sind. Nicht, ehe wir all unsere Ketten gesprengt haben, nicht, ehe wir endgültig frei sein werden! Haben sie mir nicht zugejubelt, als ich ihnen die Freiheit versprochen habe? Nun, da sie selbst dafür kämpfen sollen, laufen sie davon, diese Schwächlinge! In Wahrheit wollten sie nie wirklich frei sein. Sie haben nur nach jemandem gesucht, der die Last ihrer Freiheit für sie trägt, weil sie selbst zu schwach dazu sind!«

Langsam war Moria vor ihrem Mann zurückgewichen, der immer lauter und wütender gesprochen hatte. Nun stieß sie mit dem Rücken gegen die Wand.

»Du machst mir Angst, wenn du so bist«, flüsterte sie. »Du hast dich so verändert …«

»Ich habe mich nicht verändert!«, schrie Dorgol. »Ich bin noch immer derjenige, der ich war, als ich in der Schmiede den Stahl formte, der Gleiche, der ich war, als ich den Tyrannen stürzte und mir die Krone aufs Haupt setzte! Ich lasse mich nicht verbiegen wie all diese Sklaven und Knechte, die nur auf den nächsten Herrn warten, um den Rücken vor ihm zu krümmen! Unbeugsam, unzerbrechlich wie Stahl sollten sie sein, doch sie sind wie das Gras, das sich sklavisch mit dem Wind dreht! Wer den Tod in Freiheit fürchtet, verdient nicht einmal ein Leben in Ketten!«

Im Zorn stieß der König ein großes Feuerbecken um, scheppernd stürzte es auf den Boden und ergoss seine Glut über die marmornen Fliesen.

Der Lärm schien Dorgol zur Besinnung zu bringen. Er verstummte und richtete den Blick auf seine Frau, die sich zitternd an die Wand hinter ihr drückte.

Als er bemerkte, dass sie weinte, fiel er auf die Knie und nahm ihre Hand, die sie ihm überließ, ohne ihn anzusehen.

»Verzeih mir«, murmelte er. »Ich weiß nicht, was über mich gekommen ist. Du hast recht, ich habe mich verändert. Es ist diese Krone. Manchmal erscheint sie mir wie ein feuriges Rad, das mir die Stirn verbrennt. Dann ist es, als würde sie mit eiserner Stimme in meinem Kopf zu mir sprechen. Je länger ich sie trage, desto größer wird ihre Last.«

»Dann leg sie ab«, flüsterte Moria und strich ihm mit der Hand über die Wange. »Schließ Frieden und leg die Krone ab, bevor es zu spät ist.«

»Nein.«

Dorgol erhob sich.

»Ich habe geschworen, sie zu tragen, und ich werde diesen Schwur halten. Und selbst wenn ich es für richtig hielte, jetzt Frieden zu schließen, habe ich nicht allein darüber zu bestimmen. In zwei Wochen werden die Stammesoberhäupter zum großen Rat nach Arkzul kommen. Dann wird sich unser weiteres Schicksal entscheiden.«

Er wandte sich von der Königin ab und schritt in den weiten Thronsaal hinaus, der von den Feuerbecken unstet erhellt wurde. Nach und nach verschluckten ihn die Schatten.

VI

Sie nannten sich die *Neue und Wahre Befreiungsfront von Arkzul*, kurz *NWBA*.

Ihr Ziel war der Sturz des verhassten Tyrannen Dorgol, die Emanzipation der geknechteten Massen und die Wiederherstellung des Friedens innerhalb – optimistisch kalkuliert – der nächsten zwei bis drei Wochen.

Ihr Hauptquartier befand sich in der Kanalisation unterhalb der Hauptstadt, aus geheimhaltungstechnischer Sicht strategisch gut gewählt, vom geruchlichen Aspekt her allerdings optimierungsfähig.

Derzeit beschränkten sich die Aktivitäten der NWBA darauf, Horfax mit offenen Mündern anzugaffen, als handle es sich bei ihm um eines der hundertsiebenundzwanzig offiziell anerkannten Weltwunder der Fernen Länder.

»Der König! Er ist es wirklich!«, murmelten sie, baff vor Erstaunen.

Es war ein regelrechter Schock für sie gewesen, als sie schließlich erkannten, wen sie da vor den Schatten-Schwadronen gerettet hatten.

»Wie er es versprochen hat, ist er zurückgekehrt, um uns aus dem Tal des Jammers zu führen!«

»Er wird den Usurpator vertreiben und uns aus seinem Joch befreien!«

»Erneut wird der Frieden Einzug halten, Handel und Wandel werden blühen und gedeihen!«

»Niemand wird jemals wieder Not leiden! Die Straßen werden mit Gold gepflastert sein!«

»Ein Jahrtausend der Glückseligkeit bricht an!«

»Ähm …«, räusperte sich Horfax verlegen. »Ich will euch wirklich nicht eure Hoffnungen nehmen, aber seid ihr sicher, dass ihr mich nicht mit jemandem verwechselt?«

Doch sie waren nicht von der Überzeugung abzubringen, dass sie in ihm den lang ersehnten Messias und Retter von Arkzul gefunden hatten.

Vergessen waren sein rüpelhafter Regierungsstil und seine fragwürdigen öffentlichen Auftritte, vergessen auch sein größenwahnsinniges Gehabe, seine skandalösen Exzesse und seine tyrannische Gesetzgebung.

Während der sieben Jahre seiner Abwesenheit hatte sich sein Bild in der allgemeinen Erinnerung anscheinend in das vollkommene Gegenteil verkehrt.

Sie nannten ihn den *Guten* und *Gerechten,* den *Verteidiger der Schwachen* und – was nicht ganz der Ironie entbehrte – den *Schutzengel der Witwen und Waisen.*

Wenn man ihren Berichten Glauben schenken durfte, war die Zeit seiner Herrschaft eine goldene Epoche gewesen, er selbst ein weiser und gerechter König, der sich unermüdlich in eigener Person darum gekümmert hatte, die Hungernden zu speisen, den Unbehausten ein Obdach zu geben, die unglücklich Liebenden zueinanderzuführen und niedliche verirrte Höhlenhäschen zurück zu ihren besorgten Eltern zu bringen.

Sein Heiligenschein musste nicht extra erwähnt werden, ebensowenig seine Fähigkeit, übers Wasser zu gehen, sämtliche Krankheiten zu heilen und mit einem Fingerschnipsen zu vollbringen, was immer zu vollbringen er sich vornahm.

»Jetzt wird alles gut!«, rief einer der Rebellen. »In spätestens zwei Wochen wird die gerechte Sache gesiegt haben!«

»Was heißt in zwei Wochen!«, rief ein anderer. »Allerspätestens bis nächsten Dienstag!«

»Ja, toll«, murmelte Horfax. »Danke, dass ihr mich nicht mit unrealistisch hohen Erwartungen unter Druck setzt ...«

Während sich der Herrscher und sein Wesir im Lager

der Rebellen aufhielten, erfuhren sie mit Staunen, was sich in Arkzul alles getan hatte, seit sie das Königreich vor drei Jahren verlassen hatten.

Sie hörten von dem großen Krieg der Kobolde gegen die anderen Völker der Fernen Länder, der mit jedem Tag auf allen Seiten erbitterter geführt wurde.

Mithilfe seines rednerischen Geschicks und der prophetischen Versprechungen von wiedererlangter Macht und Größe hatte Dorgol erreicht, was seit Gnorgax, dem Gründer des Reiches Arkzul, niemand mehr vollbracht hatte: die zerstrittenen Reiche der Kobolde unter einem gemeinsamen Banner zu vereinen.

Ahnungslos und unvorbereitet wie sie waren, hatten die anderen Völker den gebündelten Kräften der Angreifer nichts entgegenzusetzen, und so gelang den Kobolden unter der Führung Arkzuls bereits in den ersten Kriegswochen eine Reihe ebenso blitzschneller wie triumphaler Eroberungen.

Als die ersten siegreichen Regimenter aus der Schlacht heimkehrten, wurden sie mit begeistertem Jubel empfangen und als Helden gefeiert.

Doch es dauerte nicht lange, und das Kriegsgeschick wendete sich.

Nachdem sich die Feinde vom ersten Schrecken erholt hatten, gründeten sie ihrerseits eine Allianz und holten zum Gegenschlag aus.

Seite an Seite traten Elfen, Zwerge, Gnome, Trolle und Orks den Invasoren entgegen und leisteten ihnen verbissen Widerstand.

Die Verluste mehrten sich, und bald gab es kaum eine Familie in Arkzul, die nicht wenigstens den Tod eines Angehörigen zu beklagen hatte, der in der Schlacht gefallen war.

Nicht lange, und die Lebensmittel wurden knapp und mussten streng rationiert werden.

Hunger breitete sich aus.

Als die Unzufriedenheit wuchs und Rufe nach Frieden laut wurden, begannen die Verhaftungen. Mit unerbittlicher Härte gingen die Machthaber gegen ihre eigene Bevölkerung vor, um jeden Widerstand bereits im Keim zu ersticken.

Besonders tat sich dabei die Schatten-Schwadron hervor, eine Art militärischer Polizeitruppe, die von Ornok, dem Bruder Dorgols, angeführt wurde.

Im Volk und besonders bei den Mitgliedern der NWBA war Ornok beinahe noch mehr verhasst als der König selbst.

»Wir haben schon häufig darüber nachgedacht, wie wir diesen Leuteschinder Ornok endlich drankriegen können«, weihte der Rebellenführer Horfax und Schorak in ihre Pläne ein.

Im Licht einer blakenden Laterne hatte sich die Neue Befreiungsfront in ihrem Hauptquartier versammelt und besprach konspirativ die Rückeroberung Arkzuls.

»Einer unserer Leute arbeitet als Gärtner bei ihm und begegnet häufig seiner Frau, wenn sie allein im Park spazieren geht. Wir könnten sie entführen und sie ihm stückweise zurückschicken, bis er aufhört, uns zu schikanieren.«

»Seine Frau?«, fragte Horfax. »Sie heißt nicht zufällig Prilda von Düsterborg, oder?«

»Doch. Sie ist die Tochter König Brugnolzaks. Persönlich haben wir nichts gegen sie, aber wenn ihr Tod der gerechten Sache dient …«

»Und du sagtest, einer eurer Männer arbeitet als Gärtner bei Ornok?«

»Ja, ja«, nickte der Rebellenführer mit Feuereifer. »Wir haben unsere Leute überall. Und der Plan mit der Entführung und stückweisen Verschickung ist doch gut, oder?« Beifallheischend blickte er in die Runde.

»Na ja …« Horfax verzog das Gesicht. »Wenn ihr nichts dagegen habt, würde ich es gerne erst mal mit weniger martialischen Methoden versuchen …«

VII

Diejenigen, die Prilda von Düsterborg noch am Hof ihres Vaters begegnet waren und sie als ein Mädchen kennengelernt hatten, das unbekümmert in den Tag hinein lebte, keinen Ball ausließ und sich sorglos von einem Vergnügen ins nächste stürzte, wären wohl überrascht gewesen, der ernsten jungen Frau vorgestellt zu werden, zu der sie in den sieben Jahren ihrer Ehe mit Ornok geworden war.

Anfangs hatte sie versucht, ihr gewohntes Leben auch in Arkzul fortzusetzen, was mit gewissen Schwierigkeiten verbunden gewesen war, denn die Verhältnisse in ihrer neuen Heimat unterschieden sich allzu sehr von denen, die sie von zu Hause her kannte.

Die Rebellenführer und ihre Frauen, die die neue gesellschaftliche Elite des Unterweltreiches ausmachten, stammten sämtlich aus dem einfachen Volk und ließen daher einiges von jener Feinheit und Eleganz vermissen, die Prilda von ihren aristokratischen Freunden in Düsterborg gewohnt gewesen war.

Von Tanzbällen, Musikabenden und Salongesellschaften hatte man am Hof Dorgols I. noch nichts gehört, und wenn doch, dann begegnete man diesen vornehmen Zeitvertreiben mit unverhohlenem Misstrauen.

Nach einem Monat purer Langeweile beschloss Prilda, dass es so nicht weitergehen konnte.

Sie heuerte einige Musiker an, ließ einen Saal ihres Hauses (es hatte vor der Revolution dem Herzog von Klagenmarck gehört) festlich herrichten und versandte einen Stapel Einladungskarten des Inhalts, das Ehepaar Ornok und Prilda von Arkzul gebe sich die Ehre, die Empfänger zu einer ungezwungenen Feierlichkeit unter Freunden in ihr Anwesen zu laden. Passende Abendgarderobe sei erwünscht, nicht zu elegant, aber auch nicht zu leger.

Das Ergebnis ließ sich nur mit viel gutem Willen als *eingeschränkter Erfolg* bezeichnen.

Da ein großer Teil derer, die eine Einladungskarte erhalten hatten, des Lesens nicht mächtig war und beschriebenes Papier bislang nur als Feueranzünder und praktischen Hygieneartikel auf dem Plumpsklo kennengelernt hatte, blieb die Zahl der tatsächlich erschienen Gäste recht überschaubar.

Überschaubar waren auch die Fähigkeiten der Musiker, deren mangelnde Virtuosität ihnen während der Revolution wohl buchstäblich den Kopf gerettet hatte, während viele ihrer begabteren Kollegen zusammen mit ihren adeligen Mäzenen als Klassenfeinde auf das Blutgerüst geschickt worden waren.

Es fiel jedoch nicht allzu schwer ins Gewicht, dass die Musik nicht erstklassig war, da die Gäste ohnehin weder künstlerisch gebildet noch tänzerisch befähigt waren, vom zeitlos beliebten Bierschunkeln und Deliriumswalzer einmal abgesehen, wie sich später am Abend herausstellte, als die Stimmung mithilfe verschiedener gehaltvoller Getränke doch noch auftaute.

Zu diesem Zeitpunkt hatte Prilda – mit ihrem elegantesten Ballkleid und ihren funkelnden Diamant-Ohrringen eine wahre, wenn auch wenig beachtete Augenweide – schmollend in einer Ecke gesessen und dabei zugesehen, wie ein sturzbesoffener Rebellenoffizier zusammen mit einer wuchtigen Matrone, deren Abendgarderobe selbst bei bescheidendsten Ansprüchen einiges zu wünschen übrig ließ, auf dem Tisch herumsprang und schließlich lachend mit ihr im Dessert landete.

Kurz darauf war – woher auch immer – eine Sau mit ihren quiekenden Ferkeln durch den Saal gestürmt, und einer der Musiker hatte sich in seine Tuba erbrochen, was der künstlerischen Leistung des Ensembles jedoch keinen nennenswerten Abbruch tat.

Nachdem die letzten Gäste endlich nach Hause getorkelt waren, hatte es eine kleine Szene zwischen Prilda und Ornok gegeben, ihren ersten Ehekrach, bei dem viele Tränen flossen und Prilda leidenschaftlich bekundete, dass ihr dieses trübselige Provinzleben und die barbarischen Freunde ihres Mannes *bis hier* stünden und dass sie wünschte, Düsterborg niemals verlassen zu haben.

Aber es lag nicht in Prildas Natur aufzugeben.

Sie würde diesen unkultivierten Banausen schon noch die feine Lebensart beibringen, schwor sie sich, jetzt erst recht.

Ungeachtet des ersten Misserfolgs gab das Ehepaar Ornok und Prilda von Arkzul schon bald erneut einen festlichen Ball in ihrem Haus.

Zwar ähnelte auch dieser zweite Versuch eher einem bäuerlichen Saufgelage als einer vornehmen Galaveranstaltung, und auch der scheinbar obligatorische Auftritt der grunzenden Schweinefamilie blieb nicht aus, doch insgesamt gab der Abend Anlass zu vorsichtigem Optimismus.

Mit viel Geduld und Mühe gelang es Prilda, ihr Haus zu einem Zentrum des (vorerst noch verhältnismäßig rustikalen) gesellschaftlichen Lebens zu machen, und bald stellte sie überrascht fest, dass sich ihre Gäste auch ohne ihr Zutun zu verändern begannen.

Bei Tisch wurde merklich weniger gerülpst und geschmatzt.

Anstatt einfach mit bloßen Händen in den Hackbraten zu greifen, ging man dazu über, Messer und Gabel zu benutzen.

Hatte man anfangs kaum mehr Wert auf ein gepflegtes Äußeres gelegt als die besagte Schweinefamilie, erschienen die Frauen nun in galanten Abendkleidern (oder was sie dafür hielten), während die Männer stolz mit ihren ordensgeschmückten Uniformen prahlten.

Obwohl Prilda noch reichlich Gelegenheit bekam, über die modischen Geschmacksverirrungen ihrer Gäste die Nase zu rümpfen, waren die Fortschritte unverkennbar.

Ehe zwei Jahre vergangen waren, ähnelte die bessere Kobold-Gesellschaft Arkzuls auf das Erstaunlichste derjenigen, die Prilda aus Düsterborg kannte.

Auch die anderen vornehmen Häuser unterhielten inzwischen gut besuchte Salons, und kaum ein Abend verging, ohne dass irgendwo ein Ball stattfand oder ein festlicher Empfang gegeben wurde.

Die derben Zoten, die man sich früher schenkelklopfend erzählt hatte, verwandelten sich nun in feinsinnige Boshaftigkeiten und intrigante Zweideutigkeiten, die mit einem süffisanten Lächeln hinter dem Rücken der Gemeinten zum Besten gegeben wurden.

Statt Bier und Branntwein trank man jetzt den berühmten Prickelsekt aus dem elfischen Feldlingen, wobei der kleine Finger elegant abgespreizt wurde, was überaus kultiviert wirkte.

Anstelle der zünftigen Dilettantenkapelle fiedelten und zimbelten inzwischen anerkannte Profimusiker im Hintergrund und untermalten die Vergnügungen der arkzulischen Elite mit gediegenen, nicht allzu aufdringlichen Wohlklängen.

Etwa ein Jahr lang stand Prilda im Mittelpunkt dieses Treibens. Kaum ein festliches Diner, kaum eine künstlerische Matinee fand statt, auf der sie nicht anzutreffen gewesen wäre.

Doch dann geschah etwas Merkwürdiges.

Es begann sie zu langweilen, ja regelrecht abzustoßen.

Vielleicht lag es daran, dass sie die erstaunliche Verwandlung ihrer neuen Bekannten aus nächster Nähe und Schritt für Schritt hatte mitverfolgen können – jedenfalls schien es ihr plötzlich so, als hätten sie sich in Wahrheit niemals geändert, als verberge sich unter ihrer parfümierten aristokratischen Hülle noch immer der alte primitive, nach Stall und billigem Fusel stinkende Kern.

Mehr noch, Prilda erschienen auch ihre alten Freunde aus Düsterbog in diesem unvorteilhaften Licht.

Eines Abends hatte sie auf einem Ball ein seltsames Erlebnis.

Anstatt der bekannten Koboldgesichter sah sie plötzlich überall quiekende und grunzende Schweineschnauzen – Schweineschnauzen, die aus kristallenen Sektkelchen schlürften, geschminkte, grinsende Schweineschnauzen, die in den Ecken miteinander tuschelten, Schweineschnauzen, die sich im Walzertakt umeinander drehten.

Nach diesem Erlebnis zog sich Prilda mehr und mehr aus dem gesellschaftlichen Leben zurück.

Auch das Verhältnis zu ihrem Mann verschlechterte sich.

In der ersten Zeit ihrer Ehe hatte Ornok sie aufrichtig geliebt und sich bemüht, ihr jeden Wunsch von den Augen abzulesen. Doch je mehr ihn die Politik des Reiches in Anspruch nahm, desto kälter, härter und abweisender wurde er.

Und Prilda selbst hatte einen nicht geringen Anteil an der Abkühlung ihrer Beziehung gehabt, indem sie ihm eines Tages, im Glauben, es müsse in ihrer Ehe die vollkommene Offenheit herrschen, ein Geheimnis anvertraut hatte, das seitdem wie eine Mauer höher und höher zwischen ihnen aufragte …

Manchmal konnte ein einziges Wort genügen, um Ornok in Zorn zu versetzen. Und obwohl er ihr gegenüber niemals gewalttätig wurde, begann Prilda ihren Mann bald zu fürchten und ihm aus dem Weg zu gehen, was ihr nicht schwerfiel, da sie ihn selbst in den Zeiten, in denen er sich zu Hause aufhielt, nur noch selten zu Gesicht bekam.

So lebte sie ein zunehmend einsameres Leben in ihrer neuen unterirdischen Heimat.

Ihre einzigen Freuden waren ihr kleiner Sohn Gnorgax, der nicht lange nach der Hochzeit zur Welt gekommen war, und der Park ihres Anwesens, in dem sie oft ganze Nachmittage allein umherwanderte.

VIII

Es war ein Tag im Frühherbst, was in Arkzul nicht viel zu bedeuten hatte, denn tief unter der Erde spielte der Wechsel der Jahreszeiten keine große Rolle.

Mit ihren eigenen Gedanken beschäftigt, spazierte Prilda auf sorgfältig angelegten Kieswegen durch den Park und atmete dabei das intensive Aroma, das von den Pilzbeeten verströmt wurde.

In der Unterwelt, fernab von den wärmenden Strahlen der Sonne, gediehen besonders Pilzgewächse aller Größen und Formen vortrefflich, und Prilda konnte sich rühmen, einen der schönsten Pilzgärten von ganz Arkzul zu besitzen, zumal sie selbst großen Anteil an dessen Gestaltung hatte.

Sie blieb stehen und betrachtete versonnen einige mannshohe Smaragd-Röhrlinge, deren Lamellen in einem schwachen grünen Licht pulsierten.

Die lauten Rufe ihres Sohnes rissen Prilda aus ihren Gedanken.

»Nehmt das!«, schrie der kleine Gnorgax, der wild in einem Morchel-Beet herumsprang und mit einem Stock um sich schlug. Jeder Hieb kostete wenigstens drei Morcheln auf einmal den Kopf. »Nehmt das, ihr Feinde des Reiches! Kopf ab!«

»Gnorgi, nein!«, rief Prilda, eilte zu ihrem Sohn und zog ihn aus dem Beet. »Was hast du nur wieder angerichtet!«

Sie zeigte auf das verwüstete Fleckchen Erde, das nach dem brutalen Überfall des Koboldjungen mit Pilzleichen übersät war.

»Aber es waren die Feinde des Reiches!«, rechtfertigte sich Gnorgax, während ihm seine Mutter die schmutzigen Hosen abklopfte. »Sie mussten sterben!«

»Ein lebhafter kleiner Bursche!«

Prilda wandte sich um.

Ein Gärtner, den Strohhut tief ins Gesicht gezogen, war gerade damit beschäftigt, ein Beet mit lilafarbenen Samtsporlingen anzulegen.

»Ach ja«, entgegnete Prilda. »In letzter Zeit ist es wirklich sehr arg mit ihm. Überall sieht er nur noch Verräter und *Feinde des Reiches.* Ich frage mich, wo er diesen Unsinn nur her hat.«

»So sind Kinder nun einmal«, sagte der Gärtner und ging zu seiner Schubkarre. »Sie plappern das nach, was sie von den Erwachsenen hören, ob sie es nun verstehen oder nicht. Wie heißt du denn, kleiner Kriegsheld?«, wandte er sich an den Jungen.

Gnorgax rümpfte die Nase.

»Ich bin dir keine Antwort schuldig, Lakai!«, erwiderte er stolz. »Außerdem hast du mich gefälligst mit *Durchlaucht* anzureden!«

Der Gärtner lachte leise.

»Nun denn, dürfte ich mich also demütigst nach Eurem Namen erkundigen, Euer Durchlaucht?«

»Nein!«

Gnorgax wandte sich brüsk ab und stapfte davon, auf

der Suche nach weiteren Feinden des Reiches, die darauf warteten, von seinem mächtigen Schwert gefällt zu werden.

»Entschuldige«, sagte Prilda. »Er ist gerade in einer Trotzphase. Er heißt Gnorgax.«

»Wie der Gründer unseres Reiches?«

»Ja«, antwortete Prilda und hatte plötzlich das seltsame Gefühl, sich rechtfertigen zu müssen. »Es war ... die Idee meines Mannes.«

»Ein stolzer Name«, nickte der Gärtner. »Der Kleine wird ihm sicher noch alle Ehre machen.«

»Ja ...« Prilda sah ihrem Sohn nach, der im Garten herumsprang und seinen Stock durch die Luft pfeifen ließ. Sie wandte sich wieder dem Gärtner zu und versuchte, einen Blick unter die Krempe seines Strohhutes zu erhaschen. »Sind wir uns schon einmal begegnet?«, fragte sie. »Eigentlich kenne ich alle unsere Gärtner, aber an dich kann ich mich nicht erinnern, obwohl du mir irgendwie bekannt vorkommst ...«

Der Gärtner schaufelte schwarze Erde aus der Schubkarre in das Beet.

»Ich bin kurzfristig für Schornuk eingesprungen, bis er wieder gesund ist. Ihn hat die Grippe erwischt.«

»Ach so«, sagte Prilda. »Dann richte ihm von mir gute Besserung aus.«

Sie wollte ihren Spaziergang schon fortsetzen, blieb dann aber unschlüssig stehen.

»Kennen wir uns nicht doch irgendwoher?«, fragte sie. »Ich bin mir sicher, dass wir uns schon einmal begegnet sind ...«

»Das könnte durchaus sein«, sagte der Gärtner und richtete sich auf, sodass sein Gesicht unter dem Strohhut zu sehen war.

Prilda starrte ihn an.

»Horfax?«, flüsterte sie fassungslos.

Horfax hatte dem Treffen mit Prilda nicht ohne ein banges Vorgefühl entgegengesehen.

Wie sie darauf reagieren würde, ihn nach so langer Zeit wiederzusehen, darüber konnte er nur Mutmaßungen anstellen.

Vielleicht würde sie ihm mit kalten Worten deutlich machen, dass sie in den letzten sieben Jahren ziemlich gut ohne seine Gegenwart ausgekommen sei und nicht einsähe, warum sich daran etwas ändern sollte. Vielleicht würde sie auch sofort die Wachen rufen und ihn als kriminellen Eindringling verhaften lassen.

Sein Vorhaben war zweifellos mit einem gewissen Risiko verbunden, und wenn er ehrlich war, musste er gestehen, dass er nicht einmal genau wusste, was er sich eigentlich davon versprach.

Erst Prildas tatsächliche Reaktion sollte ihm Aufschluss über seine unklaren Gefühle geben.

»Horfax?«, flüsterte sie fassungslos und starrte ihn mit großen Augen an.

Dann fiel sie ihm plötzlich um den Hals und rief: »Ich bin so glücklich, dass du am Leben bist!«

Grenzenlos überrascht erwiderte Horfax ihre Umarmung.

Und ihm wurde klar, dass dieses Wiedersehen genau so ablief, wie er es zwar am wenigsten erwartet, jedoch am meisten erhofft hatte.

Einen Augenblick später löste sich Prilda schon wieder von ihm und vergewisserte sich voller Unruhe, ob ihr verräterischer Gefühlsausbruch unbeobachtet geblieben war. Doch niemand war zu sehen.

Gnorgax hatte seinen Kampf gegen die Feinde des Reiches in einen anderen Teil des Parks getragen. Den wütenden Schlachtrufen nach zu urteilen, die von dort herüberklangen, wurde keinerlei Gnade gewährt.

Nach der ersten Freude des Wiedersehens wandte sich Prilda verlegen lächelnd an Horfax.

»Und …«, fragte sie. »Was machst du hier in Arkzul?«

Sie hatten sich viel zu erzählen an diesem Nachmittag.

Voller Anteilnahme erfuhr Prilda von dem Leidensweg, den Horfax nach der Revolution beschritten hatte, und kommentierte die dramatischsten Stellen mit leisen Seufzern und nachträglichen Mitleidsbekundungen.

Horfax seinerseits erhielt die Bestätigung für das, was er bereits vermutet hatte: Es war Prilda gewesen, die damals in Düsterborg die Kerkertür geöffnet hatte, geplagt von einem schlechten Gewissen, das auch in den folgenden Jahren nie ganz verstummt war.

Mit leiser Genugtuung, für die er sich gleichzeitig ein wenig schämte, vernahm Horfax auch, dass Prildas Ehe mit Ornok alles andere als glücklich verlaufen war.

Als wolle er diesen egoistischen Zug durch den Beweis seiner Selbstlosigkeit wieder ausgleichen, übernahm er halbherzig die Rolle des Verteidigers, wenn Prilda ihren Mann als gefühlskaltes Ungetüm schilderte:

»Na ja, ganz so schlimm wird er wohl nicht sein …«, wandte er ein und war doch jedes Mal heimlich erfreut, wenn sie ihm leidenschaftlich widersprach.

Zufällig ergab es sich, dass Schornuk, der erkrankte Gärtner, für den Horfax eingesprungen war, auch in der folgenden Woche noch das Bett hüten musste.

Ebenso zufällig lief Prilda dem neuen Aushilfsgärtner nun täglich über den Weg, worauf sich zwischen ihnen stets ein längeres Gespräch über die Gartenbaukunst oder verwandte Themen entspann.

Und mehr oder weniger zufällig – je nachdem, wie man dazu steht – endete eines dieser Treffen irgendwann in einem kleinen Geräteschuppen, dessen Fenster kurz darauf so beschlagen waren, dass es nicht einmal dann möglich gewesen wäre, von außen einen neugierigen Blick ins Innere zu werfen, wenn man die Absicht dazu gehabt hätte.

»Ich bin nicht ganz ehrlich gewesen, Dada«, sagte Horfax, als er ein wenig später seine Hosen wieder anzog. »Ich bin nicht nur nach Arkzul zurückgekehrt, um dich wiederzusehen.«

»Ich weiß, Faxl«, entgegnete Prilda, während sie ihr Haar ordnete. »Du bist zurückgekehrt, um den Tyrannen zu stürzen und das Königreich zurückzuerobern.«

Horfax sah sie überrascht an.

»Ähm ... ja, genau«, sagte er. »Woher weißt du das?«

»Weibliche Intuition«, meinte Prilda. »Und ich hab auch schon eine Idee, wie wir das anstellen werden.«

In einem anderen Teil des Parks focht der kleine Gnorgax seinen andauernden Kampf gegen die Feinde des Reiches.

»Fresst Stahl, verdammte Verräter!«, schrie er. »In der Hölle warten die Teufel schon auf euch!«

Weiches Pilzfleisch zerfetzte, lamellige Hüte flogen abgehauen durch die Luft.

Seit Prilda engere Kontakte mit einem Teil der Gärtnerschaft unterhielt und dafür die Aufsicht ihres Sohnes ein wenig vernachlässigte, hatte der Park merklich gelitten.

Überall zeigten sich die Verwüstungsspuren von Gnorgax' erbarmungslosem Feldzug: In diesen Tagen war es kein erfreuliches Los, zur Sorte der Pilzgewächse zu gehören.

»Du!« Gnorgax zeigte mit der Spitze seines Stocks auf einen großen flammend roten Drachentrichterling, den letzten Überlebenden des Gemetzels. »Dieses Mal werde ich dein jämmerliches Leben verschonen! Jetzt lauf und sag deinen Verräterfreunden, was du hier gesehen hast!«

Er wandte sich um, als jemand hinter ihm beifällig in die Hände klatschte.

»Ausgezeichnet! Aus dir wird bestimmt mal ein großer Kämpfer werden!«

Misstrauisch beäugte Gnorgax den Fremden.

Es war ein schmächtiger Kobold, der einen adrett gebügelten Anzug trug und einen Gehstock in der rechten Hand hielt.

»Ich bin *jetzt* schon ein großer Kämpfer!«, erklärte Gnorgax stolz.

»Oh, natürlich«, lächelte der Fremde. »Das ist nicht zu übersehen!« Er zeigte mit dem Gehstock auf das verwüstete Beet. »Womit haben diese Unglücklichen denn deinen gerechten Zorn heraufbeschworen?«

»Du hast mich gefälligst mit Durchlaucht anzureden!«, antwortete Gnorgax würdevoll. »Außerdem geht dich das gar nichts an!«

»Da habt Ihr vollkommen recht, Durchlaucht«, sagte der Fremde mit einer ernsten Verbeugung. »Verzeiht, dass ich die Insolenz besaß, mich in Eure Geschäfte einzumischen.«

Damit wandte er sich zum Gehen.

»Es sind Feinde des Reiches«, sagte Gnorgax schnell. Er war nun doch nicht gewillt, den Fremden, der seine Kampfkünste offenbar so gut zu würdigen wusste, schon ziehen zu lassen. »Sie haben den Tod verdient!«

Der schmächtige Kobold blieb stehen.

»Feinde des Reiches?«, fragte er überrascht. »Dann arbeiten Durchlaucht und ich ja gewissermaßen im selben Metier!«

»Wieso?«, fragte Gnorgax und sah den Fremden zweifelnd an.

»Nun«, erklärte dieser. »Wie Durchlaucht habe auch ich mich – im Rahmen meiner bescheidenen Fähigkeiten, versteht sich – ganz dem ehrenwerten Kampf gegen die Feinde des Reiches verschrieben.«

»Du?«, fragte der Junge. »Du siehst mir eher selber wie ein Feind des Reiches aus!«

Der Fremde lachte.

»Nicht nur ein guter Kämpfer, sondern auch ein klarer

Denker!«, sagte er anerkennend. »Ihr habt ganz recht, Durchlaucht: Auch ich, wie ich hier vor Euch stehe, könnte ein ränkeschmiedender Feind des Reiches sein.« Damit trat er näher und senkte verschwörerisch die Stimme. »Denn das ist das Tückische an den Feinden des Reiches: Sie sind Meister der Tarnung. Nirgendwo ist man vor ihnen sicher, sie können jederzeit und überall auftauchen.«

»Was, auch hier?«

Argwöhnisch blickte sich Gnorgax im Park um.

Dunkle Gestalten schienen sich zwischen den Stämmen der großen Pilzbäume zu regen.

»Ja, sogar hier.« Der Fremde kam noch näher. »Deshalb müssen wir Verteidiger der gerechten Sache umso besser zusammenarbeiten«, flüsterte er hinter vorgehaltener Hand. »Darf ich Euer Durchlaucht einen Vorschlag unterbreiten? Ich halte die Augen offen und informiere Euch über alle verdächtigen Aktivitäten, die im Zusammenhang mit den Feinden des Reiches stehen könnten. Und Ihr tut dasselbe für mich. Einverstanden?«

IX

Der König von Arkzul hatte die Oberhäupter der anderen Reiche zum *Zaarg* gerufen, zum großen Rat der Kobolde, der über den künftigen Verlauf des gemeinsam geführten Krieges entscheiden sollte.

Mit einer Mischung aus Neugier und Misstrauen betrachteten die Einwohner der Hauptstadt die fremdländischen Delegationen, die nach und nach dort eintrafen.

Von überall her reisten die Koboldherrscher mit ihrem Gefolge an: Aus den eisigen Gefilden des hohen Nordens kamen die Schnee-Kobolde, weißfellige rotäugige Albinos, die von der Robbenjagd lebten und mit langen Booten auf Seeschlangenfang gingen. Rudel von Wolfshunden waren vor ihre Schlitten gespannt, deren Kufen sie für die Reise in die schneefreien Gebiete durch Räder ersetzt hatten. Als Fracht führten sie riesige Eisblöcke bei sich, um wenigstens einen Teil des ewigen Winters ihrer Heimat in das stickige Unterweltklima von Arkzul mitzunehmen.

Mit den Zähnen klapperte dagegen die Gesandtschaft der Feuer-Kobolde, die in den tiefsten Tiefen der Welt hausten und selbst die Schattenkobolde als verdächtige Oberweltler betrachteten. Ihre tonnenschweren Kutschen waren in einem Stück aus dem Granit gehauen und wurden von hundeähnlichen vierbeinigen Steinlingen gezogen. Um ihnen ihren Aufenthalt in Arkzul möglichst angenehm zu gestalten, hatte man Becken mit flüssiger Lava in den Gästequartieren angelegt, in denen sie ihr gewohntes tägliches Hitzebad nehmen konnten. Darüberhinaus waren sie dringend angehalten worden, sich von allen leicht entflammbaren Gegenständen fernzuhalten – man war nicht gerade erpicht auf eine Wiederholung des außenpolitischen Debakels, das sich beim letzten Besuch eines Botschafters aus den Feuer-Reichen ergeben hatte. Zwar hatte damals der resultierende Großbrand noch rechtzeitig gelöscht und das Allerschlimmste verhindert werden können, doch in der Folge waren die diplomatischen Beziehungen auf ein eher frostiges Niveau abgekühlt.

Eindeutig zu trocken waren die arkzulschen Verhältnisse für die Dschungel-Kobolde aus den schwülen Urwäldern des Südens, geschickte Jäger und Fallensteller, die sich mit den Schrumpfköpfen ihrer getöteten Feinde schmückten wie andere Leute mit Gold und Diamanten. Weise Medizinfrauen, eingeweiht in die Mysterien der Waldgeister und kundig der geheimsten Zauberkünste, führten bei ihnen das Regiment, mit sanfter Hand im Frieden und mit eiserner Faust im Krieg.

In Arkzul schlugen sie ihr Lager unweit der Stadtmauern bei den heißen Quellen auf, deren dampfende Hitze sie ein wenig an das schweißtreibende Tropen-Klima ihrer heimatlichen Wälder erinnern mochte.

Das Licht der Sonne und die Weite des Horizonts vermissten die stolzen Reiterkrieger, die aus dem endlosen Sandmeer der Nor-Wüste in das Schattenreich gekommen waren.

Sie trugen lange Gewänder aus weißem Tuch und ritten auf edlen Windhunden, die im Wettlauf sogar manches Rennpferd übertrafen.

Über die luxuriösen Gastwohnungen, die für sie bereitet worden waren, hatten sie nur die Nase gerümpft und ihre Zelte stattdessen im Sand des Kolosseums aufgeschlagen, wo auch der *Zaarg*, der Große Rat, stattfinden sollte.

Mit hungrigen Blicken verfolgten die einfachen Bürger die schweren Fuhrwerke, die in diesen Tagen die Tore passierten, hoch beladen mit erlesenen kulinarischen Spezialitäten, um die exotischen Geschmäcker der fremden Gesandtschaften zu befriedigen.

Bewaffnete Trupps der Schatten-Schwadronen begleiteten die Fuhren, um sie vor Übergriffen der hungrigen Massen zu schützen.

Das Volk murrte: Sie selbst durften darben und sich, wenn es hochkam, mit gekochtem Schuhleder begnügen, während diese Ausländer wie die Maden im Speck bewirtet wurden.

So war die ganze Hauptstadt in Aufregung und erwartete gespannt das Ergebnis des Großen Rates. Doch nicht nur auf den Straßen, in den Häusern und im Königspalast, auch im Untergrund gärte und brodelte es.

Seit sich die Nachricht verbreitet hatte, dass der wahre und schon immer innig geliebte König nach Arkzul zurückgekehrt war, konnte sich die NWBA vor neuen Rekruten kaum retten.

»Und … du hast bereits Kampferfahrung, sagst du?«, fragte Horfax zweifelnd.

»Jawohl, Majestät!«, antwortete der Rekrut und salutierte. »Viertes Infanterieregiment im Ersten Unterweltkrieg. Immer ganz vorne mit dabei, fröhlich dem Tod in den Rachen gesprungen. Die *Tolldreisten Höllenbastarde* haben sie uns genannt. Außer mir ist kaum noch einer der Jungs am Leben.«

Horfax nickte.

Er hatte keinen Grund, an der letzten Aussage des Rekruten zu zweifeln – selbst wenn einige seiner Kampfgenossen die berüchtigten Gemetzel des Ersten Unterweltkriegs überstanden haben sollten, waren sie inzwischen sicher längst an Altersschwäche gestorben.

Denn jene blutige Epoche, in der Horfax' Urgroßvater Gorfax der Brutale auf dem Thron gesessen hatte, lag bereits fast ein ganzes Jahrhundert zurück.

Horfax klopfte dem weißbärtigen Rekruten auf die Schulter.

»Sehr gut«, sagte er. »Wir werden schon eine … passende Aufgabe für dich finden.«

»Danke, Majestät!« Nicht ohne Mühe zog der Veteran seinen rostigen Säbel aus der Scheide. Wahrscheinlich hatte die Waffe während der letzten Jahrzehnte über dem Kamin gehangen und war nur zur Veranschaulichung im Rahmen der Vortragsreihe *Opa erzählt aus dem Krieg* von der Wand geholt worden. »Ich kann es kaum erwarten, ein paar dieser verfluchten Abtrünnigen in Stücke zu hauen! Es lebe der König!«

»Es lebe der König!«, wiederholten die anwesenden Rebellen wie aus einem Mund.

»Es lebe der König«, murmelte auch Horfax.

Er fragte sich inzwischen immer häufiger, von welchem König eigentlich die Rede war.

Er selbst konnte jedenfalls unmöglich gemeint sein.

Wenn die Rebellen ihre Blicke erwartungsvoll auf ihn richteten und andächtig seinen Worten lauschten, als handle es sich dabei um Offenbarungen göttlicher Weisheit, kam er sich wie ein Hochstapler vor, weniger wie Horfax, der große König, dagegen mehr wie Harfox, der Clown und Possenreißer.

Niemand schien daran zu zweifeln, dass er der geborene Herrscher war.

Niemand außer ihm selbst.

»Die Späher vom Südtor haben gerade Meldung gemacht, Majestät«, unterbrach Schorak seine Gedanken. »Vor einer halben Stunde ist König Brugnolzak mit seiner Gefolgschaft in der Stadt eingetroffen. Damit ist der Große Rat vollzählig.«

»Sehr gut«, sagte Horfax. »Dann können wir also vorgehen wie geplant.«

»In der Tat.« Schorak lächelte. »Vielleicht wäre es angebracht, wenn Ihr eine kleine Rede halten würdet, Majestät. Um die Männer zu inspirieren, die Stimmung zu heben.«

Horfax überlegte.

Nüchtern besehen – vielleicht gab es überhaupt nichts anderes: Seine Rolle so überzeugend wie möglich zu spielen und zu hoffen, dass der letzte Applaus nicht allzu ungnädig ausfiel.

Und wer weiß – nach Generationen von Tyrannen, Psychopathen und Größenwahnsinnigen war ein Clown auf dem Thron vermutlich nicht einmal die schlechteste Wahl.

»Du hast recht.«

Horfax stieg auf eine Kiste und hob die Arme.

»Männer!«

Sofort verstummten die Gespräche, und alles wandte sich ihm zu.

»Männer!«, rief der Herrscher mit fester Stimme. »Schicksalhafte Tage liegen vor uns! Große Taten warten darauf, vollbracht zu werden!«

Vielstimmiger Jubel antwortete ihm.

X

Hans Freudenschneider blickte sich prüfend in der Seitenstraße um. Nachdem er sich vergewissert hatte, dass er allein war, griff er in die Tasche seines Jacketts und holte eine kleine Schatulle hervor.

Darin befand sich, gebettet auf schwarzem Samt, ein kunstvoll gearbeiteter Nachtfalter sowie ein goldgefasster kleiner Edelstein.

Freudenschneider nahm den Stein aus dem Kästchen und steckte ihn sich ins Ohr, dann hob er den Nachtfalter behutsam auf seinen Zeigefinger und hielt ihn in die Höhe.

Das künstliche Insekt bewegte einige Male langsam die Flügel, bevor es in die Luft aufstieg und sich auf einem Fenstervorsprung etwa zehn Meter oberhalb der Straße niederließ.

Hans Freudenschneider tippte gegen sein Ohr, und ein Rauschen ertönte.

Eine Stimme sagte:

»... ihre Instruktionen erhalten, Kommandant. Die Palastwachen sind bereits durch unsere Leute ersetzt worden.«

»Sehr gut, Oberst«, antwortete die Stimme Ornoks. »Ich erwarte allerhöchste Konzentration bei der Durchführung der Operation Zeitenwende. Der kleinste Fehler kann das gesamte Unternehmen gefährden.«

Freudenschneider drückte sich gegen die Wand.

Es gefiel ihm gar nicht, seine Ermittlungen so nahe bei der Kommandozentrale der Schatten-Schwadron durchführen zu müssen, aber die Reichweite des Lauschfalters war auf dem derzeitigen Stand der Überwachungstechnik leider noch ziemlich begrenzt.

Eines nicht allzu fernen Tages würde man bedeutend weiter sein.

Hans träumte von magischen Flugapparaten, die über große Strecken ferngesteuert werden konnten und mit selbst ladenden Armbrüsten ausgestattet waren, um Liquidierungsmissionen bequem von zu Hause aus erledigen zu können, ohne dass die persönliche Anwesenheit des ausführenden Assassinen vor Ort erforderlich war.

Zu seinen schönsten Zukunftsvisionen gehörte auch die Installation eines weltumspannenden magischen Kommunikationsnetzwerkes, das die lückenlose Ausspähung aller Bürger ermöglichte.

Man müsste die Sache so aufziehen, dass sich die Leute freiwillig in dieses Netz begaben und ganz von selbst ihre Geheimnisse verrieten, während automatisierte Zauberformeln jede ihrer Regungen auswerteten und im Verdachtsfall die zuständigen Behörden alarmierten.

Der nächste Schritt wären dann mächtige Telepathiestrahlen, die Gedanken nicht nur direkt aus den Gehirnen auslesen, sondern auch beeinflussen, sogar vollkommen umgestalten konnten.

Die totale Kontrolle, ein Triumph der weltweiten Sicherheitspolitik.

Hans Freudenschneider konnte die Zukunft kaum erwarten.

Er konzentrierte sich wieder auf seine gegenwärtige Arbeit.

»Und was ist mit der Ratte des Drachen?«, fragte der Kommandant

»Alles geregelt, Kommandant«, antwortete jemand, und Freudenschneiders Lächeln gefror auf seinen Lippen.

Er kannte diese Stimme, obwohl es lange her war, dass er sie zuletzt gehört hatte.

»Die Ratte stellt kein Problem dar. Ich habe bereits veranlasst, dass sich unsere Leute gebührend um sie kümmern.« Der Sprechende näherte sich offenbar dem Fenster, denn die Stimme wurde lauter, bis sie schließlich direkt in Freudenschneiders Kopf zu erklingen schien. »Tatsächlich … kümmern sie sich *genau in diesem Augenblick* darum.«

Etwas knirschte, dann wurde es still – jemand musste den Lauschfalter entdeckt und zerstört haben.

»He, du! Was hast du hier zu suchen?«

Hans drehte sich um.

Ein Trupp finster dreinblickender Schatten-Schwadroneure näherte sich ihm.

Mit einem kurzen Blick erfasste er, dass ihm eine zweite Gruppe auf der anderen Seite den Weg abschnitt.

Freudenschneider kannte sich gut genug in seinem Gewerbe aus, um zu wissen, wann er verloren hatte.

Nur der Form halber setzte er sein unschuldiges Lächeln auf und sagte:

»Wie gut, dass ich Sie treffe, Herr Wachtmeister! Sie können mir sicher helfen. Ich bin nämlich neu in der Stadt und habe mich schrecklich verlaufen …«

»Das kannst du wohl sagen!«, grinste der Anführer des ersten Trupps. »Und weil wir verirrten Touristen gerne weiterhelfen, bieten wir dir auch gleich mal eine kostenlose Führung an. Du wolltest doch bestimmt schon immer wissen, wie ein typischer Arbeitstag bei der Schatten-Schwadron aussieht.«

Der Tag verging.

Im flackernden Licht der Feuerbecken betrachtete Dorgol die strategische Kriegskarte, auf der sich die feindlichen Armeen gegenüberstanden, rot die vereinigten Streitmächte der Kobolde, schwarz die Allianz der Freien Völker.

Auch ein militärischer Laie hätte auf den ersten Blick erkannt, dass bei der Partie, die hier gespielt wurde, Schwarz klar im Vorteil war.

Der König stützte sich mit geballten Fäusten auf der Tischplatte ab.

Schwerer denn je lastete die Krone von Arkzul auf seiner Stirn.

Morgen würde er beim *Zaarg* vor den Herrschern der anderen Völker sprechen und ihnen seine Entscheidung mitteilen: Nie hatte er sich eine Entscheidung so hart abgerungen wie diese.

Er würde sich dafür aussprechen, Frieden zu schließen.

Es war das Eingeständnis der Niederlage.

Und zugleich, das spürte er, war es ein Sieg, der Sieg über die eiserne Stimme in seinem Kopf.

Dorgol wusste, die anderen würden es als Zeichen der Schwäche werten.

Einige würden ihm beipflichten, doch die meisten von ihnen würden ihn des Wortbruchs bezichtigen und ihn an die großartigen Versprechungen erinnern, mit denen er sie in diesen Krieg hineingezogen hatte.

Er würde ihre Anschuldigungen anhören, ihren Zorn und Spott über sich ergehen lassen und unbeirrbar an seiner Entscheidung festhalten, bis sie ihm murrend zustimmten.

In seinem Herzen wusste er, dass er das Richtige tat, und das war ein Gefühl, das er seit langer Zeit nicht mehr gespürt hatte.

Der König hob den Kopf, als er eine Veränderung im Saal wahrnahm.

Eines der Feuerbecken brannte nicht mehr.

Ein zweites erlosch, und die Schatten wuchsen.

Leise Schritte huschten über die marmornen Fliesen.

Als der erste Angriff erfolgte, hatte ihn Dorgol bereits erwartet.

Er wich zur Seite aus und ließ den Stoß, der ihn sonst von hinten durchbohrt hätte, ins Leere gehen. Dann packte er den Arm seines Gegners und verdrehte ihn mit einem kraftvollen Ruck.

Ein dumpfer Schrei erklang, Knochen knirschten und ein Dolch fiel klirrend zu Boden.

Der König ließ den Arm los und vollführte einen Ellenbogenstoß, dorthin, wo er die Magengrube des Angreifers vermutete.

Ein weiterer Schmerzenslaut verriet ihm, dass er sein Ziel getroffen hatte.

Ohne Hast wandte er sich um und gewahrte drei verhüllte Gestalten, die sich auf leisen Sohlen herangeschlichen hatten. Einer der Mörder war zu Boden gegangen und ließ sich ächzend von seinen Spießgesellen auf die Beine helfen.

»So, ihr wollt meine Krone?«

Dorgols Schwert fuhr blitzend aus der Scheide.

Es war dieselbe Klinge, die damals dem Brachul zum Verhängnis geworden war. Seit seiner Krönung hatte Dorgol die Waffe stets an seiner Seite getragen.

»Dann kommt und holt sie euch!«

Die Mörder zögerten.

Nun, da sie ihren Überraschungsvorteil verspielt hatten, schienen sie sich plötzlich an die legendäre Arenavorstellung des Königs zu erinnern und wirkten nicht allzu begeistert über die Aussicht, ihm in einem offenen Kampf gegenüberzutreten.

»Ihr wollt mir den Vortritt überlassen?«, rief Dorgol. »Auch gut!«

Sein erster Angriff hätte beinahe zwei der Mörder auf einmal enthauptet, doch sie besaßen genug Geistesgegenwart, um die Köpfe rechtzeitig einzuziehen.

Mit gezückten Waffen formierten sie sich neu und gingen ihn jetzt von drei verschiedenen Seiten an.

»Wie ich sehe, habt ihr euern Mumm wiedergefunden«, knurrte der König. »Sehr schön!«

Er parierte den ersten Hieb mit der flachen Schwertklinge, wich dem zweiten mühelos aus und stieß den dritten Angreifer, der sich noch immer nicht ganz von der Ellenbogen-Attacke erholt hatte, mit einem Tritt zurück.

Bevor seine Feinde Gelegenheit bekamen, sich zu sammeln, setzte ihnen Dorgol mit einer Serie von schnellen Angriffen zu und drängte sie so in die Defensive.

Ein grimmiges Lächeln erschien auf seinen Lippen.

Seit einer Ewigkeit hatte er sich nicht so lebendig gefühlt wie in diesem Augenblick, da er um sein eigenes Leben kämpfte. Stolz richtete er sich zu seiner ganzen Größe auf, die Bürde des Königtums, die seinen Rücken eben noch gebeugt hatte, schien auf einmal von seinen Schultern gefallen zu sein.

»Na los!«, rief er lachend. »Haltet euch nur nicht meinetwegen zurück! Ich weiß noch immer, wie man ein Schwert führt!«

Einer der Mörder setzte zum Angriff an, doch Dorgol war auf den Ausfall vorbereitet.

Blitzschnell riss er einen der beiden anderen Gegner, der sich von der Seite an ihn herangemacht hatte, zwischen sich und den Angreifer, sodass dieser seinen eigenen Kameraden mit dem Degen durchbohrte.

»Da waren es noch zwei!«, rief Dorgol und stieß den Toten von sich.

Nun ging er seinerseits in die Offensive.

Mit zwei schnellen Schwertstreichen hatte er den

zweiten Mörder entwaffnet und stieß ihm treffsicher das Kurzschwert ins Herz.

»Und noch einer!«

Der dritte Meuchelmörder beschloss, es bei diesem Ergebnis zu belassen, bevor sie bei null anlangten.

Er ließ seinen Dolch fallen und nahm die Beine in die Hand.

»Ja, lauf nur!«, rief ihm der König hinterher. »Und sag meinem Bruder, er soll das nächste Mal selbst kommen, wenn er sich die Krone von mir holen will!«

Ein leises, schwirrendes Geräusch ertönte.

Plnnng.

Dorgol zuckte zusammen.

Verblüfft versuchte er zu ergründen, was geschehen war.

Es dauerte einige Sekunden, bis es ihm gelang, eine Verbindung zwischen dem kleinen, unschuldigen Geräusch und dem Armbrustbolzen herzustellen, der aus seiner Brust ragte.

Das Schwert entglitt seiner Hand, und er sank auf die Knie.

Plnnng.

Ein zweiter Bolzen durchbohrte seinen Körper.

Dichter schwarzer Nebel schien aus dem Boden aufzusteigen und umfing Dorgol mit kalten Armen, als er vornüberkippte und auf dem Marmor aufschlug.

Schritte näherten sich, ein eigentümlicher dreigliedriger Rhythmus:

Tap, Tap-Tock. Tap, Tap-Tock. Tap, Tap-Tock.

Ein lächelndes Gesicht beugte sich über den sterbenden König.

»Du?«, flüsterte Dorgol mit seinem letzten Atem. »Ich hätte wissen müssen, dass du mich verraten würdest …«

»Wenn nicht ich, hätte es ein anderer getan.« Das lächelnde Gesicht wurde von schwarzen Nebelschwaden verschlungen, nur noch aus weiter Ferne schien die Stimme herüberzuhallen. »Leute wie mich gibt es zu Tausenden ...«

XI

Der Tag des Großen Rates brach an.

In gespannter Erwartung schien die ganze Hauptstadt den Atem anzuhalten, selbst in dem stillen Park, der Prildas Anwesen umgab, war diese Atmosphäre elektrisch knisternder Nervosität zu spüren.

Ein letztes Mal, bevor die heimlich vorbereitete Rebellion in ihre entscheidende Phase ging, hatte Horfax seine Gärtnerkleidung angelegt, um sich mit Prilda zu treffen.

Schorak war nicht sehr begeistert darüber gewesen, dass sich der Herrscher diesem seiner Meinung nach unnötigen Risiko aussetzte, doch Horfax hatte es sich nicht ausreden lassen – wer konnte sagen, ob er nach diesem Tag noch einmal Gelegenheit bekäme, seine Geliebte wiederzusehen.

Während er auf Prilda wartete, beschäftigte er sich damit, ein Beet, das durch den Feldzug des kleinen Gnorgax in Mitleidenschaft gezogen worden war, mit leuchtend gelben Korallen-Blätterpilzen neu anzulegen.

»Sehr hübsch, wirklich. Ich wünschte, ich hätte auch so ein glückliches Händchen, was Pilze angeht.«

Horfax zuckte zusammen.

Bis eben hatte er angenommen, ganz allein im Park zu sein.

Als er sich nun umdrehte und den Fremden, der sich ihm gespenstisch leise genähert haben musste, auf den ersten Blick wiedererkannte, setzte sein Herz einen Schlag lang aus.

Freudenschneider stützte sich mit der rechten Hand auf seinen Gehstock und lächelte sein unbeschwertes Geheimpolizistenlächeln.

Horfax erhob sich langsam und sah sich verstohlen um.

Es konnte kein Zweifel daran bestehen, dass der andere ebenfalls wusste, wen er vor sich hatte. Wahrscheinlich war er ihm sogar schon seit Wochen auf die Schliche gekommen und spielte nun sein perfides Spielchen mit ihm.

»Sie interessieren sich für die Gartenbaukunst?«, fragte Horfax möglichst unbekümmert und näherte sich der Schubkarre, aus der der lange Stiel einer Gartenhacke hervorragte.

Seine einzige Hoffnung bestand darin, den anderen schnell und heimlich auszuschalten, bevor dieser nach Verstärkung rufen konnte – sofern Freudenschneiders Leute nicht ohnehin bereits im Verborgenen lauerten und nur auf sein Zeichen warteten.

»Ach, na ja!«, lächelte der Geheimpolizist. »So weit mein anstrengender Beruf mir die Zeit dazu lässt. Mein bescheidenes kleines Gärtchen kann natürlich nicht mit einem mykologischen Meisterwerk wie diesem Park hier mithalten, aber ich genieße dennoch jede freie Stunde, die ich darin verbringen darf. Im Gegensatz zu vielen Leuten, mit denen ich es bei meiner täglichen Arbeit zu tun bekomme, haben Pilze in ihrem Wesen etwas so Unschuldiges, Unverdorbenes.«

Bemüht, seine Anspannung zu verbergen, nahm Horfax die Hacke aus der Schubkarre.

Freudenschneiders unbesorgtem Lächeln nach zu urteilen, schien er entweder keinen Verdacht zu schöpfen oder sich seiner Sache allzu sicher zu sein.

»Ja«, entgegnete Horfax und machte einen Schritt auf den Geheimpolizisten zu. »Die wenigsten Leute, denen man begegnet, haben ein reines Gewissen.«

Freudenschneider seufzte.

»Wem sagen Sie das! Man weiß wirklich nicht, wem man überhaupt noch vertrauen soll! Es ist so verwirrend, kaum etwas hat Bestand: Aus Treue wird Verrat, aus oben wird unten und aus unten oben, schön wird hässlich und gut wird böse. Nur Chaos wird immer Chaos bleiben, und Ordnung stets Ordnung. Darum ist das Einzige, was uns zu tun übrig bleibt, unsere Arbeit frei von allen wertenden Vorurteilen so gewissenhaft es geht zu erledigen und uns in Bescheidenheit zu üben. Und das würde ich übrigens an Ihrer Stelle bleiben lassen.«

Horfax ließ die Hacke sinken.

»Wir wollen doch nicht, dass der gute Leutnant genötigt ist, Ihnen mit seiner Armbrust ein Loch in den Kopf zu schießen!«

Freudenschneider lächelte.

»Sie können jetzt mit Ihren Leuten aus dem Versteck kommen, Leutnant! Herr Grymmenstein wird sich der Verhaftung nicht widersetzen.« Er klopfte Horfax, der sich mit unbewegter Miene von den plötzlich aufgetauchten Schatten-Schwadroneuren Handschellen anlegen ließ, freundschaftlich auf die Schulter. »Eine gute Entscheidung, Herr Grymmenstein! Ich freue mich schon auf die interessanten Gespräche, die wir zwei noch miteinander führen werden!«

Die Mittagsstunde rückte näher, und bei den Koboldherrschern in der Arena nahmen Ungeduld und Verstimmung zu.

»Will sich Dorgol über uns lustig machen?«, rief Khan Ettzak zornig. Er war aus dem fernen Osten mit seinen Reiterkriegern angereist, hatte Tausende von Meilen zurückgelegt, um an dem Zaarg teilzunehmen, und nun ließ ihn der König von Arkzul bereits seit mehr als einer Stunde warten. »Meint er, wir hätten keine Ehre, dass er uns behandelt wie Sklaven, die sich ihrem Herrn zur Verfügung halten, bis seine Laune es ihm eingibt, sie für seine Zwecke zu gebrauchen?«

»Ich bin dafür, den Zaarg beginnen zu lassen.« Quenn, Königin der Schnee-Kobolde, wischte sich den Schweiß von der Stirn. Obwohl sie auf einem Thron aus Eis saß, machte ihr die unterweltliche Hitze zu schaffen. »König Dorgol scheint Wichtigeres zu tun zu haben, als sich mit uns abzugeben.«

»Ich stimme zu.« Scheich Achamid nahm einen Zug aus seiner Wasserpfeife. »Lasst uns anfangen. Mag der König von Arkzul später dazukommen, falls er sich noch dazu entschließen kann.«

Ketten rasselten, und das große Tor an der Nordseite des Kolosseums öffnete sich.

Ornok erschien, gefolgt von einem Trupp seiner Leute.

Zielstrebig näherte sich der Kommandant der Schatten-Schwadron den Kobold-Fürsten in der Mitte der Arena.

»Was ist los?«, rief ihm König Brugnolzak von Düsterborg entgegen. »Wo bleibt Dorgol?«

Ornok blieb stehen und ließ seinen Blick durch die Runde schweifen.

»Mein Bruder lässt sich entschuldigen«, erklärte er. »Ihm ist etwas dazwischengekommen.«

»Er lässt sich entschuldigen?«, rief Zäsarea, Kaiserin des südlichen Imperiums, voller Empörung. »Wie kann es etwas Wichtigeres geben als diese Versammlung, in der über unser aller Schicksal entschieden werden soll?«

»Mein Bruder musste leider eine kurzfristige Verabredung wahrnehmen, die sich nicht aufschieben ließ«, erwiderte Ornok. »Deswegen werde ich seinen Sitz im Rat übernehmen.«

»Du?«, rief Bulrk, der hünenhafte Herrscher der Koboldbarbaren aus den westlichen Hügelländern. »Bist du überhaupt befugt, irgendwelche Entscheidungen zu treffen?«

Ornok lächelte düster.

»Über meine Entscheidungsbefugnisse braucht ihr euch keine Sorgen zu machen«, sagte er. »In dieser Stadt verfüge ich über uneingeschränkte Autorität. Und kraft dieser Autorität erkläre ich diese Versammlung hiermit für aufgelöst.«

Ungläubiges Murren antwortete ihm.

»Ich habe es gewusst«, schrie Khan Ettzak wütend. »Er macht sich über uns lustig! Tausende Meilen habe ich zurückgelegt, nur um mich hier zum Narren halten zu lassen!«

»Nicht ganz«, erwiderte Ornok spöttisch. »Nicht ganz. Ihr seid nicht allein zu meiner Belustigung aus euren fernen Heimatländern nach Arkzul gekommen – obwohl ich gestehen muss, dass ich durchaus meinen Spaß hatte. Nein, ihr habt diesen weiten, beschwerlichen Weg einzig und allein aus einem Grund auf euch genommen: um hier zu sterben.«

Schweigen breitete sich aus.

»Sag mal, bist du verrückt geworden, Junge?«, knurrte König Brugnolzak

»Ganz und gar nicht.« Während er sprach, schritt Ornok vor seinen strammstehenden Männern auf und ab. »Ich folge dem Gebot der Notwendigkeit, um die drohende Niederlage in diesem Krieg abzuwenden. Uneinigkeit ist unsere größte Schwäche. Nur einem einzelnen Führer mit einer klaren Vision wird es gelingen, über die Feinde zu triumphieren und unter der Herrschaft der Kobolde eine neue Weltordnung zu schmieden. Dieser Führer werde ich sein. Eure Zeit ist abgelaufen. Versucht wenigstens im Tod, die Größe zu zeigen, die ihr im Leben nie besessen habt.«

Ornok wandte sich ab.

Auf allen Seiten der Arena öffneten sich Tore, aus denen endlose Kolonnen der Schatten-Schwadron aufmarschierten.

Auch im Hauptquartier der NWBA machte sich allmählich Unruhe breit.

Mit besorgten Mienen stellten die Rebellen Spekulationen über das rätselhafte Ausbleiben des Königs an.

War er dem Feind in die Hände gefallen?

Hatte er sie im letzten Augenblick verlassen und zu einem Schicksal in ewiger Unfreiheit verdammt?

Was sollten sie nur tun, ihres Anführers beraubt, hoffnungslos sich selbst überlassen?

Von Minute zu Minute wurde Schorak nervöser.

Nur widerwillig gestand er sich ein, dass seine dunklen Vorahnungen offenbar bestätigt worden waren – er hatte gleich kein gutes Gefühl gehabt, als Horfax am Morgen aufgebrochen war, um sich mit Prilda zu treffen.

Endlich rang sich der Wesir zu der Erkenntnis durch, dass die Zeit gekommen war, selbst zu handeln.

Er stieg auf ein herumstehendes Fass und hob die Arme.

»Leute!«, rief er. »Leute, hört mal zu!«

Das Gemurmel verstummte, die Kämpfer der Befreiungsfront wandten sich ihm zu.

Schorak suchte nach treffenden Worten für einen wirkungsvollen Beginn seiner Rede.

»Äh …«, sagte er unsicher und wählte damit die klassischste aller rhetorischen Eröffnungsfiguren.

Der Wesir war nie ein großer Redner gewesen.

Als altgedienter Bürokrat und Realpolitiker interessierte er sich vor allem für eindeutige Fakten und Zahlen, und wenn es eine sichere Methode gab, seine Zuhörerschaft zu vergraulen, dann bestand diese darin, sie mit der nüchternen Wahrheit zu konfrontieren.

Die Leute wollten mitgerissen, durch kühne Visionen inspiriert werden, und die ungeschönte Realität war für gewöhnlich weder inspirierend noch mitreißend, sondern einfach nur deprimierend.

»Also, was ich sagen wollte ...«, bemühte sich Schorak, den roten Faden zu finden.

»Was ist mit dem König?«, rief eine Stimme aus den hinteren Reihen.

»Genau! Wo ist König Grymmenstein?«

Der Wesir räusperte sich.

»Darüber wollte ich mit euch sprechen. Es kann sein, das heißt, es besteht die Möglichkeit, dass ...«

»Der König ist tot!«, heulte jemand. »Die Götter seien uns gnädig!«

»Alles ist verloren!«

»Nein«, bemühte sich Schorak zu beschwichtigen. »Noch ist nichts verloren. Aber wir müssen dennoch der Tatsache ins Auge blicken, dass der König dem Feind in die Hände gefallen sein könnte. Daher sollten wir jetzt ...«

»Der König ist dem Feind in die Hände gefallen! Wir sind verloren!«

»Die Götter seien uns gnädig!«

Schorak atmete tief durch.

Wahrscheinlich war dies ein guter Zeitpunkt, um die ganz schweren rhetorischen Geschütze aufzufahren.

Er reckte die geballte Faust in die Höhe.

»Einer für alle, alle für einen!«, rief er und warf sein gesamtes Charisma in die Waagschale. »Freiheit für den König! Zu den Waffen, Brüder und Schwestern, Seit an Seite wollen wir in dieser schicksalschweren Stunde unserem geliebten Herrscher beistehen und ihn den Klauen des Feindes entreißen!«

In der Totenstille, die ihm antwortete, glaubte der Wesir das melancholische Zirpen einer einsamen Grille aus den Tiefen der Kanalisation zu hören.

»Was sollen wir nur machen!«, jammerte jemand.

»Wenn doch bloß der König hier wäre! Er wüsste, was zu tun ist!«

»Der König erwartet sicher, dass wir alles unternehmen werden, um ihn zu befreien!«, rief Schorak verzweifelt.

»Das wissen wir nicht! Wenn der König hier wäre, würde er vielleicht gerade wünschen, dass wir ihn *nicht* befreien!«

So langsam riss bei dem Wesir der Geduldsfaden.

»Wenn der König hier wäre, würde er wohl tatsächlich nicht darauf bestehen, dass wir ihn befreien!«, entgegnete er. »Weil wir ihn doch überhaupt nicht befreien müssten, wenn er hier wäre!«

»Eben! Ein schreckliches Dilemma!«

Schorak schlug sich gegen die Stirn.

Ansatzweise begann er gewisse Nachteile des unreflektierten Personenkultes zu erkennen.

»Mir ist langweilig!«, quengelte Gnorgax und trat zur Bekräftigung gegen einen Divan. »Ich will nach draußen!«

»Bitte tun Sie meinem Sohn doch den Gefallen und lassen Sie uns wenigstens für eine halbe Stunde in den Park, Leutnant«, sagte Prilda. »Ich verspreche auch, dass wir keinen Fluchtversuch unternehmen werden.«

»Tut mir leid, Herrin«, antwortete der Leutnant der Schatten-Schwadron, der zusammen mit seinem Kameraden die Tür des großen Salons bewachte. »Wir haben den klaren Befehl des Kommandanten, Euch und Euren Sohn nicht aus diesem Raum zu lassen. Es dient auch Eurer eigenen Sicherheit.«

»Ja, natürlich!«, schnaubte Prilda. »Nichts liegt dem Kommandanten so sehr am Herzen wie unsere Sicherheit!«

Im nächsten Moment sprang sie aus ihrem Sessel und

eilte zu Gnorgax, der in einem kindlichen Trotzanfall eine kostbare Vase vom Podest gefegt hatte.

»Gnorgi!«, rief sie missbilligend. »Das ist kein Grund, deine Wut an der Einrichtung auszulassen!«

»Ich bin aber sauer!«, schrie Gnorgax. »Außerdem hab ich Hunger!«

Während sie die Scherben notdürftig mit den Füßen zusammenschob, wandte sich Prilda an den Leutnant.

»Könnten Sie dann wenigstens in die Küche gehen und etwas Essbares für den Jungen holen?«, fragte sie. »Ich bin sicher, der Kommandant wird es Ihnen nicht übel nehmen, wenn Sie sich um das Wohlergehen seiner Familie bemühen.«

Der Leutnant zögerte.

»Na gut«, sagte er schließlich. »Du bleibst hier und bewachst die Gefan…, ich meine die Familie des Kommandanten, Gefreiter«, befahl er dem anderen Soldaten. »Ich bin gleich wieder da.«

Der Leutnant verließ den Salon.

Prilda hörte, wie er hinter sich die Tür abschloss.

Eine Weile wurde es still im Salon.

Gnorgax wanderte im Zimmer umher und bearbeitete dabei jedes Möbelstück, an dem er vorbeikam mit zornigen Tritten.

Vor dem Soldaten, der die Tür bewachte, blieb er stehen und funkelte ihn abschätzig von unten herauf an.

»Na, kleiner Mann, was gibt's denn?«, fragte der junge Soldat freundlich. Er war noch nicht lange bei der Schatten-Schwadron und hatte sich im Gegensatz zu den meisten seiner Kameraden bislang ein unschuldiges Gemüt bewahrt.

Gnorgax kniff die Augen zusammen.

»Ist das dein Schwert?«, fragte er und zeigte auf die Klinge, die der Soldat an seiner Seite trug.

»Ja«, nickte der Gefreite.

»Ich will es haben.«

»Oh«, sagte der Soldat, »das ist zu gefährlich für dich. Deine Mutter möchte ganz bestimmt nicht, dass du mit so scharfen Gegenständen spielst.«

»Wenn er verspricht, vorsichtig zu sein, darf er es ruhig einmal halten«, rief Prilda, die ans Fenster getreten war und durch die schweren Eisengitter in den Park hinausblickte.

Der Soldat überlegte.

Was konnte schon passieren?

Der Junge war höchstens sieben Jahre alt und stellte wohl kaum eine Bedrohung dar, seine Mutter ebensowenig, ob bewaffnet oder unbewaffnet.

Warum sollte er dem Kleinen nicht den Gefallen tun? Immerhin war er der Sohn des Kommandanten.

»Na gut. Aber du musst wirklich ganz vorsichtig sein.«

Der Gefreite zog das Kurzschwert aus der Scheide und reichte es Gnorgax mit dem Griff voran.

Die Augen des Jungen leuchteten, als er die Waffe entgegennahm.

Er vollführte einige Probeschläge und richtete die Klinge dann plötzlich auf den Unterleib des Soldaten.

»Und jetzt will ich nach draußen!«, sagte er befehlend.

»He!«, rief der Soldat erschrocken und versuchte dem Jungen das Schwert fortzunehmen. »Wir haben doch abgemacht, dass du vorsichtig sein sollst!«

Gnorgax verstärkte den Druck, und der Gefreite spürte, wie sich die scharfe Schwertspitze durch die Uniform bohrte und seine Haut ritzte.

»Ich hab gesagt: ICH. WILL. JETZT. NACH. DRAUSSEN!«

Als der Leutnant kurz darauf mit einem Tablett aus der Küche zurückkehrte und den Salon aufschloss, musste er feststellen, dass sein Untergebener den Posten verlassen hatte.

Anstatt wie befohlen die Tür zu bewachen, saß der junge Gefreite geknebelt und gefesselt auf einem Stuhl und gab unverständliche, erstickte Laute von sich.

Der Leutnant ließ das Tablett fallen.

»Was ist denn hier los?«, donnerte er und lief auf den gefesselten Soldaten zu. »Ich glaube wohl, ich …«

»… sollte jetzt besser ganz ruhig stehen bleiben und die Hände heben«, beendete eine Stimme hinter ihm den Satz. Etwas klickte. »Hörst du das?«, fuhr die Stimme fort. »Das ist der Spann-Mechanismus einer leichten Armbrust, Standard-Ausrüstung der Schatten-Schwadron. Dein Kollege ist so freundlich gewesen, sie uns zu überlassen.«

Der Leutnant hob die Hände.

»Seid doch vernünftig, Herrin!«, sagte er. »Wir sind nur hier, um für Eure Sicherheit zu sorgen!«

»Vielen Dank«, erwiderte Prilda. »Ich kann selbst für unsere Sicherheit sorgen. Du wirst jetzt deine Waffen ablegen und außerdem den Schlüsselbund, den dir der Kommandant gegeben hat. Dann nimmst du die Handschellen deines Kameraden und fesselst dich selbst an diese Säule dort. Und falls du Zweifel haben solltest, ob ich überhaupt mit dieser Armbrust umzugehen verstehe: Seit ich laufen kann, hat mich mein Vater auf die Jagd mitgenommen. Meinen ersten Eber habe ich erlegt, als ich neun war. Ich muss allerdings gestehen, dass ich inzwischen etwas aus der Übung gekommen sein dürfte. Mit ein wenig Glück schaffst du es vielleicht, die fünf Schritte zu machen und mich zu entwaffnen, bevor ich dir einen Bolzen durch den Kopf jage. Also – wenn du glaubst, dass heute dein Glückstag ist: Nur zu.«

Ein Schlüssel rasselte im Schloss der Zellentür, und Freudenschneider trat ein.

Diesmal trug er nicht seinen gewohnten Anzug, sondern eine schwarze, ordensgeschmückte Uniform.

»So, Herr Grymmenstein«, lächelte er. »Jetzt habe ich endlich die Zeit gefunden, um Ihnen meine ungeteilte Aufmerksamkeit widmen zu können. Ich hoffe, Sie mussten nicht allzu lange warten?«

Horfax richtete sich auf seiner Pritsche auf, so weit ihm das die Ketten erlaubten, mit denen er gefesselt war.

»Könnten wir uns darauf einigen, die Spielchen sein zu lassen?«, sagte er. »Ich finde das sehr ermüdend.«

Freudenschneider rieb sich die Hände.

»Natürlich! Ich bin auch sehr für einen offenen und ehrlichen Umgang miteinander. Vorschlag: Ich sage Ihnen, was *wir* wissen, und im Gegenzug lassen Sie mich an *Ihrem* Wissen teilhaben. Also, wir wissen, dass im Untergrund eine konterrevolutionäre Vereinigung namens *Neue und Wahre Befreiungsfront von Arkzul* agitiert, die darauf hinarbeitet, das Regime zu stürzen und Sie, Herr Grymmenstein, erneut als König des Reiches einzusetzen.«

»Ach, tatsächlich?«, entgegnete Horfax. »Davon höre ich heute zum ersten Mal.«

»Das überrascht mich aber sehr«, lächelte Freudenschneider. »Dann können Sie mir wohl auch keinen Hinweis geben, wo sich das Hauptquartier der Konterrevolutionäre befindet?«

»Leider nein. Ich würde dir ja wirklich gern weiterhelfen, aber ich fürchte, ich muss dich enttäuschen.«

»Oh, Sie enttäuschen mich ganz und gar nicht, Herr Grymmenstein. Im Gegenteil. Sie übertreffen sogar meine Erwartungen. Würden Sie mich einen Augenblick entschuldigen?«

Der Geheimpolizist verließ die Zelle, um kurz darauf mit einem Rollwagen zurückzukehren, auf dem ein Sortiment verschiedener Instrumente auslag, deren bloßer Anblick genügte, um akute Anfälle gesteigerten Redebedürfnisses auszulösen: vom chirurgisch-präzisen Skalpell bis zum handwerklich-rustikalen Hammer war alles dabei.

»Ihre kleine – wie soll man es nennen – *Bildungsreise* hat viel zur Festigung Ihres Charakters beigetragen«, plauderte Freudenschneider, während er einen weißen Kittel überzog, auf dem sich dunkle, rostrote Flecken abzeichneten. »Als Sie noch selbst auf dem Thron saßen, hätten Sie kaum gezögert, ein paar Tausend Ihrer Untertanen zu Ihrem persönlichen Vergnügen zu opfern. Und nun sind Sie bereit, große Qualen zu erdulden, um Ihre Freunde zu schützen. Ich finde das bewundernswürdig.«

Freudenschneider nahm eine Säge vom Rollwagen und prüfte ihre Schärfe mit dem Zeigefinger.

Dann wandte er sich Horfax zu.

»Ihrem Gesichtsausdruck nach zu urteilen, scheint es Sie allerdings große Mühe zu kosten, nicht aus Ihrer neuen Heldenrolle zu fallen.«

Der Herrscher starrte ihn mit offenem Mund an.

»Ein wenig mehr Haltung hätte ich bei Ihnen schon vorausgesetzt.«

Plötzlich bemerkte der Geheimpolizist, dass Horfax' Blick nicht Furcht, sondern vielmehr Staunen ausdrückte und sich auch nicht auf ihn, sondern auf etwas hinter seinem Rücken richtete.

Er wirbelte herum.

»Du?«, rief er überrascht. »Wie bist du denn aus deiner Zelle ...«

Ein gut gezielter Hieb streckte ihn zu Boden.

Hans Freudenschneider ließ den Schlagstock fallen und beugte sich über den bewusstlosen Geheimpolizisten.

»Fange ich jetzt an, doppelt zu sehen?«, fragte Horfax. »Oder seid ihr beiden Typen echt?«

»Letzteres, Euer Majestät«, antwortete Hans.

Er förderte einen Schlüsselbund aus den Taschen seines Doppelgängers zutage und kam auf die Pritsche zu.

»Darf ich vorstellen? Mein Zwillingsbruder Franz Freudenschneider«, erklärte er, während er die Ketten aufschloss, mit denen Horfax an die Pritsche gefesselt war. »Ich behaupte zwar bisweilen, es gäbe Tausende von meiner Sorte, aber das ist eine leichte Übertreibung. In Wahrheit gibt es außer mir nur noch einen.«

»Ach, die altbekannte *Guter-Zwilling-böser-Zwilling-Nummer*?«, meinte Horfax. »Ich schätze, es gibt immer einen, der noch schlimmer ist, was?«

»Wenn Euer Majestät unbedingt eine moralische Wertung ins Spiel bringen wollen ... ich würde es eher so ausdrücken, dass wir beiden gelegentlich durch berufliche Differenzen in Widerspruch zueinander geraten. Seit ich die Geheimdienst-Akademie als Jahrgangsbester abgeschlossen habe und mein Bruder mit nur einem halben Punkt Abstand Zweiter wurde, läuft eine Art inoffizieller Wettbewerb zwischen uns, die beruflichen Pläne des anderen nach Möglichkeit zu sabotieren.«

»Und welche gegensätzlichen Pläne verfolgt ihr derzeit?«

»Im Wesentlichen geht es um die Frage, wer König von Arkzul sein sollte. Mein Bruder hat ganz auf Ornok gesetzt, während ich es bislang mit Dorgol gehalten habe. Doch nun, da Dorgol tot ist ...«

»Dorgol ist tot?«

»Ja, bedauerlicherweise. Ich gestehe, dass ich in dieser Hinsicht ziemlich versagt habe. Ich wusste nicht, dass sich mein Bruder in Arkzul aufhält und seine Ränke schmiedet.«

Horfax rieb seine Handgelenke, nachdem sie von den Ketten befreit worden waren.

»Dorgol, der Tyrannenbezwinger, ist also tot«, sagte er kopfschüttelnd. Plötzlich lachte er spöttisch. »Ah! Jetzt verstehe ich! Dein erster Wunschkandidat ist aus dem Spiel, und da komme ich als zweite Wahl gerade recht!«

Hans Freudenschneider lächelte.

»Ich könnte natürlich behaupten, dass ich Euch aus reinem Idealismus helfe, oder weil ich Euch für den geborenen König halte. Aber mein Respekt für Euch ist zu groß, um Eure Intelligenz auf eine so plumpe Weise zu beleidigen.«

»Und welche Gegenleistung erwartest du von mir? Gold? Einen Posten in meinem Kabinett? Wenn es mit der Konterrevolution klappt, könnte ich einen guten Hofnarren gebrauchen …«

»Vielen Dank, Majestät. Diese Stelle ist mir schon des Öfteren angeboten worden. Aber ich bin ganz bescheiden. Mir würde es genügen, wenn Ihr unsere vorübergehenden Differenzen vergessen und ansonsten alles beim Alten lassen könntet. Ein ruhiger, unabhängiger Posten, der meinen Fähigkeiten entspricht, berufliche Unabhängigkeit, dazu flexible Arbeitszeiten, mehr will ich gar nicht.«

»Nun«, sagte Horfax und stand auf. »Ich schätze, ich schulde dir wirklich etwas. Abgesehen davon habe ich wohl kaum eine Wahl.«

»Man hat immer eine Wahl, Majestät«, lächelte Freudenschneider. »Aber einige Wahlmöglichkeiten sind einfach bedeutend attraktiver als andere.«

Er löste seinen Schlips und knebelte Franz damit.

»Zur Tarnung solltet Ihr die Ketten wieder anlegen.« Hans warf dem Herrscher den Schlüsselbund zu. »Und ich tausche einstweilen mit meinem Bruder die Kleidung.«

»Wie hält euch eure Mutter eigentlich auseinander?«, fragte Horfax und nickte mit dem Kopf in Richtung des Bewusstlosen.

»Ganz einfach«, erläuterte Hans, während er sein Jackett aufknöpfte. »Ich bin Linkshänder und hinke auf dem rechten Fuß. Bei meinem Bruder ist es genau umgekehrt.«

Unbehelligt durchquerten sie den Verlieskeller.

Die meisten Soldaten der Schatten-Schwadron waren für die Durchführung des Putsches abgezogen worden, und die wenigen, auf die sie trafen, begegneten Freudenschneider, der jetzt die Uniform seines Bruders trug, mit einer Mischung aus Respekt und Furcht.

»Verlegung des Gefangenen! Streng geheim!«, rief er ihnen zu, worauf sie nur stumm nickten und zusahen, dass sie schnell weiterkamen.

Im Erdgeschoss trat ihnen ein Feldwebel entgegen.

»Guten Tag, Kommissar«, salutierte er. »Sie verlassen uns mit diesem Gefangenen?«

»Ja«, bestätigte Hans. »Befehl vom Kommandanten. Er wird ins Staatsgefängnis verlegt.«

Der Feldwebel nickte.

»Gut. Soll ich Ihnen einige Männer als Begleitschutz mitgeben?«

»Danke Feldwebel, ich schaffe das allein.«

»Wie Sie wünschen, Kommissar.«

Der Feldwebel salutierte noch einmal und wandte sich ab.

Sie hatten den Ausgang beinahe erreicht, als plötzlich eine Alarmglocke zu schrillen begann.

Ein Soldat stürmte keuchend die Kellertreppe herauf.

»Alarm!«, rief er. »Den Kommissar und den Gefangenen nicht ziehen lassen! Da stimmt was nicht!«

»Was machen wir jetzt?«, flüsterte Horfax.

»Jetzt verschwinden wir von hier!«, antwortete Freudenschneider und löste die Fußfesseln des Herrschers.

»Halt!«, schrie der Feldwebel und rannte ihnen nach. »Stehen bleiben!«

Ihre Verfolger auf den Fersen, stürzten sie auf die Ausgangstüren zu.

»Schneller!«, rief Hans, den sein schwaches Beim beim

Laufen kaum zu behindern schien. »Mein Bruder kann recht nachtragend sein!«

Sie stießen die Türen auf, rannten nach draußen – und blieben dort wie angewurzelt stehen.

Eine riesige Menge, Hunderte, eher Tausende von Kobolden kamen die Straße herauf.

Sie schwenkten bunte Banner und Fahnen, und ein Teil von ihnen war mit Schwertern und Speeren ausgerüstet, die meisten jedoch trugen improvisierte Waffen wie Forken, Dreschflegel oder abgesägte Tischbeine.

An der Spitze dieses zusammengewürfelten Haufens marschierten Prilda von Düsterborg und der Wesir.

Hinter Horfax und Freudenschneider öffnete sich die Tür der Kommandozentrale, und der Feldwebel erschien mit seinen Leuten.

Ein kurzer Blick auf die anrückenden Rebellentruppen genügte, um sie davon zu überzeugen, dass Rückzug hier die bessere Strategie war.

Begeisterter Jubel und Hoch-Rufe begrüßten den Herrscher, als er der Menge entgegentrat.

»Genau im richtigen Moment!«, rief er. »Ihr hättet keinen günstigeren Zeitpunkt wählen können, um hier aufzutauchen!«

»Zunächst hatten wir einige Anlaufschwierigkeiten, Euer Majestät«, entgegnete Schorak. »Aber dann hat Prinzessin von Düsterborg eine mitreißende Rede gehalten, und danach waren die Leute in der richtigen Stimmung.«

»Alter Adel!«, bemerkte Prilda. »Ich weiß doch, wie man das Volk begeistert. Auf dem Weg hierher hat sich uns noch der ein oder andere angeschlossen.« Sie umfing Horfax mit den Armen und gab ihm einen Kuss. »Alles in Ordnung bei dir, Faxl?«

»Mir geht es ausgezeichnet. Ich hätte jetzt nichts gegen einen kleinen Staatsstreich einzuwenden.«

»Was ist mit ihm?«, fragte der Wesir mit einem finsteren Blick auf Hans Freudenschneider.

»Er ist auf unserer Seite«, sagte Horfax. »Das heißt, ich bin mir eigentlich nicht sicher, auf welcher Seite er eigentlich ist, aber jedenfalls hat er mir das Leben gerettet. Und wo ist dein Sohn, Prilda? Ist er in Sicherheit?«

»Gnorgi geht es gut«, antwortete Prilda. »Wir haben ihn im Hauptquartier zurückgelassen. Ein paar von den Veteranen passen auf ihn auf.«

»... wir also schreiend den Hang rauf, das ganze Regiment, oder was davon übrig war«, erzählte der alte Veteran aus dem Ersten Unterweltkrieg. »*Vorwärts, ihr tolldreisten Höllenbastarde, wollt ihr ewig leben?,* hör ich den Leutnant brüllen, während die Pfeile über unsere Köpfe hinwegzischen. Links neben mir erwischt es meinen Kumpel Brazolg, glatter Durchschuss, keine Zeit, sich um ihn zu kümmern, von hinten drängen schon die Kameraden vor. Fluchend klettern wir über die Gefallenen weg, die sich am Boden krümmen, und dann stehen wir auch schon Auge in Auge dem Feind gegenüber. Ein riesiger Höhlentroll holt mit seiner Keule aus, um mir den Schädel zu zertrümmern, aber ich bin schneller und ramme ihm mein Schwert in die Eingeweide. Er stößt ein ohrenbetäubendes Schmerzgeheul aus, dampfendes, heißes Blut sprudelt über meine Hand, ich reiß das Schwert aus der Wunde und stoß noch einmal zu, immer wieder, bis das Ungeheuer stöhnend zusammenbricht und sein Leben aushaucht.«

»Und was ist dann passiert?«, fragte Gnorgax atemlos.

Der Alte strahlte.

Endlich hatte er das ideale Publikum für seine Kriegserinnerungen gefunden.

Heldenhaft verteidigten sich die Koboldherrscher und ihre Getreuen gegen die Angriffswellen der Schatten-Schwadron.

Beidhändig schwang der Barbarenhäuptling Bulrk seinen riesigen Kriegshammer und fällte mit jedem Hieb wenigstens zwei Gegner auf einmal. Wie die rasenden Derwische gingen Achamid und seine Wüstenkrieger auf die Angreifer los und hielten blutige Ernte mit ihren blitzenden Krummsäbeln, während die Hohepriesterin Huaxapochtla, dunkle Beschwörungsformeln intonierend, die toten Feinde wieder zu unheiligem Leben erweckte und auf ihre entsetzten Kameraden hetzte.

Doch ewig würde das kleine Häuflein nicht gegen die Übermacht bestehen können.

Bereits vor einer Weile war Khan Ettzak seinen zahlreichen Wunden erlegen, kreischend hatten sich seine Jagdfalken aus den Lüften herabgestürzt und mit scharfen Krallen und Schnäbeln die Gegner vom Leichnam ihres Herrn vertrieben.

Zschh, König der Feuerkobolde, war mit einer gewaltigen Flammenexplosion aus dem Leben geschieden und hatte mehr als zwei Dutzend seiner Feinde mit in den Tod gerissen.

Allmählich erlahmten bei den Verteidigern die Kräfte, und es war nur noch eine Frage der Zeit, bis die unerschöpflichen Fluten ihrer Gegner über sie hinwegrollen würden.

Plötzlich waren von einer Seite der Arena Schreie zu hören.

»Es lebe die Revolution!«

»Für die Freiheit!«

»Für den wahren König!«

Mit der unaufhaltsamen Wucht einer Naturkatastrophe griffen die Rebellen in das Kampfgeschehen ein und trieben einen Keil zwischen die Reihen der erschrockenen

Schatten-Schwadroneure. Auf dem Weg ins Kolosseum hatten sich den Streitern der Befreiungsfront zahlreiche begeisterungsfähige Bürger angeschlossen, sodass Horfax' Gefolgschaft die Größe einer kleinen Armee erreicht hatte.

Die Kobold-Herrscher, als sie sahen, dass sie nicht mehr allein gegen ihren Feind standen, schöpften neuen Mut.

»Einen Ausfall!«, schrie König Brugnolzak und durchbohrte einen Gegner mit seinem Speer. »Jetzt!«

In der Mitte des Schlachtfeldes begegneten sich die Truppen der Rebellen und die der Stammesfürsten.

»Hallo!«, rief ihnen Horfax zu, der an der Spitze der Aufständischen ins Gefecht gestürmt war. »Braucht ihr vielleicht Hilfe?«

»Grymmenstein?«, rief Brugnolzak ungläubig. »Ich dachte, du wärst Geschichte!«

»War ich auch!«, entgegnete der Herrscher. »Aber die Geschichte hat nun mal eine Vorliebe für Wiederholungen!«

Mit vereinten Kräften stellten sie sich dem gemeinsamen Feind, der sich nach dem ersten Schrecken zurückzog und neu formierte.

Ein langer Tag des Tötens und Sterbens in dieser Arena, die im Lauf der Zeit schon so viel Blutvergießen gesehen hatte, lag noch vor ihnen.

Ornok hatte das Kolosseum noch vor Beginn des Gefechts verlassen. Er kannte das Ergebnis im Voraus und hatte Wichtigeres zu tun, als dabei zuzuschauen, wie seine Schatten-Schwadronen einen hoffnungslos unterlegenen Gegner auseinandernahmen – so unterhaltsam die Vorstellung auch sein mochte.

Zu Hause warteten noch einige … familiäre Angelegenheiten auf ihn, die es zu regeln galt, bevor er sich zum

Herrscher aller Kobolde beziehungsweise (warum so bescheiden?) der Welt krönte.

Das heißt – inoffiziell trug er die Krone des Reiches Arkzul bereits jetzt, denn er hatte der Versuchung nicht widerstehen können, sie sich schon einmal probeweise aufs Haupt zu setzen.

Sie stand ihm sehr gut, fand er, als wäre sie eigens für ihn geschmiedet worden.

Als er durch den Park auf seine Villa zuging, kam ihm eine bekannte Gestalt entgegen.

Sie zog das linke Bein leicht nach und stützte sich mit der rechten Hand auf einen Gehstock.

»Ah, Kommissar«, sagte Ornok. »Ist die Sache mit Grymmenstein erledigt?«

»Jawohl, Kommandant«, antwortete Freudenschneider. »Sie brauchen sich keine Sorgen mehr um ihn zu machen.«

»Haben Sie aus ihm herausbekommen, wo sich das Rebellengesindel versteckt hält?«

»Ja. Das Hauptquartier der Befreiungsfront befindet sich in der Kanalisation unter der Stadt.«

»Natürlich!«, lachte der Kommandant. »Wohin sonst sollte sich dieser Abschaum auch verkriechen! Wenn wir im Kolosseum fertig sind, werden wir uns ihrer annehmen.«

»Dafür wird es dann wohl zu spät sein«, sagte Freudenschneider.

Ornok stutzte.

»Was soll das heißen, es *wird wohl zu spät sein*?«, fragte er zornig.

»Das soll heißen«, lächelte Freudenschneider, »dass die Rebellen in diesem Augenblick die Schatten-Schwadron im Kolosseum angreifen. Als ich sie zuletzt gesehen habe, waren Grymmensteins Truppen recht zahlreich. Nach meiner Einschätzung stehen ihre Sieg-Chancen gar nicht mal schlecht.«

Der Kommandant starrte ihn an.

»Was?«, brüllte er. »Und das erzählst du mir in aller Seelenruhe?«

»Ja.« Freudenschneider ließ seinen Gehstock von der rechten in die linke Hand wandern. »Und ich habe noch eine weitere Überraschung für Sie.«

Er richtete die Spitze des Stocks auf den Kommandanten.

»Sie haben sich mit dem falschen Freudenschneider angelegt.«

Etwas klickte, ein Zischen war zu hören, und Ornok griff sich mit einem leisen Aufschrei an den Hals.

»Verräter!«, fluchte er, warf den kleinen gefiederten Pfeil, den er aus der Wunde gezogen hatte, von sich und ging mit gezogenem Schwert auf den Geheimpolizisten los.

Freudenschneider stützte sich lächelnd auf seinen Stock und machte keine Anstalten, vor dem Kommandanten zurückzuweichen.

»Und dann gibt es da sogar noch eine dritte Überraschung«, erklärte er. »Es sei denn, Sie haben schon mal von der Frenetischen Tarantel gehört. In diesem Fall wäre es natürlich nichts Neues.«

Plötzlich versagten Ornoks Beine ihren Dienst und knickten unter ihm ein.

Gemächlich schritt Freudenschneider heran.

»Ich weiß nicht, wie ich gerade jetzt darauf komme«, sagte er, während sich der Kommandant zu seinen Füßen auf dem Boden krümmte. »Aber haben Sie sich nicht auch manchmal gefragt, warum sich im Wesentlichen nie etwas ändert? Ich meine, natürlich gibt es den Fortschritt, politische Umwälzungen und bedeutende historische Wendepunkte. Doch wenn man genauer hinsieht, wird man festsellen, dass unter der Oberfläche stets alles beim Alten bleibt. Die Masken wechseln, aber die Gesichter darunter sind nach wie vor die altbekannten. Ich sage das gar nicht, um mein Bedauern darüber auszudrücken. Im Gegenteil: Ich weiß diese Beständigkeit sehr zu schätzen.«

Ornok röchelte, Schaum trat auf seine Lippen.

»Kommandant! Kommandant!«

Ein Soldat in der Uniform der Schatten-Schwadron eilte durch den Park.

»Kommandant!«, keuchte er atemlos. »Die Rebellen! Die Rebellen greifen uns an! Sie haben uns schwere Verluste zugefügt und …«

Er blieb abrupt stehen, als sein Blick auf Ornok fiel, der in den letzten Zügen auf der Erde lag.

Hans Freudenschneider richtete sich auf.

»Danke«, sagte er. »Wir wissen bereits Bescheid.«

Der junge Soldat machte einen zögernden Schritt auf ihn zu.

»Was ist mit dem Kommandanten?«, fragte er. »Ist er …«

»Der Kommandant kann zukünftig auf deine Dienste verzichten. Und wenn ich dir – als jemand, der sich mit solchen Dingen auskennt – einen guten Rat geben darf: Du solltest zusehen, dass du diese Uniform loswirst. In nächster Zeit wirst du dir damit keine Freunde machen.«

Der Soldat öffnete den Mund, als wolle er etwas entgegnen.

Dann wandte er sich ab und rannte wortlos davon.

»Schlaues Kerlchen«, bemerkte Freudenschneider.

Er bückte sich und hob die Krone auf, die dem toten Kommandanten von der Stirn gerollt war.

»Also dann – der König ist tot, es lebe der König …«

Der Sand der Arena hatte sich rot gefärbt, dicht an dicht war das weite Rund mit Leichen übersät.

Am Ende waren die Rebellen und ihre Verbündeten

siegreich geblieben, wenngleich der Kampf auch bei ihnen einen hohen Blutzoll gefordert hatte.

Viele von ihnen waren gefallen, kaum einer hatte die Schlacht unverletzt überstanden.

Von den Fürsten waren nur etwa die Hälfte mit dem Leben davongekommen.

Inmitten all der Toten stand Horfax zusammen mit Prilda und Schorak, denen nach dem Gemetzel trotz ihres Sieges kaum nach Jubeln zumute war.

»Sieht ganz danach aus, als hätten wir gewonnen, Majestät«, sagte der Wesir erschöpft.

»Ja«, antwortete Horfax. »Es sieht ganz danach aus, Schori.«

»Euer Majestät!«

Der Herrscher wandte sich um.

Hans Freudenschneider näherte sich ihnen, sich auf seinen Gehstock stützend.

»Ich glaube, das gehört Euch, Majestät«, lächelte er und überreichte Horfax mit einer Verbeugung die Krone.

Schluss:
Und immer so weiter

Drei Monate waren vergangen, und es sah fast so aus, als sollten sich die Dinge zum Besseren wenden.

Bald nach der Revolution von Arkzul hatte man Friedensverhandlungen aufgenommen, und obwohl die anderen Völker nicht geneigt waren, die koboldianischen Aggressoren allzu leicht davonkommen zu lassen und anfangs astronomisch hohe Reparationsforderungen stellten, war die Kriegsmüdigkeit auf beiden Seiten doch so groß, dass man sich schließlich auf einen Vertrag einigte, der für alle Beteiligten akzeptabel war.

Kriegsgefangene wurden freigelassen, abgebrochene Handelsbeziehungen wieder aufgenommen, und gemeinsam ging man daran, die Spuren der Verwüstung langsam zu beseitigen.

Auch in Arkzul begann das zarte Pflänzchen des sozialen Friedens und allgemeinen Wohlstands allmählich zu sprießen, behutsam gehegt und gepflegt durch den neuen alten König.

Bis spät in die Nacht saß Horfax mit seinem Wesir über den Staatsfinanzen und lernte dabei den Beruf des Herrschens aus einer ganz und gar neuen Perspektive kennen.

In seinem früheren Leben hatte er den Staat für ein bloßes Mittel zum Zweck gehalten, um seine persönlichen Bedürfnisse zu befriedigen. Sich mit politischen

Detailfragen auseinanderzusetzen, hatte er für unter seiner Würde erachtet.

Sein damaliger Regierungsstil hatte auf recht simplen Prinzipien beruht: »Ich will diese zehn Meter hohe Massivgold-Statue, und ich will sie jetzt! Wie ihr das Geld dafür auftreibt, ist mir wurst!«

Jetzt beschäftigte er sich erstmals selbst mit komplizierten Begriffen wie *Außenhandelsbilanz, Bruttoinlandsprodukt* oder *Konjunkturbeschleunigungsprogramm.*

Die Redewendung *Zum Wohle der Bevölkerung* bekam eine neue, zur Abwechslung einmal ganz unironische Bedeutung.

Angesichts dieser Flut von Informationen schwirrte ihm bald der Kopf, doch Horfax war ein geduldiger Schüler und Schorak ein noch geduldigerer Lehrmeister.

Manchmal schüttelte der Herrscher ungläubig den Kopf, wenn er mit seinen früheren Exzessen konfrontiert wurde.

»Fünf Millionen Unterweltrubel für eine diamantbesetzte Sänfte! Warum hast du mich nicht zurückgehalten, Schori?«

»Nun, Ihr wart schließlich der König, Majestät«, erklärte der Wesir. »Und der König hat immer recht.«

»Ah, wir sprechen von Metaphysik. Und wenn ich als König behaupte, alle Könige hätten unrecht?«

Schorak lachte.

»Wie ich sehe, habt Ihr Euch wieder mit Philosophie beschäftigt, Majesät. Ich bewundere Euren Wissensdurst, aber vielleicht solltet Ihr Euch hin und wieder auch etwas Entspannung gönnen.«

»Du meinst, ich sollte gelegentlich die ehrwürdige Tradition der Nackte-Kokotten-Tortenschlacht aufleben lassen? Dafür habe ich keine Zeit. Es gibt noch so vieles, was ich nicht weiß.«

Zu den ungewohnten Rollen, in die sich Horfax hineinfinden musste, zählte auch die des treuen Gatten und Familienvaters. Denn er hatte die Krönungszeremonie gleich mit einer Hochzeit verbunden und seine langjährige Verlobte Prilda von Düsterborg geheiratet und ihren Sohn Gnorgax adoptiert.

Jede freie Minute, die er sich von seinen fordernden Amtsgeschäften beurlauben konnte, verbrachte er mit seiner jungen Familie.

»Es scheint mir so, als hätte doch noch alles ein gutes Ende genommen, Dada«, sagte Horfax, und Prilda nickte.

»So scheint es wirklich, Faxl«, antwortete sie und schmiegte sich an ihn.

Sie saßen in ihren Gemächern am knisternden Kamin, während der kleine Gnorgax auf einem Höhlenbärenfell lag und leise mit sich selbst sprechend ein Bild malte.

»Gnorgi hat den Tod seines Vaters erstaunlich schnell überwunden«, meinte Horfax.

»Das wundert mich nicht. Ornok war nie ein richtiger Vater für ihn«, sagte Prilda. »Eigentlich … eigentlich hat er ihn sogar gehasst.«

»Er hat seinen eigenen Sohn gehasst?«, fragte Horfax erstaunt.

Prilda zögerte und streifte ihn mit einem Blick, aus dem er so etwas wie Schuldbewusstsein herauszulesen glaubte.

»Ich muss dir etwas sagen, Faxl …«, flüsterte sie. »Bisher habe ich mich nicht getraut, aber jetzt kann ich es nicht länger verschweigen. Gnorgi ist nicht Ornoks Sohn.«

Horfax sah sie befremdet an.

»Nicht?«, fragte er überrascht.

Plötzliches Verstehen leuchtete in seinen Augen auf.

»Das heißt … er ist …«

Prilda nickte.

»Ja, Faxl«, flüsterte sie. »Dein Sohn.«

Schweigend betrachtete Horfax seinen leiblichen Thronerben.

Dann zog er Prilda fester an sich und küsste sie.

»Du bist mir nicht böse?«, fragte sie.

»Wie könnte ich dir böse sein? Du hast mir gerade einen echten Thronerben geschenkt! Ich bin sicher, Gnorgi wird eines Tages ein weiser und gerechter König!«

»Wie sein Vater«, lächelte Prilda und küsste ihn noch einmal.

Während seine Eltern in liebender Eintracht eheliche Zärtlichkeiten austauschen (wenn wir genauer auf das neckende Gewisper hinhörten, könnten wir unter anderem wohl auch das Wort »Reitgerte« vernehmen), ist der kleine Kronprinz ganz in seine künstlerische Tätigkeit versunken.

Das Gemälde, an dem er gerade arbeitet, lässt durchaus Talent erkennen und dürfte besonders Freunden epischer Historienmalerei mit apokalyptischen Einflüssen gefallen.

Satte Rottöne dominieren das Werk, und wer genau hinsieht, wird mit einiger Phantasie vielleicht die Silhouette der Hauptstadt von Arkzul erkennen.

Gnorgax, genannt Gnorgi, nimmt einen gelben Wachsstift zur Hand und fügt mit entschlossenen Strichen noch ein paar Flammen hinzu.

In seinen Augen scheint sich wie aus weiter Ferne das Flackern eines großen Brandes zu spiegeln, von den Gestaden der Zukunft hallen verzweifelte Schreie herüber ...

Die Feinde des Reiches, sie werden brennen.

BRENNEN.

BRENNEN!

Währenddesen sitzt Hans Freudenschneider in seinem kleinen Büro und trommelt mit den Fingern auf der Schreibtischplatte.

Im Augenblick gibt es nicht viel für ihn zu tun, doch er kann warten.

Beständigkeit ist seine größte Tugend.

Lächelnd hebt er den Blick, als jemand sein Büro betritt.

»Hallo, Franz«, sagt er.

»Hallo, Hans«, sagt Franz Freudenschneider.